忘れるわけないだろ、ケイ、君のことを。

ケイ、覚えているか？　市営プールの帰り、手をつないで坂道を下っていったね。君は「お手てつないで」を小さく歌っていた。途中で竹内君のクラクションに驚いて、そのあともしばらく、方向が逆だということに気がつかなかったね。

あの夏の日、僕たちを取り巻く草木は銀色の命で満ち溢《あふ》れていたし、古びたバス停すら白く燃えていた。揺らぐアスファルトを渡る熱い風が、時折僕たちに襲いかかった。

フルパワーの太陽の下で、張り詰めた大気がキラキラと輝いていた。

今でも目を閉じるだけで、あの日のあの場所にフラッシュバックできる。


二〇〇九年の夏、僕は人生で一番ＨＯＴな恋をした。十六歳も年下の、とても表情が豊かな女の子。笑うと周り中をバラ色の空気で包んでしまう女の子。それが君だよ、ケイ。

君のつかの間の頬笑みが僕をすごくＨＡＰＰＹにしたし、君の口を衝《つ》いて出る無情な一言が僕をとてつもなくＢＬＵＥにもした。可愛らしいソプラノで笑う君を永久に自分のものにできたのなら、僕は代償を惜しまなかっただろう。

高く掲げた文庫本を読むふりをして、喫煙室でみんなとはしゃぐ君を盗み見した。

コーヒーを飲みながら、後ろの席の君の弾んだ話し声に聞き入っていた。

僕ほど君のことを好きになれる男がいるだろうか。

恋愛は、たぶん二つのものでできている。一つは「思い出」だ。二人で過ごした時間、二人で観た景色、二人で交わした会話、そのすべてだ。

もう一つは「予感」だ。この人とならジェットコースターのように、いくつもの季節を走り抜けていけるだろうという予感。この人となら人生退屈しないだろうという予感。

そしてケイ、君はまるで髪をなびかせるように、そうした「予感」を風になびかせていた。


ケイ。

君と、木漏れ日の散歩道を、手をつないで歩いてみたかった。

金色に輝く水平線からのぼる朝日を、二人目を細めて眺めたかった。

身を寄せ合って、満天の星空を仰いでみたかった。

君の肩を抱いて、真夜中の首都高をぶっ飛ばしたかった。

遥かな国へ向かう飛行機の中から、二人頬を寄せて、下界に広がる雲の海を眺めたかった。

思い切り君をハグしたかった。

痺れるような口づけを交わしたかった。

一度でいいから、身体と身体を重ねたかった。

僕は本当についてないな。すれ違いなんて。でもケイ、仕方がなかったんだ。僕には見えてしまったんだ。「一営業マン」として残りの人生をやり過ごす自分の姿が。それにはちょっと耐えきれない。

ケイにいろいろな物をあげた。「セキセイインコ」の絵、『かもめのジョナサン』の原書、あと「バッハ」の楽譜。だからケイ、お返しに「押し花」を頼むよ。

丘の上の夏

Happy Days on the Hilltop

碧 史郎

AOI Shiro

文芸社

1

いつの間にか汗だくになっていた。穿《は》きっぱなしのジーパンが、太ももとふくらはぎにまとわりついていた。シャツもびしょ濡れだった。力を振り絞って毛布を押しのけ、寝がえりを打ったが、体中にまとわりつく汗の不快感を増しただけだった。エアコンのリモコンを手探りで探すが、手の届く範囲にはないようだ。

さっきから、子供たちが表で遊ぶ声が聞こえてくる。うるさかった。そして、どこか遠くから、廃棄物処理業者の車のアナウンスが聞こえてきた。そうしたノイズすべてをシャットアウトしたかったが、聞こえてくるものはどうしようもなかった。

固く閉ざしていた目を緩めると、遮光カーテンの縁から眩《まぶ》しい光がこぼれている。僕はまた寝がえりを打って反対側を向き、もう一度固く目を閉ざす。

何もかもが疎ましかった。すべて消え失せてくれと思った。いっそのこと、自分自身が消えてしまいたかった。

せめて眠りに就きたかった。幸せな夢を見たかった。そう、どういうわけだか、夢の中では、幸せでいられたのだ。

携帯電話が向こうのリビングで鳴り始めた。僕は歯をくいしばって、その音が鳴り終わるのを待った。だがそれは、鳴りやもうとしなかった。何で留守電モードにしておかなかったんだろう。僕は深呼吸してから、ベッドを滑り下りてリビングに行き、ビール缶と書類の散らばった中から、赤く点滅する携帯電話を発掘した。

「山口です」

「史郎さん、調子はどうかしら？」

「あまりよくありません」

「それじゃあ、明日も仕事は無理かしらね」

「申し訳ありません、お義母さん」

「あとで何か作って持って行くから」

「はあ……」

電話を切った。それから、テーブルの上のセブンスターの箱から一本を取り出し、火をつけると一気に吸い込んだ。瞬く間に吸い終わった。

壁に立てかけた姿見に映る僕は、五十代に見えた。まだ四十四歳なのに。しわくちゃの髪と、無精髭《ひげ》のせいかもしれない。そして痩せ細っている。

僕は、せめて襟元を整えると、足元のビールの空き缶を蹴飛ばしながら表へ出ていった。コンビニで五〇〇ミリリットルの缶ビールを四本買ってきた。震える手で一本目のプルタブを引く。一気に飲み干した。すぐさま、二本目のプルタブを引いた。今度は少し、ゆっくりと飲む。

二本目を飲み干す頃には、何だか体が元気になったような気がした。四本目を飲み終える頃には、少しだけ陽気な気持ちになっていた。

テレビのスイッチを入れてみた。どのチャンネルも、大物政治家の汚職事件の報道をしていた。僕はすぐにテレビを消した。

便意をもよおしたのでトイレに行く。出ない。このあいだからそうだ。しばらく前までは、下痢だったのに。下腹部に不快感を覚えたまま、僕は再びベッドに横たわった。


夕方、チャイムの音で目が覚めた。せっかく幸せな夢を見ていたのに。もっとも内容は思い出せないが。もう一度チャイムが鳴った。起き上がろうかどうか迷っていると、玄関の鍵の音がした。お義母さんが、合鍵でドアを開けたのだ。お義母さんの足音が近づいてくる。

「どう?」

お義母さんはそう言って、僕の額に手を当てた。

「熱はないようね。お弁当持ってきたわよ」

「欲しくありません。便秘なんです」

「だめよ、ちゃんと栄養摂《と》らないと。史郎さんの好きなものばかりよ。どうせお昼も食べてないんでしょ」

お義母さんはそう言うと、僕の肩に手をかけ、僕の上半身を抱え起こした。そして僕をリビングのテーブルの椅子につかせると、自分は反対側の椅子に腰掛けた。どうやら僕が食事を終えるまで帰るつもりはないようだ。仕方がないので、お弁当を食べることにした。

食べることは苦痛だった。僕はお弁当の隅の鳥の唐揚げから箸をつけ、最後のポテトサラダを丸飲みするように食べ終わった。胸やけがした。

お義母さんは、そこいら中に散らばったビールの空き缶や、空のコンビニ弁当の容器を、ゴミ袋に詰め込んでいた。しばらくしてお義母さんは言った。

「じゃあ、私帰るわね」

お義母さんは空になった弁当箱をハンカチで丁寧に包み、部屋から出て行った。

僕はセブンスターに火をつけた。しばらくしてもみ消す。もう大丈夫だろう。お義母さんは帰っただろう。僕はまた、ビールを買いに出かけた。

もう暗かった。夜は僕を安心させる。僕の嫌いなものは、青空だった。

「一〇九二円になります」

事務的な声だ。その方がいい。僕は缶ビールを四本ぶら下げてアパートに帰った。そしてベッドの縁へ腰掛ける。

正面の壁に、大きな白いインコのレリーフが掛かっている。別れた妻と、オーストラリアのケアンズに旅行したときの思い出だ。

リサ。僕はなんという大きなものを失ってしまったのだろう。そして彼女にどう償えばいいだろう。

リサと最初に出会ったのは、彼女がまだ小学四年生のときだ。僕は大学一年生だった。東京都調布市が、子供キャンプの引率者を募集していた。僕は、当時好きだった女の子、サークルの一つ上の先輩に誘われて、引率者のボランティアに参加した。

一人の可愛らしい小さな女の子が、僕について離れなかった。リサという女の子だ。キャンプ場への道中の池のほとりでお弁当を食べる僕のそばにやって来ては座り込み、ちっちゃなお弁当のハンカチを解いていた。夜、小学生たちを相手に星空を見上げながら星座の講義をしていると、いつの間にかリサは僕のすぐ隣にいた。

ずいぶん長い間、手紙のやり取りが続いた。僕は社会人となり、リサは中学生となった。僕たちは、たまにドライブに行くようになっていた。いつも別れ際にリサは言った。

「ね、ほっぺにチュウして」

僕は彼女の頬に、できるだけ優しくキスをした。すると彼女は必ず聞いてきた。

「史郎ちゃん、私のこと好き?」

僕はもちろん、好きだと答えた。他に言葉があるだろうか。

高校に入ってから、リサはセックスを憶《おぼ》えた。もはやリサは「私のこと好き?」とは言わなかった。彼女の聞いてくるのは、「私のこと、愛してる?」だった。「愛しているよ」と、もちろん僕は答えた。

リサは、僕の首に手をかけながら言った。

「十七歳の私のこと、忘れないでね」

何年か経った。そして一年間の同棲生活の後で、僕たちは結婚する。おはようと、おやすみのキスの中で僕たちは過ごした。幸せだった。

一年後、僕が事業に失敗するまでは。

僕は経営者には、てんで向いていなかった。僕は夢見がちで、無計画で、だらしがなかった。経理はほったらかしだったし、見られることのない書類が机の上に散らばっていた。

そして僕はお人よしだった。何度でも騙《だま》された。会社がおかしくなるまで、そんなに長くはかからなかった。

現実的な問題に一つひとつ向き合う代わりに、僕は朝からビールを飲むことを憶えた。ビールを数本飲みさえすれば、僕は嫌なことを忘れることができた。忘れてはならないことも含めて。

当時リサは、都心の病院で看護師の仕事をしていた。僕の会社が自転車操業で、リサの収入が二人の生活を支える中、僕は時々リサに金の無心をした。リサはため息をつきながらも、僕にいくらかのお金を渡してくれた。僕はとりあえず、そのお金で朝のビールを買った。僕のせいで、うちは貧乏だった。

ある朝、目を覚ましたリサが言う。

「夢じゃないのよね。永い夢じゃあ。私、史郎ちゃんと結婚したんだよね。だって、あんなに好きだったんだもの」

僕は彼女の髪をできるだけ優しく撫でながら、せめて彼女が仕事に出かけるまで、ビールのプルタブを引くのはよそうと決心する。

一日中ビールを飲んでいるうち、僕は深い鬱を抱えるようになっていた。僕はもはや、廃人以外の何ものでもなかった。

一年後、会社を閉じた僕は、妻の両親が経営する「山上建設」という工務店に就職する。もっとも、社長である義父は、アルコール依存症のため、アルコール科のある、町田市の「しのだ病院」に入退院を繰り返していた。お義母さんが実質的な経営者だった。

僕はビールをこっそり飲みながら働いた。鬱と酒は治らなかった。時にはひどく酔っぱらって、車でアパートに送り返されることもあった。

ある夜、リサは僕が大好きな、タイ料理のグリーンカレーを作りながら言った。

「史郎ちゃん、心療内科に行こう」

僕たちは、日曜日ごとに近くの心療内科を訪れた。

ドクターは言った。

「山口さん、いいですか。お酒は禁物ですよ。お酒は薬を効かなくするばかりか、鬱をよりひどくします」

「はい、わかりました」

そう言いながら、僕は内心毒づいた。「やめられるもんなら、とっくにやめているさ」

何日か経って、リサは今度は、こう言いだした。

「史郎ちゃん、しのだ病院に入院しようよ。永い人生の中の、たった数か月だもの。お酒のない人生を始めるのよ」

「リサ、俺は今、鬱だから酒を求めるんだ。鬱さえ治れば、普通の人と同じように、朝から夕方までシラフで働いて、晩ご飯の前に晩酌する、そんな生活ができる。問題は鬱なんだよ」

でも結局僕は、飲酒禁止となった。だがもちろん僕は、隠れて飲んでいた。それがリサやお義母さんに知られないわけがない。やがて僕と、リサと、お義母さんによる三者面談が開かれた。

つまりこうだ。僕には一切お金を持たせない。必要が発生したら、お義母さんからお金を預かり、お釣りに領収証を添えて返す。僕自身、それしか方法がないと思った。それだとうまくいくかもしれない。僕自身がそう思った。

しかし、アルコールへの渇望は強い。三日ともたなかった。つまり、僕はリサの財布から、お金をくすね始めた。リサが気づかないのが不思議だった。あるいは気がついていたのかもしれない。いや、たぶん、気がついていただろう。

初夏のある日、リサは僕に中古車を買ってくれた。僕はその頃、何台もの車を飲酒運転で廃車にし、車を持っていなかったのだ。

僕たちは、ペーパードライバーのリサの運転で、何とか多摩動物公園にたどり着いた。よく晴れた日だった。何となく幸せな気持ちが戻ってきた。

それから三日後のことだった。会社に行くと、車がふさがっていると言われた。

「史郎さん、悪いけど、今日は自分の車で現場に行ってくれないかしらね」

そしてお義母さんは、パーキング代が必要かもしれないから、と言って、僕に数千円を渡した。

現地に着いた僕は、とりあえず缶ビールを二本買って飲んだ。現場となるマンションの一室に入る。空き部屋のリフォーム工事で、その日は僕のほかに誰も来る予定がなかった。ざっと見渡した。午後からかかれば終わるだろう。遅くなった理由は何とでも説明がつく。僕はまたビールを買いに出かけた。

その後のことは、あまりよく覚えていない。思い出せるのは、帰りの車で、何回か「何か」にぶつかったこと。「ピキ」という、フロントガラスにヒビの入った音。車がボロボロになりながらも、幸運にも会社に帰ってこられたこと。運転席のドアも助手席のドアも開かなかったので、後部座席のドアから外に出たこと。

幸いみんな出はらっているらしく、事務所には誰もいなかった。僕は倉庫の中に車を入れると、シャッターを閉めてアパートに帰った。途中で缶ビールを四本買って。

その晩リサは、お義母さんから連絡を受け、会社に車を見に行った。家に帰ってきたリサは、なぜか怒ってはいなかった。

「車は廃車ね。でも、あなたに何事もなくて良かったわ。あなたが半身不随にでもなっていたら私……」

僕は、そんなことよりも、人身事故を起こさなかったことを幸運に思った。あの車は、まだ保険にも入っていなかったのだ。

その晩、リサは、ニンジンを千切りにしながら言いだした。

「今度の日曜日、富士急ハイランドに行かない？」

何だって急にそんなことを言い出すんだろう。

「史郎ちゃん、行きたがってたじゃない。私たち、まだ一度も行ってないわ」

リサはそう言うと、リビングのパソコンに向かい、レンタカーやら何やらを手配し始めた。


日曜日、僕たち二人は絶叫し、大いに楽しんだ。遊園地がライトアップされる頃には、隣の温泉に浸かっていた。帰り道、僕たちは冗談を飛ばし合いながら、車を飛ばした。レンタカーを返してから、僕たちは回転寿司をたらふく食べた。

アパートに帰ると、二人とも上着を脱ぎ、ベッドに横たわった。僕が向こうを向いたリサの腰に右腕を回すと、リサは右手で、しっかりと握り返してきた。僕はしばらく、彼女がすすり泣いていることに気がつかなかった。

「どうしたんだよ、リサ」

「今日は楽しかったわね。やっぱり気が合ってるんだね」

「何で泣いてるの？」

リサは向こうを向いたまま答えた。

「私と別れてほしいの」

僕は言うべき言葉を探すのに、十秒余りかかった。

「リサ、これからはいい夫になるよ。酒もやめる。俺たちにはまだ幸せになるチャンスがある」

リサはこちらに向き直った。

「もう決めたの。私のことを思うのなら、私と別れて」

それからリサは泣きじゃくった。

「ごめん、史郎ちゃん。私、もう無理なの」

何日か経って、二人は市役所で離婚届に判を押し、リサは僕の元を去っていった。

あれからもう二年経つ。


僕は回想を断ち切った。また便意をもよおしたのだ。トイレに行く。出ない。そういえば、下腹に異物感がある。病院に行った方がいいな。

僕は布団に潜り込んだ。

いつの間にか、窓の外では強い雨が降っていた。

本格的に梅雨に入ったようだ。

2

次の朝、コンビニの近くの公園で缶ビールを二本飲んでから、自転車で野島仁厚病院に向かった。小雨だったが、病院に着く寸前に本降りとなった。

まだ八時半だったので、待合室はさほど混んではいなかった。僕は濡れた髪をかき乱しながら受付を済ませ、長椅子に腰掛けた。

テレビは、どうでもいい料理番組をやっていた。見たくなかったが、かといって雑誌を読む気にもならない。外に出て庇《ひさし》の下で煙草《たばこ》でも吸おうかと立ち上がった矢先、名前を呼ばれた。

「山口さん、山口史郎さん」

「あ、はい」

診察室に入る。

「お願いします」

「今日は、どうなさいましたか？」

ドクターは、黒いチェアにもたれかかりながら聞いてきた。五十歳くらいの、痩せ型の男性だ。

「便秘なんです。もう四日目です。その前は下痢でした。どうも交互に繰り返しているようなんです。

そもそも最近まで、便秘なんて、なったことがありませんでした」

ドクターの眉が、ほんのわずかだけ動いた。

「とりあえず採血しましょう」

「よろしくお願いします」


どれくらい待たされただろう。長椅子がつらかった。横になりたかった。それでも僕は、うとうとし始めていた。

「山口さん、山口史郎さん、いらっしゃいますか」

大きな声をあげながら、ナースが長椅子をぬって歩いてきた。なんだか慌てているように見える。

「はい、僕ですが」

「診察室に行きましょう」

彼女は足早に診察室の前に行き、僕のために扉をスライドして、僕に丸い椅子を勧めた。

ドクターは、電話中だった。電話が終わるのを待って僕が話しかけようとするのを右手で制して、ドクターは次の電話に取りかかった。そのあと、さらに次の電話。

聞いているうちに、一つの単語が記憶に残った。「ゲキショウカンエン」

受話器を置くと、ようやくドクターは、こちらに向き直った。

「ＩＣＵのある病院を片っ端からあたったが、だめだった。仕方がない、うちで診ましょう。山口さん、奥さんは？」

「独身です」

「ご両親は？」

「島根県です」

「ご親戚の方とか、こちらにいらっしゃらない？」

「親戚はいません。でも……そうですね、お世話になっている人はいます。別れた妻のお母さんなんですが。あと、僕の勤め先の経営者でもあります」

「その人の連絡先を教えてもらえますか」

僕はお義母さんの携帯番号を伝えた。ドクターはお義母さんに電話した。「洗面器」「大量のタオル」「多めの着替え」。何のことだ、一体？

ドクターは電話を終えると、ひとつため息をついた。そして今度はパソコンに向かって何やら入力し始めた。

「山口さん、すぐに上に移動です」

ドクターはパソコンに向かったまま、部屋の隅に畳まれた車椅子を指差した。

「いや、僕は歩けますよ、先生。それより僕は一体何の？」

「劇症肝炎です。それも、全くよろしくない。いいですか、山口さん。あなたの肝臓のデータは、まるで、でたらめだ」

僕は生まれて初めて車椅子に乗った。一人のナースが僕の車椅子を押した。自分の足で歩いた方が速いのは間違いなかった。年配の女性のナースがどこからかやって来て、僕に語りかけた。

「ごめんなさいね。椅子はつらかったでしょう。横になりたかったでしょうね」

一階の処置室で横になっていると、しばらくしてお義母さんがやって来た。大きなバッグ二つを抱えて。

「申し訳ありません、お義母さん」

「大丈夫なの？」

「よくわからないんです。ドクターに聞いてください」

入院の手続きが終わり、ほどなく僕は、四階の個室のベッドに横たわっていた。数人のナースが、僕の腕に点滴の針を刺し、心電図を取るためのパッチを貼りつけ、そのほか、わけのわからない作業に取り組んでいた。

僕は何だか疲れたので、横を向いて目をつむった。そのうちドクターがやって来たのがわかった。お義母さんと話をしているようだ。ところどころが聞こえてくる。

「実家のご両親には？」

「いえ、あんまり急なことだったのでまだ……」

「ご連絡なさった方がいい。もし万一……」

それならそれでいいや、と思いながら、いつの間にか眠りに就いていた。

スズメの声で目が覚めた。大きな窓から、だいぶん白んできた空が見えた。遠くの雲が赤く染まっている。僕はしばらく、今が朝なのか夕方なのかわからなかった。そしてどこにいるのかも。

起き上がろうとしたら、点滴のチューブが邪魔をした。それですべて思い出した。そうだ、夕方寝ついたのだから、今は早朝に違いない。

チューブをまとめて片手で持ち、慎重に起き上がった。すると、リサが折り畳み椅子に座って眠っていた。

僕はリサの前に立ち、彼女の顔をよく見ようとした。しゃがみ込んだその時、彼女の眼がにわかに開いた。

「良かった。大丈夫そうね」

「久しぶりだね、リサ。ここに泊まったのかい?」

「うん、ゆうべ着いたの。夜九時くらいに」

「それは悪いことをしたね。でも俺はこの通り何ともないよ」

リサはため息をついた。

「本当にあなた、わかってないわね。死ぬところだったのよ。それにあなた眠っていたけど、ずっと看護師さんたちが、入れ替わり立ち替わり、付きっきりだったんだから。つい一時間くらい前まで」

ノックの音がして、返事を待たずに扉が開いた。てきぱきした感じの若いナースだった。

「山口さん、駄目じゃない。立ち上がったりしちゃあ。検温します。横になって、これを脇に挟んで」

「その前にトイレに行きたいんですが」

「それじゃあ車椅子に乗ってください」

そしてナースはリサに向かって、

「本当はここにポータブルトイレを置きたかったんだけどね、山口さんが、どうしても嫌だって聞かないもんだから。この病室はトイレから遠いんですよ」

と言いながら、点滴の装置を車椅子に座った僕の股に挟み、扉をスライドした。

「テレビカードを買ってきてあげるね」とリサは言った。


僕たちは、朝の報道番組を見ながら、緩慢に会話した。

「仕事はどう?」と、僕は聞いた。リサは看護師の仕事を辞め、資格を取って、有名な某大学病院の脳神経外科の研究室で、バイオ技術者として働いていた。

「相変わらず忙しいよ。仕事の内容は聞きたくないでしょ」

以前、リサに聞いた話を思い出した。研究室に、定期的にマウスたちのたくさん入った箱が届くという話だ。「うん、聞きたくないね」僕は答えた。

僕たちが例の汚職事件のニュースを見るともなく見ていると、ノックの音がして、僕の両親が入ってきた。僕はテレビを消した。

「史郎、大丈夫かいな。まあ、リサちゃん、どうもすみませんでした」

母はそう言って、空いている折り畳み椅子の上に、大きなバッグを下ろした。父は、無言で入ってきて、引きずってきたスーツケースを隅の方に押しやった。

僕は身構えて父の罵声を待った。が、父の放った最初の言葉は、拍子抜けのしたものだった。

「島根からここまで、全く疲れたもんだ。リサちゃん、本当にご迷惑をかけました」

もう椅子がなかったので、父は僕のベッドの縁に腰掛けた。母は、飛行機の最終便に間に合わなかったため、やむなく寝台特急で東京に来たことを説明した。

「史郎、しんどい？」

母が聞いてきた。

「いや、全く。むしろ調子がいいくらいだよ」

僕は答えた。それは良かったね、と母は言うと、病室を歩きまわり、そこいら中を物色し始めた。備品のチェックでもしているのだろうか。リサは母に椅子を譲ろうとしたが、母は、

「あなたの方がお疲れでしょう」と断った。

またノックの音がした。今度はすぐさま開かなかった。母は「はい」と返事をしながら、扉を引いた。お義母さんが立っていた。

「まあ、お義母さん。この子がまたご迷惑をかけて、本当に申し訳ありません」

母が言うと。父も立ち上がりながら、

「いろいろご迷惑をおかけしました」と、頭を下げた。

母はバッグをワゴンの上に置き直し、お義母さんに椅子を勧め、自分は父の隣に腰掛けた。

「あら、史郎さん、元気そうね。いえ、私のことは全然構わないんですけど、ただ、びっくりしましたわ。それよりも、お二人こそお疲れでしょう」

そう言うと、お義母さんは手提げ袋を開けて、オーバーテーブルの上にいろいろなものを並べ始め

た。ハミガキのブラシとチューブ、マグカップ、髭剃《そ》り、箸、目覚まし時計、小さなカレンダー、その他もろもろだ。

「史郎さんの家に寄ってきたんですよ。昨日はとても、こんなところまで手がまわらなかったんで」

そのあとは皆、無言だった。誰一人僕のことを叱らなかった。むしろ気遣われている気がする。僕が鬱病患者だと思ってのことだろうか。

ナースが、新しい点滴の袋を持って現れると、お義母さんと両親は「じゃあまた来るから」と、扉に向かった。

リサは、僕の傍らに立ち、僕の二の腕を握りしめた。あんまり強く握るので痛かった。

「いい？　私、あなたの葬式になんか出るつもりないからね」

それがリサの、僕への最後の言葉となった。とりあえず今のところは。


一人になった僕は、テレビのスイッチを入れた。時代劇の再放送をやっていた。途中からだったけれど、けっこう楽しめた。最後の、お決まりの場面では、眼が涙で滲《にじ》んだくらいだ。

次は、お昼のバラエティー番組だ。いまだかつて、この番組を見て面白いと思ったことはないが、今回は妙に面白かった。そのあとの昼ドラも面白かった。初めて見るが、これまでのあらすじは見ているうちに大体見当がつく。夕方までずっとテレビを見ていた。何を見ても楽しかった。僕は本来、報道以外の番組をめったに見ないのだが。

夕方、ドクターがやって来た。僕は上半身を起こした。

「いやいや、横になったままで。山口さん、どう、具合は」

「ええ、元気です。正直、自分では病気と思えません」

ドクターは苦笑した。

「明日あたり再検査をするけれど、順調にいけば、三週間くらいで退院できると思うよ」

「三週間もですか。僕はてっきり二、三日で……」

「ははは、そんな簡単じゃないよ」

ドクターは扉に手をかけた。

「あ、先生、とにかくありがとうございました」

「ゆっくり休むんだよ」

扉が閉まる音のあとで、僕はゆっくりと起き上がってスリッパを履いた。テレビの見すぎでさすがに眼が疲れていた。

大きな窓の外では、雨上がりの雲の合間を抜けて陽光が斜めに差し、木立の濡れた葉がキラキラと輝いていた。綺麗だな、と僕は思った。

そして突然気がついた。テレビが面白いのではない。

僕が、今、生きていることが楽しいんだ。

そういえば、ビールが欲しいとも思わないぞ。煙草も特別吸いたくない。

僕は自分で驚きながら、何気なくベッド脇のワゴンの扉を開けた。そこには大量のタオルと下着が、これでもかといわんばかりに詰め込まれていた。

一体いつ使うのだろう。

夕方、母が一人で来た。母は本を持ってきていて、ベッドのそばで黙って読んでいた。父は僕の家で横になっているそうだ。ゆうべろくに眠れなかったらしい。

僕は相変わらずテレビを見ていた。二時間ほどして、じゃあ明日また来るから、と言って母は帰って行った。

そのあとも僕は、時々声をあげて笑いながらテレビを見ていた。飽きなかった。ふと気がつけばもう真夜中だった。眠らなきゃならないなと思ったが、全く眠くなかった。ついに僕は一晩中テレビにつきあった。

朝の報道番組が終わる頃、父と母がやって来た。三人ともあまり喋《しゃべ》らなかった。両親は三十分ほどして帰っていった。


三日目の夜になった。僕は相変わらずテレビを見ていた。また真夜中になる。依然として眠気を感じなかった。

と、急にテレビの電源が切れた。テレビカードが消化されたのだ。僕はベッドの上で起き上がり、ワゴンの引き出しの中に財布をまさぐった。エレベーターの横にカードの自販機があるとリサが言っていた。

財布を改めると一万円札が三枚あったが、千円札はなかった。これは困ったな。フロアのナースステーションが両替をしてくれるとは思えない。宿直室に行けばどうだろう。思いつくや否やあきらめた。一階のホールを、真夜中に、点滴の装置を引っ張りながら横切るのは、とってもナンセンスだ。怒られるに決まっている。まだ一人でトイレに行くことすら許されていないのだ。朝までテレビはあきらめよう。

僕は寝がえりを打って、眼を閉じた。

最初に頭をよぎったのは、大学時代のサークルのコンパで、生ビールのジョッキを高く掲げて乾杯の音頭を取る、僕のセリフだった。

「さあ、みんな、準備はいいかな。それじゃあジョッキを高く上げて。もっと高く、もっと高くだ。ようし、それじゃあ乾杯！」

次に浮かんだのが、亡くなった祖母の「史郎ちゃん、帰ってこんだか？　島根に」と語ったときの、しわくちゃの寂しそうな笑顔。

その次に浮かんだのは、餌がないことを知らせるため、頻繁に飛んできては小学生の僕の唇を噛んだ、セキセイインコの「チョロ」の青い姿。次の日、タンスと壁との隙間で冷たくなっているチョロを母が見つけた。

また、小学三年生の時、当時好きだった女の子と山道に腰を下ろして一緒にたて笛を吹いていたとき、白い蝶々が近くの葉っぱに止まったこと。それとか、二十代の頃、首都高速の出口で、酔っぱらってスピードを出しすぎてカーブを曲がり損ねたときの、車とコンクリートの擦《こす》れるザーッという音。

そうかと思えば、高校時代のディスコで流れていたあのメロディー。さらに、どういうわけか、プラスチックの焦げる臭い。

あらゆる色、形、音、匂い、味、感触、そして様々な想いが、一瞬にしてよみがえり、次の瞬間には入れ替わった。僕は努めてそれらを断ち切り、眠りに就こうとしたが、無駄だった。脳は回転を止めない。途切れることなくフラッシュバックが続いた。

果てしなく時間が経った気がする。気がつけば空が白み始めていた。

僕は眠るのをあきらめてベッドに腰掛けた。一体何が起こっているんだ。なんだか、これまでの人生のすべての出来事を一通り思い出したようだ。何年も思い出さなかったようなことも。

もしかしたら、僕の脳のＣＰＵは、記憶領域にあるあらゆるデータをいったん引き出し、並べ替えようとしているのだろうか。何らかの法則に従って。

さらに気がついた。いくつかの記憶が、同時に並行処理されているようだ。僕は怖くなった。ベッドの右にぶら下がったナースコールを押す。

可愛らしい、若いナースが来た。

「どうなさいました？」

「ごめんね、こんな時間に。実はおとといから一睡もしていないんだ。眠れないんだよ。僕はここに入院するまで抗鬱剤を飲んでいたんだけど、その中に睡眠導入剤が入っているんだ。そいつを飲めば眠れると思うんだけど」

あるいはアルコールの抜けたせいか、とも思ったけれど、そいつは言わなかった。

ナースは心底同情した顔をしたが、きっぱりと言い放った。

「申し訳ありません。先生の許可がなければお薬はお出しできません」

「先生はいつお見えですか。本当に頭がおかしくなりそうなんだよ」

「八時半くらいですね。必ず伝えますから」

「よろしくお願いします」

僕は小さな目覚ましのボタンを押した。まだ朝の四時過ぎだった。八時半までに気が狂わなければいいが、と思った。


ドクターは、きっかり八時半に現れた。その頃になると、いろいろな形をした情報が、まるで土星の環《わ》のように、ものすごい速さで僕の周りを回っていた。

「困ったねえ、山口さん。確かに、お持ちになった薬は、うちの方でお預かりしている。でも悪いけど山口さん、どうしてもあと二日、三日は、薬を出すわけにはいかないよ。いいかな、山口さん。劇症肝炎というのはね、一切薬を使うわけにはいかないんだ。どんな薬であれ、肝臓に何らかのダメージを与える。それが仮に肝臓のための薬であったとしてもだ。薬という薬はＮＧなんだよ」

ドクターは、革靴で二回、コンコンと床を鳴らした。

「この後、十時に採血です。じゃあ山口さん、何とか気をつけて」

何に、どう気をつければいいんだと思いながら、僕は母たちの来るまで雲を見て過ごすことにした。あと山の緑だ。しばらくすると、少し落ち着いてきた気がした。

九時過ぎに母が来た。また一人だった。

「お父さんは?」

「お前の部屋の整理よ」

「また、なんだって」

母は答えなかったが、もちろん僕にはわかっていた。まあいい。そいつは後で考えよう。母に頼んで、多めのテレビカードを買ってきてもらった。どうせ眠れないのなら、頭の中のロックンロールにつきあうよりも、テレビを見ながら笑っていた方がマシだ。

母は昨日よりはたくさん喋ったが、当たり障りのない世間話ばかりだった。ナースが採血に来ると、また夕方ね、と言って、母は帰って行った。


その日もテレビを見ながら過ごした。テレビは楽しかったが、その一方で、頭の中でわけのわからない作業が進行している感覚があった。

夕方、また母がやって来て、また当たり障りのない話をして帰って行く。時々ナースがやって来て、検温をしたり、点滴の袋を取り換えたりする。

僕はトイレに行くのに、いちいちナースコールを押すのをやめた。点滴の装置を引きずって、こっそり歩いていくのだ。

そして夜が来る。僕は相変わらずテレビを見ていた。夜中になる。もはや眠るのをあきらめていた。

それでも深夜番組を観る習慣のなかった僕は、けっこう楽しんでいた。そして、またもや夜明けが来る。

急に目眩《めまい》を覚えた。テレビの音が、何だか脳味噌にガンガン響く。手を伸ばしてテレビの電源を切ると……。

真っ暗になった。明るくなりかけていた窓までも消えた。何もかも消えた。単に真っ暗なのではない。絶対的な「無」だ。僕はそこで一人ぼっちだった。だがそれは、ほんの一瞬だった。たぶん、電子が原子核を一回りするくらいの時間だ。

そして次のピコセカンド、僕は、洪水のような光の束の中にいた。いや、光ではない。固有の周波数を持つ、どんな電磁波でもない。でも「光」としか言いようがない。気がつくと僕は、うっすらと明るくなり始めた空を仰いでいた。

それほど短い時間だったのにもかかわらず、「それ」は強烈なメッセージを残していった。「それ」は、僕に言った。「生きよ」と。

一体何だったんだろうと考えながら、僕はベッドにあおむけになって眼を閉じた。

眼が覚めたのは、午後の三時だった。

退院の前日の午後、ドクターがやって来た。

「調子はどうですか」

「良くなった気がします」

「うん。あなたの肝臓は、かなり良くなったようだね」

「本当にありがとうございます」

ドクターは満面の笑みを浮かべて扉を閉めた。

しばらくして、またノックの音がした。返事をすると、入って来たのは入院の日に一階で「つらかったでしょう」と声をかけてきた、あの年配のナースだった。

「ようやく退院ね。おめでとうございます」

「どうもありがとうございます。皆さんのおかげです」

彼女とずいぶん長く話した。僕は打ち明けた。僕がどうやってアルコール漬けとなり、肝臓を破壊するはめになったかを。彼女は、ゆっくりうなずきながら、僕の話を聞いていた。

「大丈夫よ、山口さん。あなたは周りの人たちに恵まれているんだから。私も、あなたの今後をお祈りします。もっとお話しできればよかったわね。でも、もう私、行かなければならないわ。じゃあ、お元気で」

そう言うと年配のナースは、とても素敵な頬笑みを残して出て行った。


夕方、両親がやって来た。僕は数日前から出されるようになった病院食を、なんとか我慢して飲み込みながら、二人を迎えた。

母は座りながら最新の検査結果に眼を通し、ずいぶん良くなったね、と言った。母は定年まで保健士をしていた。

父はゆっくり部屋の端から端まで二往復してから、立ち止まって、まっすぐに僕を見据えた。

「史郎、もう引き揚げるぞ。島根に」

母も書類から顔を上げた。

僕は、交互に二人の顔を見た。いつの間にこんなに歳をとってしまったのだろう。父も、母も。

今度は母が言う。

「リサちゃんがいた時は安心だったけれど。お義母さんも、四六時中あんたと一緒にいるわけにはいかないんだから。もう、あんた、一人じゃ無理よ」

そう言えばリサは、離婚と同時に僕が田舎に帰るよう、さんざん僕とお義母さんを説得しようとしていた。

母は続けた。

「あんた、うちの一人っ子なんだから、どっちみち、いずれは帰ってくるんでしょう。それとも帰らないつもり？」

僕は窓ガラス越しに外を見た。梅雨はどっかに行ってしまったようだ。空の青も、山の緑も、じきに来る夏の予感に満ちていた。雲の縁を目でなぞりながら、僕は答えた。

「わかった。帰るよ、島根に」

二人ともほっとしたように下を向いた。僕はすっかりあざになった、左腕の点滴の針の痕をなでた。

ノックの音がした。僕は立ち上がって扉を開けた。お義母さんだった。

「明日退院ですって？　良かったわね」

「お義母さん、お話があります」

僕はお義母さんのために折り畳み椅子を広げ、自分はベッドの上に正座した。

お義母さんの座るのを待ってから、お義母さんに頭を下げた。両手をついて。

「さんざんご迷惑ばかりかけてきましたが、この際、田舎に帰ろうと思います」

「あら、そう。史郎さん、頭を上げてちょうだい」

僕はお義母さんの顔を見た。お義母さんも僕の顔を見ていた。しばらくするとお義母さんの頬に涙が伝った。お義母さんはバッグからハンカチを取り出しながら、母に向かって、

「ごめんなさい。長い間、仕事の相棒だったから」と言った。

「部屋を片づけしだい、引っ越します」

僕が言うと、お義母さんは、ゆっくりと、首を横に振った。

「まだよ」

お義母さんは、鼻をすすった。

「しのだ病院に入院するのよ。今すぐに」

3

抜けるような青空の真ん中に、大きな綿菓子のような雲が、気持ち良さそうに浮かんでいた。

ここのホールは居心地が良い。南側のほぼ全面がガラス張りになっていて、遠くの景色まで見渡すことができる。ここは小高い丘の上にある、病棟の三階なのだ。

僕は荷物の箱から引っ張り出したばかりのインスタントコーヒーと、プラスチックの白いカップを持って、ナースステーション脇のミニキッチンの上に置いてある電気ポットのところに行った。まだ早いのでホールには誰もいない。

僕はコーヒーを淹《い》れて、窓際の自分の席に座った。「山口史郎様」とマジックで書かれた白いビニールテープが、大きなテーブルの手前側に貼ってある。コーヒーを一口すすった。

病室の連なる廊下からスリッパの音が聞こえ、三十代後半くらいの男性がホールに入ってきた。ホールと廊下の間には、特に仕切りや扉はない。ただ、エレベーターや階段につながる部分の扉だけが、厳重にロックされている。

「あ、おはようございます」

と言って彼は近づいてきた。弾んだ声だ。そして人なつっこそうな顔をしている。でもなんだか、少し目が虚ろだ。

「おはようございます」僕は答えた。

「昨日の夕方、入ってきた人ですね」

「そうです。山口史郎と申します。よろしくお願いします」

僕は夕食を済ませてから入院したので、すぐさま病室に入り、他の患者たちと話をしていなかったのだ。

「時井純一といいます。よろしくお願いします。あ、席そこなんだ。俺の真ん前ですね」

そう言うと彼は、僕の真ん前に座った。

「今、六時五十分だから、あと十分経ったらテレビをつけられますよ。朝飯は七時四十五分からです」

僕は静かに、気持ちのいい朝を味わいたかったのだけど、彼は喋り止まなかった。

「山口さんは……」

「史郎でいいよ」

「あ、了解です。俺は『純ちゃん』でいいです。で、史郎さんは、何の病気でここに来たの」

「アルコールだよ」

「アルコールなんだ。それじゃあ、一週間くらいで二階行きだね。三階は、精神病棟だから。史郎さん、アルコールだけ？」

「いや、鬱があったんだけど、なんていうかな、治っちゃったみたいなんだ。純ちゃんは？」

「統合失調症なんですよ。統合失調症って知ってます？」

「聞いたことはあるけど、そんなに詳しくないな。どんな病気なの」

「あのね、今みたいに人と話している分にはいいんだけど、一人になっちゃうとね、例えば、日本刀を持った中年のやくざが俺についてきて、離れないんですよ」

「そいつは厄介な病気だね。ところで純ちゃん、あとは煙草でも吸いながら話そうか」

言いながら僕は立ち上がった。

「いや、俺は吸わないんですよ」

「あ、そうなの」

喫煙室は、大きなホールの片隅にあった。六畳くらいのスペースが、アルミの枠と、アクリル板で覆われている。上半分が透明で、下半分がベージュ色のアクリル板だ。中に入ると、天井に取り付けられた空調設備がかなりうるさい。でもまあ、我慢できないほどじゃない。何と言っても、煙草が吸えるのだ。わざわざ外に出ることもなく。

そう考えてから、僕は苦笑した。外へ出る？　そういえばここは、おいそれと外に出られないのだった。そして確かに、酒と煙草と両方をいっぺんにやめろというのはつらすぎる。

僕はジーパンのポケットからセブンスターを取り出し、灰皿とチェーンで結ばれたライターで火をつけた。個人のライターの持ち込みは禁止だった。

くらくらときた。それもそのはずだ。野島仁厚病院を退院してから、まだ何本も吸ってない。

とりあえず、僕は頭の中のメモ帳に書き込んだ。「純ちゃんを逃れたいときは、『ちょっと煙草吸ってくるね』と言う」

ここにも窓があった。南側とは違う景色が見えた。向こうの丘の上に、奇抜な建築が見える。まるで宇宙船みたいだ。近くの有名高校の体育館だと、あとで知るのだが。

僕が建て付けの悪いその窓を、なんとか少し開けようと四苦八苦していると、後ろでドアが開いた音がした。振り向くと、三十歳くらいの女性が入ってきた。あとほんの少し、例えばあと二十キロくらい痩せれば、かなり美人だといえそうな女性だ。紺色の甚平を着ている。

「おはようございます」

僕は先に声をかけた。

「はい、おはよう。ね、煙草何吸ってる？」

「セブンスターだよ」

「分けてくれない？」

僕は一本を彼女に渡した。

「あと二本くらいいい？」

セブンスターの箱を探ると、あと七本くらい入っている。僕は箱ごと彼女に手渡した。どうせナースステーションに、三カートン預けてある。それに僕のジーパンの反対側のポケットには、もう一箱セブンスターが入っていた。

「わあ、いいの、こんなにもらっちゃって」

彼女はそう言いながら煙草に火をつけると、壁際にだらしなく座り込んだ。お尻を床について、膝を立てて。ちょうど右の膝が、まっすぐに僕の方を向いていたので、甚平の奥に、赤のパンティーが見えた。さらに彼女は甚平の襟から右手を入れて左肩を掻《か》いたので、ピンク色の乳首が一瞬のぞいた。

煙草のお返しのサービスだろうか。だとしたら悪くない取り引きだ。座り込んだ彼女の上に貼り紙がしてある。「タバコは立って吸うこと」

「あなた、昨日の夕方入院してきた人だよね」

「そうだよ。山口史郎です」

「あたしは、ひばりちゃん。よろしくね」

「ひばりちゃんは、どうしてここに?」

「アル中よ。あなたは?」

「アル中だよ」

「あなた、何回目?」

「はい? 何が?」

「ここに入院するのがよ。初めてなのね。見かけたことないもんね」

「ひばりちゃんは?」

「五回目よ」

「五回? 三か月を五回かい? 三か月もここにいれば、アル中なんて、治っちまうんじゃないの?」

するると彼女は、キャハハハ、と笑った。

「アル中は、一生治らないわよ。この間の入院が半年前よ。今回入院したのは先週。つい、ビールを一杯飲んじゃったのね。あんまり天気が良かったから。そしたらもうダメよ。あとはノンストップ」

僕は、へえそうなんだ、と言って、煙草をもみ消した。このときは彼女の言っていることの意味がよくわかっていなかった。

アクリル越しに見えるホールには、いつの間にか十人くらいが席に着いて、一様にテレビを見ていた。何だか、ぼう、とした感じの人が多い。

と、廊下の方から、一人の男性がこちらに向かって歩いてきた。ドアが開いた。入って来たのは、初老の、痩せ型の男性だった。カッターシャツにスラックスというでたちだ。ノートを持っている。そして目つきがおかしい。

「ひばりちゃん、新しい詩を書いたんだ。見てくれるかな」

男性は、聞き取りづらい口調で、もごもご言った。ひばりちゃんは、露骨に嫌な顔をして立ち上がった。

「あんたのイカレた詩なんて、誰も用事ないよ。それより昨日の夜、またあたしたちの部屋のぞいてたでしょう」

ひばりちゃんは煙草を灰皿に放り込み、エロジジイ、と言いながら出て行った。

「山口史郎です。よろしくお願いします」

僕が言うと、初老の男性は、ぼそぼそと答えた。

「多田です。よろしく」

喫煙室を出たところで、ゴミ箱を抱えた老人にぶつかりかけた。なんだか、足早にジグザグに歩いているようだ。なんでゴミ箱を抱えているのか知りたかったが、尋ねるのはやめておいた。

ホールは三十人弱の老若男女でほぼ満席だった。大きなテーブルが六つあり、それぞれ五、六人が席に着いている。

僕は朝食を食べながら、自分のテーブルの面々と挨拶を交わし合った。

右隣の席の竹内君が「俺嫌いだから」と言って、自分のオレンジマーマレードを僕によこした。竹ちゃんは四十歳くらいの、痩せ型でハンサムな男だが、どことはなしに危険な匂いを漂わせている。髪の毛をムースでパッツンパッツンに固めている。彼は入院三日目だという。

食パンの上にたっぷりと二袋のマーマレードを絞り出していると、左隣の席の、尚子という、三十代半ばくらいの女性が話しかけてきた。

「あなた、結婚してるの?」

「独身だよ。バツイチ。二年前に離婚した」

「子供は?」

「いないよ。妻が欲しがらなかったんだ。君は?」

「二人いるの」

「君がいないんじゃあ不便だろうね」

「ううん、どっちみち会えないの。あいつが会わせてくれないのよ」

尚子の目が潤んだ。おかっぱ頭で丸顔の彼女は、決して美人とは言えない。彼女の顔はこちらを向いていたが、その瞳はどこを見ているのか、よくわからなかった。

「二人ともいつも痣《あざ》だらけだったわ。あいつはね、自分の子供をね、風呂場で水に浸けて殺そうとしてたのよ。で、あたしが一一〇番しようとしたら、ハサミで電話線を切っちゃうのよ」

尚子は今にも泣き出しそうな顔をした。やれやれ、初日の朝っぱらからヘビーな話だ。テーブル越しに純ちゃんが言った。

「いつも言ってるじゃん。裁判を起こして正式に離婚して、親権をゲットするんだよ」

「そんなことの通用する相手じゃないわ。あの人おっかないんだから。普通じゃないんだから。だいいち、裁判のお金どうするのよ。あんた貸してくれるの？」

「弁護士だったら友達にいるよ。紹介してやろうか。とりあえず相談だけでも」

僕は言った。すると竹ちゃんが、自分の牛乳パックを僕の前に置きながら言った。

「いつでも、その筋の人間を紹介するよ。裁判より安上がりだと思うけど」

尚子はそれには答えず、涙を拭うと、僕の膝に手を置いた。

「あなたいい人みたいだから、特別に見せてあげるわ。待ってて」

そう言うと彼女は立ち上がり、空になった食器の載ったトレイをワゴンに戻して、廊下に消えていった。純ちゃんがささやいた。

「あいつ、少しおかしいから、まともに相手しない方がいいですよ」

二本目の牛乳を、ストローで音を立てて最後まで飲み干していると、尚子が戻ってきた。薄い雑誌と、ポータブルＣＤプレーヤー、ヘッドフォンを持っている。

「これよ。見てみて」

彼女の差し出したのは、写真週刊誌くらいの大きさと厚さの、派手なデザインの怪しげな雑誌だった。表紙にあらゆる色が使ってある。趣味が悪い。中央に、見覚えのある老人の顔写真が載っていて、その上に太いゴシック体で「天の声に耳を傾ける」と、書いてある。あまり評判の良くない、あの新興宗教団体の出版物のようだ。僕は受け取り、パラパラとめくった。どのページにも、教祖である老人の写真がある。

「二〇〇〇円でいいわよ」

「は?」

「二〇〇〇円で譲ってあげるわ。欲しいなら、部屋にまだたくさんあるわよ」

「いらない」

「ばちがあたるわよ」

彼女は眉間に皺《しわ》を寄せていた。僕は面倒くさくなった。

「じゃあ、この一冊だけでいいや。でも二〇〇〇円は借りだよ。お金はナースステーションだからね」

純ちゃんが身を乗り出した。「ね、俺にも見せてよ」

尚子は「何であんたなんかに見せなきゃなんないのよ」と言うと、ヘッドフォンを掛けて、そっぽを向いた。やがて彼女は右腕を高く上げて、リズムを取り始めた。

「ね、史郎さん、俺、なんか悪いこと言ったっけ、彼女に。俺、なんか気に障ること言ったかなあ。

ねえ、史郎さん」

そう言う純ちゃんに僕は無意味にうなずいて、トレイを持ってワゴンに向かった。

何だか変なところに来ちゃったな。こっちまでおかしくなりそうだ。それとも、僕はすでにおかしいのか。

もちろん、その通りだった。


「ダメです。入院して一週間は外出禁止です。それに、外出できるようになったとしても十時からですよ」

透明なアクリル張りのナースステーションの小さな窓越しに、そのナースはきっぱりと言い放った。スーパーで買い物かごを持って、野菜を手にとって選んでいるような、その辺のおばさんという感じの小柄な中年女性だ。「古田」と、ネームプレートに書いてある。

「中庭を散歩するだけですよ」

「ダメです。他の階に行くこともできません」

「買い物はどうするんですか」

「火曜日と金曜日に、ヘルパーが代行します。あらかじめリストを渡しておいてくれればね。それから二週間目になったら、ヘルパーと一緒に買い物に行けるようになります。入院のしおりに書いてあるでしょ」

そんなもの開いてもいなかった。窓の外では、日差しの中で木立の緑の葉が気持ちよさそうに風に揺れている。こんな日に外に出られないなんてナンセンスだ。でも仕方がない。絵でも描くか。

「じゃあ、僕の色鉛筆出してください」

「預かり品の持ち出しは十時から十六時までです。まだ八時過ぎよ。いい加減にしてちょうだい。忙しいんだから」

そう言うと古田さんは窓をぴしゃりと閉め、ご丁寧にクレセントを上げた。

僕はむかつきながら自分の席に戻った。


コーヒーカップからのぼる湯気を見ながら、野島仁厚病院を退院してから昨日までのことを思い出そうとした。この三階を訪れてからのことは、はっきりと覚えている。ホールの自分の席を案内されて、病室に案内されたのだ。だがどういうわけか、その前のことはほとんど覚えていない。入院の手続きに関することも。

野島仁厚病院を退院してから、三日間くらいは自分のアパートで過ごしたはずだ。その間、何をしていたのだろう。確か引っ越しの荷造りをしていたんだっけ。そういえば会社にも荷物の整理をしに行ったんだっけ。

そうそう、会社に行くのに道に迷ったんだ。会社にたどり着いてからも入り口の電子錠の暗証番号が思い出せなくて、お義母さんに電話したんだった。ちなみにその電子錠の装置は、僕が作製し、僕が暗証番号を設定したものだ。

その三日間のことはほとんど思い出せない。僕の中で何かが起きている。どうしたんだろう。

僕はセブンスターを取り出しながら立ち上がった。

喫煙室の中に入ると、多田さんが、誰かれ構わず自分の詩を見せてまわっていた。壁際では竹ちゃんが、五十代半ばくらいの、巨体といっていいくらいの大柄な男性と話し込んでいた。コワモテだ。僕はそこに割って入った。

「山口です。よろしくお願いします」

コワモテの男性は、ふう、と、白い煙を吐き出すと、低い声で答えた。

「西田です。どう。ここは気にいった？」

「ええと、何だか変な所ですね」

「全くだよ。俺はアルコールで入院したのに、何の因果でこんなおかしな連中の相手をしなけりゃならないんだ」

「みんな、初めは三階で様子見みたいですね」

「ああ。俺は明日診察だから、先生がいいと言えば明日にも二階行きだ」

西田さんはそう言うと、煙で大きな輪を作った。

ドアが開いて、三十歳くらいの女性が入ってきた。顔はひきつり、全身がガクガク震えている。女性は震える手でポーチから煙草を取り出して口にくわえた。竹ちゃんがチェーンの先のライターで火をつけてやった。女性はかすかに頭を下げた。

竹ちゃんが言った。

「西田さん、ここに三か月もいるつもりですか」

「冗談じゃない。こんなとこさっさと抜け出して、早く一杯やりたいよ」

だったら何で入院なんかしたんですか、と聞こうと思ったが、やめておいた。いろいろあるのだろう。竹ちゃんはうなずいて、今度は僕に向き直った。

「俺は一か月くらいで出て行くつもりですよ。俺、こんなとこにいる場合じゃないんですよ。さっきは尚子さんに偉そうなこと言ったけど、俺も別れた女房に子供たちを取られそうなんですよ。八十坪の家と土地はもう取られちまったけどね」

「何だってまた」

「汚い女でね、自分の友人に依頼して、俺を尾行させていたんです。俺が浮気相手といる写真が証拠となって裁判で負けたんです。家と土地は慰謝料ってわけです。そのあとで、あいつもほかの男と浮気していたことがわかったんだけどね。今頃俺の家で、仲良く暮らしているんじゃないかな」

「ひでえな。君の、その筋の人脈じゃあ何とかならないの」

「向こうもそっちなんですよ」

なるほど。しばらくの沈黙のあと、竹ちゃんに聞いてみた。

「仕事は何やってんの」

「運送会社のデリバリー。コンビニに卸す商品のリストをパソコンに打ち込むんです。それによって各トラックに積み荷が振り分けられるんですよ。ちなみに俺の彼女は大型トラックの運転手です」

「へえ。俺は工務店勤務だった。西田さんは?」

「まあ、金融関係かな」

西田さんはそう言って、顔をしかめた。どうやら、あまり立ち入ったことは聞かない方がよさそうだ。この人とは慎重につきあおう。

窓の外を見ると、宇宙船のような体育館が、朝日を浴びて輝いていた。

ホールに残っているのは五、六人で、皆呆《ほう》けた顔でテレビを見ていた。

僕の席には例の雑誌が置きっぱなしだった。僕は椅子に座って、それを手にとって開いてみた。朝の会の始まる九時四十分までにはまだ時間がある。テレビの芸能ニュースはつまらなかったし、他にすることがなかった。

自分たちの躍進を称える記事ばかりだった。そして教祖を称える記事。世の中で起こっている様々な出来事など、まるでお構いなしに。

僕はページをめくる手を止めた。来世について解説した記事だ。陳腐な内容だった。この宗教の神を信じた者だけがトップの天国に行ける。信じなかったが人類に貢献した者は次のランクの世界に行ける。教団外の多くの普通の人々はその下の世界で、悪人は言うまでもなく地獄行きだ。幸福な来世のために、神を称え、祈り、お布施しなさい。そして隣人を思うのであれば、布教しなさい。

バカバカしいと思うと同時に、怒りが込み上げてきた。「神」は、そんな存在じゃない。「神」は決して、人を裁かない。「神」は、個人の営みなど眼中にない。超越的な存在である「神」はただ、人知を超えた、その「予定」を、粛々と推進しているのだ。

僕はずっと考え続けていた。野島仁厚病院で、僕に「生きよ」と語った存在、「絶対者」について。

僕はそれを解明しなければならない。それについて学ばなければならない。

「それではゆうべ入院された山口さん、自己紹介してください」

ナースの古田さんが言った。自己紹介は考えていなかった。まあいい。短く済まそう。僕は立ち上がった。

「山口史郎と申します。アル中で入院しました。皆さんよろしくお願いします」

まばらな拍手の中で着席した。古田さんは続けた。

「はい、今日は午前、午後ともにレクリエーションの時間ですね。皆さん、思い思いの活動をしてください。それから、何度も言いますけど、洗濯が終わったら、速やかに洗濯機や乾燥機から洗濯物を取り出してください。でないと次の人が洗濯できません。では検温と脈拍測定に移ります」

朝の会はちょうど十時に終わった。僕はナースステーションのカウンターに肘をついて、小さな窓をノックした。細い眼鏡をかけたナースがクレセントを下ろし、窓を開けた。

「山口ですが」

「何でしょう」

「色鉛筆出してほしいんだけど」

性格のキツそうなナースだった。古田さんと一緒に朝の会にいたナースだ。ネームプレートに「向井」とある。

「ええと、どれが色鉛筆かしら。全くあなたは荷物が多いわね。こんなに荷物が多い人、ほかにいないわよ。本やら文房具やら」

「あ、そこの、床に置いてあるやつです」

　僕はＢ４判の大きさのブック型のケースを指差した。

「あ、これね。ずいぶん大きいわね」

「七十二色です」

「はい、他には？」

「あと筆記用具です。それから……」

「筆箱みたいなのが二つあるけど」

「二つともです。それからポケットコンピュータ」

　ちょっと待って、と言いながら向井さんは二つの筆箱の中身をチェックした。

「このカッターは、お渡しできません。鉛筆削りもね。分解すると刃物だから。そこに電動鉛筆削りがあるでしょ。それを使って。それと何？　何とかコンピュータ？」

「ポケコンです。そこの、関数電卓のでかいようなやつ」

「一体何に使うの？」

「遠近法の座標計算のプログラムが入っているんです」

　それを持ち上げて、向井さんはしばらく考えていた。

「これは先生に相談してからです。あなたの担当医は三崎先生よね。明日でないと見えませんので、今日は無理です」

「どうしてですか。何の害もないじゃないですか」

「とにかくダメです。それから、今出したものは、ここから見えるこのホールで使うこと。夕方の四時までにこちらに戻すこと」

向井さんはピシャッと窓を閉めてクレセントを上げた。僕はすぐに窓をノックしたが、彼女はデスクのパソコンの前に座り、こちらを振り向くことはなかった。

思い出した。そういえば昨夜、入院するときに、ノートパソコンを持って来ていたのだった。ＶＡＩＯのいいやつだ。するとドクターに「何のための入院ですか」とひどく怒られて、結局お義母さんが持って帰ったのだ。

部屋に行ってスケッチブックを持ってくる。衣服や生活必需品を除けば、自己管理を許された物品はごく限られていた。時計、ＣＤとヘッドフォンプレーヤー、二十冊くらい持ち込んだ本の中の文庫本や辞書ほんの数冊、ノート類、ボールペン。

シャープペンシルや鉛筆は、ナースステーション行きだった。凶器になるからだ。ハサミ、爪切り、三角定規などもすべて取り上げられていた。

色鉛筆の箱を開いて、何を描こうか考えながら、先っぽの丸くなったサーモンピンクを持ってカウンターの鉛筆削りに差し込んだ。ジョリジョリいう音の後で先っぽを見ると、いま一つ尖《とが》っていない。もう一度やってみたが、同じだった。どうやら、あまり尖りすぎないように調整してあるようだ。

よく見ると、鉛筆削りにダイアルがある。回そうとするけれど動かない。さらによく見ると、ダイアルの周りに、接着剤みたいな痕跡がある。僕はあきらめて席に戻った。

気がつくと、パルテノン神殿のようなものを描いていた。もっとも、ここには写真も資料もないので、大体こんなもんか、という感じだ。

神殿を描き終わってから、背景をどうしようかと考えた。そうだ、ここは丘の上のアクロポリスということにしよう。近未来の計画都市の中のセントラルパークだ。丘を下ると、アゴラと都市がある。建築物を描き始めて、僕はすぐに面倒くさくなった。丘の下は雲に覆われていることにしよう。僕は雲を描き始めた。

オレンジ色で雲を描いたのがいけなかった。朝焼けの雲にするつもりだったが、何だか非現実的な絵になってしまった。僕は頭をひねった。そうだ。ここは地球ではない。植民惑星だ。例えば、バーナード星あたりの。人類初の、太陽系外植民地だ。だとすれば、静止軌道ステーションとの連絡用のアンテナが要るな。大きなパラボラアンテナが。僕はそれを描いた。

惑星の名前は何にしよう。そうだ。「ザナドゥー」にしよう。「桃源郷」という意味だ。

ポットのところに行って、コーヒーを作った。カップを持って席の前に立って、描きかけの絵を眺めた。どう見ても駄作だ。これ以上こいつに手を加えても仕方ない。まあ、捨てるには忍びないのでとっておくとしても。

いつの間にかホールには誰もいなくなっていた。

午後、僕はまたスケッチブックを開いた。昼食の冷やし中華を音を立てて食べながら、次に何を描

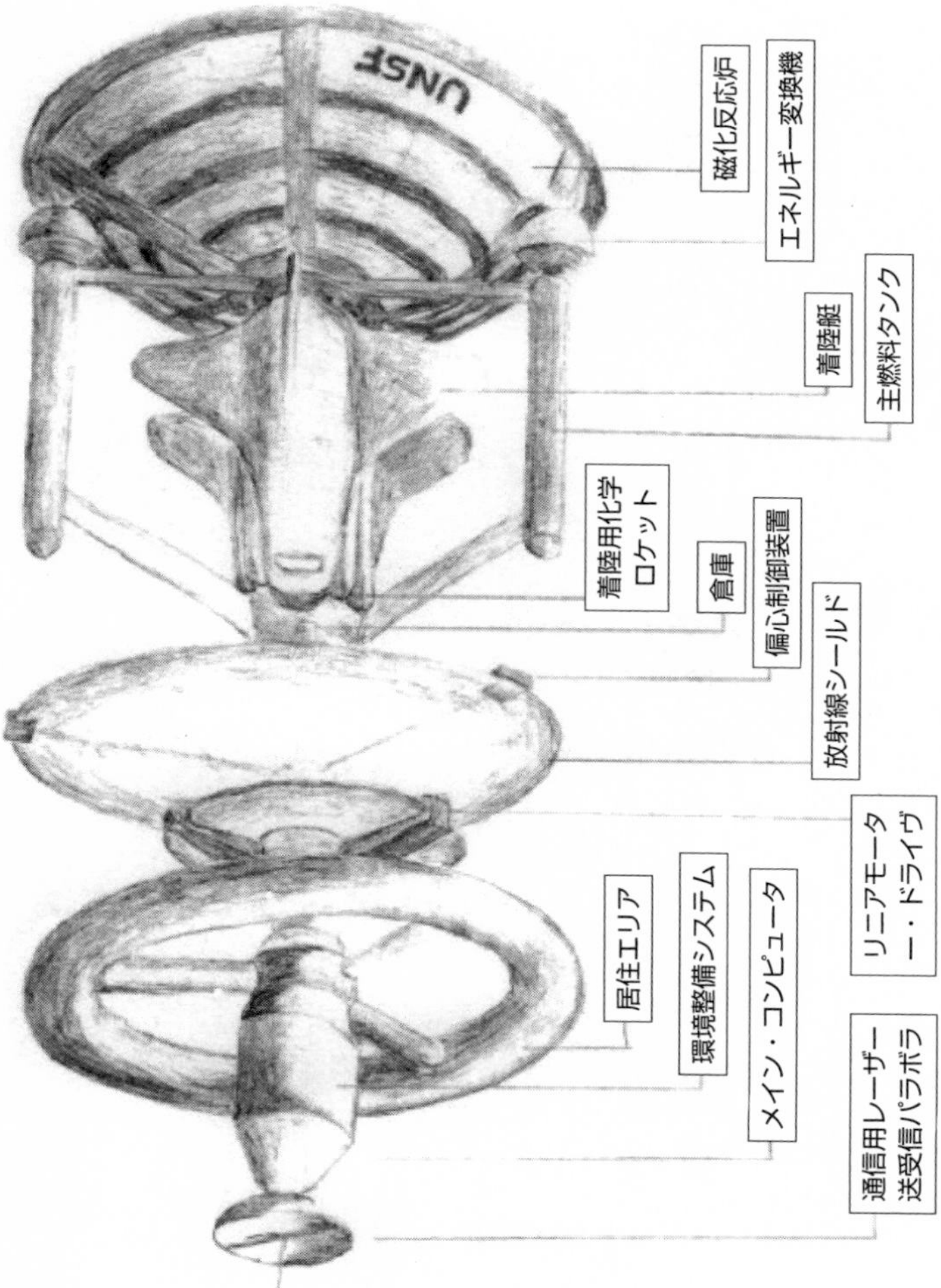
UNSF
磁化反応炉
エネルギー変換機
着陸艇
主燃料タンク
着陸用化学ロケット
倉庫
偏心制御装置
放射線シールド
リニアモーター・ドライヴ
居住エリア
環境整備システム
メイン・コンピュータ
通信用レーザー送受信パラボラ

くか決めていた。

ザナドゥーに行くには、植民船が必要だ。科学の粋を結集した、光に近い速度で天駆ける光子宇宙船だ。とりあえずラフなデザインにとりかかろう。

まずは推進システムだ。燃料の半分を反物質に変換し、残りの半分とぶつけて純粋なエネルギーにする。$E=MC^2$だ。燃料はあらかじめ磁化させておき、宇宙船のどの構造とも物質的に接触しないようにしておく必要がある。そうでなければ、宇宙船はすさまじい爆弾となってしまう。もちろん変換炉や、パラボラ状の推進部も、磁気を帯びていなければならない。

次に居住エリアだ。大変な長旅となる。もしかしたら、次世代にまたぐかもしれない。無重力で人生の大半を過ごした人間は、到着した惑星でその重力に耐えることはできないだろう。したがって、回転の遠心力で疑似重力を作り出す、ドーナツ型の居住区が必要だ。だが、方向転換のたびに角速度は変化してしまう。それを調整する回転の動力には通常のモーターやギアはうまくない。壊れやすいし、メンテナンスが必要となるだろう。非接触式のリニアモーターがいい。これだと振動もない。

まてよ、ドーナツの中を人が移動すると、そのつどわずかながら重心がずれる。それじゃだめだ。リアルタイムに重心を補正するための錘《おもり》が必要だ。放射状に三方向に設置すれば足りるだろう。あと、漏えい放射能から居住区を守るスクリーンも必要だ。原理はよくわからないが、とりあえず描いておこう。それと何だろう。そうそう、もちろん着陸艇だ。

僕は絵にとりかかった。気がつくと、午後四時になっていた。

「山口さん、持ち出し品を返却してください」

ナースステーションから顔を出したのは向井さんだった。返却もなにも、全部俺んだろうと思いながら、黒とレモンイエローの二本をこっそり抜いて、色鉛筆のケースと筆箱二つをナースステーションに持って行った。

「あと、僕の煙草出してもらえますか」

時々煙草を吸っていたので、ポケットの中にはもう何本も残っていなかった。

「山口さん、一箱持っていたでしょう」

「ほとんど吸ってしまいました。今晩の分がありません」

「山口さん、一日何本吸うの？」

「五十本くらいです」

「吸いすぎよ。一日一箱にしなさい。明日の朝十時に新しい一箱を渡します」

「むちゃくちゃだ。聞いてないよ、そんな話。聞いてもない話には乗れないよ。そんなのフェアじゃない」

ひばりちゃんに煙草をあげたことを後悔した。こういうことだったのか。

「わかりました。今日だけ特別にもう一箱渡しましょう。でも今言いましたからね。明日から一日一箱よ。『入院のしおり』にも書いてあるんだから」

向井さんは僕にセブンスター一箱を渡すと、ピシャリと窓を閉めた。

時間をかけて黒の鉛筆で宇宙船を仕上げると、最後にレモンイエローで、ほとばしる炎を描いた。描いてから、宇宙空間のこの角度で炎など見えるはずがないと気がついたが、まあ、誰も文句など言わないだろう。

廊下から、ガタガタ音をたてて、食事を積んだ大きなワゴンが入ってきた。もう午後六時になろうとしていた。窓の外の景色は薄く赤みを帯びていた。

4

夕食は言うことなしだった。ポークソテーは、その辺のファミリーレストランにひけをとらなかった。好き嫌いの多い竹ちゃんが、今度はプリンをくれた。プリンなら大好物だ。少しでも残してなるものかと、プラスチックのスプーンで容器の底をさらっていると、尚子が僕の腕をつついた。

「あれ読んだ?」

「大体はね」

「ためになったでしょう。正しいから」

「あのなあ、尚子。……まあいい。ちょっと待ってくれ」

僕は納得のいくまでプリンの残りをさらってから、トレイをワゴンに運んで席に戻った。

「みんな、いいかな。今晩は討論会だ。テーマは『神と宇宙』だ」

「あ、俺ね、宇宙は興味があるな。子供の頃スペースシャトルのプラモデル作ったんですよ」

純ちゃんが食いついてきた。竹ちゃんはトレイを戻すと、喫煙室に行ってしまった。テーブルに残ったのは、僕と、尚子と、純ちゃんと、京子という女の子だ。京子は二十代半ばくらいで、なかなかの美形だったが、そのくしゃくしゃの髪を見ると、かなりの期間シャワーを浴びていないのは確かだった。

　僕は三人の顔を見渡した。

「最初にまず聞こう。あなたは神を信じますか。信じている人、手を挙げて」

　三人とも手を挙げた。特に純ちゃんは、張り切ってまっすぐに手を伸ばしていた。

「じゃあ純ちゃん、神様はどこにいますか」

「俺はね、太陽が神様だと思うよ」

「馬鹿じゃないの。神様は見えないところにいらっしゃるのよ」

　尚子が突っ込んだ。僕は手のひらを宙にかざして、純ちゃんの反論を制した。

「まず純ちゃん、太陽が神だという考えは、非常に普遍的な考えだ。昔の人の多くがそう考えた。ただし、近代天文学や宇宙物理学が広まる前の話だ。いい、純ちゃん。この銀河系だけでも一〇〇〇億かそこらの恒星がある。恒星というのは、太陽と同じように自ら光を放っている星だ。核融合によって。中学や高校で習ったよな。とにかく宇宙全体では、事実上無限と言っていいくらいの太陽があるんだ。だとしたら純ちゃん、神が無限に存在するということになる」

　多田さんがよたよたと歩いて来て、竹ちゃんの席に座った。純ちゃんが言った。

「じゃあ、神様はたくさんいるんだよ。でもたぶん、神様たちの上に、一番偉い神様がいると思うな」

　後ろのテーブルから、チッ、と舌を鳴らす音がした。振り返ると、西田さんと数人が、テレビの野球中継を観ていた。僕は小さな声で純ちゃんに注意した。

「純ちゃんは無駄に声が大きいんだよ。テレビ観ている人たちがいるから小さな声で」

純ちゃんが「わかった」と言うのと同時にテレビの音が大きくなった。西田さんがリモコンでボリュームを上げたのだ。僕は続けた。

「すると純ちゃんのは多神教だね。そして神々を統べる絶対神がいる。日本神話もそうだし、ギリシア神話、北欧神話、ヒンドゥー教などがそうだ。興味深いのは、絶対神、例えばゼウスのさらに上に、形のない、謎めいた、意志の力が存在するというところだ。ところで、ここで新たな疑問が浮き上がる。その、一番偉い神様はどこにいる？」

純ちゃんは考え込んでしまった。多田さんが、ぼそぼそと言った。

「俺は難しいことはよくわからないけれど、いいことがあったり、願い事が叶ったりしたときは、やっぱり神様に感謝のお祈りをするね」

今度は京子が口を開いた。

「あたしは、自分自身の中に神様がいらっしゃるんだと思うよ」

「へえ。じゃあ一人にお一人ずつ神様が宿っていらっしゃるということか」

「そうよ」

「動物には？　植物は？」

「そうね、動物にも、植物にもよ」

「アメーバーは動物だけど、神様が宿っているのか？　バクテリアは。あと、生命と物質の境界にあるウィルスにもか？」

京子は黙ってしまった。紺野さんというおじさんが椅子を持って来て、僕たちのテーブルに加わった。僕と同室の、六十過ぎくらいの優しい笑顔のおじさんだ。

「その通りだよ、何ておっしゃったっけ、ああ、史郎さん。動物や植物だけじゃない。このボールペンにも、向こうのテレビにも、建物にも、火にも神様が宿っているんじゃないかな」

「古事記やギリシア神話そのものですね。ヤオヨロズの神。じゃあ紺野さんと京子ちゃん、あなたたちをこの世に送り出したのは誰だ」

「お父さんとお母さんよ」

「お父さんとお母さんを造ったのは。お祖父さんや、お祖母さん、そして最初の人類、あるいは最初の生命を造ったのは？」

「そりゃ神様でしょう」

「では結局、君は神様に造られたわけだ。京子ちゃん、君は言ったな。神様は自分の中にいらっしゃると。でも神様が君の中にいるのなら、君を造ったのは君の中にいる神様じゃないということになる。君の中にいる神様が、君を造れるわけないもんな。君を造るには、君の外にいる必要がある。もしかしたら君や植物が生まれるたびに新しい神様が生まれるのかもしれない。でも、君や植物を造った別の神様の存在が必要になる。どんどん遡っていけば、最初に物や人を造った神様が存在しなければならない。どうですか、紺野さん」

紺野さんは腕を組んで黙ってしまった。京子はぽかんと口を開けていた。僕はカップにインスタントコーヒーを入れて、ミニキッチンのポットのところに行った。考える時間をくれてやろうというわけだ。ここまでは上出来だ。ソクラテスに聞かせてやりたいくらいだ。席に戻ると尚子が言った。

「無駄な討論よ。あたしのあげた本に答えがあるはずよ」

「いや、肝心なことの答えがない。改めて聞くよ。神様はどこにいる」

「手の届かない所よ」

「この宇宙の中か」

「そりゃそうでしょうね」

「神様がこの宇宙にいるとすれば、その神様をひっくるめて、この宇宙を造ったのは誰だ。神様が宇宙を造ったのなら、神様は宇宙の外にいなければならない。その場合、次の疑問だ。その神様を造ったのは誰だ」

「あなたね、さっきから変な理屈ばかり言っているけど、神様を信じるのに理屈は要らないのよ。ただ、感謝の心を持って、祈ればいいのよ。そうすれば救われるから」

尚子が言うと、紺野さんが大きくうなずいた。多田さんが、そうだ、と言った。

「俺は理論で証明しうるものしか信じない。でね、世の中、理論で証明できないものなどないんだよ。何一つ。今はわからないことでも、次の世代の科学が解き明かす。これが俺の考えだ」

「あなた悲しい人ね。どこにも自分がないじゃない」

尚子に言われて、僕は少しへこんだ。竹ちゃんが喫煙室から出てきて、テーブルの前に立った。

「俺は神様なんて信じませんよ。神様がいるんだな、なんて思うような出来事、今までなかったもの」

「じゃあ竹ちゃん、何らかの意志を持った力の介入なしに、高分子が人間にまで進化したと思うか。ビッグバンが勝手に起こったのか。一体何のために、どうやって、この宇宙は存在するということを始めたんだ」

「どうも史郎さんの話は、俺には難しすぎるな」

竹ちゃんはそう言うと、後ろのテーブルの椅子について、野球観戦のグループに加わった。

「話を戻そう。いいか、尚子。理論というのは、人類のもっとも強力な武器だ。つまり、科学だな。例えば古来の人々は、地球が平らで、宇宙の中心で、太陽や星々が地球の周りを回っていると考えていた。コペルニクスやガリレオやマゼランが登場しても、人々はその考えに固執した。非常に直観的で、わかりやすいモデルだったからだ。

彼らが解き明かすことのできなかったのは惑星の動きで……いやこの話は今度にしよう。とにかく彼らは間違っていた。みんな知っての通り、地球は宇宙の中心どころか、銀河系の隅っこだ。なぜ昔の人々は間違いをおかしたか。それは自分たちの説を理論的に裏打ちし、他の可能性を演繹的に排除するという作業を欠いていたからだ。

結論。理論なしでは、人間は正しい回答に到達することはできない」

「ねえ、史郎さん、ねえ、ひとつもわかんないや、俺」

純ちゃんが言うと、みんながうなずいた。

「あなたの神様はどんなのよ」

ひばりちゃんが僕の後ろに立っていた。いつからいたんだろう。

「よく聞いてくれ。神はこの宇宙そのものだ。だが今この瞬間の、この宇宙という意味ではない。ビッグバンからビッグクランチに至る、すべての時間を含んだ全宇宙だ。そして時間軸を加えた宇宙とは、四次元だ。さらに言えば、五次元的な曲率を持った四次元だ。つまり、五次元球の表面だ。要するに、神は四次元の存在だ。

北極がビッグバンだとすれば、南極がビッグクランチだ。ある緯度の丸い線が、この瞬間の宇宙ということになる。今、宇宙は北半球にある。赤道に向かって、宇宙は膨張している。やがて赤道を越え、宇宙は収縮を始め、やがて南極の一点に収束する。ビッグクランチだ。

でもそれで終わりじゃない。一点に収縮した各素粒子やエネルギーは、すさまじい速度のまま、今度は反対方向に飛び出していく。北極めがけて。これが影の世界、パラレルワールドにおけるビッグバンだ。そして北極で収束した後、もう一度この宇宙のビッグバンとなる。つまり、全く同じ歴史が繰り返されるんだ。永遠に。僕の人生も、みんなも。『時間』は、『進行』しているのではない。五次元的に考えれば、宇宙の全歴史が、出来上がった状態で、すでに横たわっているんだ」

しばらくの沈黙のあと、京子が言った。

「あなたが教祖になればいいんじゃないの」

「ええと、でも誰もついてこないんじゃないかな。俺のは、こう、夢も希望もないから」

「あなた、おかしなことばかり言っていると地獄に落ちるよ。今度うちの親が来るときに入信用のハンドブックを持ってくるように頼んどくから。それを読んで神様のこと、まじめに勉強しなさい。一万円でいいから」

そう言う尚子はすごい形相だった。次に純ちゃんが言った。

「よくわかんないんだけれど、四次元って結局何？　どんなとこ？」

「聞いてなかったのか？　三次元プラス時間だよ。そうだな、その説明をするためには、ユークリッド幾何学と、非ユークリッド幾何学の話をしなければいけない。遥か紀元前数世紀のギリシアに……」

「山口さん、いい加減にしなさい」

振り向くと、ナースが両手を腰にあてて立っていた。四十歳くらいの、おっとりとした感じの長髪の女性だ。胸に小山と書いてある。落ち着いた喋り方だ。

「僕がなんかしましたか」

「その変な討論会よ」

「ただ、みんなと談話していただけです」

「ほとんどあなたが喋っていたじゃない。ナースステーションまで聞こえてきたわよ。いい、ここは患者さんたちが心を休めて療養に取り組む場所よ。おかしな話はやめてちょうだい」

「おかしな話、て、そりゃないんじゃないですか。僕はいたって正常です」

「いいえ、あなた、正常とはいえないわ。自分で気がついていないだけよ」

そう言われてみると、そんな気がする。僕は座ったまま、しばらく黙って天井を見上げた。

やがて紺野さんが将棋盤を持ってきて、京子と対局を始めた。他のみんなは観戦にまわったり、どこかに消えていったりした。

僕は自分の部屋に戻ることにした。紺野さんとの二人部屋だ。すると……どういうわけだか部屋にたどり着けない。廊下は一直線だ。迷う要素はない。ところがそのとき僕は、自分の部屋が右側だったか左側だったかすら、わからなくなっていた。

一つひとつ部屋をのぞいてみて、かなり時間をかけて、ようやく自分の部屋に、つまり自分の部屋だと思える部屋にたどり着いた。ワゴンの上に、覚えのある何冊かの本とＣＤがある。間違いない。僕の部屋だ。自分でも不思議だった。やはり、どうも記憶力に障害が発生しているようだ。

ベッドに寝転がると、ヘッドフォンでブラームスを聴きながら、『リルケ詩集』を読み始めた。すると、いつの間にか眠ってしまったようだ。

目が覚めると、朝の六時だった。ベッドから起き上がると、紺野さんが自分のベッドに腰掛けて『おいしい野菜の育てかた』という本を読んでいた。

「おはようございます。早いですね」

「おはよう。歳をとるとね、起きるのが早くなるもんだよ」

用を足すために洗面室に向かった。洗面室と男女トイレは一体となっていて、それぞれ薄いナイロンのカーテンで仕切られているだけだ。洗面台にはひばりちゃんがいて、鏡を見ながらアイシャドーを引いていた。

「おはよう、ひばりちゃん」

僕はチャックを下ろしながら小便器に向かった。面倒くさいので、いちいちカーテンを閉めたりしない。

「おはよう。神様の夢みた?」

「……なあ、ひばりちゃん」

僕は放尿しながら話しかけた。

「俺って変かな」

「そうね。かなりきてるよね。あんたみたいな人初めてよ」

「ふうん」

「あんた、黙っていれば、いい男なのに」

僕は自分のそれを持って、ぷるぷると振った。

「ひばりちゃん、独身?」

「シングルマザーよ。四歳の息子がいるの。母子家庭で生活保護よ。あたしのこと、もらってくれる?」

「そうだね。意外と気が合うかもね。考えとくよ」

僕はチャックを上げながら出て行った。小便のあとに、いちいち手を洗ったりしない。

僕はいったん部屋に戻って、スケッチブックとカップとインスタントコーヒーを持ってホールに向かった。

ホールでは、ヘッドフォンをかけてポータブルCDプレーヤーを左手に抱えた尚子が、大声で何やら叫びながら、右の手のひらを高く挙げて壁をドンドン叩いては歩きまわっていた。僕はあまりそれを見ないようにして、スケッチブックをテーブルの上に置くと、ポットのところに行ってコーヒーを作った。

席に着いてから記憶障害について考えてみた。そういえば患者さんたちの名前もすぐに出てこない。ナースたちの言ったことも覚えられない。何かが起きている。

もしかしたら、脳の中のアクティブなファイルが、記憶領域にまで作業範囲を広げてきているのかもしれない。つまり、記憶中枢の脳細胞に、新たな情報が上書きされつつあるのだ。そして古い情報は、かまわず削除される。

まあいい。なるようになるだろう。ドクターには話さない方がいいな。退院が延びたら嫌だ。コーヒーを一口飲んだ。

今日は何をしようか、と考えながら昨日描いた二つの絵を眺めていると、名案が浮かんだ。ストーリーを創るのだ。この二つの絵を結びつける、ドラマティックなストーリーを。

早速僕はレポート用紙とボールペンを取りに行った。

今朝はうす曇りだ。もしかすると午後あたり降るかもしれない。

バーナード星第一惑星ザナドゥーの開拓史

二〇二八　地球を周回する巨大な国連光学望遠鏡「プトレマイオス」が、バーナード星をめぐる地球型惑星を発見。質量は地球の一・二倍と推定される。周回軌道と母星との距離が非常に近接しているため、これまで発見されなかったものと思われる。なお、母星は小さな赤色巨星であり、惑星が母星から受け取るエネルギーは、地球が太陽から受け取るエネルギーと、ほぼ同等であると推定される。

二〇四〇　イオン推進型無人探査艇「キスメット」が、国連静止軌道コロニー「エターニティーⅣ」から離脱。

二〇六一　「国連情報論理計算局」が、超大統一場理論が最終的に解明されたと宣言。

二〇七三　「国連物理科学研究局」が、マクロレベルでの反物質の量産に成功したと発表。

二〇七五　「国連宇宙開発総局」が、完全質量消失による光子宇宙船の設計に着手。

二〇七七　「キスメット」から、地球型惑星を確認したという情報を受信。映像とともに公開される。

二〇八五　「キスメット」より、バーナード星の地球型惑星に関する諸情報を受信。ここで注目されるのは、惑星が酸素を充分に含む大気に包まれ、居住可能であるという分析である。

二〇八七　「国連宇宙開発総局」が、光子宇宙船「インフィニティー」の設計を完了したと声明。これを受け、「国連最高評議会」及び「国連諸民族会議」は、「国連宇宙開発総局」に対し、「インフィニティー」の建造を許可。

二〇九〇　「インフィニティー」が、月の周回軌道上で完成する。「国連移民局」は、乗務員一〇〇〇人の選別を開始する。応募者は、実に五〇〇〇万人を超えた。

二〇九一　「インフィニティー」が、三機のパルスロケットにより、第三ラグランジュ点まで牽引される。燃料注入開始。

二〇九二　「インフィニティー」光子エンジン点火。

二二〇九　「インフィニティー」が、バーナード星の惑星の衛星軌道に入る。スペクトル分析の結果、大気が水銀の化合物を含んでいることが判明。ただし、惑星上高所はかろうじて生存可能なことがわかった。「キスメット」がこれらのデータをなぜ見逃したかは不明。

二二一〇　惑星に移住するか、地球に帰還するか、乗員全員の投票が行われる。「インフィニティー」には農耕設備や、半永久的な循環システムがあったので、惑星から燃料を補充すれば、地球への帰還は可能であった。一世紀を要するとしても。だが投票の結果は、九十三パーセントの支持率で、惑星への移住であった。

二二一一　二機の着陸艇「ゼウス」と「アマテラス」を惑星大気圏内に投下。「ゼウス」は惑星上一万メートルで爆発。原因は不明。「アマテラス」は、高原に着陸するも、エンジンが大破。離陸不能となる。乗員二十三名は無傷。ブルドーザーなどの重機も損傷を免れた。乗員たちは「インフィニティー」本体の着陸に備え、整地作業に取りかかる。

二二一三　「インフィニティー」が、パラボラ型光子エンジン、居住ステーションなどを分離し、「アマテラス」付近、目標地点に化学エンジンにて着陸。予定通り、発電所への改造が始まる。なお、この時点で、航行中に誕生した世代を含む一三六二人が、未だ軌道上の居住ステーションに取り残されていた。

二二一五　「アマテラス」のエンジンの修理が完了する。「アマテラス」の往復輸送により、惑星の人口は、二二三人となる。この二二三人は、慎重に選ばれたフロンティアのエンジニアたちである。彼らは、恒久居住のための建築にとりかかる。同年、軌道上居住ステーションに出産規制が敷かれる。

二二四七　集約都市が完成。軌道上の居住ステーションからの移民が本格的に始まる。

――エンサイクロペディア・ギャラクティカ２５６７より

「……そして、この宇宙船『インフィニティー』の、パラポラ型の反応炉の上には、『ＵＮＳＦ』と書かれている。〝United Nations Space Force（国際連合宇宙軍）〟の略である。彼らはいったい何と戦っているのだろうか。それは彼ら自身の、本来限定された能力である。

エデンで神は人類を祝福したが、鳥のように空を飛ぶ権利を譲ることを拒んだ。

神は、『産めよ、増やせよ、地に満ちよ』と宣《のたま》ったが『宇宙に満ちよ』とは決して宣わなかった。

神はメトシェラたちに長寿を認めたが、後の人々には短命を与えた。

今も、彼らは戦い続けている。途切れることなく、絶えることなく。

彼らが戦う相手とは、

神に他ならない」

――トマス・カーサー著『星々の世紀の前夜』より

「……着陸艇『アマテラス』の着陸点に建立された、パルテノン神殿に似せたこの建築は、開拓者たちのモニュメントである。神殿の床には、こう刻み込まれている。『ここは、人類初の太陽系外植民地、ザナドゥーである。この場所こそが、輝く星々を超え、遥かな宇宙の彼方を目指す人類の、最初の礎である』

移民船『インフィニティー』に先行して送り込まれた無人探査艇『キスメット』のコンピュータは、一つだけミスを犯した。あまりにも大きなミスを。この惑星表面の実に九十パーセントが、水銀を含む致死的な大気で覆われていたのだ。その比重のため届かない、山岳地帯を除いて。人々はドームに覆われた集約都市に寄り添って暮らし、高地に安らぎを求める。

最初にこの地に降り立った人々は、巨大な赤い太陽に照らされた、オレンジ色の有毒な雲を下界に望みながら、何を考えただろうか。絶望という言葉の他に。

誰がその名をつけたのか、今となってはわからない。誰がこの惑星に『ザナドゥー（桃源郷）』という名を与えたのか。

我々は忘れてはならない。超光速ドライブすらないその昔、神をも恐れぬ勇者たちが自らの運命を切り開いていったことを」

これだけ書くのに早朝から午前中いっぱいかかった。朝食のサラダとパンを口にしながらも、頭の中で構想を練っていた。朝の会も、うわのそらだった。書き終えてからしばらくは、僕はまるで自分自身が「アマテラス」の乗組員の一人だったような、英雄的な気持ちに浸っていた。

僕の妄想は、大きなワゴンのガタガタいう音に打ち消された。お昼ご飯だ。ワゴンに行って「山口史郎様」と書かれた小さなアクリルのプレートの載ったトレイを引っ張り出す。カレーライスだった。

席に戻ると、斜め前に見知らぬ男性が座っていて、今まさにカレーライスに最初のスプーンのひと突きを加えようとしていた。おかしいな。この階の入院患者は、一通りお目通りしたはずだ。

青い半そでのポロシャツから伸びた両腕は、筋骨たくましい。でも眼鏡をかけた顔は童顔だ。といっても四十歳くらいか。僕の視線に気がついたのか、彼はこちらを向いて会釈した。

「中里幸三です。よろしく」

「山口史郎です。こちらこそよろしく。おいくつですか?」

「四十四です」

「へえ、若く見えるね。俺も四十四だけど」

カレーライスを一口食べた。なんだ、この甘さは。僕は思いっきり辛いのが好きだ。まあ、まずくはないんだけれど。肉もたっぷり入っているし。

純ちゃんがトレイを持って席に着いた。

「あ、また新しい人ですね。こんにちは。俺、時井純一です」

「中里幸三です」

「よろしく。仕事は何をやっているんですか」

「不動産会社勤務です」

そして彼は、誰でも知っている業界最大手の不動産会社の名を口にした。

「へえ、エリートだね」

僕は感心してみせた。

中里氏は、テーブルのメンバーと、挨拶を交わし始めた。

窓の外では小雨が降り始めていた。


午後、朝書いたストーリーを読み返した。するとまた閃《ひらめ》いてしまった。よし、描こう。僕はまたスケッチブックを開いた。

すごい速さで月を回る超低空軌道で「インフィニティー」が建造されていく風景のスケッチだ。

なぜ月なのか。地球ではなく。

簡単だ。地球から資材を運ぶのに、たくさんのロケットを打ち上げるのはコスティブだ。月は重力が地球の六分の一しかなく、しかも空気摩擦がない。資材を打ち上げるのに化学燃料は必要ない。月の赤道に設置された超電導リニアモーター・オービットから資材を積んだバージが加速され、正確に目標めがけて飛んでいく。第六世代スーパーコンピュータと連動しているので、一センチの狂いもない。動力は比較的わずかな電力だけだ。そして反物質が手に入る今、電力はいくらでも使い放題だ。

資材の大半は鉄をはじめとする金属だ。金属は月の核で手に入る。核融合掘削機が月の地底奥深くを掘り進んでいる。

宇宙船の燃料の水素は、月の表面の岩石から手に入る。反物質にするプロセスで、シンプルな水素が一番扱いやすいのだ。「インフィニティー」に注入されるとき、燃料の水素は、とてつもない圧力を加えられて、金属水素となる。

「インフィニティー」は、その構造が出来上がってから、月と地球の重力的中和点、ラグランジュ・

ポイントに牽引される。そこで地球からの精密機器などが積み込まれる。


「山口さん、聞こえないんですか」

「はい、僕ですか?」

「あなたでしょうよ」

五十過ぎくらいの、落ち着いた雰囲気のナースが後ろに立っていた。看護科長だと、あとで知るのだが。思慮深げな顔をした女性だ。でもその表情からは、ユーモアのセンスが読み取れなくもない。

「あら、絵が上手ね。何これ、空飛ぶ円盤? ……山口さん、三崎先生の診察ですよ」

僕はスケッチブックを閉じて、ナースステーションに初めて入った。型の古いパソコンが三台あった。カウンターの下に、たくさんの本や、いろいろなものが無造作に積み上げられていたが、よく見ると全部僕のものだった。

三崎先生が正面に座っていた。三十代後半くらいだろうか。理知的な細い顔をした、ちょっとした美人だ。

「お願いします」

僕は丸い椅子に座った。

「調子はどうですか。少しは落ち着きましたか」

先生がそう言うと、僕より先に科長が口を開いた。

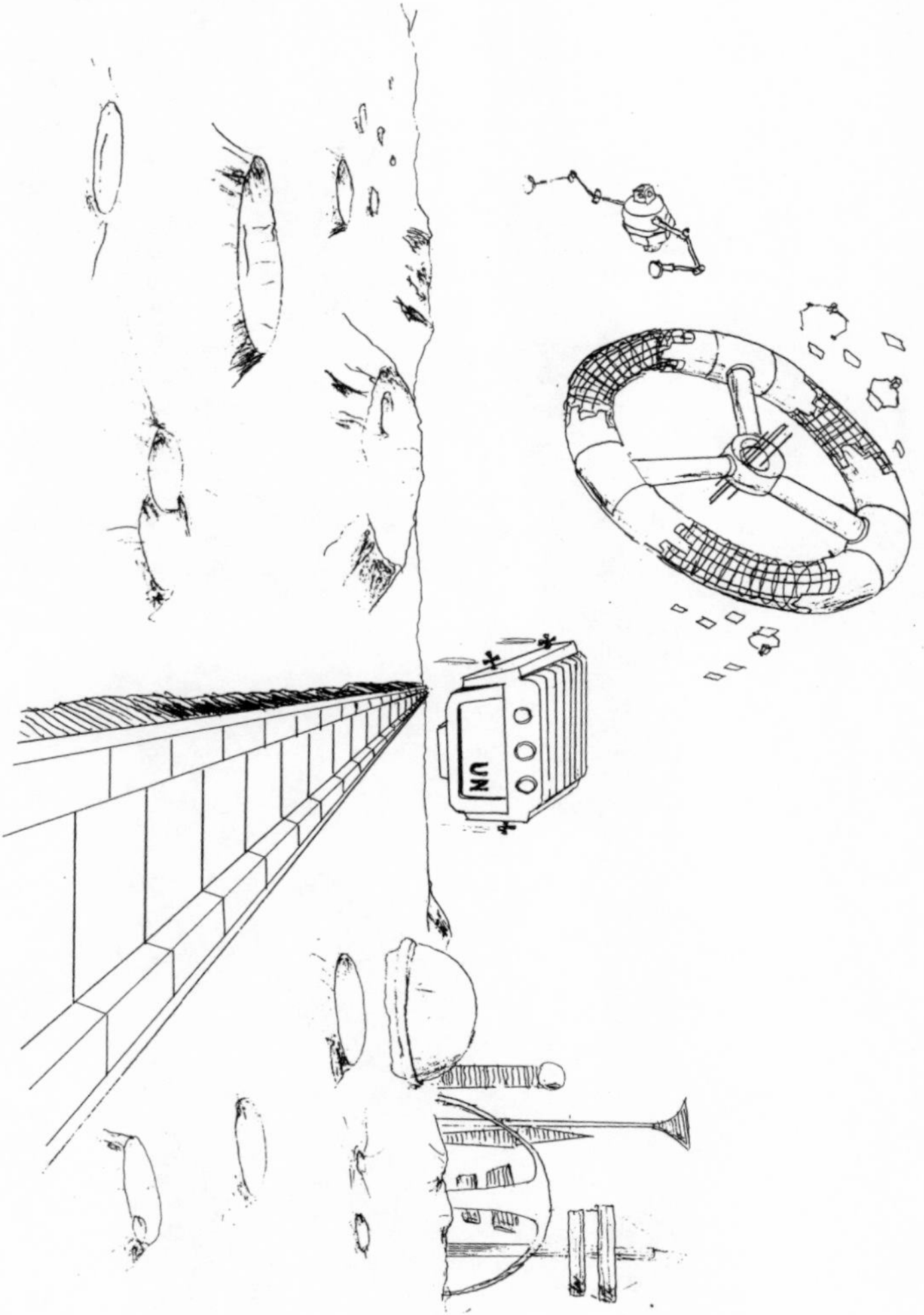

『申し送り』の報告によると、山口さんは昨晩、みんなを集めて神様に関する演説をしていらしたそうです。それに朝から晩まで、空想画を描いていらっしゃったという話です。今朝は何やら論文を書いておいででした」

「山口さん、おととい入院の手続きをした時のこと、覚えてます？」

「ええと、ノートパソコンを却下されたんですよね」

「他には？」

「あまり覚えていません」

「あなた、神様だの宇宙だのと繰り返していたのよ」

「そうでしたか」

「いいですか。今はリラックスして、心を休める時です。余計なことを考えずに」

「でも先生、急ぐんです。僕は神の存在を証明しなければならない。超数学的に」

「神様はしばらく忘れなさい。それにね、神様の証明なんて、歴史の中で数多くの人々が取り組んでは果たせなかった難問を、あなたが解決できるわけがないでしょ」

「僕にはできます。僕の脳の中にはスライドスイッチがあって、『超高速処理モード』に設定すれば、僕は天才になれるんです。精神が疲弊するのでめったに使いませんけど」

　先生は、五秒くらい考え込んでいた。

「食後のお薬のリーマスを追加しましょう。これがあなたのテンションを落ち着かせてくれるでしょう」

「先生。先生から見て、やっぱり僕はおかしいですか」

「普通じゃないのは確かですね。かなりの躁状態ですよ」

「躁状態ってことは幸せということでしょう？　事実、僕は今、楽しいです。躁状態の何が悪いんですか」

「楽しいのは本人だけです。周囲に迷惑をかけます。反社会的になり、攻撃的になります。それでは社会復帰できません。わかりましたか。以上です」

「あ、先生」

「何かしら」

「ポケットコンピュータを使わせてほしいんですけど」

「何に使うつもり？」

「絵を描くときに使うんです」

　本当は論理計算に使うつもりだった。神の証明のための。

「だめですね。許可できません。どうせろくでもないことに使うんでしょう」

「じゃあ、僕の本を全部自己管理にしてください」

「本というと……」

　科長が割って入った。

「ここにたくさんあります。ええと、『数学公式ハンドブック』、『ラプラス変換』、『シーケンス制御』、『量子力学の先端』……」

先生は、呆《あき》れたような、怒ったような眼で僕を睨《にら》みつけた。

「あなた、本当に何のためにここに入院しているんですか。本は初めに許可されたもの以外は却下です」

「せめて英語で書かれた本は返してくださいよ。それだとそんなに頭を使う必要はありません」

僕は英語の小説を何冊か持って来ていた。理由がある。三か月もの間、日本語の本を読んでいたら何十冊もの本が必要になるだろう。不経済だし、かさばる。英語の本だと、辞書を引きながら読むのに時間がかかる。そしてもちろん勉強になる。僕は英語があまり得意じゃない。

「どんな本かしら」

僕はしゃがんで、僕の荷物の中から、一冊のわりと薄い本を取り上げて先生に見せた。"Jonathan Livingston Seagull（かもめのジョナサン）"という本だ。

「そうね、こういう本なら構いません」

「あと、この電子辞書は」

「ああ、これね。辞書以外の機能はないでしょうね。いいでしょう。自己管理してください」

「ありがとうございます。あと外出は?」

「単独外出は、今のあなたには許可できません。どっちみちまだ一週間経ってないでしょう」

「わかりました。ありがとうございました」

先生に頭を下げてナースステーションを出ようとすると、科長が小言を口にした。

「山口さん、この大量の荷物は何とかならないの。今度面会に来られた時に、持って帰ってもらいますからね」

僕はテキトーな返事をして出て行った。

今では雨脚はかなり強くなっていた。ヘルパーさん数人が、ホールの緑の床にモップをかけていた。月の絵は、また今度続きを描こう。今や、取り組むべき最優先の課題がある。僕はレポート用紙を開いた。

「神」の証明にあたって

言葉や文章で「神」を語るのは簡単だ。教祖になればよい。だがそれは必然的に反論を伴う。しかし超数学的に「神」の証明をなしえた場合、誰ひとりこれに対して有効な反論をすることができない。

太古より、多くの人々は、「神」を証明する作業に取り組む代わりに、「神」を盲目的に信じることに腐心した。直観的にではなく理論的に「神」を証明しようという野心をもった人物は、古今東西、さほど多くはないのではないだろうか。

もちろんゲーデルにさかのぼる近代以前に、その試みがなされたとしても、失敗に終わったであろう。また集合論や記号論といった武器なくしては歯が立たない。

だが二十一世紀の現代、改めてそれに挑む者がいたとしても、誰がその試みに異を唱えることができようか。

1「神」が存在することを証明する

a）「超宇宙（五次元宇宙）それ自体が『神』である」を第一の公理とする……

書き終わると僕は、誰もいない喫煙室で一服した。

さっきからどうも気になることがある。頭の中の「超高速処理モード」の上に、もうひとつスイッチがあるような気がしてならない。仮に「テラモード」と名付けよう。だが、アクセスするためのアドレスがわからない。

探してみようか。いや、やめた方がいいな。そのスイッチをクリックした瞬間、何が起きるだろう。頭の中に次々とウィンドウが発生し続けるかもしれない。あるいは脳が遮蔽モードとなり、インプットを受け付けなくなるかもしれない。さもなければ脳のディスクドライバが果てしなく超高速回転を始め、疲弊して死ぬまで止まらないかもしれない。いずれにせよ僕は、回復不能な廃人になってしまうに違いない。

僕は喫煙室を出ると、部屋に行ってA４判の封筒を持ってきた。書き終えた論文を封筒に入れ、太いマジックで“Urgent Document for Dr.Misaki（三崎先生へ。緊急文書）”と書くと、ナースステーションの小さな窓をノックして科長にことづけた。

僕はある日、この文書を三崎先生から返却される。僕はそれを読み返して、意味がわからなくて途方に暮れたあげく、その中にいくつもの過ちを発見することになる。でもそれは二か月あとの話だ。

このとき、僕は確かに、ちょうどいいあんばいに狂っていた。

5

夕食のクリームシチューのボウルを口に運び、ジュルジュル音を立ててすすりながら、純ちゃんが聞いてきた。

「史郎さん、今晩は何の討論会やるの」

「そうだね。せっかく不動産のエキスパートがやって来たんだから、今晩は中里さんにそっちの話をしてもらおう」

「ちょっと待ってください。俺、そんな講演会みたいなことできないですよ」

「じゃあこうしよう。あなたは不動産屋だし、俺は二級建築士だ。二人で交代で都市計画の話をするってのはどう?」

「そんな話できるかなあ」

「大丈夫だよ、中里さん」

「それじゃ何とかやってみますよ。それと、俺のことは幸三と呼んでください」

「じゃ幸ちゃんでいいかな」

「OKです、史郎ちゃん」

僕はトレイを持って立ち上がった。

いつの間にか雨は上がり、空一面の雲が、深い朱色に染まっていた。


「このように、都市と郊外の無秩序な開発を避けるため、十二の用途地域が設けられています。これらは原則的に、都道府県が設定します」

幸ちゃんの後ろには、キャスター付きの大きなホワイトボードがある。ホールの隅っこから引っ張ってきたのだ。ホワイトボードは、「第一種低層住宅専用地域」とか「近隣商業地域」「工業専用地域」などといった語句で埋められている。

僕も一度は勉強しているはずだったが、細かいことはすっかり忘れてしまった。幸ちゃんは、さすが現役の不動産屋だ。

「用途制限により、それぞれの地域に建ててもいい建物が制限されます。例えば、第一種低層住宅専用地域では小さな事務所も造ってはいけないし、ソープランドは商業地域にしか造ってはいけません」

僕たちのテーブルには七、八人が椅子を持ち寄り、集まっていた。後ろのテーブルでは三人が野球中継を観戦していたが、西田さんの姿はなかった。あの人は二階に下りたようだ。

「次に『特定地区』です。特定地区では制限が大幅に緩和されます。つまり、超高層ビルがバンバン建てられるんです。これの解説は、史郎さんにお願いしましょう」

ほう。俺をテストするつもりだな。僕はホワイトボードの前に行った。

「特定地区として一番有名なのは、皆さんご存じの西新宿です。僕が子供の頃には、そこには超高層ビルは四つくらいしかありませんでした。でも今では西新宿は超高層ビルでいっぱいです。あと、特定地区にはサンシャイン60などがあります。

さて、いわゆる特定地区だけでは超高層ビルなどを建てる余地はもうあまりありません。そこでウォーターフロントです。『東京テレポート』などがそれにあたります。神戸の『ポートアイランド』、横浜の『みなとみらい』も有名です。そこでは近未来の都市をかいま見ることができます。ゆったりとした緑の公園の中に超高層ビルが林立し、新交通システムが滑るように走って行く。皆さん、『ゆりかもめ』には乗ったことがありますか」

ナースステーションの窓が開き、科長が顔を出した。

「もう少し静かにお話をしてください。もう病室で休まれている方もいらっしゃるんですからね。それにしても山口さんがいらっしゃってから、本っ当に騒がしくなりましたわね」

それだけ言うと科長はドアを閉めた。潮時だ。

「では、特にご質問がなければ、今日のお話を終わりにしようと思います。いいかな、幸ちゃん？」

幸ちゃんは、返事の代わりに拍手をよこした。やがて、みんなの拍手がホールに響いた。

「史郎ちゃんも宅建持ってるの」

マールボロの煙は、セブンスターとは違う匂いがした。僕は長くなった灰を灰皿の中に落とした。

「持ってる。俺のいた会社は、工務店兼不動産屋なんだよ。でも俺は、主任者証を使ったことはめったにないよ。工事の仕事でいっぱいイッパイだったんだ。そうそう、それにアル中だったしね」

「二級建築士だったよね。一級は取らないの？」

「あのね、まず、二級をとるためには、建築学科を卒業するか、七年以上建設会社や工務店に勤務する必要があるんだよ。で、俺はその会社に入って八年目に、二級を取った。独学でね。一級は、二級を取得してから五年経ってからじゃないと受験できない。一級はさすがに独学では無理だと思って、学校を予約した。半分お金を払ってね。本当なら、今頃学校に通い始めているところだよ」

「それは残念だったね。ここに入院したきっかけは？」

「この間、飲みすぎで肝臓がイカレて、生死をさまよったんだよ。死ぬのはもう少しあとでいいやと思って、この病院への入院を決意したんだ。幸ちゃんは？」

「アルコールの他に鬱があるんだよ。この組み合わせは良くないみたいだね。入院したのは会社命令だよ。うちの会社は、一年は療養休暇が取れるからね。もちろん建前は鬱だよ。アルコールの方は内緒なんだ」


僕はホールの片隅にある緑の公衆電話の受話器を持って、お義母さんと話し込んでいた。携帯電話は取り上げられていた。夜の十時になろうとしている。

「……そんなわけでね、お義母さん、ここじゃ、僕は問題児扱いなんですよ」

「あら、それは大変ね」

「ドクターは、ポケットコンピュータの使用を許可してくれないんですよ。論理学の本も返してくれない。これじゃあ絶対者の証明ができない」

「それは困ったわね」

「ピー」という音の後で、使い終わったテレホンカードが出てきた。

「全くですよ。このままだと……」

電話が切れた。僕は財布から新しいカードを取り出した。カードが電話機に吸い込まれる。ところが、いつまで経っても受話器から、「プー」という音が聞こえてこない。受話器を置く。カードが出てこない。もう一度受話器を持ちあげて、置き直す。それでもカードは出てこない。僕はナースステーションの窓をノックした。夜勤は向井さんだった。

「公衆電話なんですけど、カードを入れたのに、かけられないんです。受話器を置いてもカードが出てきません」

「それは申し訳ありません。NTTの人に来てもらいますから」

「とりあえず新しいカードを五〇〇〇円分ください。そうすれば、すでに入れてしまったカードについては、権利を放棄します」

「それはできません。カードの販売は、朝十時から夕方四時までです」

「それじゃあ困るな。今とても大事な話をしてたんです。明日の朝じゃ間に合わない」

「規則ですから」

「いい？　僕は会社の上司と、非常に重要な、そして至急の話をしていたんだよ。僕は会社の取締役だ。この話し合いが中断されたことによって、うちの会社に不経済が発生したら、一体誰が責任をとる?」

「規則は曲げられませんので」

「わかった。じゃあもし、この件に関して、うちの会社が損害を被ったら、こっちは訴訟を起こす。相手はもちろん、あんたじゃない。法人しのだ病院だ」

向井さんは目に見えてひるんだ。そしてヒステリックな声で返事をよこした。

「わかりましたよ。じゃあ、これ、テレホンカード五枚。五〇〇〇円つけときますね。いいですか。例外中の例外ですよ」

「どうもありがとう。感謝して、あなたの名前を記録しておきます」

「そんな記録要りません。削除してください」

してやったりだ。僕は受話器にテレカを差し込んだ。今度は、受話器から「プー」という音が聞こえてきた。

僕はまたお義母さんに電話した。お義母さんは、あらそう、へえ、そうなの、と相槌を打っていたが、しばらくしてこぼした。

「あら、もう十時半だわ。そろそろお風呂に入って休まなきゃ。明日早いから」

「あ、それはすみませんでした。じゃあ、おやすみなさい」

受話器を置きながら、なぜだか三崎先生の言葉を思い出した。「……反社会的になり、攻撃的になります」

その晩、夜中に目を覚ました僕は、トイレを探してさまよった。

朝食のトーストに二人分のイチゴジャムを塗りつけながら、純ちゃんに聞いてみた。

「ところで純ちゃんは、どんな仕事をしているの？」

「今は無職なんですよ。一年前まではパソコンのインストラクターの仕事をやっていたんだけどね。ワードとかエクセルとかの。あと、健康食品の販売でトップセールスマンだったこともありますよ」

僕は改めて純ちゃんの顔をのぞいたが、そのうつろな表情は、とてもセールスマンには見えなかった。僕が客なら、こんな怪しげな人から食品なんか買わないだろう。

「無職ってことは、収入がないわけ？」

「生活保護を受けているんですよ。お袋と二人暮らしなんですけどね。でも俺がここに入院している限り、お袋には月二万円しか入らないんですよ」

「じゃあ早く治して退院しないとね。でもいつからそんな病気になっちゃったの。統合失調症なんて」

「ある日突然ですよ。なんのきっかけもないです。なんでこんな病気になっちゃったのかな」

「俺が思うにね、そんな病気にかかる人は、頭が良すぎるんだよ。脳の回転が速すぎて、意思のコントロールを離れて、暴走を始めるんだよ。そして、脳は同時に複数の処理を始める。本人には何が起こっているのか、もはやわからない」

僕は野島仁厚病院での体験を思い出していた。自分の脳が制御不能に陥った時のことだ。僕はもう一息で統合失調症だったのかもしれない。それから今の記憶障害。これらはどう結びつくのだろう。

「え、じゃあ俺頭いいのかな。だったら嬉しいな」

と純ちゃんが言うと「こいつが頭いいわけないじゃん」と、尚子が突っ込んだ。僕は二つ目の牛乳パックにストローを刺した。竹ちゃんは、野菜の煮物もよこそうとしたが、そいつはいらない、と僕は断った。

「自分の意志で入院したの？」

「よく覚えていないんですよ。それとあとで聞いた話だと、俺、ここに入院してから相当暴れたみたいですよ。壁にパンチしたり」

そういえば、ホールの壁のところどころに、大小の穴やくぼみがある。病院側は、修繕するつもりがないようだ。どうせまたすぐに穴だらけになるからだろう。

「それでね、気がついたらね、ガッチャン部屋のベッドに縛りつけられていて、むき出しのチンコにカテーテルが二本突き刺さっていたんですよ」

ガッチャン部屋というのは、いわゆる監禁室だ。窓はない。ステンレス製の床の上に、頑丈そうなベッドと、むき出しのステンレス製の和便器がある。そして天井面には監視カメラが取り付けられている。僕は幸い、ここに閉じ込められたことはないが、たまたま扉が開いていたとき、こっそりのぞいてみたことがある。

連続飲酒をしていた患者は、アルコールがきれると暴れたり、激しい禁断症状に見まわれたりすることが多い。アルコール依存症以外の精神患者にも暴れる患者がいる。この監禁室は、主にそういった患者たちを必要な日数収容するためにある。

一方、別名反省室とも呼ばれ、ついうっかり酒を飲んでしまった患者や、酒を持ち込んだのがバレた患者が、この狭い部屋に閉じ込められる。本などの持ち込みは許されない。ただひたすら反省するのだ。

「チンコにカテーテルが二本? おい、大丈夫か。それってすんげえ痛いんじゃないの」

僕は思わず股間に手をやった。

「痛いのなんのって。後遺症で、俺もうエッチできないんじゃないかな」

「やめなさいよ。朝から下品ねえ」

尚子が言った。京子は、顔を真っ赤にしてうつむいていた。純情なんだな、と思って見ていたら、実は必死に笑いをこらえていたようだ。クックック、と笑い声が漏れてきた。

僕は牛乳のパックを折り畳むと、トレイを持ってワゴンに向かった。

南向きの大きな窓の外では、真っ青な空の中に、飛行機雲が一直線に流れていた。


バッハの「トッカータとフーガ」を聴きながら、『かもめのジョナサン』を読んで過ごすことにした。僕は少し昨夜のことを反省していた。向井さんとの一件だ。今、確かに俺は少しだけどうかしている。落ち着かなければ。僕は表紙をめくった。

目前に、金色に輝く水平線が広がった。青い空からたくさんのかもめたちが、餌を求めて海面にダイヴする。朝だ。新しい一日の始まりだ。

ナースやヘルパーたちがホールに集まってきた。ナースは科長と古田さん、ヘルパーは、東田さんという健康そうな体つきをした三十歳くらいの女性と、深田さんという小太りの三十代半ばくらいの女性だ。

僕は慌てて本やヘッドフォン、CDプレーヤー、インスタントコーヒーやカップなどを足元に下ろした。朝の会では、テーブルの上には何も置いていてはいけない決まりだ。

科長が宣言した。

「はい、それでは朝の会を始めます。今日は七月九日、木曜日です。初めに、昨日入院された中里さん、自己紹介してください」

幸ちゃんが立ち上がった。

「アルコールで入院した、中里幸三です。よろしくお願いします」

まばらな拍手が起きた。科長は続けた。

「採血の方と、心電図の方、ホワイトボードに書いてあります。時間になったら声をかけますから、ホールで待機してください。他の皆さんの予定は、午前・午後ともにレクリエーションです。有意義に過ごしてください。

それと、あとですね、御意見箱に投書がありました。読み上げます。『早朝や、夜遅くに、壁をドンドン叩いて歩きまわりながら、大声でお祈りをしている女の人がいます。うるさくて迷惑です』

この場所で、これが誰のことかは追及しませんが、もし自分のことだと思う方がいらっしゃれば、その方は今後そういった迷惑行為を慎んでください。わかりましたね」

科長はそう言いながらも、尚子を睨みつけていた。ホールのほぼ全員が、尚子の方を見ていた。その尚子は、純ちゃんを睨みつけていた。科長は続けた。

「それでは検温と、脈拍測定にかかります」


「だから俺じゃないってば。なんで俺だと思うんだよ」

純ちゃんは抗議した。尚子はものすごい形相で純ちゃんに詰め寄った。

「あんたしかいないじゃん。あたしはみんなのためにお祈りしてるんだからね。それがわかってないのはあんただけよ」

「ねえ、無茶苦茶じゃん、それ。根拠も何もないじゃん」

「言っとくけどね、あんた絶対地獄に落ちるからね」

尚子はヘッドフォンを着けてしまった。そして両手でリズムをとり始める。

「ねえ、史郎さん、ひどいと思わない？　何で俺が疑われるの。ねえ、史郎さん。何でかな。頭きちゃうよ俺」

「まあ純ちゃん、落ち着け。何だか知らないけど、尚子は純ちゃんのことが気にいらないみたいだね。でもね、尚子に怒ってもしょうがないよ。尚子はそういう病気なんだから。

自分と対等だと思うから腹が立つんだ。ここは大人になって、自分は相手より上に立っていると思えばいい。例えば、小さな子供に『バーカ』とか言われても、そんなには腹がたたないだろう？　イソップ童話にこんな話がある。ある日……」

「あ、史郎さんごめん。俺、なんだか眠くなってきちゃった。寝るわ」

純ちゃんはそう言って廊下に消えて行った。

ホールの真ん中で、ヘルパーの東田さんが四つん這《ば》いになって床をスポンジでこすっていた。長い髪を後ろで束ねた、いかにも健康そうな、体格のいい女性だ。美人と言えなくもない。無心に床にはいつくばる彼女は、背中が丸出しで、黄色のパンティーがズボンからはみだしている。そのはち切れそうな、大きな丸いお尻を見ていると、少し股間がうずくのを感じた。


ジョナサンは、高速での飛行の技を会得しようとして試行錯誤する。彼は上空から海面めがけて急降下する。海面ぎりぎりで波をかすめながら水平方向に九十度のターンを試みるが、コントロールを失い、スピンしながら海に突っ込んでしまう。

ジョナサンは考える。

「なぜ僕は急旋回できないんだ。隼《はやぶさ》のように。あの短い翼の隼のように。……結局僕はただのカモメなんだ。隼じゃあない。餌を探して海の上をさまよっては意地汚く争いあう、そんな哀れなカモメなんだ。運命に逆らうのはよそう。皆と同じ、カモメとして生きよう」

そしてジョナサンは力なく帰路につく。日の暮れた空の下を。

するとと突然閃いた。

「まてよ、短い翼！　それだ！　翼を折り畳んで短くすればいい！」

ジョナサンは、また上空に駆け上る。遥か下の海原を見据え、急降下を始める。翼を小さく折り畳み、海面すれすれで直角に、水平線目指して飛び出す。灰色の弾丸だ。恐ろしいスピードの。そして……完璧な成功だ。

僕は本を置くと、喫煙室に入ってセブンスターに火をつけた。昨日、いろんなことに熱中していたので、それほど煙草を吸ってない。まだ五本ある。

ゆっくりと一本を吸い終わり喫煙室を出ると、東田さんが、僕の方に歩いてきた。

「山口さん、介助入浴ですよ」

脱衣室では、男数人が服を脱いでいるところだった。脱衣室は八畳くらいの大きさで、片側に脱衣籠を並べた棚がある。クッションフロア張りの床の上に籐《とう》マットが敷いてある。

隅には小岩さんという、三十歳くらいのむっつりとした女性のヘルパーが目を光らせている。

僕はシャツのボタンを外しながら、小岩さんに話しかけた。

「朝から野郎どもの裸見て、何ともないの？」

「そんなの気にしてたら、この仕事務まらないわよ」

小岩さんは表情一つ変えずに答えた。ほんの少しでも笑えば、わりと、いい女なのに。

僕はシャツを籠の中に放り込んで、ジーパンとトランクスをいっぺんに脱いだ。小岩さんは一瞬僕の下半身に目を留めたが、相変わらず無表情のままだった。

風呂場は大きかった。浴槽は、十人くらいが湯船に浸かれるだろう。ここにもヘルパーが立っていた。目黒さんという、ドクター・スランプのアラレちゃんが四十歳くらいになったらこんな感じかなという、眼鏡をかけた女性だ。

僕は頭のシャンプーを済ますと、メッシュタオルにボディーソープを垂らした。僕はタオルで顔をこすり始めた。すると目黒さんがやって来て、僕のタオルを取り上げた。そしてタオルを僕の膝の上に広げた。

「山口さんダメねえ。まずタオルを泡立てなきゃあ。いい、こうやって二つ折りにして、ゴシゴシ擦るのよ」

彼女は、僕の膝の上でタオルをゴシゴシ擦ったので、その振動で僕のものはぶらぶら揺れた。

「いつまでこの監視付きの入浴をしなけりゃいけないの？」

「初めの一週間だけよ。それを過ぎれば毎日一人でお風呂に入れるようになるわよ」

僕はシャワーを浴び終えると湯船に浸かった。かなり熱かった。


窓際の大きなテーブルが、午後の日射しを浴びて白く輝いていた。

ひばりちゃんが、谷田さんという五十歳くらいの痩せた禿《は》げ頭の男性と、オセロの対戦をしていた。

谷田さんは今朝方入院してきた。僕はお昼前に挨拶を交わし終えていた。鬱病で何度も入退院を繰り返しているらしい。ひばりちゃんとはずっと前からの知り合いだそうだ。

「そこでいいんだね、ひばりちゃん。じゃあ僕はここに置くよ」

谷田さんは緑のマスの一つに白を置いた。そしていくつかの黒を白にひっくり返した。

「ああん、ずるい。大失敗だったあ。そこに置かれるとまずいなあ」

僕はしばらく盤を眺めていたが、生まれてこの方、オセロなんてほとんどやったことがないので、勝敗の行方は見当がつかなかった。

改めてホールを見渡す。穴だらけの壁は薄汚れていて、そろそろペンキを塗り直した方がよさそうだ。緑色の塩ビ床材を貼った床は傷だらけで、古いワックスがまばらに剥がれている。ほとんどの椅子は、足のゴムが一つか二つ取れてしまっている。

そういえば、トイレの小便器の一つは排水が漏れているみたいだし、浴室の蛇口のサーモも調子が悪くて、ちょうどいい温度にするのに苦労した。お金がないのかな、この病院。

僕は窓際に立って、手をかざして太陽を見た。純ちゃんが、太陽が神様だ、と言ったことを想い出した。わからなくはない。あらゆるものの上にあり、すべてのものを神々しい光で照らす。核融合？そんな言葉が必要だろうか。この地球における限り、太陽がすべての命の源であることは紛れもない事実だ。

僕は自分の席に戻った。『かもめのジョナサン』の続きを読もうかとも思ったが、何だか他にしなければならないことがあるような気がした。

僕は心の中に矛盾を抱えていたのだ。理論と感情のはざまで。

本にしおりをはさんで閉じ、電子辞書をオフにした。僕のすぐ後ろでは、太っちょヘルパーの深田さんが、いく鉢もある観葉植物に水をやっていた。

僕はレポート用紙を開いた。

信仰について

僕は絶対者を信じる。僕は、自分が絶対者と接触したと確信する。そして僕は論理的に、絶対者について語ることができる。

だが僕は、絶対者に対して、感謝の心を捧げる場所を知らない。

絶対者に祈る場所を知らない。

エージェントが必要だ。既製品の。


神道はどうだろう。多神教だ。しかし絶対者の存在を否定するものではない。祈りの場所はどこだ。神社だ。あちこちの。祈るのはいつか。好きな時に祈りに行けばよい。だがそれは持続しうるか。しえない、おそらく。

仏教はどうだろう。ガウタマ＝シッダールタは何を語ったか。哲学だ。宗教ではない。菩薩などは、後の人々の手による添加物に過ぎない。「南無阿弥陀仏」や「南無妙法蓮華経」は、祈りではない。語りかけである。

キリスト教はどうだろう。一神教だ。神が、天地と生命を創った。だが神は無情な支配者だ。神は世界の「洗浄」のために大洪水を起こした。一握りを残すために他のすべてを滅ぼす。神は、ときにその「予定」のためには非情となる。

だとすればどうだろう。僕は「予定」のリストに載っているのか。

ともかく僕は知っている。クリスチャンたちは、一週間に一度集い合い、祈りの場を持つ。それなら信仰は持続するだろう。

ここまで書いて僕はボールペンを置いた。

数秒後、僕は立ち上がり、ポケットから財布を引っ張り出しながら公衆電話に向かった。受話器を手に取り、テレホンカードを差し込むと、一〇四をプッシュする。

「町田市獅子町の『しのだ病院』に、一番近いキリスト教会を教えてください」

「町田市滝野に、一件お届けがありますが」

「そこをお願いします」

僕はその番号を、電話の脇のメモ用紙に書きとめた。スーパーやなんかの広告の裏を使ったメモ用紙だ。全くどこまで貧乏くさいんだか。

改めてメモの番号をプッシュする。数回のコールの後で、落ち着いた、男性の低い声が答えた。

「滝野聖書キリスト教会です」

夕食後の薬を飲み込んで、一服しようと立ち上がると、純ちゃんが聞いてきた。

「史郎さん、今晩は何の話をするの」

ええと、面倒くさいな。じゃあ……。僕は答えた。

「俳句の会ってのはどう？」

「いいね。俳句かあ。面白そうだね。早速みんなを集めようよ」

「純ちゃん、まあ、一服させてくれ」

喫煙室には誰もいなかった。僕は赤く染まった宇宙船を見ながら、セブンスターに火をつけた。ゆっくりと吸い込む。と、後ろでドアが開いた。あの女性だった。全身をガクガク震わせている。僕がライターを構えると、女性はかすかにうなずいて煙草をくわえた。

火をつけながら、すっかり夏めいてきましたね、と言うと、彼女はもう一度うなずいた。


大きなテーブル二つが連結された周りには、十数人が座って僕を見ていた。僕の後ろにはホワイトボードがある。

その晩は野球中継もなく、誰もテレビを見ていなかった。ただ、向こうのテーブルで、ひばりちゃんと谷田さんが、仲良さそうに喋りながら、オセロゲームをやっている。

「じゃあできた人から手を挙げてください。さっきも言ったけど、夏の季語ですよ」

「はい。いいかな」

多田さんが手を挙げた。いつもより声が弾んでいる。どうぞ、と僕は答えた。

「夏の空　サマードレスが　似合う女《ひと》」
二、三秒して拍手が起こった。僕は水性マジックで、それをボードに書いた。
「すごくいいじゃないですか。涼しげな女性が見えてくるようです。傑作ですよ。他には？」

「はい、俺いいかな」

純ちゃんだった。純ちゃんは立ち上がった。

「カテーテル、二本入れば　痛いよね」

僕は右手を突き出して、親指を下にした。

「却下だ、純ちゃん。だいたい季語は何だ。カテーテルか？」

でも僕は一応それをボードに書いた。

「じゃ、俺いきます」

幸ちゃんだった。幸ちゃんは立ち上がった。

「引き潮の　あいまに見える　貝のかけら」

「いいねえ。季語があるのかどうか、よくわからないけど、風景が目に浮かぶようだ」

僕はその句をボードに書いた。京子が立ち上がった。

「おせんべい　一緒に食べたら　おいしいね」

「かわいいね。そうだな、もう季語はよしとしようか。じゃあ俺も一句読むよ。

『落つる日を　しばし留めぬ　遠き峰』」

僕はどんどん書き込んでいった。今度は紺野さんが立ち上がった。

「夏夜空　眩《まばゆ》いばかりの　星の海」

「紺野さん、実はロマンチストですね。降るような星空が見えてくるようです」

尚子が立ち上がった。

「夏の朝　酸素を吸うと　おいしいな」

「綺麗だね。透明感がある。尚子のキャラっぽくないいな。……あ、はい、京子ちゃん」

「ときめきの　季節の中で　深呼吸」

「さわやかだね。はい、多田さん」

「夏の夜　ソープランドで　びんびんだ」

小さな笑いが起きた。みんなは座ったまま次々に発表し始めた。

「あらかなし　酒も女も　ないづくし」

「田舎者　新宿三丁目で　騙される」

「夏の夜　裸になって　愛撫だよ」

「夏の夜　インポテンツは　困ったな」

いつの間にか、ホワイトボードは五十もの俳句というか川柳で一杯になっていた。最後の方の句は、まともに書ききれなくなって、ボードの隅っこに小さく書かれている。

「はあい、それじゃあ投票に移ります。僕が読み上げるので、その句が気にいった人は手を挙げてください。ただし一人三回です」

僕はみんなの挙げた手を数え、赤のマジックでホワイトボードの句の上に数字を書き込んでいった。ほぼ全員の支持を得てトップに輝いたのは、僕の句だった。

「夏の夜　背中の痛みに　君想う」

6

日射しは一日ごとに強くなっていく。今朝は雲ひとつない快晴だ。だが空調はよく効いていて、天井からの静かな風が涼しい。

僕は緑のオセロ盤を睨みながら、平たい石を右手の中で弄《もてあそ》んだ。ひばりちゃんも、真剣な眼差しで盤を見つめている。僕は決心して、マスの一つに自分の白を置いた。そしてひばりちゃんの黒を二つ、白にひっくり返した。その隣に置けば、八つの黒を白にひっくり返せただろう。だが、ゲームは頭を使わなければならない。勝敗が決まるのは最後だ。

僕はオセロをほとんどやったことがないが、その簡単すぎるルールは知っている。そして、少し考えれば誰にでもわかる。戦術的に一番重要なポイントは何か。真ん中の石を取り返すのは比較的簡単だ。だが、端の石はひっくり返すのが難しい。中でも四隅の石は一度置かれたら、もうひっくり返らない。僕は四つの隅のうち、三つを取っていた。

「あんた、なかなかやるね。本当はオセロの達人なんじゃないの」

ひばりちゃんはすぐに黒を置いた。彼女の置ける場所は一か所しかなかったのだ。僕は白の石を、四番目の隅に置いた。いくつかの黒をひっくり返して白にする。

ひばりちゃんは、ううん、とうなりながら椅子の上でのけぞったので、薄紫色のTシャツの胸の上に乳首が浮かび上がった。

「ひばりちゃんは何でアル中になっちゃったの？」

「キャバクラで働いてたんだけどね、客のボトルを最後にイッキ飲みするのがあたしの役目だったの。でもって店がひけたら、今度はみんなでホストクラブに行くのよ。で、家に帰ったら、少し寝たあとでビールを飲むの。あたしお酒強いのよ」

ひばりちゃんは盤に黒を置いて、白をいくつかひっくり返した。

「子供は誰の子供？」

「エリート商社マンよ」

僕は続きの言葉を待ったが、ひばりちゃんはそれ以上語らなかった。

やがてひばりちゃんは最後の黒を置いた。僕が最後の白を置く。僕が四隅を取った割には、白も黒も同じくらいに見える。二人は自分の色をケースにしまっていった。結果は、石二個の差でひばりちゃんの勝ちだった。

「なんだ、結局あたしの勝ちじゃん」

「ひばりちゃん、もう一回だ。リベンジさせてくれ」

僕は最初の四つの石を並べたが、ひばりちゃんは立ち上がった。

「ダメ。疲れちゃった」

昼下がりのホールは、人がまばらだった。いつもだ。そりゃあそうだ。外出できる体なら、こんな天気の日に病院でくすぶっている手はない。

入院して何日経っただろう。壁の大きなホワイトボードに書かれた日付は七月十四日だが、自分がいつ入院してきたのか思い出せなかった。確か、二日目あたりの水曜日にドクターの診察を受けたんだっけ。竹ちゃんや西山さんや紺野さんは、一足先に二階に下りてしまっていた。

僕はまたスケッチブックを開いていた。描いているのは大きな総合大学の地図だ。もちろん架空のキャンパスだ。

大学は山を取り囲むように建設され、学部ごとの建物や、レストラン、音楽ホールなどが、溢れる緑の中に点在している。それらは環状のモノレールによって結ばれ、そのうち両端の二つの駅が、都市につながる地下鉄と連絡している。

もちろん野球場やサッカー場、テニスコート、陸上グラウンドはあるし、屋外プールやゴルフ場だってある。医学部には大学病院が隣接している。ショッピングモールもあれば映画館もある。小高い丘の上に天文台がある。湖に面していて、ヨットハーバーがある。

チャペルもあれば、愛し合う二人のためのコテージ風のホテルもある。ビアホールがあり、ディスコがある。古代ローマのような公共浴場がある。

コロセウムのような屋外弁論広場から「哲学の道」をたどれば、キャンパスの中央にある小高い山の上に行きつく。そこには言うまでもなく、パルテノン神殿がある。

そこで思い出した。僕は大学時代、広いキャンパスの真ん中の、小高い山に登ってみたことがある。

頂上に着いて驚いた。そこにあったのはお稲荷さんだった。鳥居があり、さい銭箱もある。あろうことか、さい銭箱には、力強い字で「中央大学」と書かれてあった。たぶん、大学が移転する以前からそこにお稲荷さんがあったのだろう。

僕は色鉛筆を置くと、カップに少し残っていたコーヒーを飲み干した。僕は隣で僕の絵を見ながらボーッとしている尚子に、空のカップを差し出した。尚子はカップを受け取ってインスタントの瓶のふたを開けた。

「どれくらい入れる?」

「いつもくらいでいいよ」

ほどなく尚子は、カウンターのポットのところから戻ってきた。

「ねえ……」

僕はスケッチブックの上で、エメラルドグリーンを小刻みに躍らせていた。

「何?」

「ひばりちゃんのこと好きでしょ」

「なんでそう思う?」

「ここの男たちはみんなそうだもの」

僕は顔を上げた。向こうのテーブルで、ひばりちゃんが谷田さんと楽しそうにオセロをしている。オセロは疲れるんじゃあなかったのか。どうも、ただの古い知り合いじゃないな。そういえば、谷田さんは、妻子がいると言っていたよな。

「べつに」

「あたしも、これでも若い時はモテたんだから」

「聞いてないよ、そんなこと」

「いいこと教えてあげようか」

「どんなこと」

「あのね、京子はあなたのこと好きよ」

僕は尚子に向き直った。改めて尚子を見るが、どんなにフィルムを巻き戻ししても、美人の顔が現れるとは思えなかった。

「そりゃ君の思い込みだよ」

「いい、こうしてあたしたちが一緒にいるじゃない。そうすると京子はあとであたしに当たり散らすのよ」

「だって席が隣だから仕方ないじゃん」

僕は色鉛筆のケースにエメラルドグリーンを戻すと、コバルトブルーを引き抜いた。鉛筆の先っぽが丸くなっている。

「尚子、この鉛筆削ってきて」

喫煙室で煙草を吸っていると、竹ちゃんと西田さんが入ってきた。

「はい、これ」

　そう言って、竹ちゃんはズボンのポケットからセブンスター三箱を取り出した。青白い煙が、ゆっくりと天井のファンに向かって流れていった。

「いつも助かるよ。煙草を一日一箱なんて無茶だよ。下に下りてからお金を返すからね。何しろここでは、ろくにお金も渡してくれないから」

「それにしても、二階はおっかないところですよ」

　竹ちゃんはゆっくりとそう言った。

「ヤクザがうようよいるんです。空気が張り詰めています。史郎さん、二階に下りたら、あんまり喋らない方がいいですよ。みんなピリピリしてるから」

「どうしよう。起きてるときはまだしも、俺、いびきがひどいらしいんだ」

「夜中いびきなんてかいたら、これくらいの包丁で刺されますよ」

　そう言って竹ちゃんは、両手を四十センチくらいに広げてみせた。

「勘弁してくれよ。俺、そっち方面には免疫がないんだ」

　喫煙室の窓からは、ライトアップされた宇宙船が見えた。もう夜の八時になろうとしているのに、何かの行事だろうか。

　今度は西田さんが口を開いた。

「それに二階は忙しいぜ。朝の六時半に掃除だろ、それからラジオ体操だ。三階みたいにヘルパーが掃除するんじゃない。自分たちでやるんだ。で、そのあと朝の会だろ、でもって、そのあとは一日中アルコールの勉強会や、ディスカッションだ。夜は夜で、外からアル中たちがやって来て、身の上話みたいなヨタ話をしやがる。史郎ちゃんよ、絵を描いたり、なんだか文章を書いたりするのは、今のうちだぜ」

三階の患者は基本的に二階を訪れることはできないが、二階の患者は三階に上ってくることができる。二階の患者も、寝る前の薬を三階のナースステーションでもらうシステムになっているので、夕食後から夜十一時までは、二階と三階の間の階段が開放されているからだ。もっとも、ナースの目を盗んで、三階から二階に下りて行く患者もないではない。例えば多田さんだ。多田さんは若い女のいるところにはどこでも行く。

後ろでドアが開いた。入ってきたのは初めて見る、二十代後半くらいの若い女性だ。派手なデザインのピンク色のワンピースを着ている。

「こんばんは」

弾んだ声で、その娘は言った。いかにも楽しそうな笑顔を浮かべている。目が大きくて、ラインを引いた眉毛が大きく吊り上がっている。僕は挨拶を返した。

「こんばんは。君は？」

「浜田圭子です。よろしくお願いします」

「俺は山口史郎。昼間はいなかったよね」

「さっき入院してきたところよ。あたしのことはケイ、って呼んで。『圭子』は昭和っぽいから」

竹内です、と竹ちゃんは短く名乗ったが、西田さんは無言だった。

ケイはポーチからセブンスターを取り出した。僕は灰皿とチェーンで結ばれたライターを取り上げて、火をつけてやった。ケイは両手をかざしながら僕の前に頭をかがめたので、茶色がかった長い髪から、かすかにキンモクセイのような甘酸っぱい匂いがした。香水は禁止のはずだったが。

「どうもありがとう」

僕は短くなった煙草をもみ消すと、二本目の煙草に火をつけた。

その後しばらくの沈黙の中でケイは煙草を半分まで吸うと、無造作にもみ消して、喫煙室から出て行った。僕は竹ちゃんに聞いてみた。

「今の娘、どう思う?」

「俺は興味ないですね、あんなキャバクラ嬢」

西田さんが補足した。

「いや、場末のスナック嬢だな、ありゃあ」

もちろん僕も、彼女には何の興味もなかった。

ぜんぜん、これっぽっちも。

僕のテーブルは本やレポート用紙やノート、辞書、いくつかのCDとCDプレーヤー、文房具その他もろもろで溢れ返っていた。

僕は手を止めると、最初のページに戻って見直し始めた。火星と木星の間のアステロイドベルトにある小惑星を、地球の衛星軌道に乗せる方法についてのスケッチだ。

小惑星を貫通する中心軸を想定し、その軸に沿って水爆を埋め込んでいく。その水爆を端から順番に爆発させていけば、小惑星は、内側の質量を吹き飛ばしながら、作用・反作用の法則で加速される。地球に着く頃には、中空の天体になっている。

今度はその小惑星の開口部をふさいで、軸を中心に回転させる。それから中を空気で満たす。人が立って生活できる、広大なスペースコロニーの完成だ。

隣では尚子が、ヘッドフォンを掛けてぼお、と正面を見ている。

周りを見渡すと、僕たちのほか三人がテレビのドラマを見ているだけだった。時計を見ると午後十時半になろうとしている。就寝時間三十分前だ。作業の区切りもいいし、今晩はもう寝るとしようか。

僕はテーブルの上を、時間をかけて片づけると、立ち上がった。

「じゃあな、尚子、おやすみ」

「……おやすみ」

荷物を自分の部屋のベッドの上に置くと、トイレに向かった。小便をすませてトイレから出ようとすると、洗面台の前に尚子が立っていた。僕は驚いた。一体いつの間に……。

「ねえ……」

そう言うと尚子は近寄ってきて、いきなり僕の両肩に腕をまわした。そしてあろうことか僕は、唇を奪われてしまった。逃れようとするが、女とは思えない、ものすごい力だ。尚子の舌が僕の上下の歯の間をすり抜け、口の奥でなまめかしく動く。意外なことに、気持ち良かった。そして彼女の右手は僕の腰に当てられ、股間へと滑り下りて行く。

頭の中にアラームが響き渡った。「デインジャー、デインジャー、緊急脱出、緊急脱出……」

僕はやっとのことで尚子を引き離し、股間の彼女の手を振りほどいた。

「どういうつもりだ。こんなの人に見られたら、二人でガッチャン部屋だぜ」

尚子は何も言わなかった。

僕は部屋に戻り、ベッドの上を片づけると、横になった。紺野さんは二階に下りてしまっていたので、二人部屋の病室には僕一人だった。ほどなく僕は眠りに就いた。

目を覚ますと、尚子が僕の体を揺さぶっていた。

「ねえ、あたしの部屋、個室だから鍵がかかるの。来ない?」

僕は目をこすりながら答えた。

「あのなあ、ナースは合鍵を持っているに決まってるだろう。時々見回りに来るんだぜ。そんなにガッチャン部屋に行きたいのか。でも行くなら一人で行ってくれ」

尚子はそれ以上何も言わず消えていった。その後はなかなか寝つけなかった。


「調子はどうですか」

三崎先生は、まっすぐに僕を見たので、僕は慌てて眼をそらした。別に悪いことをしているわけではないのだが。どうもこの先生は苦手だ。

「好調です。自分でも落ち着いてきたと感じます。今では社会性に溢れています」

僕は薄桃色のパンツを穿いた先生の、太ももあたりを目で探りながら答えた。でたらめだった。

「神様はどうしましたか」

「あまり深く考えないことにしました」

もちろんそいつも嘘だったが、とりあえず、自分が正常だとアピールしなければならない。するとナースの古田さんが割って入った。

「でも時々、夜みんなを集めて何かやってるわよね。はっきり言って、山口さんが来てからこの階は騒々しくなりました」

全く余計なことを。

「ただの自主的なレクリエーションです。例えば俳句の会とか」

先生は腕を組んで、背筋を伸ばした。

「判断が難しいんですよね、あなたの場合。自分ではお気づきではないかもしれませんが、今もあなたはテンションが高いですよ」

「先生、僕は生まれつきテンションが高いんです」

先生はため息をつくと、両手をキーボードに置いた。

「まあ、あとは二階で様子をみますか」

「ありがとうございます」

「これであなたは、院内プログラムのない時は、十時から十六時まで随時一時間以内の外出ができるし、あらかじめ許可を取れば丸一日の外出ができます。刃物や、その他禁止されているもの以外の物品は自己管理になります」

「じゃあポケットコンピュータも?」

「ああ、あれはダメです」

「でも先生、あれにはアドレス帳や、必要な情報が入力してあるんですけど」

もちろんそんなものは入力されていなかった。それにしてもわざわざ聞くんじゃなかった。

「では必要なときに、ナースステーションのカウンターの上で使ってください。十時から十六時までで、一回十五分以内です」

僕は少しがっかりしたが、ともかく、かなり自由の身に近づけたわけだ。

「わかりました。なんにせよ、ありがとうございます。あと先生、これお願いします」

僕は「外出許可願」と書かれた、二枚の小さな用紙を先生に渡した。

「外出届ね。十八日、土曜日十二時より同伴で買い物。あとこっちが、十九日、日曜日十時より教会。……神様は忘れるんじゃあなかったんですか。まあ、教会だったらいいでしょう」

先生は二枚の用紙にサインしてくれた。

「じゃあ失礼します」

ナースステーションを出て喫煙室に向かおうとすると、太っちょヘルパーの深田さんに呼び止められた。

「山口さん、どこに行くつもり？　引っ越しよ」

深田さんは、大きな台車に手をかけていた。

「え、もう、引っ越しなの」

深田さんと僕は、病室のロッカーの中とナースステーションの僕の荷物を台車に積み込んだ。ベッドの脇のワゴンはキャスターが付いているので、そのまま移動できる。

僕たちがスチールの扉をくぐってエレベーターホールに入ると、後ろできしみながら扉が閉まり、すぐさま施錠の音がした。エレベーターを待ちながら、深田さんは台車の上にうずたかく積まれた僕の荷物をポンポンと叩いた。

「山口さん、二階ではほとんどのものが自主管理になるから、病室が満杯になっちゃうんじゃないの」

「……深田さん、そんなことよりもさあ……」

「なあに」

「二階には怖い人がたくさんいるって本当?」

「怖い人って?」

「社会的不適合者というか何というか……例えばその筋の……」

「あはは、山口さん、誰に吹き込まれたか知らないけど、心配いらないわよ。優しい人ばかりよ」

深田さんが言ったことは本当だった。

竹ちゃんの言ったことも本当だった。

7

とても大きな男だった。背丈は一九〇センチ近いだろう。体全体ががっちりしている。筋骨りゅうりゅうだ。だがそれだけではない。何かが、この男を大きく見せている。

「朝六時四十五分から清掃だからね。洗面室のロッカーにブラシとモップがあるから。自分の部屋を掃除してもいいし、ホールや廊下を掃除してもいい。大変なのは掃除機当番だよ。ランドリーと、面会室と、図書室は全面掃除機をかけるんだ。あと、みんなが集めたごみを、最後に吸い取る。掃除機当番は交代制だよ」

矢部さんは、僕と、三十分遅れで二階に下りてきた幸ちゃんの顔を交互に見ながらそう話した。

彼は三十代半ばくらいだろうか。いかにも意志の強そうな彫りの深い顔つきをしていて、髪の毛を短く刈り込んでいる。どういうわけか、もうみんな半袖を着ているのに、長袖の黒いTシャツを着ている。

一人の中年男性が歩いてきた。

「矢部さん、喫煙室の灰皿がけっこう一杯なんだけど、まだ掃除しなくていいのかな」

「まだ早すぎるよ。今、三時半だからね。今掃除しても、夜もう一度掃除することになるよ」

中年男性は、了解、と言うと去っていった。矢部さんはまたこちらに向き直った。

「あと七時からラジオ体操。七時四十五分から朝飯で九時四十分から朝の会。十時から学習プログラム。まあ、あとのことは、おいおいわかるよ」

僕は矢部さんにお礼を言った。

「どうもありがとう。さて、俺は十日ぶりに外の空気を吸いに行くかな」

「それじゃあ急いだ方がいい。四時に点呼だから。あ、出かけるときは、外出ノートに名前と時間と行き先を書くんだよ」


二階は三階とほとんど同じ造りだが、いくつか違ったところがある。三階にはなかった図書室があるし、ナースステーションのカウンターの上の公衆電話のほかに、ちゃんとした電話ボックスがある。けれども一番大きな違いは、エレベーターとホールとの間に仕切りがないことだ。カウンターの上に外出ノートがあった。その上には大きな貼り紙がしてある。

■断酒3ヶ条
●互助会
●抗酒剤
●通院

僕は外出ノートに名前と時刻を書き込み、下足箱でスリッパから靴に履き替えると、エレベーターに乗って一階に下りた。

一階でエレベーターから出ると、そこは外来待合室だった。長椅子が並んでいる。入り口寄りに事務局がある。入り口とは反対側には大きな窓があって、窓の外にはとても大きなケージがあり、たくさんのセキセイインコがいた。

僕はすごく嬉しくなった。僕は小鳥が大好きだ。セキセイインコたちは、お互いキスを交わしたり、首を縦に振りながら鳴いたり、止まり木から止まり木に飛んだりしている。

それをいつまでも眺めていたいのはやまやまだったが、太陽の下で深呼吸することが先だ。僕は外に出た。

太陽の光を肌で感じた。空を見上げると、とても眩しかった。細長い雲が真っ白に輝いている。

少し先に飲料の自販機があり、その隣にベンチがある。ベンチの前には灰皿がある。あまり時間がない。遠くには行けない。僕はそのベンチで過ごすことにした。

財布から小銭を出すと、コーラを買った。二階に下りた時点で、お金も自主管理になっていた。ベンチに座り、コーラのプルタブを引く。太陽はさんさんと輝いていたが、さほど暑くはなかった。気持ちのいい風が吹いていていた。

僕たちの病棟の反対側に、二階建ての病棟があった。一病棟だ。重度の精神病患者の入る病棟だ。窓が内側からベニアで覆われているようだ。中が見えない。時折大声が聞こえてくる。

「さあ、踊れえ。ワン・ツー・スリー・フォー、ベイビー俺は……」

僕はセブンスターに火をつけた。今ではライターも自主管理だ。入院してから今までのことをあれこれ考えてみた。例えば今通ってきた一階の待合室。僕は間違いなく入院時に通っているはずだ。セキセイインコも見ているはずだ。なのに一切記憶がない。どういうわけだろう。

ただ、今では記憶力障害は治ってきているようだ。ここのところ、自分の部屋にたどり着くのに迷うこともなく、夜中に漏らしそうになりながらトイレを探して徘徊することもなくなった。再発しなければいいけれど。

坂の下の方から、派手なエンジン音とともに大きなバイクが姿を現した。バイクは少し離れた駐輪場に止まった。ヘルメットの下から現れたのは、ナースの小山さんの顔だった。彼女は長い髪を振りほどくと、こちらに向かって歩いてくる。色あせたジーンズに、グレーのシャツだ。

「小山さん、かっこいいね」

「あらそう？　ありがとう」

時計を見ると、ほとんど四時だった。四時になったらエレベーターが止まってしまう。僕は慌てて立ち上がった。

ベッドの上に広がった大量の荷物を眺めながら、どうしたものかと考えた。とりあえずロッカーに衣類を詰め込み始めた。ロッカーはすぐに一杯になってしまった。ワゴンの中も整理した。ＣＤや文庫本を詰め込む。あと紅茶や煎茶のパックだ。こちらもすぐに一杯になってしまう。ワゴンの上にも本や書類を並べる。それからベッドの上を見るが、大して物が減っていない気がする。

残っているのは、たくさんの本、スケッチブック、いろいろな文房具や製図用具、ロッカーに入りきらなかった衣類だ。

今ではナースステーションに預けられている物品はわずかだった。ハサミやカッター、携帯電話、例のポケコン、パンチャー、ホチキス、のり、テープ、色鉛筆などだ。

スティックのりやセロハンテープは、壁に何かを貼りつけられたら困るからという説明だったが、色鉛筆がなぜ預かり扱いになったかは、今もってわからない。黒鉛筆やシャープペンシルが自己管理になっているのに。

それ以上片づけようがないので、僕は残りの荷物を全部ベッドの下に下ろした。


三階のときは窓際のテーブルだったが、ここでは僕の席は廊下側のテーブルだった。喫煙室の近くだ。西田さんと竹ちゃんが同じテーブルだった。矢部さんは僕の真後ろにいて、幸ちゃんは矢部さんの隣だ。隣のテーブルにひばりちゃんがいる。彼女も下りてきたようだ。

ハンバーグを頬張りながら、僕は竹ちゃんに話しかけた。

「まだ、たったの十日間だよ。ずいぶん経った気がするけど、まだまだ先が長いね」

すると、後ろのテーブルの幸ちゃんが口をはさんだ。

「先が長いね。早く退院して一杯やりたいよ」

全くだね、と僕は答えた。

「そういう発言は控えてほしいな」

「ここはみんながアルコール依存症の治療をしている場所なんだ。そういう発言は控えてほしいな」

僕は答えた。

「だから、アル中を治して、普通に晩酌するんじゃん」

すると矢部さんが振り向いた。穏やかな笑みを浮かべている。

「そうはいかないんだよ」

「何で?」

矢部さんは向こうを向いてしまった。

「報酬系だよ」

「ホウシュウケイ? 何、それ」

「じきにわかるよ」

僕はハンバーグをもう一切れ口にした。

なんだかおいしくなくなった。


喫煙室には先客がいた。なんとも形容のしようのない人物だった。背丈はかなり高く、痩せ型だ。おでこが広くて、髪は短い。無精髭がだいぶ伸びている。目つきは、何かを企んでいるように鋭い。そして、何歳なのか全く見当がつかない。三十代だと言われれば、そうかもしれないと思うし、五十代だと言われれば、そんなもんかなと思える。

何よりも異様なのは、現場監督が着るような、作業服の上下を着ていることだ。ただし、しわくちゃだ。作業服のあちこちのポケットに、シャープペンやボールペンが挿してあって、胸のポケットには、カラフルなクリップが四つはさんである。

他に人がいれば無視することもできたが、二人きりとなるとそうもいかない。

「こんばんは」

「こんばんは。新しく二階に来た人だね」

その人は、詩を朗読するような、抑揚のある喋り方で返事をよこした。

「山口史郎といいます」

彼は、よろしく、と答えたが、名乗らなかった。僕は煙草に火をつけた。

「先輩は、建築関係のお仕事ですか。俺は工務店勤務だったんですけど」

彼は口に煙草をくわえたまま、両腕を大きく広げた。

「俺はね、俺は、ただの肉体労働者だよ。プロレタリアートだよ」

彼は歌うように語った。

「へえ。だったら俺は小市民だ」

僕が言うと、彼は鋭い目つきで僕を刺した。

「じゃあ二人で、ラ・マルセイエーズを歌おうか」

「いや先輩、俺、歌詞を知らないし、フランス語もできないです。それで、先輩は何とおっしゃるんですか」

「私は何物でもない」

「ネモ船長みたいですね」

「ネモ船長？」

「『海底二万マイル』の『ノーチラス号』の船長。『ネモ』はラテン語で『何物でもない』」

「ええと、史郎君だっけ。君は面白いねえ」

その時ドアが開いて、若い男が入ってきた。確か、矢部さんのテーブルにいた男だ。彼は壁にもたれかかると、そのままずるずるとしゃがみ込んだ。僕はその男に声をかけた。

「山口史郎といいます。君は？」

「武藤和夫」

若い男は煙草を取り出しながら、こちらを振り返りもせずに答えた。

「君、ずいぶん若そうだね。いくつ？」

「二十五歳」

武藤君は、いかにも面倒くさそうに答えた。僕は「へえ、若いね」と言ってそれ以上話しかけないことにした。


夜の八時になろうとしている。隣のテーブルではＵＮＯゲームを、向こうのテーブルではトランプをやっていた。真ん中のテーブルでは、数人がテレビのバラエティー番組を見ている。ＵＮＯもトランプもかなり盛り上がっているらしく、時々大きな笑い声や、叫び声が聞こえてくる。

僕は一人、自分の席で論文を書いていた。僕はゲームの類をしない。かといってテレビを見る気分でもなかった。僕のテーブルにいるのは僕だけで、僕はテーブル中に書類や本を散らかしていた。

「史郎君は勉強熱心だねえ。何を書いているの」

振り向くと、洗面器を片手にした先輩が立っていた。首にバスタオルを掛けている。

「社会契約論の生物学的解釈です」

「面白そうだね。出来上がったら見せてくれる?」

「いいですよ、先輩」

先輩は廊下に向かって歩いて行った。するとナースステーションから、夜勤のナースがこちらに向かってきた。

「山口さん、今、飯田さんのことを『先輩』と呼んでたでしょう。いい、ここは刑務所じゃないんだから、『先輩』なんて言葉使わないでちょうだい」

ナースは大きな声で、まくしたてた。四十代半ばくらいの、辛辣そうな顔をした女性だ。ネームプレートに「根島」とある。これが根島さんとの最初のバトルだった。

「だって名前を知らなかったからしょうがないじゃん」

根島さんは僕が言い終わる前に去っていってしまった。

そうか。先輩は「飯田さん」というのか。だが僕は最後まで「先輩」のことを「飯田さん」と呼ぶことはなかった。

洗面室のロッカーからブラシを取り出すと、僕はホールに向かった。窓ガラスから差し込む早朝の陽光が床に映え、眩しく輝いている。ホールでは、ブラシやモップを手にした数人が立ち話をしていた。真ん中に矢部さんがいた。今日も長袖のTシャツを着ている。僕はホールの隅からブラシをかけ始めた。

「山口さん」

矢部さんが声をあげた。

「今、六時三十七分だ。掃除は四十五分からだよ」

「始めてちゃだめなの？　早く終わらそうと思ってさ」

「いい？　あなたが始めると、みんなが始めなきゃあならなくなる。わかるかな」

僕は矢部さんに従うことにして、ブラシを壁に立てかけ、喫煙室に向かった。

喫煙室では五、六人が談笑していた。白い煙が天井に渦巻いている。僕は急いでセブンスターに火をつけて、深く吸い込んだ。他の人たちは楽しそうに喋っている。僕は自己紹介しようかと思ったが、やめておいた。時間がないし、いずれ嫌でも知り合いになるだろう。

煙草をもみ消して喫煙室から出ると、ちょうど矢部さんが、よし、と言って椅子の一つをテーブルに持ち上げた。するとホールのあちこちで、椅子をテーブルに持ち上げるドスンドスンという音が起こった。

僕は窓際のテーブルの椅子を上げると、端から廊下側を目指してブラシをかけ始めた。見渡すと、ホールでは十数人が、てんでバラバラな場所でモップやブラシをかけている。どうもあまり系統的とはいえない。

それでもエレベーターホールの前に集められたごみの量はかなりのものだった。そこに病室や廊下から集められたごみが合流する。

数人が床にしゃがみ込んで、ブラシに絡みついた埃《ほこり》を、使い古したヘアブラシでかき落としている。その脇に積まれたブラシの上に、僕は自分のブラシを置いた。

ホールのテーブルに積まれた椅子を下ろす音が聞こえてきた。僕はその作業に合流した。でもすぐに終わってしまった。

みんな立ったまま、掃除機当番を待っていた。腰に手を当てた矢部さんが、その真ん中にいる。掃除機は、脱衣室や、流しの前から集められたマットの掃除をしていた。掃除機当番が掃除機を持ち、補助係が束ねたコードを持ちながら、マットの隅を足で押さえている。

やがて掃除機がみんなのところにやって来た。補助係がコンセントを差し替える。掃除機は集められたごみを吸い取ると、今度は差し出されたモップの裏側の埃を吸い取り始めた。それが終わると、エレベーター前のマットの掃除だ。そして……。

「はい、終了」

矢部さんが宣言した。

みんなは散って行った。ほとんどの人は部屋には戻らず、ホールで腰掛けたり、喫煙所に向かったりした。すぐにラジオ体操だ。

しばらくして「ラジオ体操です」というアナウンスが流れた。僕たちはホールで輪になってラジオ体操を始めた。僕のちょうど正面がひばりちゃんだ。

ひばりちゃんがピョンピョン飛び跳ねるごとに、豊かな胸がぶらんぶらんと大きく揺れた。ひばりちゃんはにこにこして楽しそうに体操している。ひばりちゃんが後ろにのけぞったとき、おへそがあらわになった。股間が少しきつくなった。


ざわざわしていたホールが、いつの間にか静かになっていた。僕は論文を書く手を止めて周りを見渡した。誰もが無言で椅子に座っている。時計を見ると、九時四十分になろうとしている。僕は慌ててコーヒーカップやレポート用紙や電子辞書をテーブルの下に下ろした。

やがてナースステーションから、ナースやヘルパーたちが出てきた。ナースの一人は小山さんだが、もう一人は初めて見る、大柄でおおらかそうな女性だ。ネームプレートに「大野」とある。ヘルパーは東田さんと小岩さんだ。

東田さんはステンレス製のトレイを持ってきていて、それを近くのテーブルの上に下ろした。トレイの中には、喫茶店で注文したコーヒーについてくるミルク入れくらいの大きさの、透明なカップが整然と並んでいる。

「はい、それでは抗酒剤を取りに来てください」

みんな立ち上がって、トレイのところに行き、それぞれ小さなカップを手にして席に戻る。僕も立ち上がってトレイに向かった。トレイの中には紙が敷いてあり、紙にはマス目が引いてある。マス目にはそれぞれ患者の氏名が書かれている。マス目の中に透明なカップが置いてあるのだが、透明なカップの代わりに、袋に入った粉薬と水の入った銀色のコップが置いてあるマスがいくつかある。僕は「山口史郎様」と書かれたマスの中の透明なカップを取り上げて、席に戻った。

「はい、今日の挨拶は武藤さんですね。武藤さんお願いします」

大野さんが言うと、武藤君が立ち上がった。カップを持っている。

「えー、今日もいい天気です。暑くなるという予報です。体調管理に気をつけましょう。それではいただきます」

武藤君はそう言って、上を向いてカップの中身を飲み干した。見渡すと、誰もが同じように抗酒剤を飲み干している。僕もみんなにならった。ひどい味だった。

この液状の薬はシアナマイドという。ほとんどの患者はこのシアナマイドを服用しているが、中にはこの薬と相性が悪くて、発疹などの副作用がひどい人がいる。そこで代用になるのがノックビンという粉薬だ。

これらは「抗酒剤」と呼ばれる。文字通り、患者が酒を飲まないようにするのが目的だ。けれども勘違いしてはいけない。酒を飲みたくなくなる薬ではない。そんなものがあったらどんなに楽だろう。ではどんな作用のある薬なのか。

これらの薬を服用してから少しでも酒を飲むと、たちまち顔面紅潮、血圧低下、呼吸困難、頭痛、嘔吐、目眩などを起こす。ひどい二日酔いを、何十倍にもして人工的に引き起こすわけだ。

一度これを経験した人間は、その恐ろしい記憶から、二度と同じことを繰り返さないだろう。抗酒剤を飲み続けている限りは。つまり抗酒剤とは抑止力なのだ。

「はい、今日は七月十六日、木曜日ですね。今日は転入された方が三人いらっしゃいますね。山口さん、桑田さん、中里さんです。それでは自己紹介してください」

大野さんが言った。僕は立ち上がった。面倒くさいことは先に済ませた方がいい。

「アルコール依存症で入院した、山口史郎です。ご迷惑をおかけするかもしれませんが、よろしくお願いします」

しっかりとした拍手が起こった。

「アル中の桑田ひばりでーす。ここには五回目の入院です。なかよく頑張りましょう」

しっかりとした拍手が起こった。

「アル中の中里幸三です。病気の完治に向けて励みます。三か月は永いですが、一緒に頑張りましょう」

しっかりとした拍手が起こった。

「はい、では採血の方、脳波測定の方、胃カメラの方、ボードに書いてありますので。皆さんの方から何かありますか? ないですね。今日のプログラムは午前中が『グループワーク』、午後が『酒害教室』になっています。では脈の測定と検温、血圧測定に移ります」

僕はホワイトボードの横の掲示板に貼りつけられた「グループワーク」の割りふり表をのぞいた。僕は一階の集団療養室だった。グループワークは、アルコール病棟の患者たちが、十数人ずつの二グループに分かれて行われるそうだ。僕は入院の際に買わされた薄い本を片手に、満員近いエレベーターに飛び乗った。

一階でエレベーターが開く。セキセイインコたちがチュンチュン、ジジジと鳴いている。僕はしばらくそれを眺めてから、集団療養室に向かった。

集団療養室では、テーブルがコの字型に配置されていた。一番前の席にはワーカーが座っている。どうやらディスカッション形式のプログラムのようだ。二グループに分かれたのも、人数を最適にするためだろう。

僕は空いている椅子に座った。本とボールペンを机の上に置く。本のタイトルはこうだ。「酒のない人生を始める方法」。もちろん読んでみたことなどない。

矢部さん、武藤君、紺野さん。名前を知っている人はそんなところか。あと先輩もいる。今日も作業服姿だ。

人数が揃ったところでワーカーが立ち上がった。

「はい、それでは始めたいと思いますが、まず一人ずつ、こちら側の方から、お名前をお願いします」

みんな一通り姓名を名乗った。途中、紺野さんが「趣味は園芸です」と付け足して小さな笑いを取った。

「今日は第八章の、『酒に別れを告げる』ですね。どなたか音読していただけますか」

誰も名乗り出ないので、僕が読むことにした。

「読みます。『酒に別れを告げる。あなたはお酒に別れを告げる決心を強く固めていますか。二度とお酒を口にしない覚悟はできていますか。お酒がらみの場所や、飲み友達とのつきあいから、永遠に引退する準備はできていますか……』」

一体何のヨタ話だ？　読みながら僕は思った。二度とビールを飲まない覚悟なんて、そんなのあり得ない。だが、とりあえず僕は読み進めた。

一人の男が登場する。会社員の男は、飲酒のコントロールが利かなくなって病院に入院する。入院生活の中でアルコールと決別する決心を固め、退院する。二年も断酒を続けていたが、ある日出席した宴会の席で、少しだけなら大丈夫だろうと酒を口にする。するとそれがきっかけとなり、再び連続飲酒が始まり、再度入院となる。そして男は改めて断酒の決意を固める。

僕が読み終えると、ワーカーが言った。

「それでは十分間時間をもうけますので、『酒に別れを告げる手紙』と題して書いてみてください。そのあと順に発表していただきます」

十分間、僕は手持ち無沙汰だった。酒をやめるつもりがない以上、そんな文章が書けるわけがない。

「はい、では十分経ちましたので、順に発表していってもらいたいと思います。先ほどと同じく楠田さんの方からお願いします」

「では読みます」

楠田さんが発表し始めた。五十代半ばくらいの陰気そうな、痩せ型の男性だ。

「私は約三十年間酒浸りでした。酒は私の友人でした。楽しいときの酒はその楽しさを倍増させ、つらいときの酒はつらさをやわらげてくれました。そして気がつくと私は、酒がなければいられなくなっていたのです。しまいには、朝から晩まで酒を飲むようになっていました。当然仕事はクビになり、誰からも信頼されなくなり、家族からも見放されました。さらに酒は、私の健康までも蝕《むしば》んでいきました。

酒をやめるのは、とてもつらいです。今の私から酒を取ったら何が残るでしょうか。

でも私は、生きることにしました。この社会の中で。これからは一切酒を飲みません。酒よ、永遠にさようなら。……以上です」

楠田さんに続いて、何人かが発表した。どれも似たような内容だった。僕の番が来た。

「あのう、僕は酒をやめようというつもりはないんです。ただアルコール依存症が治ればいいんです。普通の人と同じように、朝から晩までシラフで働いて、夜は飲む。そういう生活がしたいだけです。皆さんは何でお酒をやめてしまおうと思うんですか」

僕はみんなを見渡した。ワーカーは、困ったような、うろたえたような顔をしていた。そうしたら二つ隣の席の矢部さんが話しかけてきた。

「山口さん、グループワークでは、人に意見したり質問したりしちゃだめなんだよ」

さらに彼はワーカーに向かって言った。

「すみません、彼は院内プログラムはこれが初めてなんです」

するとワーカーは、僕の質問には何もコメントせずに、何事もなかったように場を進めていった。

「では次の市原さん、お願いします」

市原さんは、頭を三分刈りくらいに刈り込んだ、ひと癖ありそうなおじいさんだ。昔はきっと、あぶない商売をしていたに違いない。

「パス」

なんだ、パスありか。俺も「パス」って言っときゃよかったな。


昼下がりのホールで、僕は自分の席で大音量でドヴォルザークを聴いていた。と、誰かが僕の肩を叩いた。振り返ると矢部さんだった。僕はヘッドフォンを外した。

「もう少しボリュームを下げてもらえないかな。けっこう音が漏れてるんだ、それ」

矢部さんはそう言うと、僕の手の中のヘッドフォンを指差した。確かに、膝まで下ろしたヘッドフォンからは、はっきりとドヴォルザークが響いている。後ろのテーブルを見ると、どうやら矢部さんと武藤君が将棋の対局中だったようだ。僕がお詫びを言おうとすると、今度は武藤君が口を開いた。

「集団生活なんだからさあ、周りに気を使わないとさあ」

「申し訳ない。今後は気をつけるよ」


「つまりアルコール依存症とは、不治の病なんですね」

院長先生は、世間話でもするような口調でそう語った。午後の強い日差しが、ホールの窓辺の床を真っ白に輝かせていた。

院長先生は、白髪交じりの髪をした、初老の、がっちりした体格の男性だ。顎に髭をたくわえている。

「世の中には『大酒のみ』といわれる人たちがいます。しかしその人たちが必ずしもアルコール依存症とは限りません」

院長先生は、ホワイトボードに、大きく「報酬系」と書いた。

「度を越えた飲酒を続けることにより、脳内に『報酬系』と呼ばれる経路が形成されます。お酒と同様、麻薬や覚醒剤も、報酬系が構築されます。報酬系は、一度構成されたら、解除することができません。

アルコールの報酬系がつくられることによって、アルコールという特定の物質に対する精神依存が生まれ、お酒が飲みたいという強い欲求が出現します」

院長先生は、今度はボードに「モルヒネ」と書いた。その下に「アルコール」、さらにその下に「コカイン」と書いた。

「いいですか。モルヒネ、アルコール、コカインそれぞれに依存症がありますが、この三つの中で、一番欲求が強いのはモルヒネです。次がアルコールです。アルコールへの欲求は、コカインより強いのです。

あなたが仮に、一年間断酒したとしましょう。その後、もう大丈夫だろうと思って、少しだけお酒を口にしたとする。すると報酬系の活性化が起こり、もっとお酒を飲みたいという飲酒欲求が強くあらわれ、自分の意思ではお酒の量も回数もコントロールできなくなる。あなたが今までのアルコール問題を抱えた生活から立ち直るためには、完全な断酒を一生続けていくしかないのです」

そのときたぶん、僕は口をポカンと開けていただろう。冗談だろ？　アル中が不治の病？　一生ビールを飲めない？　そんな話があってたまるか。その後も院長先生は何やら喋っていたが、僕は聞いちゃあいなかった。我に返ると、講義の終わりの時間だった。院長先生が締めくくった。

「ちなみに私は、毎晩ブランデーをそこそこ飲みますが、おかげさまでまだ依存症には至っておりません。ではまた来週」

もちろん、誰も笑わなかった。

丘のふもとに下る坂道を下りていった。強い日射しを浴びた木立の緑が眩しい。五分くらいで坂道を下りきると、広い道の交わる交差点だった。道の向こう側にコンビニがある。僕は素早く左右を見て、赤信号を足早に渡った。

コンビニに入ると僕はまず、どんな商品が置いてあるのか物色を始めた。文房具は基本的なものしかない。シャンプーやリンスはそれぞれ一種類だけだ。お弁当やパンも、そんなにたくさんない。コピー機は白黒だけだ。ＡＴＭなどない。僕は奥に進んだ。飲み物類が並んでいる。そして……。ビールが並んでいた。焼酎も、ウイスキーも。僕はそのコーナーの前に行くことができなかった。そこに行ってはいけない気がした。僕は急いでテレホンカードと、セブンスター一カートンと、アイスチョコモナカを買って店を出た。

店の前にはベンチがあったので、僕は座ってモナカをかじった。それからゆっくり自問自答を始めた。

俺はアル中なのか。……間違いない。あれほど飲んでいたのだから。朝から晩まで飲まずにいられなかったじゃないか。俺はリアルなアル中だ。

だが今はどうだ。ビールが欲しいと思うか？ ……全然思わない。野島仁厚病院に入院したときからだ。それどころか、この病院の三階にいた頃なんて、酒のことなんか忘れていたじゃないか。……だったら、このまま飲まずにやっていけるか？ ……うまくすれば大丈夫だろう。

僕は、午前中のグループワークで使ったテキストのタイトルを思い出した。「酒のない人生を始める方法」

いいか、一生だぜ。一生一杯も飲まずにいられるか？ ……そいつはキツイな。飲み会にも行けないってことか。冠婚葬祭はどうする。忘年会は。最高に幸せなときの祝杯もなしか。もちろんつらいときも。

二メートル先にスズメが舞い降りてきた。首を傾げてこちらを見ている。僕はモナカを少しちぎって放り投げてやった。するとスズメはそれをくわえて飛んでいってしまった。僕は残りのアイスモナカを頬張って立ち上がった。


夕食後の喫煙室では、白い煙が大きな輪になって渦を巻いていた。僕は満員の喫煙室の中に自分の居場所を探した。奥のコーナーに落ち着く。隣ではひばりちゃんが座り込んでいた。ひばりちゃんは僕のジーパンの裾を引っ張った。

「あたしねえ、今日脳波検査したんだけど、この前より脳波が弱くなってきているんだって。だんだんバカになってきてるよ、って言われちゃったあ」

僕と数人が膝を叩いて大笑いした。ひとしきり笑いが収まった後で、僕は近くにいた竹ちゃんに話しかけた。

「竹ちゃん、退院後も断酒を続けるつもり？」

「いや、飲みますよ」

「またお酒が止まらなくなったらどうするの」

竹ちゃんは右の眉を吊り上げた。

「そんときはそんときですよ」

市原さんが割り込んできた。グループワークで「パス」と言った、あのおじいさんだ。

「酒のない人生なんて、そんな話があるかよ。今日みたいな日はビールが美味《うま》いぞ」

「先輩はどう？」

先輩は白い煙をゆっくり吐き出しながら答えた。

「俺はね、俺は酒をやめるよ。ここに来てからねえ、今までになく感性が研ぎ澄まされているんだよ。おそらく今までアルコールに毒されていたんだろうね。もうこの感性を失いたくないんだ」

「幸ちゃんは？　そもそも報酬系なんて信じる？　本当に俺たちの脳の中に、そんな回路ができてしまっていると思うか？　例え話じゃなくて……」

「山口さん」

矢部さんだった。また、微《かす》かな笑みを浮かべている。

「それくらいにしときなよ、山口さん。まだまだ教わることがあるんだから」

「わかったよ、大将」

「は？」

「これからはあんたのことを『大将』と呼ぶことにするよ」

「何だよ、それ」

大将は喫煙室から出ていってしまった。

向こうの丘では、今夜も宇宙船が輝いている。


僕は体を洗い終えると、ゆっくりと湯船に浸かった。一人きりだ。

と、サッシが開き、「ウィース」という声とともに、誰かが入ってきた。僕は驚きのあまり硬直した。その男の肩や腕が入れ墨で覆われていたのだ。

大将だった。

僕は平静を努めて、いい湯加減だよ、と答えた。

大将はこちらに背を向けて洗い場に向かったので、今度は背中の入れ墨が見えた。すごい。背中中派手な入れ墨だ。どうりで、長袖のシャツ、それも濃い色のシャツを着ているわけだ。僕は少し落ち着いてから、大将に話しかけてみた。

「大将は、何で入院するはめになったの」

「聞かせられるような話じゃないね。ひどいもんだったよ。警察沙汰はしょっちゅうだったよ。刑務所にも何度か入ったしね。酒ばかりが原因じゃないけどね」

「ふうん」

　僕は立ち上がった。

「それじゃ、お先に」

「はいよ」


　竹ちゃんが野菜の煮物を僕によこそうとしたが、僕も欲しくなかった。すると前の席の成増さんが、引き受けるよ、ともごもご言った。成増さんは、妊婦のようなお腹をかかえた、丸顔の、五十歳くらいの、人の良さそうなおじさんだ。

　成増さんの隣の西田さんまでもが煮物を差し出したので、成増さんの煮物は、僕のを入れて全部で四つになった。さらに牛乳が三つ並ぶ。成増さんはにこにこして、平らげていった。僕は何気なく聞いてみた。

「成増さんは、何をやっていたんですか」

　すると成増さんは、とびきりにっこりとして答えた。少年のような笑顔だ。

「日雇い人夫だよ。大きな建築現場によく行ったなあ。もともとはバーテンダーだったんだけどね」

「へえ。成増さんの作ったカクテル飲んでみたいな」

　僕は自分のトレイを持って立ち上がった。

8

生い茂った深い森の緑が、僕たちを殺人的な熱射のシャワーから守ってくれていた。僕は裸足の上に履いたスニーカーで土を踏みしめながら、首から垂らしたタオルで顔の汗を拭った。隣では先輩が、息を切らしながら歩いている。この暑いのに、いつもの作業服姿だ。

「それでね、理神論を唱えた一人であるヴォルテールはこう言ったんだよ。『神がもし存在しないなら、創りだす必要がある』。先輩、理神論は詳しい？」

「つまりこうだろ、信ずれば救われる神様じゃなくて、この世界を淡々と運営している超越的な存在」

「というよりは、神は宇宙を創造したが、それ以降の宇宙の運営にはタッチしていない。たぶん、全宇宙の歴史が、細部にわたってプログラムされていたんだろうね。ビッグバンの時点で。でも、ここで時間という概念を『進行しつつあるもの』から『既に定められたもの』と改めれば、確かに神は今も存在していて、宇宙を運営していることになる」

「史郎君、ずいぶん難しい話をするねえ」

その後は二人ともしばらく無言だった。上り坂がやや急になってきたからだ。

僕たちは川沿いの山道をゆっくりと登っていた。僕の数歩前には、大将と武藤君がいる。この二人は仲がいい。大将は今日も長袖のTシャツを着ていて、背中にはロールシャッハテストのような汗の染みができている。武藤君は着ていたタンクトップを脱いでしまっていて上半身裸だ。

「先生、あとどれくらい？」

僕は後ろの運動療養士の村田さんに問いかけた。村田さんは二十代半ばくらいの、髪の長い、ちょっとした美人だ。

「え？　まだまだですよ。頑張りましょう、山口さん」

僕たちはわざと山道で遠回りしながら、病院から少し離れた公園を目指している。これは「ウォーキング」という、院内プログラムの一環なのだ。

後ろには長い人の列ができている。最後尾にはナースの古田さんがいるはずだ。僕は改めて先輩に話しかけた。

「先輩は神様って信じる？　先輩の信じる神様ってどんなの」

「全体じゃないかな。この青空。ね。この森の緑。ね。太陽。星……」

「あ、結局俺と一緒だ。一言でいえば宇宙だ。アンデルセンの『鐘』は読んだ？」

「読んだことないな。どんな話？」

「ある国で、決まった時刻になると鐘の音が鳴り響く。でも誰もそれがどこから聞こえてくるのか知らない。ある日、王子と貧しい子供が一緒に、鐘の音の出所を知ろうと、苦労して高い山に登る。すると太陽は輝く聖壇のように水平線に浮かび、森が歌い、海が歌っている。雲は柱で、草はビロードの敷物、空は大きなドームだ。日が沈み、数知れぬ星々に灯（あかり）が灯（とも）り始めた時、あの鐘の音が響き始める。天地全体が一つの聖堂だったのだ、っていう話だよ」

「いいねえ、その話。今度読んでみるよ」

突然、武藤君が脱いだタンクトップをばたつかせながら叫んだ。

「暑《あ》っちー。この川で泳ぎたいな」

武藤君は僕を振り返った。

「山口さん、試しに泳いでみてよ」

今度は大将が言った。

「そうだよ山口さん、泳ぎなよ」

僕は川で泳ぐ代わりに、大声で歌い始めた。

「♪暗闇に　ポツンと光る　自動販売機……」

いつの間にかみんなが歌っていた。

「♪盗んだバイクで走り出すう……」

大きな公園だった。だが何があるわけでもなく、広い平坦な敷地が広がっている。ただ、向こうの方に野球場が見えた。もっとも、野球場といっても、ベースや点数掲示板のほかに、ベンチが三つばかりあるだけだ。

僕たちは東屋の椅子に座って一息ついていた。村田さんが灰皿の缶を用意していた。広場を覆う短い草が、猛暑にもかかわらず涼しげに風にそよいでいる。

と、サングラスをかけた、タンクトップに短パンの、よく陽に焼けた男性が、僕たちの前をジョギングしながら通り過ぎた。

「史郎ちゃん、追いかけなきゃあ」

幸ちゃんが言った。

「追いかけてよ、山口さん！」

大将が叫んだ。僕は跳ねあがって、サングラスの男性を追いかけた。ぴったり後ろにつくと、男性の手足の動きに合わせて走る。十秒ほど男性につきあい、そのあと、前回り受け身で一回転して起き上がった。後ろの東屋で大爆笑が起こった。

東屋に引き返すと、差し出された何人かの手のひらをペシペシペシと叩いて、先輩の横に腰掛け、セブンスターに火をつけた。まだ笑いがくすぶっている。

ふいに先輩が腕を上げ、少し前を指差した。その先をたどると、草で見え隠れしながらスズメ数羽が楽しそうにピョンピョン歩いていた。僕は言った。

「スズメは可愛いね。俺は小鳥が大好きなんだ」

「動物はみんな可愛いよ」

「うん。俺、何匹も猫を飼っていたし、セキセイインコやコザクラインコも飼ってた。犬は飼ったことはないけれど、やっぱり可愛いだろうね。カラスも、イルカも、象も、みんな可愛い」

そう言ってから僕はハッとした。先輩は、そうだね、とか何か言っていたけど、僕の脳は他のことを考え始めていた。僕はセブンスターを深く吸い込むと、ゆっくりと煙を吐き出しながら先輩に聞いた。

「なぜ？　なんで動物は可愛い？」

「なんでって、可愛いものは可愛いんだよ。森や草原や、海原や空が綺麗だと感じるのと一緒だよ」

「いい、先輩。森や草原や海や空が綺麗だと感じるのは当たり前なんだよ。人間がその中で生きていかなければいけないんだから。だから人間は自分に必要な環境を愛するようにプログラムされているんだ」

「また、なんだか難しい話になってきたね」

「……で、何で動物は可愛い？　言い換えれば、人間が動物を可愛いと思わなけりゃいけない理由がどこにある？」

後ろに座っていた成増さんがもごもごと口をはさんだ。

「それは『命』だからだよ」

僕は成増さんに両手を広げてみせた。

「悪いけど成増さん、俺はムカデやゴキブリを可愛いとは思わないよ」

何人かが、持ってきたグローブとテニスボールでキャッチボールを始めていた。僕はまた先輩に向き直った。

「じゃあまず先輩。自分の子供は何よりも可愛い。なぜか」

「そりゃあ、人間だって動物だって自分の子供は可愛いさ。理由なんかないさ」

「ある個体は、自分の遺伝子を次世代に残そうとする。だから我が子を大切にしなければならない。それゆえ我が子を愛する。

じゃあ次。自分の子供ほどじゃないが、他人の子供もやはり可愛い。あ、例外はあるよ。クソガキ。で、なぜ他人の子供までもが可愛いのか」

「ええと、子供は可愛いもんだよ」

「先輩は哲学者だけど、科学者じゃないね。他人の子供までもが可愛いと思うのは、人類という種を保存しようという本能が働くからだよ。

で、本題。なぜ俺たちは動物を可愛いと思ってしまうのだろうか。ある種が、他の種を可愛いと感じる必要が果たしてあるだろうか。ある種にとって他の種は、多くの場合、ライバルであり、天敵であり、あるいは獲物でなければならないんじゃないかな」

先輩が口を開く前に、村田さんが手を挙げて立ち上がった。

「はい、それじゃあそろそろ帰りましょう。帰りは別のコースをとります」

僕たちは広場を横切り、小道にさしかかった。すると脇に原付バイクがとめてあった。

「お、ちょうどいいのがあるじゃん」

僕は走っていってバイクに飛び乗り、大声で歌った。

「♪盗んだバイクで走り出すう……」

大爆笑が起こった。

昼食後、喫煙室に入ると、男性が一人で煙草を吸っていた。僕はまだこの男性と話をしたことがなかった。三十過ぎくらいで、優しそうな、穏やかな表情をしているが、体つきはがっちりしている。僕たちは互いに会釈した。僕がセブンスターに火をつけると、彼は話しかけてきた。

「山口さんはいいですね。いつも楽しそうで」

「もともと鬱病だったんだけどね、アルコールをやめたとたん治っちまったんだよ。ここのドクターの言うには、今の俺は躁状態だそうだよ。ええと、何ておっしゃるんでしたっけ」

「今井です。僕はどうしても人生が楽しいと思えないんですよ。どうすれば山口さんのように、はつらつになれるかなあ」

そう言うと今井さんは寂しそうな笑みを浮かべた。

「鬱ではないの」

「さあ。生まれつきこうでしたから」

「彼女はいるの？　友達は？」

「彼女はいるし、友達もいます。一緒にいると心が安らぎます。でもそれだけです」

「充分じゃないの。あとは、わくわくすることを見つけることだね。とりあえず旅行でもしてみたら。あと南の島でスキューバとか」

「そうですね。それがいいかもしれませんね」

今井さんは煙草をもみ消すと、穏やかな笑みを残して喫煙室から出ていった。

いつもは明るいホールが、遮光カーテンで覆われて薄暗かった。僕たちは足を組んだり、頬杖をついたりと、思い思いの格好で大型テレビを眺めていた。午後のプログラムはビデオ学習だった。

画面の中は、居酒屋だった。上司と思われる、べろんべろんの中年男性が、部下と思われる二人の若い男性を前に、延々と説教をしている。ひとしきり説教が終わったら、中年男性は大きく腕を振り上げる。

「おう、お前ら。次行くぞ、次」

「え？　課長、今日はこれくらいにしておきましょうよ」

「そうですよ。明日もあることですし」

若い二人の制止もかいがなかったようで、次のシーンでは、中年男性は両腕を二人に抱えられている。

「大丈夫ですか、課長。お宅の前ですよ」

ほどなく玄関に寝転がる男。

「おおい、酒だ。酒持ってこい」

まだ酒が足りないのか。奥さんが現れる。

「あなた、毎晩毎晩、いい加減にしてくださいよ」

小さな女の子が階段を下りてくる。片手にクマのぬいぐるみを抱えている。

「パパ、またお酒飲んでるの」

男はやっとのことで上半身を起こす。そしてふらふらと立ち上がり、壁を蹴飛ばす。

「飲んで悪いか。俺の金だ」

次の日の朝。男は妻の肩に手を置く。

「よく覚えてないんだけど、昨夜はすまなかったな。反省するよ」

妻は答えない。男は腰をかがめて妻の隣の娘の頭を撫でる。

「今度の日曜日、ピクニックにでも行くか」

娘はただ小さくうなずく。その顔に笑みはない。

スーツに着替えた男は洗面台の鏡をのぞき込み、両手で自分の頬をピシャリと叩く。

「さあ、仕事だ」

会社に向かう男。ビールの自販機が目に留まり、男は一瞬立ち止まるが、すぐに歩き始める。ところが、数歩歩いてから引き返して財布を出し、自販機に小銭を入れる。

また夜になる。一人で居酒屋で飲む男。そしてまたもやぐでんぐでんに酔っぱらって帰宅する。男は昨夜にもまして暴れる。

やがて男は仕事にミスが目立ち始め、朝から飲酒しているという噂が会社に広まる。男はリストラされる。

酒びたりの日々が始まる。朝から晩まで男は酒に溺れていた。子供はもはや男に近づこうとしない。

妻が言う。

「あなた、お願いだからもうお酒はやめてちょうだい。この子がどんな思いをしているかわかってるの」

うるさい、と、男は妻を突き飛ばす。床に倒れる妻。

次の日の朝のシーン。男は筆を持って、半紙に向かっている。筆を墨汁に沈めると、力強く『断酒』と書く。

「もう今日からは飲まないぞ」

しばらくして男は散歩に出かける。ビールの自販機がある。しばらく迷った後で男は財布を取り出す。

「これで最後にしよう」

缶ビールをその場で飲み干し、何事もなかったかのように帰宅した男は、妻に言う。

「今度こそ酒をやめるよ。もう迷惑をかけない」

「それじゃあ、あなた、お財布を預かっていいかしら」

男は一瞬ためらうが、妻に財布を渡す。

「私たち買い物に行ってきますからね。お昼ご飯は冷蔵庫の中にあるから」

男はソファーでテレビを見ていたが、やがてそわそわしてくる。立ち上がるとアルコールを求めて台所を探しまわる。見つからない。何でもいいんだ、アルコールが入ってさえいれば。ウイスキーや焼酎の飲みかけがあるはずだ。どこかに隠してあるに違いない。男は家中を探し始める。娘の部屋の扉を開ける。机の上の豚の貯金箱が目に入る。男は部屋に入り、ゆっくりと貯金箱に手を伸ばす。

ビデオが終わり、照明が灯った。古田さんが遮光カーテンを開けながら言った。

「それでは感想文を書いて提出してください」

僕はペンを取った。

今日のビデオは見るに堪えなかった。でも僕はアル中ではあっても、暴力的であったことはなかったし、楽しい酔っぱらいだった。でもどうしてだろう。思い出してしまう。妻が「ゴメン、もう無理」という言葉を残して僕の元を去っていったのを。

これ以上書けない。


喫煙室でみんなと大はしゃぎしていると、ナースステーションから科長が歩いてきた。科長は喫煙室の扉を開けた。

「座っている人。煙草は立って吸ってください。禁煙にしますよ。それにしても山口さんがいらしてから、今度は二階が騒々しくなりましたわねえ」

科長は喫煙室から流れ出る白い煙を片手ではらいながら言った。

「山口さん、面会の方がお見えです」

僕は煙草をもみ消すと、科長の後を追った。誰だろうと思いながら面会室に入ると、テーブルの向こうに座っていたのは四谷夫妻だった。僕は病院から四谷夫妻に手紙を書いていたのだった。

夫人が先に口を開いた。

「史郎ちゃん、元気そうね。良かった」

「こんなところまで、どうもわざわざすみません」

「史郎ちゃん、少ないけどこれ……」

夫人は封筒を差し出した。「お見舞い」と書いてある。

「いや、これは受け取るわけには……」

「いいのよ。あとこれ。英語の本何冊か。時間つぶしにちょうどいいって言ってたから。こんな本で良かったかなあ」

夫人は数冊の本をテーブルに並べた。童話の本のようだ。

「こんなに気を使ってもらって、ありがとうございます」

僕が言うと、四谷さんが初めて口を開いた。

「史郎。お前も落ちぶれたな。わしとお前とは、今じゃあこんなに差がついちまったやんけ」

そういうと四谷さんは両手を上下に大きく開いて見せた。

「四谷さん、ここを出たらすぐに追いついてみせますよ」

四谷さんと僕は長いつきあいだ。四谷さんは僕より五つ上だ。二人が出会ったのは二十数年前。僕がまだ大学生のときだ。建築現場でアルバイトをする僕に、四谷さんは声をかけてきた。うちに就職しないかと。

やがて僕は、四谷さんが東京支店長を務める内装資材メーカー「サンライズ株式会社」に就職する。バリバリ働いた。仕事は楽しかった。だが数年後、ときにバブル崩壊のさなか、「サンライズ株式会社」は破産してしまう。

四谷さんは、銀行を回って融資を受け、ほどなく新しい会社を立ち上げた。「株式会社ブレスコーポレーション」だ。僕は社員になるように誘われたが、断った。僕は自営業を始め、「ブレス」の取引先となった。のちに僕が会社を興した時も、「山上建設」に就職してからも、四谷さんとは仕事のつきあいがあった。「ブレス」は躍進をとげ、今では年商十五億円の企業になっていた。

「なあ、史郎」

四谷さんは続けた。

「お前は落ちるところまで落ちたわけじゃん。もうあとは這い上がるだけじゃん。何も考えることあらへん」

「四谷さん、俺は今人生ちょうど半ばです。これからが本番です。酒の抜けた今の俺は頭が冴えわたっている。残りの人生を、これ以上一分一秒たりとも無駄にするつもりはありません」

「そうか。お前のこれからを楽しみにしとるよ。お前は頭がいいんだからな。さあ、行くか。じゃあ史郎、頑張れよ」

四谷夫妻は立ち上がった。

夕食後の喫煙室はいつも満員だ。僕は先輩と幸ちゃんの間に立った。先輩が聞いてきた。

「史郎君、わかったかね、どうして動物が可愛いか」

「さっぱりだね。ある種を可愛いと思うことは、その種を保存しようという意志につながるからね。その目的がわからないな」

「すべての種が共存していくためじゃないの」

「先輩的、形而上学的にはそれで正解かもしれないけれど、俺が言ってるのは、進化論で説明がつかないということなんだよ。例えば動物が可愛いと思って動物を飼う。それが人間にとって何の利益になる？」

「癒しだよ。心の癒し」

「うーん、わかるよ。でもそれが答えだとは思えないなあ。人間にとって必要不可欠のものじゃあないじゃん。例えばこういうことだったらわかるよ。将来、イルカと猿とカラスが人間のパートナーとなり、人間はイルカに深海作業を、猿に高所作業を、カラスに空中偵察を依頼する。だとすれば確かに人間は彼らを保護する立場にある」

するとちゃんが言った。

「難しい話はわかんないんだけどさあ、動物といえば、シロクマの赤ちゃんは可愛いよね。この前テレビで見たんだけど、ぬいぐるみそのものだよ。よちよち歩く姿がたまらないんだ」

すると先輩が言った。

「でも家で飼うわけにはいかないよね。ずっと大きくならなければいいんだけどね。成長したら地上最大の肉食動物だから」

「あと、トラの赤ちゃんもライオンの赤ちゃんも可愛いね。抱っこしたいくらい……」

僕はそこまで言って、ハッとした。……赤ちゃんは可愛い？　そうだ。動物の中でも赤ちゃんはとりわけ可愛い。猛獣の子供でさえ。どうしてだ。僕は考え込みながら煙草に火をつけた。間もなく煙草を吸い終わり、もみ消してから次の一本に火をつける。三本目の煙草を深く吸い込みながら、すでに別の話題に移っている先輩たちに割り込んだ。

「謎が解けたよ、先輩」

「ほう、わかったかね」

「たぶんね、先輩。俺の発想は一八〇度間違いだった。先輩、コペルニクス的転換だよ。俺たちが動物を可愛いと思うんじゃない。動物が、可愛らしさを演出しているんだ。例えば人間が小鳥を可愛いと思う。でも本当はそうじゃない。小鳥が人間に愛されるようにできているんだ。つまり小鳥は、可愛いと思われるように進化したんだ。だから俺たちはセキセイインコを食べたいとは思わないんだよ。もっとも、スズメを食べる人はいるけどね。ちなみに俺はそんな人とつきあいたくないな。

あと先輩、なぜ動物の子供が特に可愛いか。なぜ人間も子供の方が可愛いか。成長した個体は、すでに遺伝子を残した可能性が高い。けれど子供はまだ自身の遺伝子を残していない。つまり、子供は守られなければならない。だから動物であれ、人間であれ、子供は可愛いと思われるようにできている。どう?」

「動物も、他の動物を可愛いと思うのかな」

幸ちゃんがつぶやいた。僕は答えた。

「うん。例えばね、馬小屋で一人ぼっちの馬が寂しがるんで、兎を一緒に入れておくんだって。そうすれば馬は寂しくないそうだよ。餌も同じだしね」

先輩は右手を開いて、前に差し出した。

「ええとね、史郎君は難しすぎる。八百屋で一個一五〇円のキャベツを二個持って、オヤジを相手に一個一三〇円に値切る、そんなくらいの算数でいいんだよ」

僕は返す言葉を探したが見つからなかった。

僕たちを除いて喫煙室の中は、覚醒剤所持で逮捕された大物女優の話で持ちきりだった。大将や武藤君の声が響いている。

と、ドアが開いて若い女性が入ってきた。ジーンズのハーフパンツに白のTシャツといういでたちだ。僕は三階でこの娘に会っている。「ケイ」だ。ケイは顔中に広がる笑みを浮かべていた。相変わらず眉のラインが目立つ。

「こんばんは」と言ってケイはセブンスターを取り出したので、僕はライターを構えた。

「ありがとう。史郎さんだったよね」

「そう。山口史郎。覚えててくれたんだ」

僕は火をともした。キンモクセイの匂いがした。騒がしかった男どもは、にわかに静かになって、彼女に注目している。僕は喫煙室を出て、コーヒーを淹れると自分の席に座った。コーヒーをすりながら喫煙室に目をやると、野郎どもが輪になって、ケイを質問責めにしているようだ。やれやれ、あんな娘、どこがいいんだか。そういえば、ひばりちゃんが見えないな。きっといつものように、三階の寺田さんを訪ねているんだろう。


ホールはいつになく静かだった。みんなテレビでジブリの「火垂るの墓」を見ている。夜の十時になろうとしていた。僕は「火垂るの墓」のＤＶＤを持っていて、何度も見ている。いまさらテレビでそれを見る気になれなかった。

僕は論文を書く手をとめた。お義母さんに電話する用事があったことを思い出したのだ。宅建の免許の書き換えに関する話だ。僕はナースステーションのカウンターの上の緑の電話機からお母さんに電話をかけた。

「史郎です。遅くにすみません。この間お願いしていた件なんですけれども……」

十分ほど話して、僕は席に戻った。するとお義母さんに言い忘れたことがあることに気がついた。僕はもう一度立ち上がった。すると大将が僕を呼びとめた。

「山口さんさあ、向こうの電話を使ってくれよ。みんな映画鑑賞しているんだから」

するとテレビを見ていた数人が振り返り、うなずいてみせた。

「ごめん。気がまわらなくて」

僕はエレベーターの前の電話ボックスに向かった。すると中には西田さんがいた。ドスのきいた声が漏れてくる。

「払えないじゃねえんだよ。払ってもらわなきゃなんねえんだよ。一体いつまで待たせるつもりだ？ああ？」

西田さんはボックスを内側から、思いっきり蹴飛ばした。これはすぐに終わりそうもない。お義母さんに電話するのは明日にしよう。

僕は自分の席に戻った。

土曜日の朝はうす曇りだった。ホールがいつもより暗く感じられる。

朝の会が十時に終わると、患者たちがナースステーションに殺到した。土日を利用して一泊の帰宅をする患者たちが手続きをし、携帯電話などを持ち出すのだ。

入院から二週間経たない僕は、まだ外泊許可が下りない。もっとも、僕にはどのみち、もう帰るところがない。今まで住んでいたアパートは解約して空き部屋になっている。僕の荷物は、山上建設の大きな倉庫の片隅に預けられている。僕が退院すると同時に、島根の実家に送るためだ。

患者たちの列の中に幸ちゃんがいた。彼もまだ外泊できない体だが、外出扱いで日帰りしてくるという。彼の家は近所なのだ。朝十時から夕方の四時までが外出となる。これを超えると外泊扱いになるのだ。

ホールを見渡すと、残っている人はわずかだ。

「さあて、今日は何をしようかな」

同じテーブルの西田さんが低い声で言った。

「とりあえずコンビニでも行きます？」

竹ちゃんが言った。この二人も、入院からまだ二週間経っていない。

「そうだね。コンビニでアイスでも食べるか」

僕は言った。僕たちは外出ノートに名前を書いて、エレベーターに向かった。

僕たちが坂道を下り切って信号待ちをしていると、竹ちゃんが大通りの反対側、コンビニの方を指差した。

「あれってひばりちゃんじゃあないの」

確かにひばりちゃんだ。道路際に立って、近づいてくる車に向かって手を上げている。と、派手な車が止まり、ひばりちゃんは運転席をのぞき込む。何やら短いやりとりの後で、ひばりちゃんは助手席に乗り込んだ。ほどなく車は、派手なエンジン音とともに走り去った。

「ヒッチハイクか。やるねえ」

西田さんが感心してみせた。僕は補足した。

「カッケーよ。メイド・イン・USAだね」


僕と竹ちゃんは、コンビニの外のベンチでアイスキャンディーをかじっていた。西田さんが週刊誌を立ち読みしていたので、先に出てきたのだ。僕が間もなくアイスキャンディーを食べ終わろうという頃に、西田さんが出てきた。

僕は驚いた。西田さんの右手の中にあるのは、五〇〇ミリリットルの缶ビールだったのだ。竹ちゃんもびっくりしたようだ。

「西田さん、まずいですよ、それは。朝、抗酒剤飲んだでしょう」

「それにナースの目をごまかせませんよ。ナースたちの感覚は研ぎ澄まされているから」

竹ちゃんと僕はそう注意したが、西田さんはニヤニヤ笑いながら、僕と竹ちゃんの間に腰掛けた。ビール缶がプシュッと音を立てる。

「だからひとつ試してやろうかと思ってね。抗酒剤がどれくらいの効き目があるのかをよ」

西田さんはビールを一口飲んだ。

「ああ、うめえ。二人とも、やってみたらどうだ？　うまいぜ。抗酒剤なんて関係ないさ」

西田さんはもう一度ビール缶を傾けた。竹ちゃんが言った。

「西田さん、ここで飲むのはうまくないですよ。病院の患者もやって来るし、あとこのコンビニ、怪しいと思ったら病院にチクるという話ですよ」

「なあに、チクるくらいなら売りやしないさ。それに今日は土曜日で、病院にはほとんど人が残ってないよ」

西田さんはそう言って、今度はゴクゴクと一気に飲み干した。西田さんは立ち上がって、空き缶入れに缶を放り込みながら言った。

「全然何ともないよ。抗酒剤なんて効きやしねえ。もう一本買ってくるわ」

店に入っていく西田さんを尻目に、僕は竹ちゃんに話しかけた。

「西田さん、大丈夫かなあ。もし病院側に見つかったら、同伴していた俺たちはどういう扱いになるんだろう」

竹ちゃんはかぶりを振ると、マイルドセブンに火をつけた。

「最悪、全員ガッチャン部屋じゃないですか」

僕は唾を飲んだ。ガッチャン部屋、つまり監禁室。そんなのまっぴらごめんだ。

コンビニから再び西田さんが出てきた。今度はビール缶の代わりにコンビニ袋をぶらさげている。その中身が透けて見え、僕は今度こそ愕然《がくぜん》とした。……ビールを何本も買ってきている。

西田さんはベンチの上に袋を広げ、三本のビール缶を取り出した。

「ほら、二人の分も買ってきてやったぜ。二人とも飲めよ」

僕は飲まなくていい口実を考えた。

「すみません、俺、ビールはちょっと苦手で……それに腹の具合も良くないんです」

本当は逆だ。僕はビールしか飲まない。竹ちゃんが小さな声をあげた。

「あ、西田さん、さっきより少し顔が赤くなってますよ」

「ハハハ、俺はこんなの一本や二本くらい飲んだって顔になんか出やしないよ」

僕は西田さんの顔を観察した。赤い。確かに。いつもの西田さんじゃない。

幸い西田さんは、僕に無理強いはしなかった。

「竹ちゃんは？　竹ちゃんはつきあってくれるだろう？」

「いや、俺もいいです。西田さん、西田さんも、もうやめておいた方がいいですよ」

「大丈夫だよ。俺のこのガタイだぜ。あんなちっちゃなカップに入った抗酒剤なんか効きやしないさ」

西田さんは次のビールのプルタブを引いた。喉を鳴らしてビールを飲む。すると、僕と竹ちゃんの見守る中で、西田さんの顔がみるみる赤く染まっていった。これはどうしてもやめさせなければと思った矢先、西田さんはベンチにビール缶を置いた。

「ちくしょう、ダメだ。心臓がバクバクしてきやがった。自分の鼓動が聞こえるんだよ」

西田さんは僕に腕を差し出した。僕はその脈をとった。むちゃくちゃ速い。まるで一〇〇メートルを全力疾走したあとのようだ。

「西田さん、本当にもうやめた方がいいですよ。脈がすごいです」

「うん、もうやめた。帰ろう」

西田さんは立ち上がろうとして前の地面につんのめった。僕は抱き起こそうとしたが、西田さんの巨体は重すぎた。竹ちゃんは空き缶入れに残りのビールを放り込みながら僕に言った。

「この状態で連れて帰るわけにはいきませんよ。かといってここでは目立つから、この裏で休ませましょう」

「だけど俺たちは外出届を出してきたわけじゃあないから、一時間のうちには帰らなきゃならないよ」

十時から十六時まで、院内プログラムのないときは、外出ノートに書き込みさえすれば一時間以内の外出は随時可能だが、一時間を超える外出は、週に一度の受診時にドクターに外出許可証にサインしてもらわなければならない。僕はその日、お義母さんと買い物に行くため外出許可を取っていたが、十二時からになっていた。

「そんなこと言ってる場合じゃないでしょう」

僕と竹ちゃんは、なんとか西田さんの両腕を抱え上げ、引きずるようにコンビニの裏に回った。コンビニの裏手には雑木林が迫っている。なるほどここは、人目につきにくい。僕たちはコンクリートの犬走りの上に、西田さんを横たえた。

「大丈夫ですか、西田さん」

「しっかりしてください」

西田さんは返事の代わりに低く唸《うな》った。目をつむり、口を大きく開けて、苦しそうに息をしている。顔は真っ赤を通り越して、どす黒くなっている。

「ねえ竹ちゃん、病院に連絡した方がいいんじゃない？　西田さん、やばいよ」

僕がそう言うと、西田さんが横になったまま頭を左右に振った。

「そいつはダメだ。そいつはやめといてくれ」

「でも、抗酒剤のあとで飲酒して命を落とすケースもあるという話ですよ。万一のことを考えると……」

「大丈夫だ、少し休みさえすれば」

低く唸るように、西田さんが言った。僕が竹ちゃんの顔をのぞくと、竹ちゃんはうなずいてみせた。どっちの意味だろう。

「史郎さん、俺たち二人のうち一人がいったん病院に戻るんです。で、外出ノートに帰った時間を書き込む。三人分ね。それから少しサバをよんで、今度は改めて外出の時間を書き込む。もちろん三人分。そうすれば俺たち三人は、一時間以内の外出から帰って、また改めて出かけたということになる」

「わかった、竹ちゃん。俺が行くよ」

「わかりました。俺は西田さんを看ていぎます」

病院を出てからぎりぎり一時間経つのを待って、僕は立ち上がった。

僕が再び戻ってきたとき、西田さんの容態に大した変化はなかった。そしてさらに四十分が経とうとしている。やはり西田さんの容態にさしたる変化はない。顔色は赤黒いままだ。脈をとってみる。脈はいくらか落ち着いてきたようだ。

「西田さん、大丈夫ですか」

「ああ、だいぶ楽になった気がするよ」

「竹ちゃん、俺、いつまでもここにいられないよ。もうじきお義母さんが迎えに来るんだ」

「それじゃあ仕方がない。二人で西田さんを担いで帰りますか。俺一人じゃ無理だから」

「大丈夫かな。こんな状態で病院に連れて帰って」

「ナースに見つからないように祈るだけです。他に方法がない」

「それにもうじき飯だろ。西田さんが席に着いてないと、ナースは病室まで様子を見に来るぜ」

「あれこれ考えても仕方ないです。行きましょう」

僕たちは西田さんの両脇を抱えて立ち上がった。そしてゆっくり歩き始めた。西田さんがある程度自分で歩いてくれたのでずいぶん助かった。それでも上りの坂道はかなりこたえた。

病院までの坂道で、幸い誰ともすれ違わなかった。僕たちは何とか病院の敷地までたどり着いた。竹ちゃんが言った。

「西田さん、いいですか。ここからは自分で歩いてください。ゆっくりでいいですからね」

僕たちは西田さんを支えていた肩を外した。一人で歩き始めた西田さんは危なっかしい足取りだった。僕たちは西田さんの歩調に合わせてゆっくりと両脇を歩んだ。

中庭のベンチで数人の患者が煙草を吸っていた。皆知らない顔ぶれだ。一人の中年男性と目が合う。僕は慌てて目をそらした。数秒後ちらりと目をやると、ベンチの全員がこちらを見ていた。僕はまた目をそらした。

玄関にさしかかる。一人のヘルパーが忙しそうに、僕たちの前を横切った。幸い僕たちは目に入らなかったようだ。いよいよ玄関に入る。玄関を入ってすぐに事務局がある。今日は土曜日なので外来がない。奥の方でパソコンに向かっている職員が一人いるだけだった。

僕たちはとりあえず外来待合室の長椅子に西田さんを座らせた。僕がエレベーターで二階に偵察に行く。ツイてる。ナースステーションには、どういうわけだか誰もいなかった。僕はまた下に下りて、西田さんと竹ちゃんを連れて二階に戻ってきた。急いで病室に向かう。

西田さんをベッドに寝かせつけると、安堵のため息が出た。


雲の切れ目から顔を出した太陽が眩しかった。僕はホールの窓辺に立ち、お義母さんの車が現れるのを待っていた。腕時計に目をやる。十二時十分だ。

後ろを振り返ると、成増さんが一人分の食事を平らげ、空になった自分のトレイを西田さんのトレイと交換しているところだった。さっき様子を見に行ったら、当の西田さんは病室でぐっすり寝込んでいた。成増さんは西田さんの分の食事にとりかかった。成増さんがいてくれて良かった。ナースの監視の目が緩かったのも幸いした。今日の担当のナースは、山浦さんという、とても穏やかな感じのおばちゃんだ。

視線を窓の外に戻すと、白いセダンが駐車場に入ってきたところだった。山上建設の車だ。

僕は「じゃあ」と竹ちゃんたちに声をかけると、エレベーターに乗って一階に下りた。

「あら史郎さん、元気そうで安心したわ」

助手席に乗り込む僕を、お義母さんはそう言って迎えてくれた。

「お義母さん、忙しい中わざわざすみません」

「いいのよ、午前中は忙しかったけれどね。まずどこに行こうかしら」

「まず飯ですね。寿司が食べたいな」

僕たちはほどなく町田街道沿いの回転寿司にいた。僕は、うに、いくら、サーモン、エンガワ、大トロといった具合に、十三皿を平らげた。ビールの代わりに熱いお茶を飲みながら。お義母さんは五皿しか食べなかった。もちろん勘定は僕がもった。

次に僕たちが訪れたのは、大きなリサイクルショップだ。衣類から家具やCDや本まで、あらゆるものが売られている。

僕はまず衣類売り場に行った。僕は地味なTシャツしか持っていなかったので、タンクトップが欲しかったのだ。今は夏。はじける季節だ。思い切り派手なやつにしよう。派手なタンクトップを七着選んだ。あとハーフパンツだ。やはり派手なやつを七枚買った。これで洗濯は一週間に一度で済む。

次に向かったのは中古CD売り場だ。スキップする夏にクラシックは似合わない。松田聖子、竹内まりや、サザン、チューブ、リンドバーグ、カイリー・ミノーグ、オリビア・ニュートン・ジョンなど十数枚を買った。

それからビーチサンダルを買った。この時期、スリッパは足が蒸れるのだ。あとかっこいいサングラス。

リサイクルショップの次は本屋に寄った。僕はしばらく立ち読みして回った。欲しい本はいくらでもあったが、僕の部屋はすでに本で一杯だ。何冊も買って帰ったらまたナースに怒られる。一冊だけ買った。聖書を解説した本だ。僕たちは本屋を出た。

次は「無印良品」だ。僕はいつもホールのテーブルじゅうに書類や本や文具を散らかしてナースに怒られる。そこで書類立てを買うことを思いついた。あと、文具を入れる平たいトレイだ。ハサミやカッターを買いたいのはやまやまだったが、持ち込み禁止品だ。病院に戻ったら、ナースステーションの持ち込み品の検閲がある。こっそり持ち込むには、今日は荷物が多すぎる。今度にしよう。

無印良品を出ると、近くの電気屋に行った。密閉型のヘッドフォンを買う。これだと音は漏れないだろう。

一連の買い物が終わったのは二時過ぎだった。たくさん買い物をしたのに、意外と早かった。四時までまだ充分時間がある。


僕が係の人に百円玉を差し出すと、あっちこっちからリスたちが群がってきた。餌の入った小さな容器を受け取ると、リスたちは一斉に僕を登り始めた。間もなく僕は、上半身リスだらけになった。頬を撫でるリスの尾がくすぐったい。すぐに餌はなくなってしまって、リスたちは口をもごもごさせながら僕から下りていった。

僕とお義母さんは、「町田リス園」にやって来ていた。大きなドーム型のケージの中は緑が溢れ、たくさんのリスが走り回っている。タイワンリスだ。ケージの中は、係の人を除けばリスと僕たちだけだ。

今度はお義母さんが財布を取り出した。リスが集まってくる。お義母さんが餌の容器を受け取ると、リスが殺到して来た。リスだらけになったお義母さんは、あどけない少女のような笑みを浮かべていた。

病院を退院すると僕は島根に帰る。そうなるとお義母さんに会うこともなくなるだろうな。そう思うと、少しだけ景色が滲んだ。

9

その人は確かに牧師さんだった。どこからどう見ても牧師さんだ。牧師さんの絵を描けと言われれば、きっとこういう人を描いてしまうだろう。あえて言えば、どちらかといえばがっちりしていて中肉中背だ。歳は僕より少し若いくらいだろうか。

牧師さんは教会の入り口に立ち、訪れる人たち一人ひとりと挨拶を交わしていた。僕は牧師さんの前に進み出た。

「おはようございます。以前にお電話を差し上げた、山口史郎と申します」

「おはようございます。お待ちしていました。ようこそ教会へ」

牧師さんは低い声で答えた。後ろでタクシーのドアが閉まる音がして、エンジン音が遠ざかっていった。病院から外出できるのは十時からで、十時半からの礼拝に間に合うためには、タクシーを使うしか方法がないのだ。それにどっちみち病院とこの教会を結ぶバス路線はないし、歩ける距離じゃない。

中に入ると、牧師さんの奥さんと思われる女性が立っていた。スレンダーな美人だ。

「山口さん、お待ちしていました。ようこそ。あ、こちらのスリッパに履き替えてください。靴はこちらの棚の方に。……聖書はこれを使ってくださいね。あとこれが讃美歌、これが週報です」

彼女は微笑《ほほえ》みながら説明してくれた。笑顔からなんとなくユーモアのセンスがうかがえる。

僕は奥の礼拝堂に進んだ。礼拝堂は清楚でシンプルな造りだった。ピカピカにワックスをかけられたフローリングの上に、長椅子と一体となった長い机が左右に並んでいる。正面中央は一段上がっていて、がっちりとした聖壇が据えられている。その後ろの壁には、シンプルだが大きな木製の十字架が貼り付けられている。高い位置に並んだ左右の窓にはステンドグラスがはめ込まれているが、これも幾何学的でシンプルなデザインだ。

ここはカソリック教会ではない。聖書を重んじるプロテスタント教会なのだ。ごてごてした装飾は無用だ。十字架に磔《はりつけ》にされたイエスの金の像や、幼子イエスを抱く聖母マリアのステンドグラスなどは、カソリックのものだ。

僕が嬉しかったのは、奥にパイプオルガンがあったことだ。箱型で、縦横二メートルほどだろうか。パイプが天井まで伸びている。

席は半分くらい埋まっていた。僕は後ろの方の空いている席に腰を落ち着けた。

パイプオルガンの音が重厚に鳴り響いていた。僕は必死で讃美歌集の五線譜を追いながら讃美歌を歌っていた。歌うのは心地よかった。旋律の中で人々の声が重なり合い、いやが上にも厳かな気持ちになる。讃美歌の最後になる。

「♪アーメーン」

「では次に、『主の祈り』をいたしましょう。週報の裏面にあります」

司式が言うと、信者たちは声を合わせて合唱を始めた。僕は慌てて週報の裏面を見た。他の人たちは暗記しているようだ。みんなまっすぐに前を向いている。


天にましますわれらの父よ。ねがわくはみ名をあがめさせたまえ。み国を来たらせたまえ。みこころの天になるごとく、地にもなさせたまえ。我らの日用の糧を、今日も与えたまえ。我らに罪をおかす者を我らがゆるすごとく、我らの罪をもゆるしたまえ。我らをこころみにあわせず、悪より救い出したまえ。国とちからと栄えとは、限りなくなんじのものなればなり。アーメン

「ヨハネの黙示録の二十一章の三節にあります。

『見よ、神の幕屋が人とともにある。神は彼らとともに住み、彼らはその民となる。また神ご自身が彼らとともにおられて、彼らの涙をすっかり拭いとってくださる。もはや死もなく、悲しみ、叫び、苦しみもない。なぜなら以前のものが、もはや過ぎ去ったからである』

この地上にあって、私たちは様々な苦しみや悲しみの中にあります……」

牧師さんの、低い声音、穏やかだが力強い声音が、心地よく感じられた。僕は言われるままに聖書のページをめくり、牧師さんの読み上げる文章を目で追った。牧師さんの説教に耳を傾けながら僕は考えた。二〇〇〇年の時を超えて、何十億もの人々の行動原理となっているこの教えを説いたイエスとは、一体どんな超越的な人物だったのだろうか。

やがて牧師さんは聖書を閉じた。司式が言った。

「みなさん、ご起立ください」

僕たちは立ち上がって、讃美歌を歌った。その後は座って讃美歌を歌う。白い袋を抱えた年配の女性がまわってきた。献金だ。僕は四つ折にした千円札を袋の中に落とした。その女性は最後に前に出て、感謝の祈りを捧げた。僕たちはもう一度立ち上がって讃美歌を歌った。讃美歌が終わると司式が宣言した。

「祝祷《しゅくとう》です」

聖壇の牧師さんは両腕を高く上にかざした。そしてひときわ大きな声で締めくくった。

「仰ぎ願わくば、我らの主イエス・キリストの恵み、父なる神の愛、精霊の正しき交わりが、ここに集う兄弟姉妹の上に、豊かに、限りなくありますように」

諸連絡や会計報告などの時間が終わって、立ち上がろうとする僕を、横の初老の女性が呼び止めた。

「よろしかったらお祈りを交わしませんか」

僕は、はい、と答えて座り直した。

「でも僕、初めてなんで、初めにお手本を見せてもらえますか」

「わかりました。私の方から先にお祈りします」

女性は手を組んで目をつむって下を向いた。僕もそれにならった。

「神様、このよき日に兄弟姉妹とともに、礼拝に参列することができたことを感謝します。どうか、ここに集う兄弟姉妹を祝福してください。そして今日ここに来ることのできなかった兄弟姉妹についても、救いの手を差しのべてください。また、このよき日に山口さんをお導きくださいましてありがとうございます。どうか山口さんの前途を照らしてください。そして神様、山口さんの病気が治りますように。主イエスの尊い御名を通じてお祈りいたします。アーメン」

そうだ。これこそが僕の祈りだ。続いて僕が祈った。

「神様、ここに集う兄弟姉妹に、幸福な日々をもたらしてください。そして僕を導いてください。そしてどうか、僕の病気を治してください。聖なる御名、イエス様の御名を通じてお祈りいたします。アーメン」

教会の近くにファミリーマートがあった。わりと大きい。僕は店に入ってみた。品揃えが豊富だ。病院のたもとのささやかなコンビニとは大違いだ。僕はまず文具コーナーに行ってみた。文房具屋といってもいいくらい、いろいろなものがある。いくつか買っていくとするか。何しろ刃物やセロハンテープの類がナースステーションの預かりとなっているので、不便で仕方ない。今日こそ買って、こっそり病室に持ち込もう。

僕は赤いカゴに次々と放り込んでいった。ハサミ、カッター、爪切り、セロハンテープ、両面テープ、スティックのり、ホッチキス、パンチャー、あと封筒とハガキ。それにヘアムースだ。ヘアムースはエタノールを含んでいるので持ち込み禁止だった。

次はお昼ご飯だ。イチゴジャムパンと卵サンドと鮭おにぎりをカゴに入れた。飲み物は何にしようか。カルピスウォーターがいい。

レジに向かう途中で気がついた。僕はビールの棚の前を一往復、何も考えずに通り過ぎていたのだ。まるで大人が、おもちゃ売り場の前を何の気なしに通り過ぎるように。

会計を済ませた僕は、店の外の駐車場の縁石に腰掛けてお昼ご飯を済ませた。それから買ったものの包装を全部はがしてゴミ箱に捨てた。こっそり病院に持ち込むにはかさばるからだ。僕は携帯電話でタクシー会社に電話した。

「今、ファミリーマート町田滝野店にいるのですが……」


一階でエレベーターの扉が閉まると、僕は急いで、リュックサックから刃物や持ち込み禁止品を取り出した。両足のスニーカーを脱ぐと、スニーカーの中にそれらの品々を詰め込む。エレベーターの扉が二階で開くと、僕は裸足のままできるだけ自然に、げた箱にスニーカーを入れ、サンダルを履いた。とりあえずこのままにしておいて、タイミングを見計らって、ナースの目を盗んで、スニーカーの中身を自室に持ち込めばいい。

案の定、ナースステーションにはナースがいた。初めて見るナースだ。ネームプレートには「池上」と書いてある。三十歳くらいの長髪の美人だ。扉を開けたナースステーションからはエレベーターホールが丸見えだ。でも、もちろんそんなことは先刻承知だ。

池上さんが出てきた。

「お帰りなさい。持ち込み品は？」

「これだけです」

僕はカウンターにリュックサックを置いた。教会でもらってきた聖書のほかには封筒とハガキしか入っていない。

「身体検査しますね」

池上さんはそう言って、僕の胸のポケットや腰回りのポケットを何度も触った。出てきたのはセブンスターと、ライターと財布と携帯電話と携帯灰皿だった。

「はい、山口さん、ＯＫです」


昼下がりのホールには、誰もいなかった。日曜日とはいえ、何人かは病棟に残っているはずだ。病室で本でも読んでいるのだろうか。僕は、病室は眠る場所だと決めていた。このホールが僕の仕事場だ。

僕は早速、教会でもらって来た聖書を開いて、今日のところを復習しようとしたが、すぐに飽きてしまった。サタンのせいだろうか。病室に聖書を置きにいき、スケッチブックを持って戻ってきた。池上さんに色鉛筆とポケットコンピュータと定規を出してもらう。そういえば二階に来てからまだ絵を描いていない。

何を描こうか。宇宙船や未来都市の絵を描く気にはなれなかった。もしかしたら教会に行って、テンションが落ち着いていたからかもしれない。そうだ。動物の絵を描こう。くつろいだ動物の絵を。小鳥がいいかな。猫がいいかな。僕は小鳥と猫が大好きだ。

セキセイインコを、子供の頃飼っていた。部屋中を飛び回っては時々肩にとまりに来る、いたずら好きなセキセイインコたちとの暮らしは楽しかった。

コザクラインコを飼ったこともある。妻、リサにはなつかず僕にだけなついていた。「ピーちゃん」という名前で、僕が外から帰ってくると、鳥かごの中から、「ピーちゃん、ピーちゃん、ピーーちゃん!」と、それはもう大騒ぎだ。かごの扉を開けてやると、手と腕を伝って僕の肩に落ち着く。もう鳴かない。あとは、トイレに行こうが何しようが、僕の肩から離れない。時々僕の無精髭を引っ張る。

猫との生活が始まったのは三十代の終わり頃だ。僕とリサは一時期、リサの実家で、お義父さんとお義母さん、それにリサの姉と同居していた。大きな家だった。

当時猫が四匹いた。プーちゃん、クッキー、ポンちゃん、まるちゃんだ。

おばあさんが生前どこからかもらってきたというプーちゃんは、シャム猫の血が入っているようで、とても綺麗な、滑らかな毛並みをしていた。この雌猫はどういうわけか僕に怯《おび》えていて、いつも僕から逃げ回っていた。

クッキーはおとなしい、優しい雌猫だった。薄い色のトラ猫で、背中を撫でてやると、目をつむってゴロゴロ言った。

ポンちゃんは白黒のホルスタイン模様の、人懐っこい甘えん坊の雌猫だ。僕が初めてこの家に上がった時から、僕の膝の上に乗っかってきた。ポンちゃんはプーちゃんの子供だ。プーちゃんとクッキーが交代でポンちゃんを育てたそうだ。

まるちゃんは僕の盟友だった。全身黄色いトラ猫の雄で、僕が家にいるときはいつも一緒にいた。

お互いあまりうるさくしないことがルールだった。夜になるとリサと三人で川の字になって寝た。

ある時、まるちゃんが二階まで僕を呼びに来た。僕が階段を下りてついていくと、キッチンの片隅で、見知らぬ大きな白い猫がキャットフードを食べていた。ふてぶてしいことに、僕と目が合っても逃げようとしない。僕がさらに数歩近づくと、のしのしと外に出ていった。まるちゃんは勝ち誇ったような顔で「にゃあ」と鳴いた。

飼っている猫たちが自由に出入りできるように、キッチンのサッシが、留守の時でも十五センチほど開けてある。だから四六時中、野良猫が餌を食べにやって来るのだ。

僕たちが暮らし始めて三年もしないうちに、プーちゃんとクッキーは死んでしまった。老衰だ。ポンちゃんとまるちゃんはどこかへいなくなってしまった。その方が良かった。山上建設は多額の負債を抱えていて、担保に入っていたこの家は競売にかかり、落札されてしまったのだ。義理の両親と、リサの姉、僕とリサは、それぞれアパート暮らしを始めた。

その後、山上建設で社員として働き始めた頃、僕は事務所の隣のコインランドリーで、洗濯機と壁との間にうずくまっている子猫を発見した。濃い茶色のトラ猫だ。このコインランドリーは山上建設のもので、僕は小銭の回収をしていたのだ。

近寄る僕に、その子猫は、なーお、と言った。逃げる様子はなかった。小さな頭にかぶせるように片手をのっけると、また、なーお、と言った。何ともいえない柔らかな手触りだった。ランドリーの入り口寄りに、キャットフードの空き缶があった。綺麗に食べてある。間違いない。誰かが捨てていったのだ。山上一族が猫好きと知ってか知らずか。

雌猫「ナオミ」は事務所の猫になった。「ナオミ」の名前は僕がつけた。いつも、なーお、なーお、と鳴いているからだ。

事務所に隣接する大きな作業場兼倉庫がナオミの遊び場だった。が、僕が出先から帰ってくると、必ず僕のところにやって来た。僕が「ただいま」と言うときには僕の席の前にいた。どうやら足音でわかるらしい。

僕が事務所でパソコンを打っていると、キーボードの上に乗っかって「なーお」と言う。作業場で工作機械を操作していると、旋盤の上に乗っかってきて「なーお」と言う。膝の上に乗っけたら乗っけたで、背中をなでろと、「なーお」と鳴く。全く仕事になりゃしない。

ナオミが、原因もわからずに死んでしまった夕方、僕は一人になってから頬を濡らした。

そうだ。ナオミの絵を描こう。濃い茶色のトラ猫だ。

僕はポケットコンピュータで遠近法の計算をしながら、スケッチブックに薄く鉛筆で下書きした。僕がポケコンの使用を制限されていることは、ナースの池上さんには伝わっていなかったようだ。いつまで経っても返却を求められない。

間もなく下書きが終わった。広い部屋の真ん中でくつろぐキジトラ猫の絵だ。僕は色鉛筆にとりかかった。

僕が夢中で絵に取り組んでいると、一人、また一人と、外泊していた患者たちが戻ってきた。四時前になると、ホールはにわかに活気づいてきた。四時までに色鉛筆を返却しなければならない。僕は途中まで仕上がった絵を眺め、必要だと思われる色鉛筆数本を抜き取り、色鉛筆のケースと、必要なくなったポケコンと定規をナースステーションに持っていった。もうじき点呼だ。

僕の席の後ろでは、みんなの笑い声が絶えなかった。みんなテレビのバラエティー番組を見ているのだ。夜の八時になろうとしている。

僕の絵はだいぶ仕上がってきた。広い部屋の窓辺でキジトラの猫が外を眺めている。「ナオミ」と呼んだら、こちらを振り向いて「なーお」と言いそうだ。

「まあ、絵が上手ね」

後ろで声がした。ケイが立っていた。風呂から上がったばかりのようだ。涼しげな黄色のワンピースを着ている。ケイは長い髪をかき上げた。

「ね、よく見せて」

僕はケイにスケッチブックを渡した。ケイはしばらくナオミの絵に見入っていたが、紙をめくって、僕が以前描いた絵を眺め始めた。

「すごい。このロケットもあなたが描いたの」

ケイの差し出したのは、以前描いた「インフィニティ」の絵だ。

「そうだよ」

「ここに座ってもいい?」

「竹ちゃんの席なんだけど、竹ちゃんは向こうでテレビを見ているからいいんじゃない」

ケイは僕の前にスケッチブックを戻すと、隣の席に脚を組んで座った。大きな瞳がキラキラしている。

「あなた、デザイン関係の人？」

「いや、工務店のしがない社員だったよ。まあ、『設計』という意味では当たりだけどね」

「『だった』ってどういうこと？　もう辞めちゃったの？　今は？」

「厳密には今もそこの社員さ。でもここを退院したらそこを退社して、島根の実家に帰るんだ。両親が、もう僕を一人にしとけないって言うんでね。それに俺、一人息子だから、いずれ帰らなければならないんだよ」

「結婚してるの？」

「二年前に離婚したよ」

「工務店でどんな仕事をしていたの」

「何でもやったさ。うちの会社は新築よりリフォームの仕事が圧倒的に多くてね、例えばお客が、台所全体をリフォームして、流しをＩＨのシステムキッチンにしたいと言ってくる。そこで俺はお客の家におじゃまして、寸法を取ったりしながら細かい客の要望を聞く。アドバイスを交えながらね。

事務所に帰って図面を起こす。それから見積書を書く。で、改めてお客の家にうかがう。一度で済むことはめったにない。お客の予算の都合があるからね。その時はいくつかの項目のグレードを下げるか、削除しなけりゃいけない。そうこうして何とか契約にたどり着く。

俺の本領発揮はここからなんだよ。工事にあたって、本当ならいくつもの業者や職人に発注しなければならない。大工、電気屋、水道屋、クロス屋、フロア屋、タイル屋、その他だ。ところが俺は一人で全職種をこなす。その分コストダウンになる。

あと、うちの会社は不動産屋もやっていたから、入居者が退去してからのメンテナンス工事が常にあった。これも俺の仕事だった」

「へえ、あなたってすごいのね」

にっこりしながらケイが言った。よく見ると可愛い娘じゃないか。特にこの笑みが。それにしても喋りすぎたようだ。少し恥ずかしくなった。話題を変えることにした。

「君はいくつなの」

「二十九よ。あなたは？」

「四十四だよ。この階に来たっていうことは、君もアル中なんだよね」

「そうよ。立派なアルコール依存症よ」

「君みたいに若い女の子がどうしてまた」

「学生時代からガンガン飲んでたわ。あたし、お酒強いのよ」

「で、アル中に？」

「あたしが本当にアルコール漬けになったのは、最後の一年よ。その当時同棲していた男は一流商社マンで、背も高くてかっこいいんだけど、ＤＶだったのよ。あたしはいつも体中痣だらけ。あたしが一人で外に出るのを嫌って、仕事も辞めさせられたわ。そのくせ自分は遅くまでどっかで遊んでくるのよ。

怯えながら暮らすうち、朝からお酒を飲むようになったの。拒食症にもなって、体重は三十キロまで落ちたわ。立つこともできない、酒びたりでボロボロのあたしを、マンションを嗅ぎつけた両親が発見したの。あたしが実家を飛び出してから八年ぶりの再会よ。で、救急車」

「DVの彼は君を病院に連れていかなかったのか」

「うん。相変わらず遅く帰ってきては、あたしのこと殴る蹴るよ」

「何でそんな男、さっさと別れなかった」

「好きだったからよ」

なんて倒錯した愛だろう。僕には難しすぎるようだ。

「でも君、元気そうじゃん。そんなボロボロには見えないよ」

「この病院に来る前に、別の病院に三か月入院してたの。アルコール科にね。ここよりずっと厳しいところよ。そこに入院した頃は、手が震えてお箸も持てなかったけど、今じゃこの通りよ。体重も戻ったわ」

「それにしても八年間も親と会わなかったの？」

「そうよ」

「自分でマンションを借りてたの？」

「ううん。その時その時の男の部屋に住んでたわ」

「じゃあ、八年間DVの彼氏と一緒にいたわけじゃないんだ」

「まさか。男はとっかえひっかえだったわ。でもつきあった男たち一人ひとりの思い出が、あたしの大切な宝物なの」

「君はどんな仕事をしてたの」

「アパレルや、建築資材メーカーの営業、商社なんかよ。どこでも成績良かったんだから。ＬＡにも二年行ったわ」

ケイはまた長い髪をかきあげた。

「あなたはどうして離婚したの？」

「アル中さ。二人は最後まで愛し合ってた。でももう、どうしようもなかったんだよ」

「本気でそう思っているの？　奥さんはあなたに愛想をつかしたのよ」

「違う、そうじゃない。俺には確信がある」

「あたしなら、本当に好きな人だったら、アル中くらいで別れたりしないけどなあ」

ケイは立ち上がった。

「またお話ししようね」


絵を描き終わったのは午後九時くらいだった。僕は散らかった机の上を片づけると、煙草を吸おうと立ち上がった。

喫煙室にいたのは武藤君、先輩、ひばりちゃんだった。僕がセブンスターに火をつけると、向こうの階段室の扉が開いて、幸ちゃんが現れた。顔をニヤニヤさせながら、小走りで近づいてくる。幸ちゃんはドアを開けると同時に喋りだした。

「今、三階に睡眠薬を飲みに行って来たんだけどね、あの多田さんがついにやったそうだよ。あのね、素っ裸でイチモツをおっ立てて、ナースステーションに行ったんだって。それでね、胸のあたりについたザーメンを指差して『こんなん出ちゃったよ』って言ったんだって。ガッチャン部屋に急行だよ」

全員が大笑いした。特にひばりちゃんはいつまで経っても笑いやまなかった。武藤君が言った。

「しのだ病だよ」

何それ、と僕が聞くと先輩が答えた。

「この病院に入院することにより、かえって症状が悪化する現象だよ」

「あたし、三階に行ってこよう」

と、出ていくひばりちゃんに、武藤君が続いた。

喫煙室を出た幸ちゃんは、今度はホールのみんなを相手に話をしていた。爆笑が聞こえてくる。

僕はホールにケイの姿を探したが見つからなかった。もう部屋に行ってしまったようだ。

月曜日の午前中の「薬剤教室」は退屈だった。薬剤師の女性がホワイトボードの前で講義をしている。彼女の顔は愛嬌があって可愛らしかったが、講義の内容はつまらなかった。

「……薬によって、吸収される部位が異なりますが、多くの内服薬は消化器で吸収され、肝臓から全身に運ばれます。舌下や吸入薬で吸収される薬は、肝臓を通過せず数分で全身循環へ到達します」

僕は向こうのテーブルのケイを見た。ほっぺを片方だけ膨らませて前を見ている。可愛い。

「例えばシアナマイドは胃で吸収されるので、作用発現は速いです。これに対してノックビンは服用後、十二時間で効果が表れ、作用は数日から二週間持続します。また、抗酒剤は食事に影響されません。朝であれば何時でもかまいません。ご家族の前で服用しましょう」

ご家族の前で服用しましょう、だと？　大きなお世話だ。僕は手を挙げた。

「はい、どうぞ」

「例えばここに牛乳があるとします。牛乳は体にいい。でも誰も牛乳を薬とは言わない。体にいいのに薬ではない。先生、薬の定義は何ですか」

薬剤師は少し困った顔をした。

「今のは次の宿題とさせていただいてもいいですか」

「よろしくお願いします」

武藤君のサーブは強烈だった。今井さんが片膝をつき、体を捻《ひね》りながらボールを拾う。ケイはボールを追いかけ、ボールを打つ。だがボールは高く上がり、あらぬ方向へ飛んでいく。するとまたも今井さんが数歩走ったあと、高くジャンプしてコートにボールを戻す。ボールは僕の方へ飛んできた。でも僕の前にはネット越しに大将の巨体がある。僕は思い切り飛び上がると、大将の両腕の間を抜けるようにスパイクした。ボールは相手方のコートの中央で大きくバウンドし、僕のチームでは歓声が上がった。ケイが大はしゃぎで僕に抱きついてきた。

デイケアの会場を兼ねた、このささやかな体育館は、本来バレーボールをするほど広くない。奥にはピアノもある。もし僕たちが使っているのがビーチボールでなくて本物のバレーボールだったら、あちこち傷つけてしまうだろう。コートのラインが壁に迫っていて、壁にぶつかったボールがコート内に落ちてしまう。だがこれも「イン」とみなすルールだった。

次は今井さんのサーブだ。今井さんはボールを高く上げ、強力なバネのようにボールを弾いた。相手チームの竹ちゃんがレシーブしたが、ボールは後ろに飛んでいってしまった。僕たちは歓声を上げ、今井さんにハイタッチした。

今井さんは次のサーブをした。相手コートでは、楠田さんが走りながら、後ろを向いたままレシーブした。ボールは勢いよく飛んできて、こちらのコートのコーナーでバウンドした。僕たちは手を出す暇もなかった。楠田さんは無敵の笑みを浮かべていた。相手チームでは歓声を上げながらみんなが楠田さんにハイタッチし始めた。

先週のグループワークでの楠田さんの印象は、しょぼくれた陰気な中年男性だった。ところが今の楠田さんはパワフルなタフガイだ。

今度は僕のサーブだ。僕がコーナーに立って「いくわよー」と言うと、みんなが「いいわよー」と答えた。僕はボールを放り上げ、満身の力を込めてそれを叩いた。相手チームの幸ちゃんは、レシーブしたボールを自分の顔面にぶつけてしまった。全員大爆笑だった。ゲームは僕たちの勝ちで終わった。僕がケイに両手を差し出すと、今度もケイは僕に抱きついた。

「『院内ＡＡ』って何なの」

鳥の唐揚げに箸を突き立てながら、成増さんに聞いた。いつもは午後三時で院内プログラムは終わるのだが、隔週の月曜日だけは夕食後、午後七時から「院内ＡＡ」なるプログラムがある。ホワイトボードには、「院内ＡＡ」と書かれた横に、「全員参加」と、ご丁寧に書き込まれている。

「ここでＡＡをやるんだよ」

「ＡＡってよく聞くけど、何なの。ディスカッションみたいなもの？」

「アルコール依存の人たちが定期的に集まって、一人ずつ自分の体験談や想いを発表するんだよ。人に意見したり質問したりしてはいけない。あと記録をとってもいけない」

「意見も質問もしちゃいけないなんて、そんなの意味あるの？　みんなで解決策を探る、とかいう方が建設的に思えるけど」

「まあ、試しに聞いてみることだね」

竹ちゃんが鳥の唐揚げの皿を成増さんの前に置いた。僕は聞いた。

「成増さんは、そんな妊婦みたいな腹をしてて、糖尿とか大丈夫なの」

「俺は糖尿だよ」

「ええっ！　知らなかったなあ。じゃあ今から他の人のを食べるのはなしだ。竹ちゃんの唐揚げも俺が食う。いい？　朝のジャムやマーガリンも、ひとからもらっちゃダメだよ」

そういえば、僕のトレイに載っているアクリルに挟んである「山口史郎様」と書かれた紙は薄緑色だが、成増さんのは白だ。竹ちゃんや西田さんは僕と同じ薄緑だ。成増さんのトレイをのぞき込むと、僕のと微妙にメニューが違う。

そういえば成増さんだけ朝食のオレンジジュースがついていないこともあった。何かの手違いだと思っていたのだが。今まで気にもしなかったが、患者たちの食事は一人ひとり調整されているようだ。忘れていた。ここは病院なんだ。

僕は周りのテーブルを見渡してみた。そして気づいた。隣のテーブルに知らない男性がいる。ユーモラスな顔だ。歳はちょっとわからない。眼鏡を掛けた童顔をくるくるパーマが覆っている。

さらに、窓際のテーブルには、やはり見たことのない女性がいた。真っ黒に日焼けしている。二人とも明日の朝の会で自己紹介をするのだろう。


テーブルの一つが、ホールの入り口付近に斜めにセットされた。ここからだとホール全体を見渡すことができる。僕はナースの根島さんに言われるままに、ポットを机の上に置き、延長コードをつないだ。コーヒーと粉ミルク、紙コップが置かれる。あと図書室から椅子を四つ運んでくる。何人で来るのかわからないのだ。みんなはくだけた格好で椅子に座り、訪問者を待っていた。

階段室の扉がきしみながら開き「どうもこんばんは」と太い声がした。

最初に現れたのは顔がまん丸で、体もまん丸のよく太った六十手前くらいの男性だった。眼鏡をかけていて、短く刈り込んだ髪が顔の丸さを強調している。体もスーツが張り裂けそうだ。

続いて現れたのは、スレンダーでハンサムな三十歳くらいの男性だ。髪を茶色に染めている。

二人は椅子につき、紙コップに自分のコーヒーを注いだ。しばらくして太った男性が宣言した。

「それでは十九時になりましたので、ＡＡを始めたいと思います。私は、アル中のダルマと申します」

すると席のあちこちから「ダルマ」という声があがった。一体何だろう。ダルマさんは続けた。

「皆さんはこのハンドブックをお持ちですね」

ダルマさんは小さな緑色の小冊子を宙に掲げた。僕は手にした自分の小冊子に目をやった。「ミーティングハンドブック」と書かれている。入院時に、グループワークで使う本ともども購入させられたのだ。七十円か、それくらいだ。もちろん読んでみたことなどない。ダルマさんは言った。

「では私が冒頭を読みます」

アルコホーリクス・アノニマス

アルコホーリクス・アノニマスは、経験と力と希望を分かち合って共有する問題を解決し、ほかの人たちもアルコホリズムから回復するように手助けしたいという共同体である。ＡＡのメンバーになるために必要なことはただ一つ、飲酒をやめたいという願いだけである。会費もないし、料金を払う必要もない。私たちは自分たちの献金だけで自立している。ＡＡはどのような宗教、宗派、政党、組織、団体にも縛られていない。また、どのような論争や運動にも参加せず、支持も反対もしない。私たちの本来の目的は、飲まないで生きていくことであり、ほかのアルコホーリクも飲まない生き方を達成するように手助けすることである。

ダルマさんは顔を上げた。

「では次の第三章をどなたかお読みになってくださいませんか。少々長いですが」

僕は名乗りを上げた。

「では読ませていただきます」

さらにアルコホリズムについて

私たちのほとんどは、自分が本物のアルコホーリクだとは認めたがらなかった。自分の肉体や精神が、周りにいる人たちとは違うなどということを、喜んで認める人間がいるわけはない。だから私たちが、ふつうの人のように飲めるかもしれないと、役にも立たない実験をしてきたからといって、驚くことはない。何とかなるだろうという考え、いつかは飲むのを楽しむことができるようになるという大きな妄想が、病気の酒飲みに取り憑《つ》いている。この恐ろしい妄想を、たくさんの病的酒飲みは死の門口に立つまで、そうでなければ狂ってしまうまで、手放せないでいる。

私たちは自分がアルコホーリクであることを心の底から認めなくてはならないことを知った。これが回復の第一ステップである。自分はふつうの酒飲みと同じだという、あるいはいまにそうなれるかもしれないという妄想を、まず徹底的に打ち砕かなくてはならないのだ。

私たちアルコホーリクは、飲酒をコントロールする力をなくした。本物のアルコホーリクは、決して飲酒に対するコントロールを取り戻すことはない。私たちも、自分はコントロールを取り戻したと思ったことがあった。けれど、そのちょっとした、あまり長くない中休みのあとには、必ずもっとひどい状態がやって来て、切ない、なぜだかわからない落ち込みに苦しまなければならなかった。私たちのようなアルコホーリクは、進行性の病気にかかっているのだということを、私たち全員が一人残らず信じている。少し長い目で見れば、私たちは悪くなることはあっても、決して良くなることはなかったのである。

私たちは足をなくした人間に喩《たと》えることができる。なくした足が生えてこないのと同じように、私たちのようなアルコホーリクをふつうに飲めるようにする方法はない。私たちは思いつく限りの治療法はみんな試してみた。少しは良くなったように思ったこともあったが、そのあとは必ずもっとひどくなった。アルコホリズムをよく知る医師たちの一致した意見では、アルコホーリクがふつうに飲めるようになることはないという。科学はいつかそれをやり遂げるかもしれないが、まだ実現していない。

私たちが何を言っても、大勢の人たちが、自分は本物のアルコホーリクだとは信じない。そうして思いつくかぎりの方法で自分を騙し、実験をやって、自分がアルコホーリクでないことを証明しようとする。飲むことにコントロールをなくしている人が、回れ右して紳士のように飲むようになったら、私たちは彼に脱帽しよう。確かに私たちも、他の人たちと同じように飲もうとして、つらすぎるくらいつらい努力をたっぷりと、長い間繰り返した。

私たちがやったことをいくつか書いてみよう。ビールだけに限る、飲む杯数を決める、一人では決して飲まない、家でだけ飲む、家に酒を置かない、仕事の時間中は飲まない、パーティーでだけ飲む、スコッチからブランデーに切り替える、ナチュラルワインしか飲まない、仕事中に酒に手を出したら首になることを承知する、旅行をしてみる、旅行は控える、(宣誓の儀式をするかしないかは別にして)永遠に飲まないと誓う、運動の量を増やす、心に感動を呼ぶような本を読む、健康施設や保養所に行く、精神病院に入ることを受け入れる……などなど、例をあげればきりがない。

私たちはあなたがアルコホーリクだと宣言したいわけではない。だがあなたは自分で簡単に決断が下せる。これから近くのバーに行って、節酒を試してみる。何杯か飲んだら、きっぱりやめる。いっぺんではなく何度か繰り返してみる。もしあなたが自分に正直なら、結論が出るまでにそう長くかからないはずである。自分の状態をはっきりとつかむ役に立つのだから、あなたが経験する不安やいらいらには値打ちがあると言える。証明のしようはないが、飲み始めの早いうちだったら、私たちのほとんどは酒をやめられたと思う。だが困ったことに、時間のあるうちに心底やめたいと思うアルコホーリクはほとんどいない。

※ＡＡ日本ゼネラルサービスオフィス発行『アルコホーリクス・アノニマス』より

僕は読み終わって深呼吸した。

「ありがとうございました。さて、本日のテーマは『一杯の酒』です。それでは私の方からまいりましょう」

ダルマさんはコーヒーを一口すすって、よく通る太い声で話し始めた。

「私の断酒歴は、かれこれ二十年になります。本格的に酒を飲み始めたのは大学時代だと思います。大学時代の酒は、仲間と酌み交わす、今思い出してもおいしい酒でした。

大学を出て、私は某メーカーに営業マンとして就職します。するとつきあい酒の多いこと。接待やら何やら毎日のように飲み会があって、酔って家に帰るのが当たり前でした。そんな中で、私は飲酒量が増えていき、自ら率先してみんなを誘うようになりました。

いつしか私は、酒が入っていないといらいらするようになりました。朝も夜もです」

ダルマさんは一呼吸おいて話を続けた。いかにして自分がアル中への坂道を転落していったか。同僚からは敬遠され、上司からは常に叱責を受け、部下からは無視され、家族や友人からは廃人とみなされるようになっていったかを。そしてついに、アルコール科のある病院に入院する。

「……そんなわけで、私は入院してからまだ一口も飲んでいません。ただみなさん、勘違いをなさらないでください。私は今でも飲みたいんです。飲みたいという欲求は常にあります。

あなたがチョコレートは毒だと知らされたら、何の躊躇《ちゅうちょ》もなくチョコレートを断てるでしょう。しかしお酒をやめるのはチョコレートをやめるのとはわけが違います。一杯、たった『一杯の酒』が私を地獄へ引き戻すでしょう。今『一杯の酒』を飲んでしまったとしたら、二杯となり三杯となり、たちまちアル中の私に戻ってしまうでしょう。

今でも飲み会の席で、周りの人たちは口々に言います。『まあ一杯だけ』『ちょっとだけならいいじゃないですか』

そんなとき私は、恥も外聞もなくこう言ってのけます。『いや、私はアル中なので、お酒は一切飲めません』

それでもしつこく酒を勧めてくる人がいます。『一杯だけならアル中だって大丈夫でしょう』

アル中に関する正しい知識がないからです。アル中をただの大酒のみくらいに思っている。違うんです。アル中はたった『一杯の酒』が命取りになってしまうのです。

さて、みなさん。長い一生、酒を一滴も飲まずに生きていくと考えると、気が遠くなる気がします。私はこう考えてやっています。『今日は一日飲まずに生きよう』『今日は一日飲まずに過ごそう』その積み重ねで、私は断酒を続けています。では、私の話は終わりにします」

僕は拍手をしようとして両手を構えたが、どこからも拍手は起こらなかった。拍手をする場ではないようだ。

ダルマさんに並んで座っていた若い男が身を乗り出した。

「アル中のシゲです」

あちこちから「シゲ」という声が上がった。どうやら発言者のニックネームを復唱するしきたりのようだ。シゲさんは、やおら話し始めた。

「つい先週のことです。僕はもう少しで同胞を裏切ってしまうところでした。あと少し間違えば、私は今ダルマさんと並んでこの場所にいなかったかもしれません。

私は親しい友人数人と居酒屋にいました。場所を変えてくれと最初から言えばよかったのですが、酒の誘惑なんかに負けないという自負と、友人への見栄があったのです。

友人たちは喉を鳴らしておいしそうに生ビールを飲んでいました。僕はウーロン茶をおとなしく飲んでいました。

隣の友人がお手洗いに立った時のことです。友人の飲みかけのビールが目にとまりました。なんて美味そうなんだろうと眺めているうち、自分でも気づかないうちにそのジョッキを持ち上げていました。今思い出すだけでも冷や汗が出ます。一気に飲み干してやろうか。これくらいなら大丈夫なんじゃないか。そんな思いが脳裏をかすめました。

そのとき頭に浮かんだのが、ダルマさんをはじめ、ともに断酒に励むＡＡの皆さんの顔ぶれでした。僕はやっとの思いでジョッキを元に戻しました。そのあとは用事ができたといって、すぐに家に帰りました」

シゲさんは二回スリップ歴があると語った。スリップとは、断酒していたアル中が飲んでしまうことだ。ほんの少しでも飲んでしまうと、そのあと連続飲酒に陥り、自力で立ち直ることはめったにない。だいたいは病院に再入院になる。シゲさんも例外ではなかったようだ。

「たった『一杯の酒』、あるいは一口の酒、それは恐るべきものです。それを飲んでしまったら、私たちは再び地獄を見なければいけません。

自分で言うのもなんですが、私はけっこう意志の強い方です。でもどうやら、意志の強さと、湧き出る飲酒欲求とはあまり関係がないようですね。もしＡＡの仲間たちの支えがなかったら、私は一人で酒を断つことなどとうていできなかったでしょう。では時間のようなので、私の話を終わりたいと思います」

「ただの身の上話じゃん。お互いあんな話を聞いて、何か役に立つの」

青白い煙を吐き出しながら、幸ちゃんが言った。床にしゃがみ込んだ武藤君は、身を乗り出して灰皿に灰を落とした。

「まあ、それは個人のとらえ方次第だね。ほかの人たちが頑張っているのを知って、自分も頑張ろうとする人もいるんじゃないの」

喫煙室からでもカウンターの上の大きな貼り紙の文字が、はっきりと見てとれた。

■断酒3ヶ条
●互助会
●抗酒剤
●通院

互助会というのは「AA」や「断酒会」のことだ。断酒会はAAとは別の組織だが、やっていることは大差ないと思われる。僕は断酒会には行ったことがないので、詳しいことはわからない。

「一種の仲間意識みたいなもんだよ。まあ、一度行ってみればいい。ここからだと玉川学園前のAAだね。AAはあちこちにあるよ」

そう言ったのは成増さんだった。成増さんは毎週欠かさずAAに通っているらしい。すると楠田さんが口を開いた。

「俺、先週行ってきたよ。ドクターやナースが行け行けってうるさいんでさ。ま、中にはためになる話もあるよ」

「俺も互助会に行けって言われてるんだよな」

武藤君が言うと、喫煙室にいた何人かが、「俺も」と言った。僕はそんなことを言われたことがなかった。明日の診察で三崎先生に言われるのかもしれない。

互助会に行くときに限って、夜間外出が認められている。ただし男女二人だけの外出は禁止だ。二十二時までには帰ってこなければいけない。

僕は短くなった煙草をもみ消すと、喫煙室を出た。窓際のテーブルではＵＮＯゲームが始まっていた。その中には新顔の女性もいた。ケイもいた。ケイは楽しそうに笑っている。僕は自分の席に着くと、レポート用紙を開いた。

院内ＡＡ「一杯の酒」

未だかつて僕に「一杯の酒」の概念はなかった。あったのは、果てしなく続くビール缶の列だった。

そして今、「一杯の酒」の概念はやはりない。あるのは「断酒」だ。

だが永遠にではない。

加速度的に近未来へ突き進む医療テクノロジーは、我々をリセットし、リカバリし、「足を失った人」に足を与え、強固に構築された「報酬系」という名のくだらないサーキットを跡形もなく破壊しつくし、それに替わるSomething Happyをプログラムする。

そんな日が遠からず来る。それまで待とう。

全くやむを得ない。


僕は書き終えたレポート用紙をちぎり、「科長殿」と書いたメモとクリップで留め、ナースステーションの小窓の前に置いた。

席に戻ってから、レポート用紙を無造作に書類ケースに入れようと思ったが、うまく入っていかない。何か引っかかっているようだ。ごちゃごちゃといろいろなものが入った書類ケースの端っこに『かもめのジョナサン』があった。この本が邪魔をしてうまく入らなかったのだ。

僕は『かもめのジョナサン』を引っ張り出した。いつから読んでいないだろう。しおりが挟んである。まだ半分も読んでいない。電子辞書を引っ張り出すと、僕は続きを読み始めた。

ジョナサンは会得した「曲芸飛行」を仲間の前で繰り広げる。その夜、ジョナサンは評議会に出席を求められる。評議会の決定はジョナサンの、群れからの追放だった。

ジョナサンは一人きりになっても、群れとは離れた場所で訓練に勤しんでいた。年月が流れた。ある日、星のように清らかな光を放つ二羽のカモメが、ジョナサンの左右にぴったり並んできた。輝くカモメは言った。

「私たちはあなたを、もっと高いところへ、あなたの本当のふるさとへ連れに行くためにやって来たのだ」

ジョナサンは大海原に別れを告げ、輝くカモメたちと一緒に、高く昇っていき、星の彼方へと消えていった。

誰かが僕の肩に手をのせた。振り返ると頬笑みを浮かべたケイが立っていた。


「何読んでるの。英語の本ね」

「かもめのジョナサンだよ」

「ああ、なんか聞いたことあるなあ。どんなお話？」

「食べていくことにしか関心がない他のカモメと違って、大空を飛ぶことに命を燃やす一羽のカモメの物語だよ」

「わあ、あたしそういうの大好き。読み終わったら貸してよ」

「いいよ。君は英語なんか何でもないだろうから、すぐに読み終わっちゃうよ」

「じゃあね。もう消灯時間よ」

「うん。おやすみ」


時計を見たら十一時になろうとしていた。僕は机の上のものをまとめた。今テーブルの上にあるのは、書類ケースが二つ、文具を載せたトレイが二つ、インスタントコーヒーの瓶に白いカップ、CD数枚とCDプレーヤーとヘッドフォン。いつものことだが病室まで三往復だ。

面倒くさいなと思っていると、大型テレビを載せている棚が目にとまった。棚は二段あり、将棋盤やオセロ盤、いろいろなゲーム類が置かれているが、スペースは充分に余っている。今夜はそこに置いておこう。

僕は棚の中のゲーム類を片側に寄せると、反対側から自分のものを詰めていった。ぴったりとおさまった。これでよし。この日からその場所は僕のスペースになった。ナースやヘルパーたちに注意されることもなかった。退院間近、科長のしっぺ返しを受けるまで。

少し嬉しくなった僕は、寝る前の薬をもらうため、階段を三階へと上っていった。すると先輩が下りてきた。

「史郎君、尚子って人が君を探していたよ。史郎君を待っているみたいだったよ」

僕はうんざりした。まだ俺をつけまわすのか、あの女は。それにしてもなんでまた今頃になって。ともかく今三階に上がったら尚子と出くわす。上に上がるのをよそうか。薬のことを忘れたふりをしていれば、ナースがベッドまで持って来てくれる。でも明日はどうする。あさっては。僕はため息をついた。

「わかった、先輩。おやすみ」

「おやすみ」

僕はそうっと三階の扉を開いた。ホールに尚子を探した。しめた。尚子は向こうを向いてテレビを見ている。僕はナースステーションの小窓の前に立ち、できるだけ小さな声で「山口史郎です」と言った。すると中のナースの古田さんが大きな声で、「はい、山口史郎さんね」と言いながら薬の袋をよこした。全く無駄に大きな声だった。

僕は薬の袋を開封して、持ってきたカップの水で薬を飲み干した。寝る前の薬は、三階のナースステーションでナースを前にして飲む決まりなのだ。

古田さんに「おやすみなさい」と言って振り返ると、尚子が立っていた。

「尚子、元気にしてるか」

尚子は無言で僕に、小さく畳んだメモ用紙を差し出した。僕は慌ててそれをポケットにねじ込んだ。

古田さんに見られなかっただろうか。僕は尚子に「おやすみ」と言うと、二階に下りた。

病室の読書灯で尚子のメッセージを読んだ。

「私のことが好きだからキスをしたんでしょ？　違うの？」

おいおい、何の冗談だ。お前が俺の唇をレイプしたんだろう。僕はメモ用紙を破ってゴミ箱に突っ込んだ。

ベッドに横になりながらどうしたものかと考えた。無視するしかないな。「俺はお前なんて何とも思ってない」なんて言おうものなら、今度は何をしでかすかわからない。なにしろ相手はまともじゃない。とりあっちゃだめだ。

その夜はなかなか寝つかれなかった。

10

ナースステーションの扉が開き、科長が出てきた。ナースの根島さん、ヘルパーの目黒さんと深田さんが続いて出てくる。朝の会の始まりだ。

ホールの窓ガラスは真っ青に染まり、サッシのアルミが銀色に輝いている。今日もまた暑い日になりそうだ。

科長が宣言した。

「はい、では七月十四日の朝の会を始めます。自己紹介していただく方が二名いらっしゃいます。まず内藤さんからどうぞ」

すると僕たちの横のテーブルについていた、例のくるくるパーマの童顔の男性が立ち上がった。

「えー、はじめまして。内藤正と申します。アルコールと縁を切りたくて入院を決意しました。よろしくお願いします」

拍手が起こった。

「では次に墨田亜紀さん、自己紹介お願いします」

ケイと同じテーブルの女性が立ち上がった。傷だらけのジーンズに派手な柄物のTシャツを着ている。真っ黒に日焼けしていて、髪の毛をソフトクリームのように上にとがらせている。四十歳くらいだろうか。

「アルコール依存症で入院しました。皆さんよろしくお願いします」

拍手が起こった。科長は腰をかがめてナースステーションのカウンターの下のポストを開いた。

「ご意見箱には何も投書がないようですね。それでは壁のホワイトボードを見てください。今日は心電図測定、脳波検査があります。名前の書かれている人は時間になったら声をかけますんで、わかるところにいてください。

今日の予定は、午前中は勉強会、午後は環境整備となっています。では抗酒剤を取りに来てください」

みんな前に出ては自分の抗酒剤を持って席に戻った。

「それでは今朝の挨拶は大田さんですね。お願いします」

ひばりちゃんがにこにこしながら立ち上がった。

「えー、今日はヤッバいです。生ビールをくうっと飲んだら、たまらないような真夏日です。皆さん気をつけましょう。それではいただきます」

「いただきます」

みんなは抗酒剤を飲み干した。

科長はホワイトボードに「日食」と書いた。

「ニュースや新聞で皆さんご存じでしょうが、今日の昼、部分日食が起きます。今日の勉強会では、この日食を取り上げたいと思います」

科長はいったん言葉を区切り、みんなを見渡した。

「どなたか日食のメカニズムを説明できる方いらっしゃいますか」

「史郎ちゃんだよ」

「山口さんだよ」

何人かが同時に言った。

「では指名のあった山口さん、前に出てきてください」

そう言うと科長は一歩退いた。僕は照れくささを覚えながら前に出た。

僕はまず赤のマジックで小さく丸を書いた。

「これが太陽です」

それから僕は黒のマジックで太陽の周りに三重の大きな円を描き、その円の上にそれぞれ一つずつ小さな丸を描いた。さらに一番外側の丸の周りに小さな円を描き、その円の上にも小さな丸を描いた。

「これは太陽系の中心部です。これが水星で、太陽に一番近い惑星です。この円は、太陽を回る水星の軌道です。次は金星です。そしてその次はこの地球です。地球の周りを月が回っています。これですね。それぞれ公転軌道は厳密には楕円形ですが、ここでは円と考えてもらって構いません。図には描きませんでしたが、地球の外側では火星、木星、土星、天王星、海王星、冥王星が太陽の周りを回っています。

これらの惑星や衛星たちは、ほぼ同一平面上を公転しています。しかし正確に同一平面だというわけではありません。わずかな変位があります。平面からのずれですね。

で、日食はなぜ起こるのか。地球を回る月がこの位置に来た時、太陽、月、地球が一直線に並ぶことになります。すると地球からは月の影になって太陽が見えなくなります。偶然にも、地球から見る太陽の大きさと月の大きさは大差ないのです。皆既日食が起こるのはこのためです。

太陽系の天体の公転軌道にはわずかな変位があると言いました。ではもし、月や地球が完全に同一平面を公転しているとすればどうなるでしょう」

僕はいったん言葉を区切った。みんな僕を見ていた。ケイの方をちらりと見ると、頬杖をついて真剣に僕を見ていた。

「日食も、月食も、もっと、しょっちゅう起きることになります。月や地球の公転軌道のわずかな変位が、日食や月食を珍しいものにしているんです」

僕は科長を見た。科長は僕にうなずいてみせた。僕は席に戻った。拍手が起こった。

「学校の先生でいらっしゃるんですか」

ぐるぐるパーマの内藤さんが問いかけてきた。セブンスターに火をつけながら僕は答えた。

「いや、工務店勤務だったよ。退院後は未定なんだ」

この男、よく見るとかなり頭でっかちだ。

「いや、さっきの講義があまり見事だったもんで、先生かと思いましたよ」

「よしてくれよ。内藤さんは何の仕事?」

「会社員です」

「どんな会社?」

「精密測定装置のメーカーです」

「へえ。楽しそうだね。内藤さんいくつ? パーマは天然?」

「四十二です。パーマは天然です。あの、お名前は」

「山口史郎。四十四歳。史郎でいいよ」

彼の少年のような顔つきからは、アルコールを連想できなかった。

「どれくらい飲んでたの」

「仕事が終わってから、家に帰るまで缶ビールの五〇〇ミリリットルを二本飲んでましたね。休肝日もとらずに」

「え、たったそれだけ? 普通の人じゃん。内藤さんアル中なんかじゃないよ」

「飲酒運転もしていましたよ。子供を乗せて」

「ああ、そいつはよくないね。でも酒を飲んでから運転するのをやめればいいだけの話じゃない」

「とにかくそんなことがあってから、妻に決めつけられたんです。あなたはアルコール依存症だと。ここに入院して断酒すべきだと」

僕は内藤さんが羨ましくなった。一日たったのビール二本で間に合ってしまう生活が。

ところが彼は、そのたった二本をも、人生から削除しようとしているのだ。

「会社の方は大丈夫なの」

「会社の了解は得ました。しっかり治療に専念するように言われましたよ」

そのとき、科長がこっちに向かって歩いてきた。手に紙のようなものを持っている。科長は喫煙室のドアを開けると、煙を払うように手のひらを振った。

「山口さん、読ませていただきました。あなたの文章には、胸がすきますね」

僕は科長から紙を受け取った。昨日提出した、「一杯の酒」のレポート用紙だった。


ヘルパーの東田さんに渡された、洗剤を染ませた濡れ雑巾を持って、僕はホールをうろうろしていた。何をしよう。先輩と大将は椅子の上に立って、南面の大きな窓ガラスを拭いている。人一倍背の高いこの二人には適任だといえる。ケイは喫煙室のアクリルを一生懸命拭いていたし、幸ちゃんは図書室のテーブルを拭いていた。

環境整備の時間だ。環境整備とは、早い話、大掃除のことだ。

そうだ、手すりを掃除しよう。ホールから廊下へ、手すりがぐるりと回っている。僕は濡れ雑巾を手すりに巻きつけるように握って、壁に沿って歩き始めた。廊下にさしかかったところで、反対側から来た竹ちゃんと出くわした。竹ちゃんもまた濡れ雑巾で手すりを握っている。手すりの掃除は終わったようだ。右利きの僕が反時計回りに歩いてきたのに対して、左利きの竹ちゃんは逆から現れたのだ。

僕はドアや窓の枠を掃除することにした。掃除用具を詰め込んだワゴンのところに行って、使っていた雑巾をバケツの中に入れると、新しい雑巾にたっぷりと液状洗剤を染み込ませ、ホールに向かおうとした。すると僕を呼ぶ声があった。僕の病室からだ。

「史郎さん、悪いけど、おたくのベッドの下の荷物、何とかならないかなあ。そこだけモップがかけられないんだよ。毎朝の掃除でもそうなんだけどね」

紺野さんだった。僕は「どうもすみません」と言うと、ベッドの下の荷物を、他に動かす場所があるわけでもなく、ベッドの上に移しかえた。この日から毎日、朝起きてはベッドの下のものをベッドの上に、寝るときにはベッドの上のものをベッドの下に移動することになった。

病室を出ると、またしても僕を呼ぶ声がした。女性の声だ。

「山口さあん、山口さあん」

声の主はナースの根島さんだった。根島さんは患者数人と、ホールの冷蔵庫の中を清掃しているようだ。近くのテーブルには、冷蔵庫の中に入れてあったものが並べてある。僕は根島さんのところに行った。

「はい。何ですか」

「山口さん、冷蔵庫に入れていい缶やパックの飲料は一人三個までという決まりだったわよね。『山口』とマジックで書いたパックが、牛乳やらジュースやら、全部で七つ出て来たわよ。処分するからね」

「いや、全部今飲む」

僕はそう言い張って、片っ端からストローをたてて飲み干していった。僕は七パック全部を飲み干した。三つは残しておいてもよかったことにあとで気がついた。根島さんは呆れた顔で僕を見ていた。

「大丈夫なの？　賞味期限も見ずに」

「大丈夫です」

そう言うと僕は空のパック七つを畳んでゴミ箱に捨て、窓枠の掃除にとりかかった。

環境整備が終わると、僕は珍しく病室のベッドに横たわり、『かもめのジョナサン』を開いた。

ジョナサンが到着したのは天国ではなかった。そこは食べることではなく、飛ぶことに生きる目的を見いだしたカモメたちの集う世界だった。

ここでは様々な訓練がなされていた。ジョナサンは長老から特訓を受ける。そしてついに瞬間移動の技をも身につける。やがて長老は「さらに上の世界」に移行するため消えていってしまった。

目覚ましい成長を遂げたジョナサンは、今度は新しくやって来る若いカモメを教育する立場になる。

だがジョナサンにはいつも忘れられないことがあった。地上で餌を奪い合って生きている何万というカモメたちのことだ。彼らに本当の生きる目的を教えてやることはできないのだろうか。

ある日ジョナサンは決心し、仲間に別れを告げ、地上に降りていく。そこでジョナサンは、かつての自分同様、群れを追放され、一人飛行訓練に取り組むカモメ、フレッチャーを発見する。ジョナサンは早速指導にかかる。フレッチャーの上達は目覚ましかった。さらに同じように群れを追放されたカモメが六羽加わる。

ある日八羽は、自分たちを追放した群れの集う場所に向かう。餌を求めてうるさく飛び回る何千というカモメたちの上空で、曲芸飛行をやってのける。ジョナサンたちが群れの上空で訓練に励んでいるうち、一羽、また一羽と若いカモメが仲間に加わっていった。

やがてジョナサンは、フレッチャーに後継を命じ、高次の世界に旅立つために消えてゆく。フレッチャーはつぶやく。「『無限』なんですね、ジョナサン」

『かもめのジョナサン』を読み終えた僕は、ベッドから身を起こした。それから煙草でも吸おうかと喫煙所に向かった。

ホールの人影はまばらだった。僕の目をひいたのは内藤さんだ。席に分厚い本を開いて、何やらノートに書きとめている。内藤さんの前にはほかにも何冊もの本が積み上げられている。その脇には二リットル入りのウーロン茶のペットボトルが、半分飲んだ状態で置かれていた。

「内藤さん、何やってるの」

「勉強です」

「一体何の勉強？」

「放射線関係です。再来月国家試験があるんで、そいつに受からなければならないんです。第一種放射線取扱主任者になるための試験です」

「それはその、君の会社の？」

「ええ、会社命令です」

「何のための資格なの」

「ええとね、こいつに受かれば、原子力発電所で働くこともできるんですよ。僕は仕事で放射線を扱っているんで、この資格があった方がいいんです」

「するとあんたはエンジニアか。俺はてっきり営業マンか何かかと思っていたよ。でも再来月っていったらまだ入院中だよね」

「ええ、そうです。外泊届を取って受験に行きます」

僕は改めて内藤さんを観察した。どう見ても、小学生がそのまま大きくなったようにしか見えない。

「内藤さんの仕事って、具体的にどんな仕事なの」

「計測装置の線源開発です。X線を発射するための」

僕は開かれたテキストをのぞき込んだが、難しい数式だらけで、さっぱりわからなかった。

「へえ。なんだかすごいな。じゃあ頑張ってね」

僕は喫煙室に向かった。喫煙室では墨田さんが煙草を吸いながら、床の上にだらしなく足を伸ばして座っていた。他には誰もいない。

「やあ。墨田亜紀さんだったよね」

「うん」

「俺は山口史郎。アキちゃんでいいかな」

「いいよ」

「俺のことは史郎って呼んで」

「うん」

「どれくらい飲んでたの」

「焼酎の一番大きなボトルを一日で開けてたよ」

「ふうん」

僕はセブンスターに火をつけた。

「何でそんなふうになっちゃったの」

「鬱よ」

「ああ、俺と一緒だ」

何で鬱になってしまったのかを聞こうとしたが、今それを聞くのはさすがに非常識だと思い直した。

「結婚はしてるの」

「うん。子供が一人いるよ。子供の写真見る？」

「いいの？　見せて」

彼女はお尻のポケットから財布を取り出して、中から一枚の写真を抜き取った。

「はい。これがあたしの一人息子よ」

手渡された写真を見て、僕はひどく驚いた。そこには五歳くらいの可愛い男の子がアップで写っていた。ありふれたスナップ写真だった。その男の子が、明らかに黒人の血を継いでいることを別にすれば。

「ええと、君の旦那は……」

「ケニア出身なの。一応事務所に所属していて、たまーに、テレビや雑誌の仕事が来るの。それ以外は全然働かないんだから。アルバイトでもしてくれれば助かるのに。家でごろごろしているだけよ。あたしね、もう離婚しようと思っているの」

「旦那と仲が悪いの？」

「ううん。別にそんなことない。だけどこのままじゃずっと生活保護だもん」

「実は俺は二年前に離婚したんだけどね。俺のアル中のせいでね。離婚して失うものはたくさんあるよ。子供の父親、ジョークを交わす相手、賑やかな食卓、手をつないで歩く散歩道、ハグとキス、それからセックス……」

「セックスかあ。確かにパワフルだし、でっかいしね」

「そうだろ。そこへくると俺なんか、小さいし全然パワフルじゃない」

僕は両手を広げてみせた。

「それにこんなことを言っちゃあなんだけど、この国では、ハーフの子供を抱えた再婚は難しいよ」

この最後の僕の言葉は確かに余計だった。アキちゃんはうつむいてしまった。気まずさの中で僕は煙草をもみ消し、「じゃあね」というと喫煙室から出ていった。

僕が自分の席に向かおうとすると、根島さんと竹ちゃんと、見知らぬ女性がこちらに歩いてきた。根島さんは喫煙室のはす向かいの、面会室の鍵を開けた。

「これが俺の女ですよ」

竹ちゃんは女性の肩に手を置いてそう言った。そして僕を指差して彼女に「史郎さん」と言った。

「いつもお世話になっています」

セミロングの茶色い髪に包まれた、日に焼けた顔はちょっとした美人だ。でもタフでクールな雰囲気を漂わせている。タンクトップを着た体から伸びた腕は、僕より太そうだ。

僕は手のひらを振った。

「いやいや、どちらかというと僕の方がお世話になっています。トラックドライバーでしたよね。すごいなあ」

「早くしないと面会時間終わっちゃうわよ。ほら、山口さんはあっち行って」

根島さんにせかされて、彼女は「じゃあまた」と言って、竹ちゃんと一緒に面会室に入っていった。


腹が痛かった。きっと、いつのかわからない牛乳やジュースを七パックも飲んだせいだ。それでも何とか残りのチャーハンを飲み干すようにかき込むと、トレイを持ってワゴンに向かった。

夕食後の喫煙室はいつもにもまして満員だった。全体が白くくすんでいる。目が痛いくらいだ。他のみんなが和気あいあいと話をしている中、内藤さんがぽつんと一人で煙草を吸っていた。まだ全体の雰囲気に慣れないのだろう。僕は内藤さんの横に落ち着くと、セブンスターに火をつけた。

「勉強の調子はどう?」

僕が話しかけると、内藤さんは大きな頭をぐるりと僕に向けた。

「はかどりませんね。何しろ難しくて」

「内藤さんは、ずっとエンジニア畑だったの?」

「ええ、大学を出てすぐ今の会社に入りましたからね。大学は数学科でしたけど」

「どこ」

「東京理科大って知ってます？」

「すごいじゃん。準エリートってとこだね」

「史郎さんは？」

「中央大学の経済学部中退だよ。俺もともと理系志望だったんだけどね。若い頃遊び過ぎちゃって。中大の経済を受けたのは気まぐれだよ。小論文入試だったんだ。でも経済なんて興味がないから講義にも出なかった。高校時代にもっとちゃんと勉強しとけばよかったな。今でも子供の頃の夢に未練があるよ」

「夢って何ですか」

「物理学者になることだよ。ビッグバン、ビッグクランチ、ブラックホール、宇宙紐《ひも》、量子力学、超紐理論、不確定性原理」

「へえ。でも実際には僕なんか、地道な研究の毎日ですよ」

「ふうん。それにしても受かるといいね、その試験」

「ええ、受かるといいんですけど」

気がつくと、周りが静かになっていた。みんないつの間にか僕たちの話を聞いていたようだ。僕はつい、意地悪な気を起こした。

「ところで内藤さん、『ガウスの定理』は？」

「ええと、テキストを見ないと思い出しません」

僕は煙草をもみ消した。

「そうか。まあ、とりあえず勉強頑張って」

僕は喫煙所から出ると、壁のホワイトボードに赤のマジックで一連の方程式を書いて、喫煙室の内藤さんに一瞥をくれると、自分の席に戻った。

さて、今晩は何をしようか。これといって書きたい論文もない。そうだ、たまには短編小説でも書いてみるか。どんなのにしよう。例えば……「ともすれば壊れやすい、不安定な愛の中で、それでもお互いを確かめ合おうとする夫婦」。うん、いいんじゃないかな。ちょっとエッチなやつにしよう。タイトルは……「フラッシュバック」だ。

僕は立ち上がって、テレビの下の「僕のもの置き場」からバインダーと筆箱と書類立てを抜き取り、席に戻った。バインダーを開く。まず序章がいるな。僕はそれを書き始めた。

PURELUDE

果てしなく澄んだ大気は
その静けさの中で
目まぐるしく飛び交うニュートリノの命と
密やかな哲学者の予言を内包して輝いている

太陽は
あらゆるスペクトルで天使たちが調合した
金色の光を放ち
水平線は誰の手も届かない
遥かな彼方にあって
厳かな記号に満ちて銀色に輝く
そしてその輝きの小片が
僕の持つマティーニのグラスの上で
きらきらと躍る

僕はゆっくりとグラスを傾ける
すると、
コバルトブルーからエメラルドグリーンに
連続的に変化する海が
透明な液体の中に躍る

彼女は手を組んだまま
芝居がかった琥珀色の

マンハッタンに目をやる

激しく緑色に燃えるマングローブの重力場の中で
メジロたちがフルートのエンベローブを奏でる

波は覚醒したノイズのように
静かで
でも壮大で
とても心地いい

パラソルが時折音をたてて揺れる
ひときわ大きな波とともに
彼女はとてもエレガントに
マンハッタンを持ち上げる

そしてそのとき

僕の長い憂鬱が始まった

僕が本編を書こうと構想を練っていると、ケイがやって来た。

「今日は何をやっているの」

「短編を書こうとしていたところだよ。あ、そうそう、これ読み終わったからあげるよ」

僕はそう言って書類立てから『かもめのジョナサン』を抜き取り、ケイに渡した。

「ケイちゃん、ケイちゃんの番だよ」

トランプをやっている向こうのテーブルから武藤君の声がした。

「え、もらっちゃっていいの。悪いよ」

「いいんだよ、特に高いものでもないし」

「ありがとう。早速読むわ」

「ケイちゃんってば」

「ごめん、あたし抜ける。ごめんね」

ケイは僕の前の席に着き、頬杖をついてジョナサンを読み始めた。


「二階はすごく忙しいです。毎日勉強することがとてもたくさんあって、恋愛について考える時間はありません。しばらく、そっとしておいてくださることを望みます。どうか急がせないでください。それでは気をつけて」

レポート用紙に、こう書き込んだ。折り畳んでズボンのポケットにねじ込む。

もうじき夜の十時半になろうとしている。そろそろ三階に寝る前の薬を飲みに行く時間だ。尚子は起きているだろうか。いないならいないでいい。

僕は階段を上っていった。三階のドアを開くと、ちょうど尚子がいた。もしかして僕を待ち伏せしていたのだろうか。僕はポケットからレポート用紙を引っ張り出し、尚子に渡した。尚子はそれを持って、ホールに行こうとした。

「待ってくれ、尚子。今ここで読んでくれ」

尚子はレポート用紙を広げた。ずいぶん長い間、尚子はそれに見入っていたが、やがて僕にうなずいてみせた。

尚子が持ち去ろうとするレポート用紙を僕はひったくった。こんなものを持たせておいて、ナースにでも見られたら事だ。

「じゃあな、尚子。おやすみ」

尚子は無言で立ち去った。

それにしても三階は静かだった。三階って、こんなに静かだったっけ。純ちゃんは、いつの間にか退院したようだ。僕はナースステーションの窓の前に立った。

「山口史郎です」

「はい、史郎ちゃん。どうぞ」

穏やかな表情をしたナースの山浦さんが、僕に薬を差し出した。僕は持ってきたカップの水で薬を飲み込んだ。

「それにしてもこのフロアはずいぶん静かになりましたね」

「ええ、あなたがいなくなってから、すっかり静かになりました。ありがとうございます」

「いいえ、どういたしまして」

二階の自分の部屋に着くと、レポート用紙を細かくちぎってゴミ箱に捨てた。

一件落着だ。

11

「アルコール病棟はどうですか」

　三崎先生は、まっすぐに僕を見ていた。僕は負けじと先生の目を見据えた。アルコール病棟とは、この二階のことだ。

「ええ、すっかり馴染んでます」

「他の人とトラブルになるようなことはないですか」

「ええと、今のところなかったと思いますが」

「こうして見る限り、大分落ち着いてきたようですね」

「騒々しいのは相変わらずですがね」科長が口を挟んだ。

「院内プログラムはどうですか」

「はい、大変ためになります」

「神様の話はどうしましたか」

「ええと、日曜日、教会に行きました。これからも日曜日ごとに行くつもりです。教会は心が安らぎます」

これは本心だった。

「いいことですね。今はとにかく心を休めることです。……お酒が飲みたいと思うことはありませんか」

「これが先生、酒を飲みたいなんて、これっぽっちも思わないんですよ。自分でも驚いています。今までの酒浸りの毎日は何だったんだろうかってね」

「入院して飲酒欲求がなくなったり、薄らいだりする人は珍しくありません。問題は、社会に出て断酒を続けていけるかです。山口さん、自信はありますか」

「うーん、人生長いですからねえ。正直見当がつきません。でも今のままならいけるという気もします」

「頑張ってください」

僕は先生に二枚の外出願いを手渡した。

「七月二十五日、土曜日十時から……行き先が書いてありませんね」

「今の時点で思いつかないからです。でもどこかには行くでしょう」

「まあ、よしとしましょう。それと二十六日、日曜日の十時から教会ですね」

先生は二枚の用紙にサインしてくれた。

昼食後、僕はズボンのポケットから財布を引っ張り出した。中を改める。お金がもうあまり残っていない。これじゃあ週末楽しめない。親に催促するしか仕方がないな。

リサと離婚して単身生活が始まったと同時に、だらしない僕に代わって、お義母さんが僕のお金を管理してくれるようになった。お義母さんは僕の給料の中から、僕の家賃を支払い、駐車場代を支払い、税金や健康保険や年金のお金を支払い、光熱費や電話代、ケーブルテレビのお金を支払い、僕が使いすぎないように一日ずつ生活費を渡してくれた。

もらったお金は、言うまでもなくあらかた飲んだ。そもそも山上建設の給料は、決して高くはない。だから僕には貯金というものがなかった。野島仁厚病院への入院からこのかたの費用は、すべて実家の両親が負担していた。もっとも、あらかたは保険で返ってくるのだが。でも小遣いは別だ。

どうしよう。夜電話すれば事足りるが、ああでもない、こうでもない、と小言を聞くことを考えると気がめいる。それに電話代も高くつく。手紙を書くとしよう。しばらく手紙を出してないことだし。

お父さん、お母さん、お元気ですか。

僕は非常に元気です。

こちらでは猛暑が続いています。そちらも暑いでしょうね。

二階（アルコール病棟）は三階（精神病棟）とは大きく違います。毎日忙しいです。朝六時四十五分より清掃があり、ラジオ体操へと続きます。九時四十分から朝の会で、そのあと午前中の学習プログラムが始まります。午後は十四時より学習プログラムです。周りの人たちは真剣に自己治療に専念しています。

昨日バレーボールをしました。長年激しい運動をしたことがなかったのに、けっこう動けるものだと思いました。

僕は、アル中を治すつもりでこの病院に入院しました。アル中を治して、朝から晩までシラフで働き、晩ご飯で陽気にビールを飲む。それができると思っていました。アル中になる前の僕のように。あるいはノリスケや波平、ちびまる子ちゃんの親父のように。

ところがアル中という病気は一生治らないということを学習しました。アルコールを口にしたら最後、脳が際限なくアルコールを要求し始めるそうです。残念ながら、もうお父さんと晩酌を楽しむこともできません。

受け入れがたい話ですが、どうやらまぎれもない事実のようです。僕はなんとか受け入れました。

暑いので、お体にお気をつけて。熱中症にはくれぐれも注意してください。

史郎
追伸　お金がなくなりました。申し訳ありませんが少々お願いします。


「……そうした、親友の裏切り、家族との不仲の中で、僕の飲酒量はどんどん増えていきました。彼女とも距離が離れていきました。もしかしたら、酒の飲み過ぎで、僕の男性自身が機能しなくなったからかもしれません」

今井さんは一呼吸おいた。みんなは、正面でこちらを向いて座っている今井さんに注目していた。窓の外では強めの雨が降っている。

「しまいには朝から晩まで飲むようになっていました。こんな僕のために、一人の友人がいい病院を調べてくれました。『しのだ病院』です。

ここで僕は多くのことを学びました。皆さんとも、楽しい時間を過ごすことができました。ここでの三か月を僕は決して忘れません。

退院後、僕は断酒します。互助会にも通います。生まれ変わったつもりで、新しい日々を送ろうと思います」

今井さんは手にしたレポート用紙から目をあげて、みんなの方を見た。

「これで僕の酒歴発表を終わります」

拍手が起こった。

「はい、では皆さん、感想文を書いて提出してくださいね」

後ろに座っていたナースの大野さんが言った。僕は提出用のノートを開いた。

今井さんへ

まっさらの、新しい人生が今、始まる。そいつを酒で濁しちゃあいけない。大丈夫。あなたにはできる。つらい過去なんてすっ飛ばしちまえ。

雨足はなおさら強くなったようだ。僕は手紙を出しに行くのは今日でなくてもいいんじゃないかと考えてみた。いや、だめだ。郵便が島根に届くまで中一日かかる。今日手紙を出さないと、お金が入るのが来週になってしまう可能性がある。速達で出すという手もあるが、それだと、いかにも早くお金を送ってくれといわんばかりだ。

僕が封筒を持って立ち上がろうとすると、前の席の成増さんが立ち上がった。

「さて、行ってくるか」

「行くってどこに」僕は聞いた。

「コンビニだよ。もう煙草がないんだ。今日こんなに降るとわかってりゃあ、昨日買っておくんだったよ」

「成増さん、コンビニ行くんだ。だったらさ、煙草代出してあげるから俺の手紙出してきてよ」

「煙草代出してくれるの。うん、いいよ」

「じゃあこれ、封筒。八十円切手を買って、こいつに貼って、コンビニの前のポストに出してきてもらえる？　はいこれ」

僕は千円札を成増さんに渡した。

「何だか悪いね」

「いやあ、こっちこそ助かるよ」

三十分ほどして成増さんが戻ってきた。僕は小説「フラッシュバック」を快調に書き進めていた。

成増さんは「お待たせ」と言うと、僕に封筒を差し出した。僕が成増さんに託した封筒だ。

「これお釣り。煙草代どうもありがとう」

「成増さん、投函してこなかったの？」

「え？　切手を貼って持って帰ればいいんじゃなかったの？」

ご丁寧に、八十円切手が上下さかさまに貼ってある。そして成増さんの手にはちゃっかり煙草二箱が握られている。

「まいったなあ」

時計を見ると四時の点呼まであと十五分しかない。この太っちょおじさんの足では、坂の下のコンビニまで十五分では往復できないだろう。外は相変わらず強い雨だ。僕は封筒を持って立ち上がり、下足箱に向かった。傘立てから自分の傘を抜くと、大きくため息をついた。


「フラッシュバック」の原稿を前にして、僕は行き詰まっていた。このあとの展開をどうしたものか。夕食前までは筆が進んでいたのだが。

と、ケイがやって来て、僕の隣に座った。

「読んだよ、『かもめのジョナサン』。素敵なお話ね。本、返そうか？」

「いいよ、記念に取っときなよ」

「いいの？　ありがとう。小説進んだ？」

「今ちょっとしたスランプなんだよ」

「史郎ちゃんはすることがたくさんあっていいわね。あたしも何か熱中することがないかしら」

ケイはそう言って髪をかきあげた。僕はバインダーの一ページ目のルーズリーフを外して、ケイに渡した。

「これ英訳してみない？」

ケイは時間をかけて序章を読んだ。読み終わるとケイは、キラキラした笑みを浮かべて言った。

「面白そう。やってみる。でも、難しそうだなあ」

「電子辞書は俺も使ってるから、こっちを貸すよ」

僕は書類立てから、ポケットサイズの英和辞書と和英辞書を引っこ抜いた。

「よし、じゃあ集中してやるか」

ケイはルーズリーフと辞書を持って自分の席に戻っていった。隣のテーブルではＵＮＯをやっていて、大将や武藤君の叫び声や笑い声が時折響いていた。

木曜日の午前中のプログラムは、グループワークだった。みんなコの字型のテーブルに着いて、例の「酒のない人生を始める方法」という本を開いていた。

「では質問です。酒はあなたの人生に何を与えてくれましたか。こちらの方からお願いします」

ワーカーが言った。一番端にいたのは楠田さんだった。楠田さんは答えた。

「仕事や人生の疲れを癒してくれました」

ワーカーはそれをホワイトボードに書きとめた。その次はアキちゃんの番だった。

「寂しさがまぎれて、陽気な気分になりました」

武藤君の番だ。「とにかく楽しい気持ちになれました」

市原さんの番だ。「パス」

僕の番がきた。「"Life is beautiful" です」

「え?　何ですって?」

「"Life is beautiful" です。酒が僕にもたらしたものは、"Life is beautiful" です」

武藤君がくすくす笑った。ワーカーはホワイトボードに "Life is beautiful" と書き込んだ。

次は先輩だった。「シラフの時では思いつかなかった発想を与えてくれました」

その次は大将だった。大将は「ストレス発散」と短く答えた。

さらに数人が発言し、一周し終わった。

「はい、皆さんいろいろですね。では次の質問です。あなたは何のために、それほど酒を必要としたのだと思いますか。またこちらからお願いします」

「飲むと元気になるからです」楠田さんが答えた。

「つらいことや嫌な思い出を消してしまうためです」アキちゃんが言った。

「みんなと楽しく語り合うためです」武藤君が言った。

「パス」と、市原さんが言った。

僕の番がきた。「"To make life beautiful" です」

武藤君が声をあげて笑った。ワーカーは困ったような顔をした。

「ごめんなさい、私、英語があまり得意じゃないんですけど」

「光溢れ、胸ときめき、血沸き肉躍り、希望は燃え立ち、闘志湧きいずる、そんなところです」

「はい。じゃあ次の方」

ワーカーは僕の発言をボードに書き込まなかった。


シーツ交換の時間だった。三階の時はヘルパーがやってくれていたが、二階では自分でやらなければならない。僕に言わせれば、一週間で一番面倒くさい時間だ。

僕はベッドからシーツを外した。掛け布団の四隅の、結ばれた紐をほどき、カバーを外した。枕カバーも外した。これはわけない。

古いシーツ類を持って、新しいシーツ類をもらいに廊下に出ると、ヘルパーの目黒さん、例のアラレちゃんが大人になったような眼鏡をかけたヘルパーさんが、シーツや掛け布団のカバーの載った台車を押していた。

僕は自分の分をもらうと部屋に戻った。ベッドにシーツを敷く。これは簡単だ。枕を枕カバーに押し込む。これも問題ない。最後に、掛け布団にカバーを装着する。これは難しかった。掛け布団とカバー、この両方の四隅にある紐を、それぞれ結ばなくてはいけないのだ。広い床の上で作業するならともかく、狭い自分のベッドの上でやらなければならない。

僕が四苦八苦していると、目黒さんが入ってきた。

「史郎さん、あとあなただけよ」

見ると同室の成増さんや紺野さん、立川さんは作業を終えている。目黒さんは僕を手伝ってくれた。

「あなた頭はいいんだろうけど、こういうことは、からきしダメね」

目黒さんは手際よく作業を終了させた。そもそもこの暑い時期、掛け布団なんてベッドの隅に押しやられている。こんな作業は必要ないんじゃないか。

でも僕は目黒さんにお礼を言った。

「目黒さん、どうもありがとう」


昼下がりのホールは、いつものように人影がまばらだった。患者たちの大半は昼寝の時間だ。僕は喫煙室に向かった。

「フラッシュバック」を書く手をとめると、煙草でも吸おうと喫煙室に向かった。

喫煙室では、アキちゃんが床に座り込んで、一人で煙草を吸っていた。

「やあ」

「あなた、いつもテーブルで何か書いてるよね。飽きない？」

「飽きないよ。エロ小説を書いてるんだ」

「へえ。見せてよ」

「出来上がったらね」

僕はセブンスターに火をつけた。

「ねえ、アキちゃんって、ケニアに行ったことがあるの？」

「うん、行った行った。もう、なんていうか、カルチャーショックだったなあ。みんな親切で優しいんだよ。どこに行っても可愛い子供たちが集まってきてさあ。

夜、連れて行かれたバーがまた、たまらないのよ。岩肌の洞窟の中がお店になっててさあ、入り口はヤシの葉で覆われているの。みんな外の草の上に座ったり、肘をついて寝っ転がったりして、土着の音楽を聴きながら、ビールやカクテルを飲んでるの」

「へえ、俺も行ってみたいなあ」

僕は想像してみた。ケーブの中でシェイカーを振る、陽気なバーテンダー。思い思いの格好でグラスを傾ける、黒光りする屈強な体つきの男たち、明るい色のワンピースを身につけた漆黒の肌の女たち。松明の明かり。鳴り響く太鼓の音。満天の星空。

そして大きなジョッキでビールを飲む僕と、幸せそうな笑みでカクテルグラスを傾けるリサ……。

そこまで想像して僕は頭を振った。いかん、いかん。リサとは別れたんだった。僕はやり直した。

……大きなジョッキでビールを飲む僕と、キラキラと輝く笑みを浮かべてカクテルグラスを傾けるケイ……うん、悪くないぞ。

「アキちゃん、俺、本当にそこに行ってみたいな。っていうか、世界中に行ってみたい。

NYのダウンタウン、ロンドンの路地裏のパブ、工事中のサグラダ・ファミリア、満潮のモンサン・ミッシェル、モロッコの迷路になった町並み、夕暮れのヴェネツィア、アルプスの登山鉄道、白い家の並ぶアテネの丘、コロセウム、マチュピチュ、映画に出てくるアメリカ南部の片田舎のバー、リオのカーニバル、ミュンヘン祭、カリブ海の小さな島。

でも俺が今までに行ったのはわずか数か国だけだ！」

「今から行けばいいじゃない。史郎ちゃんなら行けるよ。お金ならありそうだし」

「いや、お金は全然ないんだけどさあ……」

「じゃ、作れば。あんた頭良さそうだもん。なんとかなるよ」

「それもそうだね。ないものは作ればいいんだよね」

ドアが開いて幸ちゃんが入ってきた。幸ちゃんは見るからに寝起きの顔をしていて、頭をぼりぼり掻きながら言った。

「あーあ、これから院長先生の講義かよ。あのオヤジつまんないんだよな」

時計を見ると、二時五分前だった。廊下からはノートを手にした患者たちが、次々にホールに集まってきていた。僕は吸い殻を灰皿に放り込むと、喫煙室から出ていった。

そして気づいた。「ビールが飲みたい」と思っている自分に。


院長先生は、ホワイトボードに大きく「ＷＨＯ」と書いた。

「ＷＨＯ、すなわち世界保健機関では、個々人の健康の状態を三つのカテゴリーに分けています。一つ目、社会的健康」

先生はボードに書き込んでいった。

「二つ目、身体的健康。三つ目、精神的健康……」

退屈だった。僕は窓の外を見た。午前中はどんよりした曇りだったが、今では少し晴れ間がのぞいている。窓際の席のケイに目がとまる。ケイは何やら小さな本を開いている。よく見ると、僕の渡した和英辞典だ。どうやら例の序章の英訳をやっているようだ。僕はまた先生に目を戻した。講義の内容をノートにまとめて、提出しなければならないのだ。あんまりサボっているわけにはいかない。ケイは大丈夫なのか？

気がつけば、ホワイトボードの情報量が増えていた。普通酩酊、異常酩酊、複雑酩酊、病的酩酊、と書き加えられている。僕は急いでノートに写した。

「この複雑酩酊の段階では、意識が途絶えるとか、いわゆるブラックアウトですね、さらには逆行性健忘などの症状が現れます。病的酩酊になると、社会的問題を引き起こしたりします」

僕はまたケイを見た。今度はケイは前を見ながら、一生懸命ノートをとっていた。

雲の切れ目から太陽がのぞき、外はにわかに明るくなった。


コンビニに行ってアイスチョコモナカでも食べようと思って、外出ノートに記載をしていると、科長に呼び止められた。科長の横にはヘルパーの小岩さんが、空の段ボール箱を二つ抱えて立っている。

「山口さん、さっきあなたの病室を拝見させていただきました。少々片づける必要があるのではないでしょうか。というか、片づけてください。大至急。小岩さんと一緒に。小岩さんも本当は忙しいんですからね」

そう言うと科長はナースステーションに入っていった。

小岩さんと僕は、僕の病室に向かった。僕の病室は四人部屋で、僕の横が成増さん、はす向かいが紺野さん、前は立川さんというおじさんだ。三人ともいなかった。

僕は自分のベッドの脇にあるワゴンの引き出しに、ちらっと目をやった。あそこを開けさせるわけにはいかない。あの中には、ハサミやカッター、ホッチキス、三角定規、テープ類、ヘアムースなど、ありとあらゆる「持ち込み禁止品」が収まっているのだ。僕は努めて自然に、ロッカーの扉を開いた。中は衣類や雑貨で一杯だ。

「まず衣類を段ボールに移そう。で、ロッカーが空いたらベッドの上のものを詰めていこう」

と僕は言った。

「すごい有様ね。無理やり突っ込んだ感じね。これみんな洗濯済みの服?」

「ここに下敷きが差してあるでしょ。これより上はいっぺん着たやつで、下は綺麗なやつ」

「全部皺くちゃで同じに見えるわ。山口さん、洗濯物干したあとに畳まないの」

「俺は洗濯物干したことなんて一度もないよ。乾燥機で済ますんだ。それにね、皺くちゃの服は着ているうちに皺がとれるんだ」

屋上に行けば物干し台が並んでいる。ほとんどの人がそれを利用しているようだが、僕は面倒くさいことが嫌いだ。

「全部乾燥機で乾かすの? お金かかるでしょうよ」

「俺に、洗濯物を一枚一枚干せって言うの? パアン、パアン、て感じで。そんな暇ないね」

「確かにあなたいつも忙しそうね。何をしてるのか知らないけど。まあいいわ。とにかく始めましょう」

僕はまず、これから洗濯する物を段ボール箱の一つに詰め込んだ。そのあと、洗濯済みの物を小岩さんに渡していった。小岩さんはベッドの上で一枚ずつ丁寧に畳んでは、もう一つの段ボール箱の中に重ねていった。

それほどかからずに衣類の整理が終わった。段ボール箱を壁際に並べながら思った。病室の床には私物を置いてはならない規則じゃなかったっけ。まあ、科長の指示だから、特例ってことだろう。

次に僕はベッドの上の本やＣＤや雑貨を、空になったロッカーの中に無造作に詰め込んでいった。順番なんて気にしない。こんな風に本やＣＤを縦にうずたかく詰め込んだのでは、そのうちまた散らかるということはわかり切っていたが、僕はこの作業を早く終わらせてしまいたかったのだ。小岩さんが引き出しに興味を持つ前に。

最後にベッドの上に残ったのは、大きくてどこにも入らないスケッチブックだけだ。僕はロッカーと壁との隙間にスケッチブックを差し込んだ。

「これで終わりだね、小岩さん」

「うん、すっきりしたね」

良かった。引き出しは開けられることがなかった。

「でも、ロッカーの中をもっと工夫して物を並べないと、また散らかるもとよ」

「気をつけるから大丈夫だよ」

また散らかり放題になるまで、一週間とかからなかった。

三時四十分だった。四時に点呼だ。コンビニまで行けなくはないが、そこでくつろぐ暇はないだろう。僕は中庭に向かった。

晴れ間はだいぶ広がってきていたが、太陽そのものは厚い雲に隠れ、さほど暑くはなかった。さわやかな風が吹いていた。

僕は自販機でコーラを買うと、足を組んでベンチに座った。セブンスターに火をつける。

昼間、アキちゃんと話したときのことを考えていた。果たして俺はビールが飲みたいのか。今、この瞬間、特に飲みたいとは思わない。でも、どうぞと差し出されたら、喜んで飲むだろう。俺は本質的にアルコールを求めているのだろうか。それとも酒を伴った風景を懐かしく思っているに過ぎないのだろうか。僕はしばらく考えた。

答えの出ないまま、空になったコーラの缶を缶入れに捨て、煙草をもみ消して病棟に入っていった。

一階の北側の大きな窓の外では、大きなケージの中で、十数羽のセキセイインコたちが楽しそうに飛び回っている。ジジジジと鳴きながら。僕はその近くの長椅子の端に腰を据えた。夕方なので、外来の患者はほとんどいない。

他のインコたちより、ひとまわり小さなインコがいた。緑のインコで、床を動き回っている。まだ赤ちゃんなんだな。僕が見つめていると、赤ちゃんインコは横を向いた。小鳥が何かをよく見ようとするときは横を向く。目が頭の左右についているからだ。そのため彼らは三六〇度に近い視野を持つ。敵を警戒するために。

赤ちゃんインコは、頭を回して今度は反対の目で僕を見た。僕はケージに向かって、右手で大きく円を描いてみた。すると、うるさく鳴いていたインコたちは、一斉に鳴き止んだ。

今や全員が僕に注目している。僕が立ち上がると、みんな止まり木や床の上で数歩退いた。僕がまた腰掛けると、みんなすぐにチュンチュン、ジジジと鳴き始め、活発に動き始めた。僕はまた手を振る。するとみんなピタッと止まって鳴き止む。僕はこの遊びに夢中になった。腕時計を見たときは四時三分だった。

慌てて立ち上がり、エレベーターのボタンを押すが、案の定ボタンが光らない。エレベーターは四時きっかりに停止するように設定してあるのだ。仕方なく僕は、少し離れた階段室のドアの前に行き、インターホンのボタンを押した。

「はい、ナースステーションです」

なんてこった。よりによって根島さんの声だ。

「山口ですが、うっかり遅くなりました」

「何やってるのよ。しょうがないわねえ。今行くから待ってなさい」

間もなく、解錠の音とともにドアが開き、根島さんが現れた。

「どこへ行ってたの」

「ここにいました」

「こんなところで何をしてたのよ」

「インコと遊んでました」

「何それ。時間に気づかなかったの」

「はい。うっかりしていました」

「しょうがないわねえ。早く上がりなさい」

僕が階段を上っていくと、後ろで根島さんが施錠をしながら叫んだ。

「明日は外出禁止だからね」


ホールに入っていくと、窓際のケイが大声で僕を呼んだ。

「史郎ちゃん、ちょっと来て」

僕はケイの席に行った。彼女の前のテーブルの上には、英語や日本語を書き込んだ数枚のレポート用紙が広がっていた。

「『ニュートリノ』って何？　和英辞書に載ってないんだけど」

そうかもしれない。ポケットサイズの辞書だからな。

「素粒子の一つだよ。すごくすごく小さくて、そこいら中を飛び回っている」

「じゃあ『エンベロープ』は？　調べたら、『封筒』とか『覆い』とか出てくるんだけど」

「ここでは『音色』って考えればいいよ」

「そんなことあたしが知ってるわけないじゃん。それにあなたの日本語、とっても難しいんだよ」

ケイは癇癪《かんしゃく》を起こしてかけていた。僕は右手でケイの長い髪を撫でおろした。

「無理なら無理でいいんだよ。ケイの暇つぶしになるかと思って頼んでみただけだからさあ。かえってストレスになったんだったら謝るよ」

ケイが言葉を発するまで、僕は数秒待った。

「ううん、あたしこれやりたいの。で、やるからには完璧にやりたいの。あたし史郎ちゃんみたいに、何か作業に取りつかれた人になりたい。クリエイティヴな生活があたしの目標なの」

「じゃあ、俺たち二人でいれば、人生退屈しないね」

「うん、そうね。そうかもしれないいね」

ケイは微妙な笑みを向けた。


夕食は麻婆豆腐だった。スプーンですくって口に運ぶ。まずくはないのだが、麻婆豆腐になくてはならないピリ辛さがない。それに塩分も控えめだ。最初の頃はここの食事はおいしく感じられたのだが、最近はどうも物足りない。飽きてきたのだ。僕は後ろを向いて幸ちゃんに話しかけた。

「たまにはさあ、何か変わったものが食べたいよね」

「そうだね。豚骨ラーメンとか、ステーキとか。牛丼とかマックでもいいや」

「俺は卵ぶっかけご飯でいいよ」大将が言った。

「いいじゃん、それ。今度、温泉卵買ってこようよ」武藤君が言った。

「それでさ、空になった茶碗の中に卵の殻を入れて返却するってのはどう?」僕が言った。

みんながひとしきり笑った後で、武藤君が言った。

「いいねえ。ナイス嫌がらせだよ」

喫煙室の中には、今井さんと先輩がいた。二人はお互い話をするでもなく、黙って煙草を吸っていた。僕が入っていくと、今井さんが顔を上げて僕に会釈した。僕は会釈を返した。先輩は、何やら考え事をしている顔をしていた。

　しばらくして今井さんは僕に聞いてきた。

「そういえば山口さんは教会に通っているんでしたよねえ」

　僕は教会に行ったことをみんなに喋って回っていた。

「まだ一回行っただけだよ」

「どうでしたか」

「厳かな気持ちになるね。そこにいるだけで心が安らぐ」

「イエス・キリストを信じるんですか」

「イエスという人物がその昔存在したのは、ほぼまぎれもない事実だよ。ただね、イエスが処女マリアから生まれたとか、死んで三日後に生き返ったとかいう話を信じるには、もう少しエネルギーが要るね」

「じゃあ何で教会に行くんですか」

「祈るためだよ。神様に」

　先輩が突然叫んだ。

「神は死んだ！」

　あんまり大きな声だったのでびっくりした。

「ツァラトゥストラ？　先輩このあいだは神を信じるって言ってたじゃん。それに俺はニーチェは好きじゃないな」

先輩はギロっと僕を睨んだ。「俺もだよ」

大将が入ってきた。大将は煙草を取り出したが、灰皿をのぞき込むと煙草を引っ込めた。

「灰皿がもう一杯だな。灰皿清掃やるか」

今井さんが二つの灰皿の蓋を外した。僕は吸い殻で一杯になった受け皿を四角い本体から引き抜いて、ホールの反対側にあるミニキッチンに向かった。後ろに大将が続く。僕たちに気づいて、ホールでテレビを見ていた数人が立ち上がった。

僕は受け皿をひっくり返してシンクの三角コーナーに吸い殻を落とした。まだこびりついている吸い殻と灰の塊を、水を流しながら手でこそぎ落とし、もう一度三角コーナーにこぼす。蛇口があくと、もう一つの受け皿を持った大将が僕と同じ手順を繰り返した。

ケイが僕たちの足元に古新聞を広げてくれた。僕は三角コーナーを新聞紙の上でひっくり返し、コンコンと床に叩きつけた。三角コーナーを元に戻し、新聞紙で、山になった吸い殻を包み込むと、シンクの上で満身の力を込めてギュウっと丸める。じょろじょろと水が出てくる。

「貸してみ、山口さん」と大将が言った。僕は丸まった新聞紙を大将に渡した。大将が両手でそれを握ると、ジャア、と、驚くほど水が出てきた。大将は小さく丸くなった新聞紙をそばのゴミ箱に捨てた。僕たちは受け皿に水を入れると喫煙室に戻った。

栗原さんと成増さんが、喫煙室の床をモップがけしていた。先輩と今井さんは、灰皿の蓋を雑巾で拭いていた。僕と大将は、二つの受け皿を本体にセットした。

「はい、終わり。ご苦労さん」

大将はそう言って煙草をくわえた。

夜の九時になろうとしていた。僕は小説を書く手をとめると、ふとケイの方を見た。すると席に座るケイの横には幸ちゃんが中腰になり、二人で何やら楽しそうに話している。こいつは放っておけないな。僕は立ち上がり、二人のところに行った。

「ずいぶん楽しそうじゃん。何の話？」

「ダメだよ、史郎ちゃん。内緒の話なんだから」

幸ちゃんは少し迷惑そうな顔をしたが、ケイは顔を輝かせながら言った。

「そうだ、史郎ちゃんも行こうよ」

幸ちゃんは、ほんの一瞬、「チッ」という顔をしたが、すぐに、いつもの朗らかな顔になった。

「今度の土曜日、カラオケに行こうっていう話をしてたんだよ」

「で、日曜日は、プールよ」

「いいねえ。俺も行っていいの？」

「しょうがないな、三人で行くか。本当はケイと俺のデートだったんだけどね。でもこの三人だけにしようね。これ以上人を増やすとややこしいことになるから」

「二人とも外出届には何て書いたの」

「俺は土曜日は、日帰りで家に帰ることになってるよ。日曜日はジム」

「あたしも土曜日は家に帰ることになってる。日曜日は市営プールに行くことになってるよ」

「プールには何時から行くの？」

「昼からでいいんじゃない。丸一日いたら疲れちゃうよ」

「よかった。俺は日曜日午前中、教会だからね」

「よし、じゃあ、とりあえず土曜日十時に出発。決まり」

12

快晴だった。太陽が、むき出しの手足を焦がすのを感じる。でも空気が比較的乾燥しているせいか、暑さにそれほど不快感はなかった。セミがうるさく鳴いている。

今日のウォーキングの目的地は、山間にある古い神社だということだ。今のところ砂利道は比較的平坦だ。道の両側の木立の緑が眩しい。

僕はまた先輩と並んで歩いていた。先輩は今日もグレーの作業服を着ている。この人は作業服しか持っていないのだろうか。先輩の隣には内藤さんがいる。内藤さんは二リットルサイズのウーロン茶のペットボトルを脇に抱えている。

「確かに大胆極まりないね、ニーチェは。清貧、純潔、博愛を説くキリスト教を、ルサンチマン道徳、弱者の道徳、奴隷道徳と言って片づけてしまうんだからね」

そう言うと僕はサングラスを外して、首から垂らしたタオルで顔の汗を拭いた。先輩が右手を広げて前に出した。これから大事なことを言うぞ、というときのこの人の癖らしい。

「キリスト教だけじゃない。あらゆる宗教、道徳、哲学をニーチェは否定している。科学もだ。価値や真実などどこにもないってわけだね。喜びや悲しみや苦しみ、人生そのものにも何も意味はないそうだよ」

「そりゃあそうだろうね。神が死んでしまったのなら、何が善で、何が真実で、何に価値があるのか、誰も教えてくれないんだからね。神を否定した上に成り立つ哲学には、俺は懐疑的だね。だって誰がそれを正しいと証明してくれる？

でもね、ニーチェの思想の中にも、興味をひかれる部分がないこともないよ。超人思想だ。……ありのままの人生を受け入れること。すべての運命を愛すること。他人に同情などせず、他人のために生きることをせず、自己中心的に生きること。禁欲などせず、欲望のままに生きること。自分を愛すること。そして力への意志。……先輩、これらから何を思い浮かべる？」

「情報化時代に生きる人間像かい。それはどうかな」

「逆だよ、真逆。ニーチェの説いているのは、自然状態の人間だよ。原始人のあり方だよ。さらに言えば、動物のための哲学だよ。ニーチェは神やイデアを否定するために数千年遡ったつもりだったんだろうけど、実は勢い余って数百万年遡ってしまったんだよ」

「それはニーチェを肯定しているのかい、否定しているのかい」

「ある意味肯定している。あ、ちょっと待って」

僕はほどけかけたスニーカーの紐を結び直すためにしゃがみ込んだ。

「二人の話、僕には難しくてわからないよ」

と内藤さんが言った。僕は紐を結ぶと立ち上がった。

「じゃあ、内藤さんには内藤さん向けの問題を出そう。数学と物理学の違いは何か」

「ええ？　それも難しいなあ」

内藤さんは眉間にしわを寄せた。僕たちはまた歩き始めた。

「いい、先輩。原始人は決して欲望に逆らわない。善だの悪だの考える知識もない。……そもそも哲学なんて、一定の欲望を満たした人間が考えることだ。原始人にはそんな余裕がない。自分が生きて生殖するのに手一杯だからね。原始人はあくまでも自己中だ。他人をかまっている暇はあまりない。そして彼は自分の生をありのままに受け止めている。価値だの真実だのといった概念はない。これって超人そのものだと思わない？」

「そうだね。クロマニヨン人には相応《ふさわ》しい哲学だね。じゃあ史郎君自身は、現代人はどう生きるべきだと思っているんだい」

「俺の哲学は単純明快だよ。でも少し説明が要るね。

俺は進化の法則は、神が設定したものだと考えている。太古の地球の海で生まれた、我々の祖先となる最初の有機体は、すでに神の命令を携えていた。その命令の起源はビッグバンだ。神の計画はすべての素粒子に内包されていたんだよ。

進化論の自然淘汰の一般的な解釈は『たまたま、より環境に適合したものが、生き残る』だけれども、俺の考えでは、進化のプロセスは『種の起源』にあるような機械的なものじゃない。あらゆる遺伝子が、生への渇望を抱いていると思うんだ。より強く生きようとする渇望を。その結果、生物は様々な武器を手に入れる。

このあいだ話した『可愛らしさ』を手にした種、猛毒を持つ種、飛ぶ能力を手に入れた鳥、外骨格で覆われた昆虫や節足動物、俊足の猛獣、カメレオン、電気ウナギ。こういった多種の生物が偶然、あるいは確率的産物として生まれてきたとは、どうしても思えない。潜在的な意志が働いているようにしか思えない。つまり『力への意志』だ。

そこで改めて聞くけど先輩、この地球上で、進化の頂点に立ったのは何物か」

「人間だろうね。さもなければバクテリアか」

「現代の人間は、もはや原始人じゃあない。長い進化の過程を経て、人類は二つのものを手に入れた。知性と、高度な社会だ。つまり文明だ。

あと数十年もすれば、人間はバクテリアを思うように操れるようになると思うよ。例えば人造ウィルスを駆使して。人造ウィルスで癌《がん》だって治せるようになるだろうし、不老不死も手に入るかもしれない。時間さえあれば人間に制圧できないものなんて地球上にない。話がそれたね。で、改めて聞くけど、どうやって人間は覇者となった？」

「それは史郎君の言う通り、知性と高度な社会化だよ」

「うん。知性と高度な社会化は、必然的に科学技術力を生み出す。科学力こそが人間を世界の支配者たらしめたんだ。傲慢な言い方だけどね。だとすると先輩、進化において、科学力をしのぐ武器があり得ただろうか。実は科学力こそ進化の必然的な、最終的な目的ではないのだろうか。科学力を手にした人類は、身体的な進化を続ける必要などあるだろうか。超能力とか言わないでよ。……ええと、そもそも、なんの話をしてたんだっけ」

「史郎君の考える現代人のあり方だよ」

「ああ、そうか。前置きが長くなっちゃってごめんね。科学文明が進化の目的、すなわち神の設定した通過点だとすれば、個人の使命は科学文明に寄与することにある。

なにも、誰もが科学者になるべきだと言っているわけじゃあないよ。そんなことになったら、文明の土台である社会が立ちゆかなくなる。ただ、国民みんなが、今より高度な科学教育を受けるべきだとは思うけどね。

では現代人は具体的にどう生きるべきか。まず、自分の適性に応じて職業を選び、働いて社会に貢献すること。これにより社会全体は発展していく。

次に、より快適で豊かな生活を求めること。そうすることで需要が生まれ、産業が活性化され、経済を発展させ、新しい技術の開発を促す。つまり人々の欲求が科学と社会を発展させるというわけだ。

さらに、自らを取りまく社会に関心を持ち、これに関わって生きていくこと。個々人の行動と思いは一般意志となり、神の見えざる手によって、向かうべき方向に社会を動かす。国を動かし、世界を動かす。

最後に、隣人愛を持つこと。普遍的な人類愛を育むこと。人間は、協力し合うことによって巨大な文明を築いてきたんだ。全人類は助け合わなければならない。同情も大切だよ。

ニーチェは、同情は相手を低く見ることだと言って嫌悪したけど、それでもいいんじゃないかな。結果オーライなんだよ。社会を形成するために、人間は進化の過程の中で、同情や友情といった感情を与えられてきたのだから。人間は群れて生きていかなければならないんだから。……ね、結論はシンプルでしょ。

あ、内藤さん、ウーロン茶少しくれない？」

「うん、いいよ」

喋りすぎて喉がからからだ。僕は内藤さんが差し出したペットボトルを垂直近くまで傾けて、一気にゴクゴクと飲んだ。

「ゴメン、いっぱい飲んじゃった」


古びた石の鳥居があった。それほど大きくない。鳥居の向こうには長い石段が見えた。鳥居の手前は小さな公園のようになっている。先に到着したみんなは、ベンチに座ったりブランコをこいだりしている。僕たちもベンチに腰を据えた。

全員が到着すると、運動療養士の村田さんが立ち上がった。

「はい、今から二十分間ここで休憩します。神社にお参りに行きたい人は、早めに行ってきてください」

僕は先輩と内藤さんに神社に行こうと誘ったが、二人とも石段を上る気力がないと言って断った。僕は一人でお参りをすることにした。

長い石段を上りきると、こぢんまりとした神社があった。ちょうど誰かが手を合わせている。ひばりちゃんだった。お祈りが終わって振り返り、僕に気づくと手をあげて「よう」と言った。

「珍しいじゃん、ひばりちゃんが院内プログラムに参加するなんて」

「天気がいいからね。たまには歩いてみようかなと思って」

ひばりちゃんは、何回も入院していて学習プログラムは充分に受けたという理由で、ほとんど講義や運動に参加していなかった。ひばりちゃんは、最近はいつも三階で谷田さんと過ごしているようだ。朝の会や食事のとき以外、二階でひばりちゃんを見かけることはめったにない。なぜか病院は彼女の行動を大目に見ているようだ。

「ひばりちゃん、何お願いしたの」

「いい男が現れますようにって」

そうか、谷田さんは妻子持ちだもんな。僕はさい銭箱に百円玉を投げ込むと、鈴を鳴らしてお祈りした。「どうかアル中が治りますように」

「数学は物理に必要な道具である！」

内藤さんがいきなり大きな声をあげた。

「え？　何の話？」

「史郎さんが出した問題だよ。『数学と物理学の違い』」

「ああ、すっかり忘れてた。……なるほどその通りだね。でもそれを言うなら数学は経済学の道具でもあるよ。それに、そういう言い方をしてしまったら、数学が独立した学問じゃないみたいじゃん」

帰り路《みち》は少し暑さが増してきたようだった。僕はまたサングラスを外して額を拭った。内藤さんはしばらくして言った。

「うーん、そうだね。待ってて。病院に着く前には答えを見つけるから」

今度は先輩が口を開いた。右手を前に出している。

「史郎君、科学文明が進化の最終目的だとする君の哲学を、うのみにするとしてだよ、なぜ人類の歴史は戦火にまみれているんだ。猿から人間になって、寄り道なんかしないで、みんなで仲良く助け合って、今のような社会を築けばすんだことじゃないかな」

「まず俺はね、近代以前の戦争は不可避だったと思うよ。なぜなら人間は支配欲と、排他的集団性ともいうべき性質を持っているからだ。排他的集団性とは、同じ集団内の人間は同胞とみなすが、他の集団に属する人間は敵とみなすという性質だ。

俺たちの遥かな祖先は、万人の万人に対する闘いの状態にあった。とはいえ、各個人が全く孤立していたとは思えない。少なくとも、血族からなるグループで行動を共にしていたと思うよ。遺伝子の保存という観点から見れば、血族が助け合って生き延びようとするのはごく自然なことだ。彼らは力を合わせて外敵から身を守り、狩りをし、果実を集める。

でもそのうち彼らは気づくんだ。もっと大勢で外敵と戦い、狩りをした方が効率がいいということに。やがていくつかの血族が融合して部族を形成していく。そのプロセスは、時には平和的であったかもしれないが、時には流血を招いただろう。自然発生的な血族と違って、部族には選ばれたボスが必要だからだ。そしてボスは一人でいい。ボスの座をめぐって争いが始まる。そして勝者がボスの座につく。つまり、最も強い者がボスになるんだ。人類の闘争の歴史はここに始まる。

このとき、彼らの心には支配欲が芽生えている。他者を支配したいという欲求だ。ボスの座を狙う者も現れるだろう。そいつはボスに挑みかかり、ときには勝利する。こうしてより強い者が部族のボスであり続ける。強いボスを頂くことで、部族は安定する。つまり支配欲もまた、進化の過程で人類が手に入れた、必要なアイテムなんだ。

こうして出来上がった部族は、縄張りを持つようになる。安定したねぐらと食料を確保するためだ。そして縄張りをめぐって、他の部族と衝突を繰り返す。集団内の人間にとって、他の集団の人間は敵だ。排他的集団性だね。そしてついに争いに発展する。そして勝者は敗者を吸収し、より大きな部族になる。やがて人々は、かつての敵だった敗者をも、同胞とみなすようになる。

霊長類をはじめとする様々な動物は、今、この段階だね。彼らもまた、支配欲と排他的集団性を持っている。

さて、部族は戦いを繰り返し拡大し続ける。同時に人間はいろいろな知恵をつけ始める。それによって、小さな集団では実現できなかったような技術が生まれる。耕作や、治水や、建築だ。つまり、国家の誕生だ。肉体の強靭なボスに代わって、知恵を持ち、技術に長け、計画的に国を治める君主が登場する。

これでようやく人間が科学文明に取り組む環境が出来上がる。人々の争いは、ここでなくなってもよかったんだ。世界中の君主たちが同盟して、世界政府を樹立することができたのならね。もちろんそんなことは不可能だった。

彼らの心には、支配欲と、排他的集団性が残っている。これはそうそう消えてなくなるものじゃない。何しろ何百万年の年月で培われてきたものだ。これに対して人類の文明の歴史は、せいぜい数千年だ。

君主は野心を抱き、民衆は自分たち以外の集団を異物とみなす。そして戦争や侵略が始まる。この最たる例が、宗教戦争や民族戦争だ。

戦争の原因は他にも様々ある。自国の経済を潤すかもしくは救済するための侵略、奴隷を得るための戦争。支配者の気まぐれによる戦争。でもこのとき、兵士の心の中に排他的集団性が根づいていなければ、言い方を変えれば、兵士の心の中に普遍的人類愛が芽生えていれば、戦争は起こることがなかっただろう。

さて、一方で科学は進歩していく。戦争は近代戦の様相を呈していく。交通と通信技術の発達で地球も狭くなっている。二度の世界大戦が起こる。これでようやく人々は、戦争なき世界を目指して歩み始めるんだ。もう戦争を起こしてはいけない。今度戦争が起きたらとんでもないことになる。

そして人々は国際連合を作る。国際連盟は失敗したけどね。かなりぎりぎりのところで人類は救われたんだ。核兵器の開発があと少し早かったら、今の世界はなかったのかもしれない。ところが世界は生き延びた。そして、おそらく俺たちが死ぬまでには地球政府が誕生するだろう。

だからね、先輩。俺たちは今こそ排他的集団性を捨て、普遍的な人類愛を学ばなければならないんだよ。そして地球政府を樹立しなければならない」

「つまり人間は戦争なくして高度な社会を築くことができなかったということかい」

「そういうことだね」

「ちなみに俺が理想だと考えるのは、老子の説くような、小国寡民の社会だけれどどね」

「大局的にはそれは不可能だよ。人類が高度な科学文明を手に入れるためには、巨大な社会が必要だ。

人間が最初の道具を手にし、最初の言葉を発し、最初の誰かを殴り倒した瞬間から、人類は巨大社会へのレールの上にいたんだ。

もちろん離れ小島や、人口密度の小さな国や、日本だってうんと田舎の方に行けば、小国寡民の社会がある。でも地球全体が小国寡民の国々でひしめき合っているという不安定な状態はあり得ない」

そこで内藤さんが割って入った。顔が輝いている。

「物理は実験を必要とするが、数学は必要としない」

「ええと、その通りだね。俺の言わんとすることにかなり近いよ。でももうひとひねりほしいね」

内藤さんはまた眉間にしわを寄せた。僕は先輩に向き直った。

「先輩、蟻《あり》のことを考えたことはある？」

「なんだい、また突拍子もないね。昆虫の蟻かい？」

「そう。蟻は高度な社会を形成している。それぞれの蟻の役割は、働き蟻、兵隊蟻、女王蟻といったふうに分化している。実に見事だ。人類が、血ぬられた歴史の果てに手に入れた社会というものを、蟻は進化の段階で手に入れている。ただね、どう見ても、もうすぐ蟻が科学文明を築くとは思えないね」

「そうか、科学文明が史郎君の言う、進化の目的だったたね。じゃあその後は？　科学文明を築いた後、人類はどうなるんだい。人間が創ったスーパーコンピュータが人間にとって代わり、今度は人間を支配するなんてことはないのかい」

「SFのお決まりのシナリオだね。その手の小説や映画やアニメはいくらでもある。『ターミネーター』とか『マトリックス』とか。

確かに、さほど遠くないうちに人間の知能を超える人工知能が出来上がるだろう。現在のコンピュータのような情報処理能力や記憶力だけでなく、創造力や感情をも付加された人工知能だ。この知能はさらに自分自身を超える知能を設計するだろう。ただ俺は、あくまでも人間が、それらの人工知能の主人であり続けてほしいと思うよ。これは願いだよ。根拠はない。未来のことは神のみぞ知るだ」

「ふうん。しかしまだわからないことがあるな。神の計画により、進化の過程を経て、科学文明が登場したとすると、神の目的は？　神は何のために科学文明を欲した？」

「そいつが俺にも全然わからないんだ。ただ思うにね、宇宙には数えきれない文明がひしめいている。疑いなく。たぶん神の予定表の次のステップは、銀河文明だ」

「途方もないね、史郎君の話は。史郎君のは既存のどの哲学にも属していないね」

「とんでもない。ＳＦマニアには珍しくない思想だよ。それに俺はプラグマティストのつもりだよ」

気がつくと病院に上る坂道にさしかかっていた。出発したときに比べてだいぶ暑くなっている。僕はまたサングラスを外すと顔の汗を拭った。

内藤さんが僕の肩に手を置いた。

「降参。わからないよ。答えは？」

ずっと考えていたのだろうか。僕はわざとらしく咳《せき》払いをして答えた。

「数学は複数の体系を許すが、物理学は一つの体系しか許さない」

「どういうこと？」

「ユークリッド幾何学と非ユークリッド幾何学を考えてみればいい。数学は、一方が正しければ他方が誤りであるという判断をしない。それぞれに自己矛盾がなければ、それらの体系は両方とも正しいんだ。ところが物理学はそうではない。現実の宇宙を記述する理論体系こそが唯一の真実だ」

内藤さんは納得のいかないような顔をしていた。あとで考えてみれば、僕の言ったことはかなりあやしい。放り投げたボールの行方を計算するときに、一般相対性理論や量子力学が必要になることはめったにないからだ。

坂を登り切ると、汗だくになった。冷たい物が欲しい。内藤さんのウーロン茶は温まってしまっているだろう。僕はポケットの財布をまさぐりながら、中庭の自販機に向かった。


「院内はサングラス禁止でしょう!」

ホールに入るや否や、根島さんに怒鳴られた。うっかりしていた。サングラスを掛けっぱなしだったのだ。かつて、酒を飲んで眼の周りが赤くなったのを、サングラスを掛けて隠す患者がいたらしく、今では院内はサングラス禁止になっていた。

「すみません、うっかりしてました」

僕はサングラスを外して部屋に向かおうとした。

「待ちなさい。返却しなさいよ」

僕は足を止めて、ナースステーションの根島さんと向き合った。

「僕はこのサングラスに関しては、科長に自主管理の許可を得ています。僕は眼科で所見を受けているんで」

科長に許可を受けたのは本当だった。もっとも僕は、生まれてこのかた眼科にかかったことなどないが。

「そんな話聞いてないわね。返却してちょうだい」

「僕が今朝、ウォーキングに出発するとき、ナースステーションからサングラスを持ち出したという記録はありますか」

「ええと、待ちなさい。今調べるから……ないわね。じゃあ今から預けなさい」

「科長に許可を得ているんだよ。これをあんたに渡す理由はない」

「『入院のしおり』の持ち込み禁止品一覧に、サングラスと書いてあるでしょう」

「『入院のしおり』は入院時に渡されたものだ。科長の許可は今週だ。最新の指示が優先されるべき指示だ」

「わかったわ。今科長に連絡をとるから」

根島さんはビジネスホンでしばらく誰かとやりとりしていたが、受話器を置くと、「科長は出かけてるようね」と言った。うんざりしてきた。僕はカウンターの上にサングラスを置いた。

「じゃあいったん預けますよ。確かに院内ではこれは必要ないもんね。それにしても、どうも必要な連絡が行きわたってないようですね。そんなではこっちが混乱します。皆さんで気をつけてください」

言ってやった。でも根島さんは何も言わずにサングラスを取りあげた。こっちの言うことなど全く耳に入っていないようだった。僕はむかつきながら、自分の部屋ではなく、喫煙室に向かった。

13

コンビニの前のバス停には、外泊で家に帰る患者の列ができていた。僕と幸ちゃんとケイが並ぶと、ほどなく町田駅行きのバスが来た。

照りつける陽光の中で、車窓を流れる町並みは色鮮やかに輝いている。十五分くらいバスに揺られただろうか。幸ちゃんが「次で降りるよ」と言った。

バス停の真ん前にカラオケ館があった。けっこう大きな建物だ。幸ちゃんは先頭に立って中に入ろうとしたが、自動ドアが開かない。脇の看板を確認すると、午前十一時半からの営業となっていた。

「どうする？　今十時四十分だけど。ここで待っててもしょうがないよねぇ」

隣はサイゼリヤだった。僕たちは早めのお昼ご飯を食べることにした。


幸ちゃんは、カルボナーラをフォークですくい、ズルズルと音をたてて吸い込んでいた。おいおい、女の子の前でその食べ方はないだろう。僕はお皿の端で、ペペロンチーノをくるくると丁寧にフォークに巻きつけ、口へ運んだ。ケイはリゾットをおいしそうに食べている。食べる仕草がまた可愛らしい。

「これ、おかわり」

空のジョッキを持ち上げて、幸ちゃんが店員に言った。ノンアルコールビールだ。

「あ、俺も」

「あたしも」

三人ともほぼ同時に食べ終えたので、僕たちはそれぞれ煙草に火をつけた。

「まだ少し早いね」

腕時計を見ながら幸ちゃんが言った。

「スウィーツでも食べようよ。ここは俺がおごるから」

「マジ？　史郎ちゃん悪いなあ」

昨日夕方お金をおろしてきたのだ。病院のたもとのコンビニにはＡＴＭがないので、タクシーで、少し離れたローソンまで行った。ありがたいことに、十万円ほど振り込まれていた。そのままタクシーでスポーツ店に行き、海パンとゴーグルとキャップを買った。ついでに、バレーボールで使う肘と膝のサポーターも買った。次のバレーの時間が楽しみだ。

スウィーツが僕たちのテーブルに並ぶのに、そんなに時間はかからなかった。

「あのさあ、根島ってむかつかねえ？」

チーズケーキをつつきながら、幸ちゃんが聞いてきた。

「むかつく、むかつく。俺、昨日もトラブったよ」

抹茶ロールを頬張りながら、僕は答えた。プリンをすくいながらケイが言った。

「あの人、あたしたちのこと物としか見てないよね」

「いつも命令口調だよね」

「人の話をろくに聞こうとしないし」

「あんたたちはこっちの言うことを聞いてりゃいいのよ、って感じよね」

根島さんの悪口を言っている間に十一時半になった。僕たちは立ち上がった。


「♪亜麻色の　長い髪を　風が優しく包むー」

弾むようなケイの歌声が狭い部屋を満たしていた。僕はリズムに合わせてリングベルを叩いた。幸ちゃんはマラカスを振っている。ケイは歌唱力抜群だった。オリジナルを聞いているようだ。体全体でリズムをとりながらも笑みを絶やさない。

テーブルの上には五本のノンアルコールビールの瓶が並んでいる。僕はなんだか酔ってきたような気がした。でも瓶のラベルには「アルコール０・00％」と書かれている。

幸ちゃんはマラカスの手をとめて、グラスのビールを飲み干し、手元のビール瓶を傾けた。ビールはグラス半分で終わった。「あれ、もうないじゃん」と言うと、幸ちゃんは壁のインターホンを取り上げた。

「すいません、ノンアルコールビール三本……いや、五本お願いします」

ちょうどケイの歌が終わったとき、店員がビールを持ってやって来た。僕たちはもう一度乾杯した。

「勝手にシンドバッド」のイントロが流れ始めた。僕の番だ。

僕は大げさに体を揺さぶり、桑田佳祐のマネをしながら絶叫した。幸ちゃんはリモコンで次の選曲をしていたが、ケイは立ち上がって両腕を上げ、腰を振りながらリングベルを叩いていた。

「ノンアルコールビール五本お願いします。……え、あと四本しかない？　じゃあ四本でいいです」

僕はインターホンを壁に戻すと、ソファーに座り直した。幸ちゃんが「Hey Jude」を歌っている。もう二十本近くビールを飲んだ計算になる。なんだかすっかり酔っぱらってきたような気がする。僕は残りのビールを自分のグラスと、隣のケイのグラスに注いだ。

するとソファーの上に置いた僕の手の上に、ケイが手を重ねてきた。僕は鼓動が速くなるのを感じた。

「ねえ、あたし何だか酔っぱらってきた気がする」

そう言うとケイは僕にもたれかかった。ケイの髪の毛がむきだしの肩にあたってこそばゆい。キンモクセイのいい匂いがする。僕は心臓が破裂しそうだった。

テーブルの上のグラスを取りたかったが、そのためには上半身をもう少し起こして手を伸ばす必要がある。それだと僕とケイの体は離れてしまう。一度離れたら、ケイはもう僕に寄りかかってきてくれないかもしれない。僕は肩にケイの体温を感じながら、ビールを我慢した。

やがて「Hey Jude」が終わり、「Top Of The World」が流れ始めた。

「あたしだわ」

ケイは跳ねあがった。僕は体を起こしてグラスを手にした。

案の定、けっこうな金額になっていた。今度は僕もさすがに「俺がおごるよ」とは言わなかった。幸ちゃんと僕とで割り勘にした。

今まで薄暗い部屋の中にいたので、外の眩しさはすさまじく感じられた。僕たちは額に手をかざしながら、道路の反対側のバス停に向かった。

バス停でバスを待つうちに、酔っぱらったような感覚はすっかり消え失せた。騙されたような気分だ。

いきなり「ジュピター」が流れ始めた。幸ちゃんがポケットから携帯電話を取り出した。幸ちゃんはすぐには電話に出ずに、液晶を眺めていた。

「やばいよ。病院からだ。しかも着信が六回もある」

「気づかなかったの?」

それには答えずに、幸ちゃんは意を決したように緑のボタンを押した。

「はい、中里です。え、ええ。……あ、そうなんですか。家に帰るのは中止したんです。ええ、天気が良かったんで。あ、はい。町田です。ええと、東急ハンズとか、本屋とか。着信に気づかなくて。いいえ、一人ですよ。……ええ、もうじき帰ります。はい、わかりました」

幸ちゃんは顔の片側をゆがめながら、携帯をポケットに戻した。

「やばいよ。根島が俺ん家に電話したらしい。『ご主人はお戻りですか』って。うちのババアは『戻ってないし、戻るとも聞いてない』って答えたそうだよ。俺は町田に遊びに行ったことにしといた。

全くあの根島のやつ」

僕は自分の携帯を取り出した。着信なしだ。

通りの向こうからバスがやって来るのが見えた。僕はケイに聞いた。

「ケイ、携帯は?」

「あたし持ってないの。入院前に親に取り上げられちゃって」

いやな予感がした。


病院のたもとのコンビニのベンチで煙草をふかしていた。青空の下を雲がゆっくり流れていく。腕時計を見た。三時四十分だ。バスから降りて幸ちゃんが病院に向かったのが二十分前、ケイが去ってから十分。もう充分だろう。僕は灰皿で煙草をもみ消すと、道路を渡り、坂道を上がり始めた。

エレベーターを降りた瞬間、何やら異様な雰囲気を感じた。そのわけはすぐにわかった。ナースステーションの扉が閉ざされているのだ。いつもはこの時間、扉は開いている。外出から帰ってくると、開きっぱなしの入り口からナースが出てきて、僕らは持ち込み品検査を受けるのだ。ましてや今日は土曜日だ。外出患者が多いはずだ。何かが変だ。

靴をサンダルに履き替えると、ホールに入っていった。喫煙室の中で幸ちゃんが煙草を吸っているのが見える。なんだか神妙な顔だ。僕は喫煙室に入った。

「幸ちゃん、大丈夫だった? ケイは?」

幸ちゃんは黙ってナースステーションを指差した。僕は後ろを振り返った。ナースステーションのアクリル越しに見えたのは、パイプ椅子に腰掛けたケイだった。そしてケイを挟むように、中年男女二人が向かい合ってパイプ椅子に座っている。

その男性に目がとまると、僕は体が凍りつきそうになった。髪の毛を五分刈りにして金ぶちの眼鏡を掛けたいかつい顔は、まるで暴力団の幹部のようだ。ポロシャツの上からでも筋肉の塊のような体つきが見てとれる。女性の方も厳しい表情を浮かべている。ケイのご両親だ。間違いない。さらに、腕を組んだ根島さんと、腰に手を当てた科長が、こちらに背を向けて立っていた。

ケイは両手を振り回しながら、何やら主張しているようだ。母親は時々短く口を開く。父親は無言で不動だ。

「幸ちゃん、これってかなりヤバいんじゃないの」

「最悪のシナリオだね」

「どうしよう」

「何を話しているか聞こえればなあ。とにかく下手に動かない方がいいよ」

四時の点呼のため、僕たちはいったん病室に戻った。

僕と幸ちゃんは喫煙室の中で、あまりナースステーションの方を見ないようにして話し合っていた。

僕が病院に戻ってからもう一時間経つ。ナースステーションの中の様子はあまり変わっていない。今度は根島さんが喋っているようだ。

僕は部屋から持ってきた「入院のしおり」を広げながら言った。

「彼女はここにあるどの規則にも抵触していない。俺たちは三人だったから『院内恋愛の禁止』の条項にもあたらない。仮に疑わしくても立証できない。彼女はただ、行き先を変更しただけだ」

「そんなのは問題じゃないよ。親御さんが来てるんだぜ」

僕は吸っていた煙草を灰皿に放り込むと、新しい煙草に火をつけた。煙草はみるみる灰に変わっていく。

「幸ちゃん、これ以上見てらんないよ。俺、行ってくる」

「待てよ、行ってどうするんだよ」

「謝るんだよ。悪いのは僕ですって」

僕は煙草を灰皿に放り込むと、ドアのノブを握った。手のひらがじっとりと汗ばんでいるのがわかる。

そのとき、ナースステーションの中の親子が立ち上がった。僕はノブから手を離した。ケイの母親は根島さんと科長に丁寧にお辞儀していた。いかつい顔の父親は微笑んでケイの頭を撫でた。間もなく三人はナースステーションの扉から出てきた。ケイのご両親は根島さんに誘導されて階段室に消えた。ケイはこっちに走ってきた。にこにこしている。

僕は深いため息をついた。喫煙室に入るなり、ケイは早口でまくしたてた。

「ああ、すっきりした。言いたいこと言ってやったわ。でも最初はどうなるかと思ったあ」

「言ってやったって何を」

「あたしを無理やり入院させておいて、自分たちは毎晩浴びるように飲んでるじゃない、あんたたちこそアル中じゃないのって」

「お母さんも飲むの」

「男顔負けよ。一晩でワインを三本空けちゃうのよ」

「やっぱりケイの家にも電話がかかってきたんだ」

「そう。お昼頃にね。ここには三時くらいに来たみたいよ」

「で、なんて説明したの。家に帰らなかったことを」

「あのね、退院後の就活のために、ネットカフェで情報収集していたんだって説明したの。あたしって頭いいでしょう」

僕はもう一度ため息をついた。

「いいかい、あと十秒遅かったら、俺はナースステーションの扉をあけてこう言うつもりだったんだ。悪いのは全部僕です、ってね」

幸ちゃんが声をあげて笑った。

「そしたら全部台なしだったね」

「本当に間一髪だったよ。だいたい何で二人とも、外出願いに家に帰るなんて書いたんだよ」

「だって届けを出した時点では家に帰るつもりだったから。カラオケの話が出たのはおとといだよ」

「だいいち、家に電話をかけてくるなんて思わないじゃない」

「それにしても史郎ちゃんはノーマークみたいだね」

「俺は行き先を書いてなかったからだよ。それでも三崎先生の許可が下りた」

「でも携帯にも電話かかってこなかったでしょう？　あなた変人だからノーマークなのよ」

ケイに変人と言われて少しへこんだ。僕はずるずると床に座り込んだ。

しばらくして僕は二人に聞いた。

「明日どうする？」

「市民プールよ。外泊願いにもそう書いてあるもの」

「そうだよ、俺も『ジム』って書いてあるから何も問題ないよ。史郎ちゃんも来るんだよ。ノーマークだから問題ないって」

僕はまた立ち上がって、ケイの方を向いた。

「プールは午後からだよね」

「そうよ」

「じゃあさ、午前中、一緒に教会に行かないか」

「俺は教会はいいよ。二人で行ってきなよ」

幸ちゃんが言った。幸ちゃんを誘ったつもりはないのだが。しばらくしてケイが答えた。

「うん、いいよ。そのかわりお昼はおいしいもの食べさせて」

「わかった。じゃあ決まりだ。プールには一時半に集合にしよう」

ついさっきまでとはうって変わり、僕は有頂天だった。


日曜日はこの夏一番の猛暑となった。

僕とケイはエントランスの庇の下の隅でタクシーを待っていた。この位置は病院の一階からも、二階と三階のナースステーションの窓からも、死角になっている。

五分と経っていないのに汗が噴き出してきた。ケイは涼しそうなワンピースを着ているが、僕はスラックスにカッターシャツといういでたちだ。教会用の服装だ。リュックサックの中に着替えが入っている。それにもちろんゴーグル、キャップにタオルも。海パンはスラックスの下に穿いていた。

タクシーが坂を上がってきた。僕は短い階段を下りて手をあげた。タクシーが止まり、後ろのドアが開く。

「山口です」

「はい、お待たせいたしました」

僕は素早く二階と三階のナースステーションを見上げ、窓辺にナースの姿がないことを確認すると、ケイを手招きした。僕たちはタクシーに乗り込んだ。行き先を告げるとタクシーは走り出した。

ケイが僕の頭の上に手をのせて「つん、つん」と言った。今日はいつもよりムースをたくさん使って、髪の毛をパッツンパッツンに立たせてある。ケイとのデートだから、はりきったのだ。不思議なことに、ナースたちはムース持ち込み禁止と言っておきながら、明らかにムースで固めた髪を見ても何も言わない。竹ちゃんなんか、毎日ムースでパッツンパッツンだ。

タクシーは広い道路を滑るように走っていく。

「ケイは教会は初めて?」

「ううん、あたし洗礼も受けてる。子供の頃にね」

「クリスチャンなの？」

「そうなるのかしら。一応カソリックよ」

「へえ、そうなんだ」

これから行くのはプロテスタント教会だ。まあ、神様はそれぐらいのことで怒らないだろう。そんなことよりも僕はケイに聞きたいことがあった。

「あのさあ」

「なに？」

「ケイのお父さんって、どんな仕事をしてるの」

「外交官よ。母は証券会社」

驚いた。本物のお嬢さんじゃないか。

間もなく教会に着いた。入り口の前で牧師さんが出迎えてくれる。

「おはようございます。今日は友達を連れて来ました」

「おはようございます。そうですか。歓迎します。どうぞ」


パイプオルガンの厳かな旋律の中で、僕たちは立ち上がって讃美歌を歌っていた。僕は右手を伸ばして、ケイの左手にそっと触れた。そしてさりげなく握る。ケイはしっかりと握り返してきた。

聖書の説教をする牧師さんの太い声を聞きながら、僕はちらっとケイの方を見た。退屈しているんじゃあないだろうか。だが意外にもケイは、熱心に聖書に見入っていた。

献金が始まると、僕はケイに千円札を手渡した。白い袋を抱えた姉妹が前に来ると、僕たちはそれぞれ千円札を袋に入れた。

最後の讃美歌の後で、司式が言った。「祝祷です」

牧師さんは両腕を大きく天にかざした。

「仰ぎ願わくば、我らの主イエス・キリストの恵み、父なる神の愛、精霊の正しき交わりが、ここに集う兄弟姉妹の上に、豊かに、限りなくありますように」


町田市立室内プールは、本格的な競技用のプールだった。五十メートルのプールを観客席が取り囲んでいる。僕は、流れるプールや、ウォータースライダーのある施設を想像していたのだが、これではひたすら泳ぐしかない。もっとも、向こうの方に子供用のプールがあったが、そちらには、小さな滑り台が付いていていた。

僕は入り口近くの席に座ってケイを待っていた。

「おまたせ」

ケイが現れた。真っ白な競泳用の水着がケイの体をあらわにしている。なで肩で、形の良い胸はかなり大きく、ウエストはそこそこ引き締まっている。おへその位置がわかる。脚は細くて長い。下腹が少しだけポッコリしているが、それが逆にセクシーだった。

「ケイ、カッケーよ。似合ってる」

僕はそっと股間に手をやった。

「そう。ありがとう。ねえ、競争しようよ」

「競争？　五十メートルも？」

「いいじゃない。あたしだって久しぶりなんだから」

僕たちはプールの端で水に浸かった。飛び込みは禁止なのだ。水は冷たすぎず、心地よかった。それにしても本気で泳ぐなんて、高校時代以来初めてだ。五十メートル先のゴールが、果てしなく遠くに感じられる。僕はゴーグルを掛けた。

「よーい、どん」

ケイは叫ぶと、ロケットのように発進した。僕は慌てて水中の壁を蹴って、ケイのあとを追った。いったん泳ぎ始めると、ケイがどこにいるのか、自分がまっすぐ泳いでいるのかどうか、全く見当がつかなくなった。クロールってこんな感じでよかったんだっけ。

すぐに体中が悲鳴をあげてきた。こんなしんどいのは久しぶりだ。でも限界まで頑張ろう。とはいっても水が鉛のように重たい。手足の感覚がなくなってくる。やっぱり、もう限界だ。僕は立ち上がって大きく息をした。前後を見ると、まだ三分の一も泳いでいない。ケイが向こうでプールから上がるのが見えた。なんて速さだ。

「立ち止まらないでください」とスピーカーの声がした。見上げると、プールサイドの高い椅子の上で、ライフセーバーがハンドマイクを僕に向けていた。仕方がないので僕はゆっくり泳ぎ始めた。平泳ぎだ。「平泳ぎはやめてください」とは言われなかった。

ゴールにたどり着くと、すっかり疲労困憊《こんぱい》していた。手足が、軟体動物になってしまったように、力が入らない。一週間分くらいのエネルギーを消耗してしまったに違いない。やっとのことでプールサイドに這い上がると、ふらふらと立ち上がった。

ケイを探す。白い水着を着たケイはすぐに見つかった。プールの中ほどを、白い弾丸のように泳いでいた。あの細い体のどこに、そんなスタミナがあるのだろうか。

僕は二度と泳ぐ気になれなかった。プールの反対側のレーンでは、誰も泳がずに水の中を歩いている。歩く人専用のレーンだ。僕はそっちに向かった。

水の中を歩きながら正面の大きな時計を見ると、午後二時になろうとしていた。幸ちゃんはいつ来るのだろう。一時半に彼の携帯に電話をしたが、いくら待っても出なかった。呼び出し音は鳴っていた。圏外だったはずはないし、電源が入っていなかったということもないはずだ。ケイを想う僕に気を使っているのだろうか。いやいや、そんな男じゃない。

僕は五十メートル歩いてプールから上がった。歩いたところで、面白くもおかしくもなかった。僕はそばの観客席に腰掛けた。

退屈だった。ケイは相変わらず軽快に泳いでいる。ケイに限らず、誰もが一心不乱に泳いでいる。泳ぐのがそんなに楽しいのか。僕は大きく伸びをした。

「史郎ちゃん！」僕を呼ぶ声が聞こえた。ケイだ。ケイがコース半ばで立ち上がっている。僕はそっちに向かった。

「脚つっちゃったみたい。助けて」

僕は走ってケイのたもとに行くと、プールサイドからケイを引っ張り上げ、抱きかかえると近くの席に座らせた。そして彼女の左脚をまっすぐに伸ばし、ピンクのペディキュアを塗ったつま先を掴《つか》むと、ゆっくりと手前に引っ張った。

「どう、痛くない?」

「うん。いい感じよ」

ケイのすらりとした白い脚が目の前にあった。僕は激しく欲情した。自分でも気づかないうちに、ケイのふくらはぎを吸っていた。そして太ももにかけて舌を這わす。ケイは抵抗しなかった。

「大丈夫ですか」

後ろで声がした。振り向くと二人の若いライフセーバーが立っていた。見られただろうか。見られただろう。間違いない。ライフセーバーたちは、ケイのマッサージにとりかかった。

僕はなぜか、ケイの父親のダイナマイトパンチで宙に舞う自分を想像した。


更衣室のロッカーの扉を開けた瞬間、「G線上のアリア」が響き渡った。僕はびっくりしながら、ロッカーの中で赤く点滅する携帯電話を手に取った。幸ちゃんからだった。

「はい、もしもし」

「ああ、俺だけど、午前中海パンを取りに家に帰ったらソファーで眠っちゃってさあ、今起きたんだけど、これから原チャリで行くから」

「あのねえ、幸ちゃん。ケイが脚をつっちゃってさあ、今から帰るところなんだよ」

「え、そうなの。まあいいや。俺一人で泳ぐよ。じゃあね」

僕はリュックサックを開くと、タオルを取り出して体を拭いた。次に、かぶっていたキャップをスラックスの裾の中に押し込んだ。タンクトップを着る。海パンは穿き替えない。そのうち乾くだろう。ゴーグルも首から下げたままだ。これで、病院に帰っても「ジョギングしてきた」と言えば通用するだろう。


光で満ちていた。

大気も、沿道の緑も。

目眩《めくるめ》く閃光を放ちながら空中を飛び交う、億万の電子が見える気がした。

草木はゆらゆらと揺れながら、眩しすぎる太陽の破片を振りまいていた。

僕はバス停の時刻表をのぞき込んだ。目を細めなければ字が読み取れなかった。

「ケイ、バスは出たばかりだ。あと三十分しなければ次のバスは来ない」

「歩いて帰ろうよ」

「この暑い中を？　タクシーで帰ろうよ。ほら、そこに停まってる」

「もったいないよ。歩いてもそんなにかからないから」

僕はアイスキャンディーの自販機でラムレーズンとミントを買うと、ミントをケイに渡した。僕たちはアイスをかじりながら、ロータリーから道路に出ていった。

市営プールは丘の上にあるので、道路は両側とも下り坂になっている。

「ケイ、俺たちどっちから来たんだっけ」

料金受取人払郵便

新宿局承認

3971

差出有効期間
2022年7月
31日まで
（切手不要）

郵便はがき

1 6 0-8 7 9 1

1 4 1

東京都新宿区新宿1－10－1

(株)文芸社

愛読者カード係 行

お名前《ふりがな》				明治 大正 昭和 平成 年生 歳	
ご住所《ふりがな》	□□□-□□□□				性別 男・女
お電話番号	（書籍ご注文の際に必要です）	ご職業			
E-mail					
ご購読雑誌（複数可）		ご購読新聞 新聞			

最近読んでおもしろかった本や今後、とりあげてほしいテーマをお教えください。

ご自分の研究成果や経験、お考え等を出版してみたいというお気持ちはありますか。

ある　　ない　　内容・テーマ（　　　　　　　　　　　　）

現在完成した作品をお持ちですか。

ある　　ない　　ジャンル・原稿量（　　　　　　　　　　　　）

名			
買上 店	都道 府県　　　　市区 郡	書店名	書店
		ご購入日	年　月　日

書をどこでお知りになりましたか?

1.書店店頭　2.知人にすすめられて　3.インターネット(サイト名　　　　)

4.DMハガキ　5.広告、記事を見て(新聞、雑誌名　　　　)

上の質問に関連して、ご購入の決め手となったのは?

1.タイトル　2.著者　3.内容　4.カバーデザイン　5.帯

その他ご自由にお書きください。

(　　　　)

本書についてのご意見、ご感想をお聞かせください。

①内容について

②カバー、タイトル、帯について

弊社Webサイトからもご意見、ご感想をお寄せいただけます。

ご協力ありがとうございました。

※お寄せいただいたご意見、ご感想は新聞広告等で匿名にて使わせていただくことがあります。

※お客様の個人情報は、小社からの連絡のみに使用します。社外に提供することは一切ありません。

■書籍のご注文は、お近くの書店または、ブックサービス(0120-29-9625)、セブンネットショッピング(http://7net.omni7.jp/)にお申し込み下さい。

タクシーで来たので、よく覚えていない。

「こっちだよ、たぶん」

僕たちは緩い坂を下り始めた。アスファルト道路の向こうが陽炎《かげろう》でゆらゆら揺れている。不規則に吹き上げてくる風が熱かった。汗が止まらない。タオルで体を拭いたのは、全く無駄だった。

アイスを食べ終わると、セブンスターに火をつけた。僕が数回吸い込むと、ケイが僕の唇から煙草を横取りして一口吸い、二口吸い、それから僕の唇に戻した。

煙草を吸い終わると、僕はケイの手を握った。ケイは僕の手を握り返してきたが、心なしかその力は弱かった。ケイは歌い始めた。

「♪お手て　つないで　野道をゆけば　みんな　可愛い　小鳥になって……」

その時だった。坂道を上がってきたシルバーのセダンが僕たちの数メートル先に急停車し、クラクションを四回鳴らした。びっくりしながら車を見ると、なんと運転していたのは竹ちゃんだった。助手席には竹ちゃんの彼女がいる。竹ちゃんはクールな笑みを浮かべていた。竹ちゃんの彼女は僕を指差し、口を開けて大笑いしていた。「やったじゃん」という彼女の声が聞こえてきそうだ。もう一度クラクションを鳴らすと、車は走り去った。

「見られちゃったね。お手てつないでるとこ」

ケイが言った。

「いいじゃん、竹ちゃんだったら」

それにしても竹ちゃんたちは、この時間からどこに行こうとしているのだろう。

だいぶ歩いたすえ、見知らぬ広い道路につきあたった。記憶にない街並みだ。どう見てもこれは病院に帰る道ではない。

「ケイ、なんか違うくない？」

「……違うね」

「そういえば、さっき竹ちゃんとすれ違ったろう。竹ちゃんは病院に帰るところだったんだよ」

「ゴメン。逆だったね」

僕たちは結局タクシーを拾った。


タクシーは病院のエントランスの前に着いた。お金を払うと、僕たちは一緒に降りた。この時間帯だと、ナースステーションにいるナースは二階三階とも一人きりだ。万一、二人が一緒にタクシーから降りてきたのが目撃された場合、坂道の下をたまたま歩いていたケイを拾ったと言うつもりだった。だが、ナースステーションの窓辺にはナースの姿はなかった。

ケイを先に行かせて、一階のセキセイインコたちの前に座った。

台の上で、白いセキセイインコが脚を畳んで寝っ転がっていた。普通セキセイインコは、こんな風に無防備な格好をしない。暑さにまいっているのだろう。その両脇では、青いインコと緑のインコが、心配そうに白いインコをのぞき込んでいる。白いインコが元気になればいいが。心配だった。

しばらくして僕は一階のトイレに行き、洗面台の蛇口をひねると顔を水で濡らした。汗が乾いてしまったタンクトップの胸のあたりも水で濡らす。それから僕はエレベーターで二階に向かった。

「あら、ジョギングでもしてきたの？　汗びっしょりじゃない」

ナースステーションから池上さんが出てきた。僕はわざと大げさに、はあはあと荒い息をした。僕は派手な海パンを穿いたままで、首からはゴーグルをぶらさげている。

「そうです。教会からここまで」

「そう。リュックサックを開けてもらえる？」

リュックの中にあったのは、教会に着ていったカッターシャツとスラックスと、タオルと靴下だけだった。もっとも、スラックスの中には水泳用のキャップが入っているが。

「はい、ＯＫです。ポケットもいいかしら」

ポケットから出てきたのは財布と携帯電話とセブンスター、ライターと携帯灰皿だった。

「はい、お疲れさま。お風呂はまだ早いから、身体をよく拭いておくのよ」

僕は「わかりました」と言うと、喫煙室に向かった。

喫煙室の中には大将と武藤君がいた。

「これはまたずいぶんビビッドなショートパンツだね」

しゃがみ込んだ武藤君は僕の、眼の覚めるような、ブルーを基調とした迷彩柄のパンツを指差しながら言った。

「これはビビッドな海パンだよ。今日ケイとプールに行ってきたんだ」

「え、ケイと？　デートか。やるねえ」

僕はアクリル越しにホールを見渡したが、ケイは見当たらなかった。部屋で休んでいるのだろう。

無理もない。あれだけ泳いだ上に、三十分も歩いたのだから。

僕自身、すっかり疲れていた。煙草を一本吸い終えると、部屋で着替え、ホールの自分の席に着いた。何の作業もする気になれない。僕はテレビの下の「僕のもの置き場」からＣＤプレーヤーとヘッドフォンを取りだすと、竹内まりやを聴いた。

外泊や外出をしていた患者たちが次々と帰ってきた。ナースステーションの入り口には短い列ができていた。

竹内まりやは妙に眠気を誘った。僕が部屋で仮眠しようかとぼんやり考えていると、エレベーターの方から幸ちゃんが現れた。ナップサックを肩に引っかけている。僕はヘッドフォンを外した。幸ちゃんは列の最後に並んだ。池上さんが患者の持ち込み品のチェックをしている。幸ちゃんの番が来る。するとナースステーションの奥の方から、根島さんが表に出てきた。幸ちゃんは、マークされているのだ。

幸ちゃんは近くのテーブルの上でナップサックを広げた。根島さんが目を光らせている。

「このビニール袋を開けてみせて」

幸ちゃんは気の進まない様子で、白いビニール袋を開いた。

「これは何？」

「海パンです。それに水泳用キャップとゴーグル」

「なんでそんなものがあるの。あなた、今日はジムに行くんじゃなかったの」

「だからジムの後にひと泳ぎ……」

「浜田圭子さんと一緒だったのね」

根島さんの大きな声が響いた。ホールは一瞬静かになった。幸ちゃんは何も言わなかった。数秒間の沈黙の後で根島さんが言った。

「もういいわ。どいて。はい、次の人」

僕は部屋に向かう幸ちゃんを追いかけた。「幸ちゃん！」

幸ちゃんは廊下で立ち止まった。僕は小声で言った。

「何で否定しないんだよ。自分は一人でプールに行きましたって」

「むかついて何も言えなかったんだ」

「それに幸ちゃん、無防備すぎるよ。なんでもっと頭を使わないんだ」

「そんなこと言われてもさあ……」

「そういえば原付どうした？　まさか乗ってきたんじゃないだろうね」

「乗ってきたよ。駐輪場に停めてある」

「それもまずいよ。すぐにバレる」

「大丈夫だよ。あの駐輪場は昼も夜も、職員の原チャリや自転車で一杯なんだから」

「そうかな。でもそれならそれで、原チャリに海パンを隠してくればよかったじゃん」

「そうか。思いつかなかったよ」

幸ちゃんはショボンとして元気がなかった。何だかかわいそうになった。

幸ちゃんが原付バイクの件でこってりと絞られたのは、それから一週間後だった。

一時間くらい眠った。頭はすっきりした気がしたが、ベッドから起き上がろうとすると、体中が痛かった。

僕はホールに入っていった。ホールは賑やかで、みんなゲームをしたり、冗談を言い合ったりしている。

僕の席のテーブルの上にＡ４版の薄い雑誌のようなものが置かれていた。誰が置いたのだろう。「科学の挑戦者たち」と書かれている。僕は手に取って、パラパラとめくってみた。技術系の情報誌のようだ。

しおりが挟んであるのに気がついた。僕はそのページを開いた。一人の男性の写真が大きく載っている。昔のヒッピーみたいに長髪で、眼鏡は掛けていない。白衣を着ている。

僕は写真に見入った。この人とどこかで会ったことがある。写真の下に目をやった。「工学博士　内藤正」と書かれていた。内藤正？　僕は内藤さんを振り返った。内藤さんはウーロン茶のペットボトルを前にして、肘をついて壁を見ていた。僕が今これを見ていることに気づいているはずだ。僕はもう一度写真を見た。髪を短くして、くるくるパーマにして、眼鏡を掛けさせると……間違いない。内藤さんそのものだ。

ふと左手のしおりが目にとまった。しおりだと思ったのは、名刺だった。「Ｘ線開発部　線源開発室室長　主席研究員　工学博士　内藤正」と書かれている。僕は驚きながらも本文を読んでいった。内藤さんの執筆は数ページに及んでいた。Ｘ線による精密な測定装置の開発のエピソードが、素人にもわかりやすく書かれていた。

　僕は読み終えると、もう一度内藤さんの方を見た。まだ壁を見つめて知らんぷりをしている。僕はちょうどそばを通りかかったアキちゃんを呼びとめた。

「この写真の人、どっかで見たことない？」

「ええ？　見たことあるような……え、うそでしょ。工学博士？　信じらんない」

　僕はホールのみんなに本を見せてまわった。最後に、たまたまナースステーションから出てきた科長をつかまえて、本を見せた。

「科長、この人見たことないですか」

「あら。そうね、髪をストレートに伸ばして、眼鏡を外せば、こんな感じになるのかしらねえ。この本お借りしていいかしら」

「僕の本じゃないけど、問題ないと思います」

　それから僕は内藤さんの横に立った。

「まいったよ。降参だ、内藤さ……いや、内藤博士。この俺様も一本取られたよ。読ませてもらったけど、博士ってすごいんだね」

「今日家に帰ったとき、ちょうどあの本が目についたんで、史郎さんに読んでもらおうと思って持って来たんだ」

　内藤博士は、ごく自然な表情を装っていたが、鼻の穴が大きく広がっていた。

「それにしても工学博士とは驚いたよ、博士。そんな話一言もしないんだもん。博士、なんで写真の髪はストレートなの。天然パーマじゃなかったの」

「あの頃はストレートパーマをあててたんだよ」

「そうか。とにかく驚いたよ、博士」

この日から誰も、内藤さんのことを「内藤さん」とは呼ばなくなった。


喫煙室にはケイと、楠田さんと、成増さんと竹ちゃんがいた。僕は自分の席で、コーヒーをすすりながら、ずっとタイミングを見計らっていた。夕食が終わってからずっとだ。もう午後八時になろうとしている。

喫煙室の中からは時折笑い声が漏れてくる。僕は辛抱強くその時を待った。やがて楠田さんと成増さんが笑い顔で出てきた。今がチャンスだ。

僕は喫煙室に入ると、ケイに見えないように、竹ちゃんに片目をつむってみせた。竹ちゃんはまだ長い煙草を灰皿に放り込むと、意味ありげな、かすかな笑みを僕に向け、喫煙室から出ていった。僕はセブンスターに火をつけた。

「ケイ」

「なに」

「俺とつきあわないか」

「つきあうって？」

「ケイと俺とならきっとうまくいく。二人でいればきっと楽しいことだらけだ。そうだ、ここを出たら二人でどこか南の島に行こう。モルディブがいいかな。いや、モルディブは金がかかるな。屋久島でもいいや。とにかく二人きりになれるところに行こう」

ケイは半ば口を開け、あっけにとられたような顔をしていた。僕はかまわず続けた。

「いっそのこと二人で部屋を借りよう。小さくても日当たりのいい部屋だ。でもプライベートルームはそれぞれあった方がいいな。２ＤＫにしよう。ベランダは観葉植物で一杯にしよう」

僕は二十分くらいケイを口説き続けた。

「……俺は決して、ケイを束縛しないから。でも俺は浮気はしないよ」

「ねえ」

ケイが口を開いた。

「あなた島根に帰るんじゃなかったの」

「そんなの、もう中止だ。東京で働く」

「仕事は？」

「なんとでもなるよ」

ケイはため息をついた。

「あなた、まるで地に足がついてない。あたし、あなたはちょっと無理みたい」

そう言うと、ケイは喫煙室から出ていってしまった。

僕は喫煙室の床に脚を伸ばして座り込んだ。何かまずいことを言っただろうか。

竹ちゃんが入ってきた。竹ちゃんは煙草に火をつけた。

「外で見てたけど、何だか、うまくいってないようですね」

「どうも俺、フラレたみたいだ」

「ずいぶん長いこと話していたじゃないですか」

「ケイを口説いてたんだ。南の島に行こう、一緒に暮らそうって」

「史郎さん、そりゃ無茶ですよ。今日初めてのデートだったんでしょう？」

「デートと言えるかどうかわからないけどね」

「初めてのデートの後でガンガン口説かれたら、女は誰だって引きますよ」

僕は昨日と今日のことを、こと細かく竹ちゃんに話した。ケイの脚を吸ったことも。

「えっ、そんなことをしたんですか。みんなの見ている前で」

「だってムラっときたんだもん」

「史郎さん、しばらくは彼女をそっとしておいた方がいいです。かといって無視はダメですよ。話しかけられたら返事をする。おはようの挨拶はする。でもくどくど喋るのはなしです」

「わかったよ。ありがとう、竹ちゃん」

僕は立ち上がってホールを見渡した。ケイはＵＮＯゲームに加わっていて、時折楽しそうに笑っていた。

セブンスターに火をつけた。

14

「チクっとするわよ」

そう言って古田さんは僕の腕に注射針を突き刺したので、僕は思わず「痛っ！」と叫んだ。

「痛い？　でも人生だいたいそんなもんよ」

古田さんは真顔でそう言った。

「え？　人生ですか」

隣にいた大野さんが笑いながら突っ込んだ。

やがて赤黒い血液がシリンジを満たし、古田さんは僕の腕から針を抜いた。

「はい、ちょっとここガーゼで押さえててね」

僕は三階のナースステーションで採血をしていた。採血は定期的にすることになっている。まだ朝食前だ。食後ではだめなのだ。

二階に下りると、朝食のワゴンが来ていた。僕は自分の名前のプレートの置かれたトレイを取り出し、席に着いた。

竹ちゃんが成増さんに差し出したジャムとオレンジジュースを、僕は取り上げた。

「またあ。成増さん、ダメじゃん。糖尿病なんだからさあ。俺がもらうよ」
僕はたっぷりとジャムを塗った食パンを頬張り、ジュースを飲んだ。

食後の喫煙室は、いつものように込みあっていた。ケイがアキちゃんと話をしていた。僕はケイに謝りたかった。「ケイ、昨日はごめんね」と、それだけ伝えたかった。

ケイと二人きりになるチャンスはなさそうだ。僕は喫煙室に入ると、ケイのそばに行った。みんないるけど、謝るだけだ。構うもんか。

「ケイ」

ケイは一瞬僕の方を見たが、すぐにアキちゃんに向き直った。

「ねえ、ケイ」

僕はケイの二の腕を軽く握った。するとケイは二の腕を握る僕の手を見ながら、ものすごく嫌そうな顔をした。これ以上はできないくらいの嫌そうな顔だ。僕は慌てて手を離し、喫煙室から出ていった。

薬剤教室は退屈だった。講師の薬剤師は淡々とレジュメを読みあげている。

薄曇りの窓を見ると、ケイが目に入った。僕は胸が苦しくなった。二人で手をつないで、降り注ぐ太陽の光の下を歩いたのは、本当に昨日のことだろうか。ずいぶん前のことのように感じられる。もう一度ケイと楽しく会話することはできないのだろうか。

薬剤教室が終わり、ノートを提出すると席に戻った。誰かがテレビをつけた。時代劇をやっていたが、画面の上には地震速報のテロップが表示されていた。関東地方、震度三から四。確か昨日は仙台あたりで地震があったと報道していた。しばらく前は四国のどこかだ。

喫煙室を見ると先輩がいた。僕は喫煙室に入っていった。

「先輩、日本各地で地震が相次いでるね。一定の地域だったらわかるよ。でも日本中あちこちだ。そのうちとてつもない地震が来るんじゃないかな」

「パチンコ玉みたいなもんだね」

先輩はそう言ったかと思うと、自分の膝を叩いて、「ひゃーっはっは……」と笑い始めた。

僕はこの人が好きなのだが、時々わけがわからなくて困っている。


昼食を食べ終わると、僕はナースステーションのカウンターの上の外出帳の行き先覧に「インコの点呼」と書き込むと、一階に下りていった。白いインコが心配だったのだ。

白いインコは止まり木の上で元気に鳴いていた。良かった。今日は昨日ほど暑くない。僕はしばらくインコの前で過ごし、それから中庭に向かった。

自販機でコーラを買うとベンチに座り、煙草に火をつけた。なるべくケイのことを考えないように、流れる白い雲をぼんやり見て過ごした。

しばらく時間をつぶしてから二階のホールに戻ると、僕の席のテーブルの上にレポート用紙のようなものが置かれていた。何かと思えば、僕が書いてケイに渡した「フラッシュバック」の序章「プレリュード」だった。そのルーズリーフの下に、丁寧に畳んだ便箋があった。胸が高鳴った。ケイからのメッセージだ。開いてみる。

そこに書かれていたのはすべて英語だった。なんで、わざわざ英語で手紙をよこすのだろう。

僕は英語が苦手だ。一生懸命読もうとするが、何が書いてあるのかさっぱりわからない。一つ一つの単語の意味がわかっても、文章全体の意味することが理解できない。

後ろを振り向くが、ケイの姿はなかった。隣のテーブルでは武藤君たちがテレビを見ていた。僕は武藤君のところに行った。

「武藤君、折り入ってお願いがあるんだけど」

できるだけ小さな声で話しかける。

「なに?」

「これ、ケイから受け取った手紙なんだけどさあ、何が書いてあるのか俺にはさっぱりわからないんだ。訳してくれない?」

「いいの? 俺なんかが、そんなプライベートなものを預かっちゃって」

「俺にわからない以上、他に方法がないんだよ」

武藤君はイギリスに二年留学したと聞いている。彼なら訳せるだろう。

「わかった。やってみるよ」

武藤君は手紙を持って自分の部屋に向かって行った。

三十分くらい経った。僕は「フラッシュバック」を執筆していた。武藤君が小走りで廊下から現れた。

「山口さん、悪い。これ、全然わかんねえよ。一行もわかんない」

「そうか。いや、悪かったね。ありがとう」

僕は途方に暮れて、改めて手紙を眺めた。すると、一つの単語が目に飛び込んできた。〝neutrino〟「ニュートリノ」。その途端、がっくりきた。これは手紙なんかじゃない。プレリュードの英訳だ。なんで気づかなかったのだろう。

僕は頭を掻きながら、喫煙室に向かった。

僕が「いくわよー」と言うと、みんな一斉に「いいわよー」と答えた。僕はボールを高く上げると、飛びあがりながら思い切りサーブした。大将がコートの隅でレシーブした。楠田さんがトスを上げる。武藤君が強烈なスパイクを打ってきた。

こちらのコートでは、ケイがなんとかレシーブしたものの、ボールは後ろの方に飛んでいってしまった。僕はそれを走って追いかけ、滑り込むように左膝と左肘をついて右手でボールを打った。サポーターが役に立った。ボールは相手コートの方に飛んでいった。竹ちゃんがレシーブしたボールは博士の後頭部を直撃した。爆笑が起こった。僕たちの勝ちだ。

隣にいるケイは手を叩きながら歓声をあげて飛び跳ねていたが、僕に抱きついてはこなかった。

僕が小便をしていると、隣の便器に幸ちゃんが来た。

「史郎ちゃん、ケイに聞いたよ。何があったのかは知らないけれど、彼女、ドンビキだよ。こう言っちゃあなんだけど、史郎ちゃん、絶望的だね」

「幸ちゃんはどうなんだよ。ケイのこと好きなのか」

「わかんねえ」

「幸ちゃん、ずるいよ。妻子持ちだろ？」

「うちのババアと比べれば、若い子の方がいいに決まってるじゃん」

「それって若ければ誰でもいいってことじゃん。節操無いなあ」

僕は洗面台の鏡に映る自分の顔を眺めた。いつもより老けて見える。精彩がない。こんな男とつきあいたいなんて女はいないだろうな、と思った。

僕と幸ちゃんが、ホールに向かって廊下を歩いていると、ナースステーションから科長が出てきた。

「中里さん、お話があります。今よろしいですか」

幸ちゃんはナースステーションに入って行った。


僕は席でコーヒーを飲みながら、ナースステーションの中の科長と幸ちゃんのやりとりを観察していた。声は聞こえない。幸ちゃんは時折短く喋ったり、激しく手のひらを振ったりしている。科長の顔はこちらからは見えないが、たまにうなずいているのがわかる。幸ちゃんが出てきたのは三十分も経ってからだった。幸ちゃんは僕の隣に座ってきた。

「まいったよ」

「どうだった」

「おとといと昨日のことを根ほり葉ほり聞かれたよ。おとといは町田駅周辺で過ごしたと言い張ったし、昨日は、確かに夕方近くにプールに行ったけど、ケイが来ているなんて知らなかったし、会いもしなかったって言ってやったよ」

「で、向こうは？」

「たぶん俺の話を信用してないね。昨日のことも、おとといのことも」

幸ちゃんは立ち上がると喫煙室に入っていった。

これではいけない。そう思った。幸ちゃん一人に罪を負わせるわけにはいかない。ケイとプールに行ったのは僕なのだ。僕はテレビの下の「僕のもの置き場」から、レポート用紙とボールペンを引っ張り出した。

Beautiful Slow Day in Sunshine

彼は幸せだった。彼は恋をしていた。今日は彼女との初めてのデートだった。

降り注ぐ太陽の光の中で、タクシーは滑りだす。二人の手は握られている。

やがて到着する。「市営プール」に。

プールではしゃぐ二人のもとに、彼らの友人が現れる。偶然だ。

二人は友人と別れ、帰路につく。病院に帰って来る。

まず、彼女がエレベーターに乗る。彼はセキセイインコを見ながら時間をつぶす。

やがて彼も二階に向かう。誰も彼を疑わない。彼は変人で通っている。

疑われたのは、遅れて帰ってきた彼の友人だ。

Smoking Room で彼は彼女を口説く。延々と愛を語る。

そして彼は撃沈される。失恋だ。

だから、もうプールはない。

今、彼の心配しているのは、彼女と友人に制裁が及ぶことだ。その時が来れば、

彼は全力で戦うだろう。

「史郎ちゃん、これはまずいよ」

僕の手渡したレポート用紙を読み終えると、幸ちゃんは言った。

「そう？　俺はこれをナースステーションの窓の下に置いておくつもりだったんだけどね」

「史郎ちゃんや俺はともかく、ケイの立場はどうなるんだよ。ケイは一人でプールに行ったことになってるんだよ。疑われているとしても、向こうもいまさら確かめようがないんだから。これ以上やや

こしくするのはやめようよ」

幸ちゃんの言い分はもっともだった。これをナースに見せてしまったら、ケイの立場が今より悪くなるのは間違いなかった。

僕は席に戻ると、飲みかけの冷めたコーヒーを一口すすった。


夕食後、僕は「フラッシュバック」の執筆に没頭していた。この作業を続けている限り、ケイのことを考えなくてすむ。

後ろで声がした。

「山口さん、ちょっといいかなあ。話があるんだけど」

大将だった。僕は立ち上がり、大将のあとに続いて喫煙室に入った。僕は言った。

「一つ言っとくけど大将、俺はこんなに華奢《きゃしゃ》だし、あんたはそんなガタイだ。俺を殴るのはアンフェアだぜ」

「そんなことはしないよ。……まあ、場合によるけどね」

僕と大将はそれぞれ煙草に火をつけた。大将が切りだした。

「浜田さんと中里さんが疑われているのは知ってるでしょ」

「ああ」

「なんで知らんぷりをしてるんだよ。なんで、浜田さんと一緒だったのは僕です、って名乗り出ないんだよ」

大将は声を荒らげた。僕は「ちょっと待ってて」と言うと、自分の席から、例のレポート用紙を持ってきた。大将に差し出す。

「いや、読みあげてくれよ」

僕はそれを読みあげた。僕が読み終わると大将が言った。

「それで？　それをどうするつもりなんだよ」

「俺はこれをナースステーションの窓の下に置いておくつもりだった。でも幸ちゃんが反対したんだ。ケイの立場がより悪くなるって」

大将は数秒間考えていたが、「わかった」と言うと煙草をもみ消し、喫煙室から出ていった。

僕は鉄拳を免れた。


「今日は、日常生活の中の時間の使い方について話し合ってみましょう」

科長はホールのみんなを見渡した。火曜日の朝のプログラムは勉強会だった。科長の後ろのホワイトボードには「食事」「睡眠」「運動」「家庭」と、縦に並べて書き込まれている。

「さて、この中で一番大切なものは何でしょうか」

僕は手を挙げた。

「はい、山口さん」

「科長、一番大切なものが書かれていません」

「それはなんでしょう」

「仕事です」

科長はホワイトボードに書き込もうとした。

「あ、仕事といってもｊｏｂじゃないですよ。ｗｏｒｋです」

なんでまた英語なんだよ、と小さな声がした。武藤君だ。科長はいったん僕の方を見ると、またホワイトボードに向き直り、空いたスペースに、ｊｏｂ、ｗｏｒｋと書き込んだ。

「では山口さん、ｊｏｂとはなんですか」

「ええと、日々の糧を得るための労働です」

科長はそれをボードに書き込んだ。

「ではｗｏｒｋとは？」

「そうですね……その人をその人たらしめるものです」

「山口さんのお仕事はｊｏｂですか、ｗｏｒｋですか」

「ｊｏｂが七十パーセントで、ｗｏｒｋが三十パーセントといったところでしょうか」

「では武藤さんはいかがですか」

科長は何人かに同じ質問をした。僕の発言のせいで、講義は本題からそれてしまったようだ。

勉強会が終わって、ポットのところでコーヒーを淹れて席に戻ろうとすると、喫煙室の中のケイが目にとまった。一人きりだ。今なら話せる。僕はカップを席に置くと、喫煙室に入っていった。

僕はなるべく自然にセブンスターに火をつけた。そしてケイの方を向いて喋りかけようとすると、ケイはまだ長い煙草を灰皿に放り込み、喫煙室から出ていってしまった。

午後のプログラムは環境整備だった。僕は先週と同じように、洗剤を染み込ませた雑巾を持ってドアや窓の枠を拭いていた。大将と先輩は、今回もホールの窓の拭き掃除をしている。ケイと武藤君が楽しそうに会話しながら喫煙室の掃除をしていた。僕は作業に没頭することにした。

ドアや窓の枠はとてもたくさんある。そして僕はこれでもけっこう完璧主義者だ。一つ一つの枠を、白い雑巾で拭いても雑巾が汚れなくなるくらいまで磨いていった。

僕が二〇四号室の扉の枠を掃除していると、ヘルパーの東田さんが、作業終了を宣言した。それでも僕は作業をやめなかった。

「山口さん、もう終わりですよ」

「ちょっと待って。ここを終わらせるから」

二〇四号室の扉の枠の拭き掃除が終わると、僕は雑巾を東田さんの横の、台車に乗ったバケツに引っかけた。来週は二〇五号室からだ。

僕は喫煙室に入っていった。喫煙室では大将とケイが笑いながら話をしていた。僕はセブンスターに火をつけて、窓の外の宇宙船を眺めた。

数分後、大将は笑いながら出ていった。ケイも煙草をもみ消し、ドアに向かって歩き出そうとした。

「待ってくれ、ケイ」

次に言う言葉など考えていなかった。ケイは立ち止まった。

「答えてくれ。俺にはもうチャンスはないのか」

初めてケイは僕をまっすぐに見た。無情な数秒が流れた。

「ない」

そうと言うとケイは出ていった。


小便をしに洗面室に入っていくと、ひばりちゃんが鏡に向かって髪をといていた。

「ひばりちゃん、今の俺、クールに見えるかなあ」

「全然見えないわよ。髭剃りなさいよ」

「わかった。今ね、俺、ちょっとディープなんだ」

「なんだか知らないけど、シャキッとしなさい」

「うん」


僕は一階のセキセイインコの前で、スケッチブックと七十二色の色鉛筆のケースを抱えて座っていた。インコたちは僕の心を癒してくれた。

楽しそうに飛び回るインコたちを見ながら、僕もインコになって、みんなと一緒に飛び回れたらどんなに幸せだろうかと思った。何もややこしいことを考えず、ただ生きていることの喜びだけを噛みしめて。

僕はスケッチブックを開いた。一羽の緑のインコを描くことにした。けれどもインコは全然じっとしていない。すぐに飛んでいってしまう。緑のインコは他にもいるので、そのうち見わけがつかなくなってしまう。それでも何とか絵を完成させた。悪くない。今にも動きだしそうだ。

スケッチブックを閉じると、僕は改めて窓の外を観察した。インコたちのケージの周りは二メートル半くらいの高さのコンクリートの壁になっているので、空が狭い。だが暗くはない。この日は、暑くはないがいい天気で、青空の光がインコたちを包んでいた。

この建物は丘の斜面に建てられているため、北側は南側よりも地盤が高い。そのため一階の北側は半地下になっている。だが採光や通風のためには窓が必要だ。そこで数メートルの幅で、建物の外側の地面を掘り下げるのだ。掘り下げてできた空間をドライエリアという。そのドライエリアの中に、インコたちのケージが設置されている。

スズメが一羽、ケージの脇に舞い降りてきた。ケージの外にこぼれたインコの餌をつつく。ケージの中で、青いインコがスズメを観察している。ジュクジュク鳴きながら。ほかのインコたちは相変わらずジジジと鳴きながら飛び回ったり、止まり木の上で頭を上下に動かしたり、お互いキスを交わしたりしている。

僕はなんだか、インコたちの会話が聞こえるような気がしてきた。僕はまたスケッチブックを開いた。

ちゅんちゅん
いい天気だね
暑くないしね

寒くないしね
どこかに遊びに行きたいね
なんで？　ここで充分じゃない
でも、上の方に大きなお空が見えるよ
あなたは青いインコだから、お空の青に溶けちゃうわよ
君は白いインコだから、きっと雲に吸い込まれちゃうよ
僕は緑のインコだから、お山の葉っぱになっちゃうかな
お外に行ったら、離れ離れになっちゃうよ
あたしはここにいる。ここが天国だもの
スズメがきたね
スズメはかわいいね
でもスズメとお話しできないよ
言葉が違うからね。でもスズメは自由だね
あたしたちも自由よ。こっちの止まり木からあっちまで……
ほら、飛べたでしょう
ここからでもお日様は見えるもの

夕食後、僕は満員の喫煙室に入っていった。居場所を求めて、座り込んで煙草を吸っているアキち

ゃんの前に立った。セブンスターに火をつける。

アキちゃんは胸元が大きくはだけたTシャツを着ていたので、上から見ると胸の谷間が丸見えだった。

「アキちゃん、おっぱい、だいたい見えてるよ」

「見せてあげてるのよ」

僕はアキちゃんとの距離を詰めると、ズボンのファスナーに手をやった。

「お礼は？」

アキちゃんの顔は僕の股間と同じくらいの高さだった。

「今はいい」

すると後ろの博士が言った。

「セクハラで訴えてやりなよ、このエロオヤジを」

「セクハラってさあ、本人が不快だと思わなければ成立しないんでしょ」

アキちゃんがそう言うと、博士は黙り込んでしまった。

「ねえ、史郎ちゃん」

隣の幸ちゃんが話しかけてきた。

「俺、今日の診察で、自助会に行けってドクターに言われたんだよ。先週も言われたんだけどね。今日は科長まで一緒になって行け行けっていうんだよ。あんまりうるさいから一度行ってこようと思うんだけどさ、史郎ちゃん一緒に行かない？」

「いつ行くの」

「明日だよ。玉川学園前のＡＡ」

「俺も一度行ってみたいとは思ってたんだ。いいよ」

そして僕は喫煙室にいるみんなを誘い始めた。

「竹ちゃん、行かない？」

「俺はまだいいですよ」

「先輩は？」

「俺はね、ＡＡなんて必要ないと思っている」

「大将は？」

「俺はこないだ行ってきたばかりだよ」

「博士は？」

「僕はもう少し経ってから行くよ。勉強が忙しいからね」

「アキちゃんは？」

「あたし、ＡＡなんて考えただけでげっそりする」

「紺野さんは」

「そうだね、話の種に行ってみようかな」

「よし。幸ちゃん、三人で行こう」

「山口さん、調子はいかがですか」

三崎先生は、まっすぐに僕の顔を見た。ナースステーションには午前十時の陽光が、雲の合間を抜けて眩しく差し込んでいた。

「悪くはありません」

僕は三崎先生の目を見ながら答えた。

「大分落ち着いてきた感じがしますね」

僕はそばに立っている科長を見上げた。科長は何も口を挟まなかった。

「自分でもそう思います」

「しばらく今のお薬を続けましょう。院内プログラムの方はいかがですか」

「ためになります。一生懸命ついていっています」

「自由時間は何をしていますか」

「小説を書いたりしています」

「小説ですか。あなただと、ＳＦだとか、哲学がかったりするような？」

「いえ、私小説に近い日常小説です」

「楽しいですか」

「飽きませんね」

「神様はどうしました？」

「今週も教会に行きました。心が安らぎます」

「いいことですね。では今の調子で頑張ってください」

そう言うと三崎先生はパソコンに何やら入力し始めた。三崎先生は、僕には自助会に行けと言うつもりはないようだった。

「あ、先生、これお願いします」

僕は三枚の外出願いを先生に手渡した。

「七月二十九日、水曜日十七時から二十二時まで、玉川学園前ＡＡ。今日じゃないですか。山口さんがＡＡに行くなんて思いませんでしたよ。いいことです。ぜひ行ってきてください。それから、八月一日、土曜日十時から府中脳神経外科診療所。これは？」

「脳のＣＴスキャンを撮りに行くんです。この病院にはＣＴがないですからね」

「そうですか。わかりました。あと、二日、日曜日。これは教会ですね。はい、ＯＫです」


「どうですか、ケイちゃんとは」

竹ちゃんがふう、と煙を吐きながら聞いてきた。僕は煙草に火をつけてから答えた。

「絶望的だよ。俺にチャンスはあるのか、って聞いたら、ない、って言われたよ」

「そんな質問するべきじゃあなかったですね。で、諦めるんですか」

「諦める自信もないよ。思いをつづった手紙でも渡そうかと思うんだけど」

「だめです。かえって敬遠されます。今は彼女をそっとしておくことです。そのうちチャンスがあるかもしれません。ここは我慢です」

「わかったよ。ありがとう、竹ちゃん」

午後は酒歴発表の時間だった。成増さんと紺野さんが発表した。酒歴発表は、退院を間近に迎えた患者が、過去の飲酒歴と今の思いを発表する場なのだ。

「それではみなさん、感想文を書いて提出してください」

僕はノートを開いた。

成増さんへ
あなたが作ったカクテルを、カウンターの僕が飲む。店がひけたら二人でジンライムで乾杯する。そんな日が来るだろう。医学の進歩で。
とりあえず糖尿を心配しな。贅肉をなんとかしな。
がんばれ、がんばれ。

紺野さんへ
紺野さん、あなたはとっても面白い人だ。いつもベッドに腰掛けて園芸の本を読んでいたねえ。力仕事があったら呼んでくれ。本当は縁側で冷たいビールを一緒に飲みたいところだけどね。いつか飲めるかもね。

四時半頃、テーブルの一つに三人分の夕食が並んだ。幸ちゃんと紺野さんと僕はテーブルについた。まだ早いので食欲がわかなかったが、かき込むように食べ終えた。

僕たちは階段で一階に下りると、職員送迎用の小型バスに乗り込んだ。町田駅行きだ。五時十分にバスは走り出した。

僕たちは三人並んで一番後ろの席に座っていた。僕は紺野さんに話しかけた。

「紺野さん、ずいぶん退院を早めたんだね」

「こんなとこ、いつまでもいられないよ」

「断酒するの？」

「いや、飲むよ」

「そうだね。紺野さんは好きな時に好きなだけ飲んだっていいんだよ。もう現役を引退してるんだから。いや、『好きなだけ』はまずいな。ちびちびと飲めばいい。体を気遣わなけりゃね。朝早くに畑でひと仕事して、そのあと縁側で飲むビールはうまいだろうね。

でも俺たちはそうはいかない。社会の中で仕事をしなけりゃならない。支えるべき未来がある。昼間から酔っぱらってるわけにはいかないんだ」

バスは町田駅に着いた。町田駅から小田急線で玉川学園前まで一駅だ。幸ちゃんが「まだ時間があるね」と言うので、僕たちは駅ビルに入っていった。お目当てはテナントで入っている一〇〇円ショップだ。いろいろなもので溢れていて目移りした。絵具と筆を買った。あとカラフルなクリップだ。これをタンクトップのあちこちに挟むのだ。先輩とおそろいだ。

充分時間をつぶしたので、僕たちは駅で切符を買って、改札を通りぬけた。

15

古びたビルの前に着いた。

「ここの二階みたいだね」と、案内図を見ながら幸ちゃんが言った。

「まだ十分前だから、一服つけてから行こうよ」

建物の入り口には灰皿が置かれていた。僕たちは煙草を吸った。時間をかけて吸い終わったあと、幸ちゃんが言った。

「さて、じゃあ行くかな」

二階にはたくさんのドアがあった。ドアにはいろいろな企業名が書かれている。

「あった。ここだよ」

幸ちゃんが言った。僕たちはその部屋に入っていった。

かなり太った、大柄な中年女性が、入り口付近に座っていた。

「こんばんは。しのだ病院から来ました」

「こんばんは。ようこそ。空いてる席に座ってください。あ、コーヒーはそこにありますので、ご自由にどうぞ」

この部屋はさほど広くない。コの字型に配置された長いテーブルには、八人くらいが席に着いていた。年齢層はまちまちだ。僕は用意されたインスタントコーヒーを、用意された紙コップに入れて、用意されたポットでお湯を注いだ。それから横に置かれた募金箱に百円玉を落とした。コーヒー代という名目だが、強制ではない。僕たちは並んで席に着いた。

午後七時になった。大柄な中年女性が宣言した。

「ではＡＡを始めたいと思います。司会を務めさせていただきます、アル中のミミと申します」

すると全員が「ミミ」と唸った。

「ではミーティングハンドブックの一ページ目を開いてください。私が冒頭を読み上げます。……アルコホーリクス・アノニマス。アルコホーリクス・アノニマスは、経験と力と希望を分かち合って共有する問題を解決し、ほかの人たちもアルコホリズムから回復するように手助けしたいという共同体である……」

ミミさんは読み終わると、みんなを見渡した。

「どなたか第三章を読んでいただけませんでしょうか」

誰も名乗りをあげないので、僕が手を挙げた。院内ＡＡで一度読みあげた文章だ。

「さらにアルコホリズムについて。私たちのほとんどは、自分が本物のアルコホーリクだとは認めたがらなかった。自分の肉体や精神が、周りにいる人たちとは違うなどということを、喜んで認める人間がいるわけはない……」

僕はその長い文章を読み終わると一息ついた。ミミさんが言った。

「今日のテーマは『心の安らぎ』です。どなたか最初にお話しをしたい方はいらっしゃいませんか。……いらっしゃいませんね。では、こちらの方からお願いします」

一番端にいたのは僕と同い年くらいの男だった。

「アル中のヤスです」

「ヤス」と言うみんなの声が響いた。ヤスさんは話し始めた。自分がどんなにひどいアル中だったかということ。断酒して何年も経つのに、人が飲んでいるのを見ると、激しい飲酒欲求に見舞われること。それでも、今日一日飲むまい、今日一日飲むまいと思いながら今に至っているということ。ヤスさんは最後に、AAが心の安らぎになっていると締めくくった。

続いて何人かが発表した。何だか、みんな同じようなことを言っている気がした。自分がアルコールにまみれてどんなに悲惨な状態だったかということ。断酒を続けるのがどんなにつらいかということ。うっかり飲んでしまいそうになったことが何度かあったこと。そして自分は明らかに「アル中」という病気であること。AAが心の支えになっているということ。

僕は嫌気がさしてきた。この人たちのネガティブな身の上話に、一体何を学べというのだろう。

幸ちゃんの番が来た。

「アル中のコウゾーです」

「コウゾー」

幸ちゃんは語り始めた。彼は仕事のストレスから飲酒量が増え始める。それを制止する妻との間に溝が深まっていく。彼は酒をやめない。やがて彼は鬱になっていく。鬱はアルコールを求め、アルコールは鬱を深めていく。

「……あるとき妻との激しい口論の後で、私はキッチンに行って包丁を取り出しました。私はべろんべろんに酔っぱらっていました。『俺が死ねばいいと思ってるんだろ。いいよ、死んでやるよ』そして私は左腕の上で包丁を引きました。ところが包丁というものは、人体を切り刻むのにあまり向いていないということがわかりました。切れたのは皮膚、それも数センチだけでした。筋肉も血管も切れませんでした。それでも、ほとばしり出た血液はかなりの量でした。溢れ出る血を見て、私は放心状態で立ちすくんでいました。ほどなく妻の通報で救急車がやって来て、私は救急病院に運び込まれました」

知らなかった。こんな話、今初めて聞いた。僕の知る幸ちゃんからは想像できない。幸ちゃんは最後に締めくくった。

「私が心の安らぎと呼べるのは、五歳になる娘です。この一人娘が今、僕と妻とを結びつけています」

幸ちゃんの発表が終わった。次は紺野さんの番だ。

「アル中のマサです」

「マサ」

紺野さんの話は可愛らしいものだった。園芸が趣味で、一日中畑で過ごす。そして時々ビールを飲む。紺野さんの体を気遣った家族が、紺野さんをしのだ病院に入れた。騙されたような気分だ。でもこの際、健康のために断酒を続けようと思う。ちなみに心の安らぎは、やはり園芸だ。紺野さんの発表は終わった。

バスの中ではこれからも飲むと言っていたが、この場でそれを言うべきではないと思うだけの分別はあったようだ。

僕の番になった。

「アル中のシローです」

「シロー」

「一人のアル中が、自力で矯正することは全く困難です。よって、我々は二つのものに頼らざるを得ません。

一つは、物理的な力です。これは抗酒剤であり、その他の処方箋です。

もう一つは精神的な支えです。それはドクターの助言であったり、家族との語らいであったり、AAや断酒会であったりします。でもそれだけに限る必要はありません。

僕は日曜日にはプロテスタント教会に行きます。その時だけ僕は熱心な信者となります。厳かに響くパイプオルガンの音色の中で、ステンドグラスから斜めに差し込む青い光の中で、主は僕のために降臨し、告げられます。生きよ、と。耐えよ、と。

主がエナジーあれとのたまえば、そこは銀色のエナジーで満たされる。主が意志あれとのたまえば、そこには天をも貫く結晶のタワーが建ちあがる。

そして僕は生きていることを知る。生かされていることを知る。満たされる。そして強く生きることを誓う。

これが僕の心の安らぎです」

僕の発表は、全員の中で一番短かった。

次に、僕の横に座っていた男性が口を開いた。

「アル中のゲンです」

「ゲン」

皮肉っぽい顔つきをした、どうも好きになれない感じの初老の男性だ。

「ええと、何ていうのかな、まだいるんだねえ、こう、宗教に頼る人ってのは」

僕はすごくびっくりした。口に運びかけたコーヒーをこぼすところだった。AAは、ひとに意見したり、質問したりしてはいけない決まりじゃなかったっけ。

「こないだ、高尾山に登ってきたんだよね」

僕はむかっ腹が立ってきた。何が高尾山だ。もうこの人の話をまじめに聞く気になれなかった。頭の中で「フラッシュバック」の執筆を進めることにした。僕は執筆中の最後の部分を思い出そうと集中した。それでも男性の話がところどころ耳に入る。

「……でね、今の若い人たちと違って我々の世代はねえ……」

山の話はもう終わったのか。それにしてもこの人の話はどこに向かおうとしているのだろう。僕は「フラッシュバック」に戻った。でも気が散って頭の中の作業は進まなかった。

「……昔、好きなママがいてね……」

ゲンさんの話は延々と続いた。僕はすごくいらいらしてきた。この人はもう二十分くらい一人で喋っている。壁の時計を見ると午後八時になろうとしていた。八時半にここを出れば充分間に合う。でもあと三十分もこんな話につきあう気はしなかった。

この人は、焼鳥屋の隅っこで、いまだにホッピーとか飲んでいるじいさんだ。それとも場末のスナックで、安いウイスキーを片手に、ママを口説きながら永遠に喋っているジジイだ。ここには暇つぶしに来ているんだ。

「最近ようやくビールのお歳暮が届かなくなってね……」

潮時だ。僕は立ち上がった。

「すみません、三名時間の制約があるので、これで失礼します」

僕はむかつきながら階段を下りていった。すると後ろに続く幸ちゃんが立ち止まった。

「あ、史郎ちゃん、判を押してもらわないと」

そうだった。AAに行った証明に、病院が用意した用紙に判を押してもらわなければならないのだ。

三人はまた会場に戻り、ミミさんに判を押してもらった。

非常に気まずかった。


時間が余った僕たちは、町田駅南口のラーメン屋に来ていた。

「あの最後のジジイ、むかつくったらありゃしねえ」

大好きな豚骨チャーシューメンを食べながらも僕は毒づいた。

「話が支離滅裂だったね。テーマの『心の安らぎ』と、全然リンクしてなかったよね」

幸ちゃんが言った。

「たぶん今日は何を話そうかって、前もって考えてくるんだよ。テーマに沿うわけがない」

そう言って僕はチャーシューを口にした。

「そうだ、幸ちゃん。来週も来ようよ。ほかのみんなも誘って。で、思い切りポジティブな発言をして、ＡＡのメンバーを黙らせてやるんだ。河野さんも来るよね」

「構わないよ」と河野さんは答えた。幸ちゃんも「いいよ」と言った。

「ところで幸ちゃん、ちょっと左腕見せてくれる？」

幸ちゃんの左腕には、うっすらとした傷痕があった。とても包丁で切ったとは思えない、かすかな傷痕だ。「医者の処置がよかったんだよ」と幸ちゃんは言った。

「じゃあさ、幸ちゃん。娘さんの写真って持ってる？」

幸ちゃんは財布の中から一枚の写真を取り出し、僕に渡した。

「むちゃくちゃ可愛いじゃん。幸ちゃん、若い女にうつつをぬかしてる場合じゃないじゃん」

「うん。かわいい盛りだよな、実際」幸ちゃんは認めた。

食べ終わった僕たちは勘定をすませ、バス停に向かった。


木曜日の午前中のプログラムは、グループワークだった。僕たちはまた「酒のない人生を始める方法」という本を開いていた。ワーカーが言った。

「では皆さんに質問します。酒以外の手段で、あなたが楽しくなれる方法を挙げてください。それでは今から五分間考えてください」

　僕はぼうっとして五分間をやり過ごした。

「五分経ちましたね。それではこちらの方から発表してください」

　一番端にいたのは楠田さんだった。「推理小説を読むことです」

　ワーカーはホワイトボードに発言を書き込んでいった。

　次はアキちゃんだ。「ガンガン音楽を聴くことです。あと子供と遊ぶことです」

　武藤君の番だ。「友達と語らうことです」

　市原さんの番だ。「パス」

　僕の番が来た。「無限にあります。詩を書いたり絵を描いたり、車をぶっ飛ばして海を見に行ったり、星を眺めたり、恋をしたり、セックスしたり、数学の復習をしたり、宇宙と神について考えたり……」

「わかりました。山口さん、その辺でいいです」

　今回もワーカーは、僕の発言をボードに書き込まなかった。


　喫煙室の中には大将と武藤君がいた。僕は中に入るなり、大将に話しかけた。

「大将、提案があるんだけど」

「なに？」

「今度さあ、人数をかき集めて、大挙してＡＡになだれ込まない？」

「おっ！　おもしれえじゃん、それ」

大将は笑いながら答えた。

「俺も乗った」武藤君が食いついてきた。

「じゃあ俺が人を集めるからさあ、山口さん管理してくれよ」

「わかった大将。水曜日の玉川学園前のＡＡだよ」

「いいよ。決まりだ」


窓の外はどんよりと曇っていた。そのうちひと雨来るかもしれない。

午後は院長先生の酒害教室だった。

「……で、飲酒が脳に及ぼす合併症ですが、まず認知症ですね。アルコールの大量摂取により、脳内のビタミンB_1が欠乏して発症するウェルニッケ脳症などもあります。次に抹消神経症ですね。これは手足のしびれや電撃流がおきます。次に小脳失調です。これはバランス失調、つまり、歩行がふらつく、手の動きが悪くなる、舌がもつれて喋りにくい、などという障害です」

ぼんやり窓の外を見ているとケイが目に入った。僕はまた切ない気持ちが込みあげてきた。

「次に脳以外の身体合併症を見てみましょう。アルコールは煙草との併用で癌になりやすい。アルコールは食道・胃・腸の癌の原因になります。アルコールによって静脈瘤ができることもあります。アルコ
ールは食道・胃・腸の癌の原因になります。アルコールによって静脈瘤ができることもあります。

脾臓は、古い血液を壊すのが仕事ですが、アルコールの摂取によって、新しい血液まで壊すようになってしまいます。心臓に関しては、不整脈、心筋症などの原因になります……」

酒害教室が終わると、僕はさっさとノートを提出し、テレビの下の「僕のもの置き場」からレポート用紙を引っ張り出して席に戻った。

ＡＡと、意志を持つメッセージについて

僕はＧ・ワシントンが好きだ。Ａ・リンカーンが好きだ。Ｆ・ルーズベルト、Ｊ・Ｆ・ケネディーが好きだ。そしてＢ・Ｈ・オバマも好きだ。
彼は今、一つのメッセージによって歴史を動かそうとしている。彼の前には何千という熱い群衆が集い、静かに、静かに、神に似たその人が最初の一語を発するのを待っている。
大気は張り詰めた一般意志の巨大な位置エネルギーに支配されて、ゆっくりと渦を巻く。
だが彼はまだ口を開かない。彼は右手を緩やかに前に掲げる。その視線の先は空中の一点にある。
そして……。
"Ladies and gentlemen"
ついに彼は話し始める。ゆっくりと。だが力強く。
"1.st, we must be…"
"2.nd, there is a problem around…"
"3.rd, but we have a method…therefor…"

そして彼は三秒間だけ口をつぐむ。三秒の間、右から左へ、ゆっくりと首をまわす。それから改めて中央を見据える。
"There is nothing that hinder our project,now. Now,I say,yes,we can!"
その瞬間、臨界点に達したエネルギーは解放され、巨大な爆発を生む。怒涛のエネルギーは光速の破壊力となって、すべてを揺るがし、すべてを貫通し、すべてを焦がしながら拡散する。
大衆は立ち上がる。天空に向かって拳を突き上げる。人々が今見ているのは、彼だ。そしてその上に翻る神聖なる星条旗だ。人々は張り裂けんばかりの声で叫ぶ。
"USA! USA!…"
それは終わるときを知らない。それは星々をも揺るがす。

一つ一つの言葉の中に、どれほど多くのメッセージが込められていることか。たった一つのセンテンスの中にどれほど多くの「意志」が込められていることか。たった一つのパラグラフの中に、どれほど多くの「勇気」と「希望」と「生命」と「パワー」が込められていることか。そしてそれらが集合したとき、その全体は、宇宙であり、ＧＯＤである。

言葉とはそういうものではないかと僕は考える。

だがその半面、言葉とはクリアなものだ。シンプルなものだ。言葉を使うテクニックとは、いかに短い言葉たちの中に、多くの情報を詰め込むかだ。

昨日ＡＡ会場に行った。皆が口々に言う。

「今日もお酒を飲まずに過ごせました」

「このあいだ、もう少しで皆さんを裏切るところでした」

「……して、スリップしそうになりました」

「結婚式の招待を断りました。親しい友人だったのですが……」

こんなものか。この程度のものに過ぎないのか。

「意志」はどこにある。「勇気」はどこにある。「希望」はどこにある。「生命」はどこにある。「パワー」はどこにある。

僕たちは病人だ。だが闘う病人だ。通行人を呼びとめては自分の悲しい身の上話をする病人ではない。

ＡＡも、抗酒剤も、通院も、決してｓｕｂｊｅｃｔではない。道具としてのｏｂｊｅｃｔに過ぎない。その遥か上方に、真にｓｕｂｊｅｃｔとしての「意志」が、「勇気」が、「希望」が、「生命」が、そして「エネルギー」がある。

僕には時間がない。「不要」と脳が判断した瞬間、それは切り捨てられる。時間を割いて寄り合いに出かけて傷口をなめ合う暇はない。

だが結論は早いかもしれない。もう一度だけ、同じＡＡに行く。今、闘う有志を募ろうとしている。

僕は書き終わったレポート用紙に「科長殿」と書いたメモ用紙を添え、ナースステーションの窓の前のカウンターの上に置いた。それから喫煙室に向かった。

喫煙室には五、六人がいた。僕が煙草に火をつけようとすると、エレベーターの方からひばりちゃんが姿を現した。ひばりちゃんは小走りでこっちに向かってきた。

「みなさん、今までお世話になりましたあ」

ドアを開けるなり、ひばりちゃんは言った。にこにこ笑っている。

「コンビニでビールを飲んでるのが病院にばれちゃって、強制退院になっちゃいました」

「抗酒剤飲んでなかったの」僕は聞いた。

「あたしね、抗酒剤効かないのよ。そういう体質なの」

抗酒剤が効かない体質。つまりアルコールに対する抑止力がない。アル中にとって、こんな悲劇的なことがあるだろうか。

「でも、三日間ガッチャン部屋に入れれば退院しなくてもいいんだろ」僕は言った。

「あんただったら三日間もあんなところにいられる？　あたしは一日でも嫌よ」

確かにそんなの耐えられそうもない。

「俺も嫌だね。……ひばりちゃん、頑張ってね。飲むなって言っても飲むだろうから、あんまり飲むなよ」

ほかのみんなも激励の言葉を口にした。ひばりちゃんは喫煙室から出ていくと、ホールをまわってみんなに別れの挨拶をしていた。


午後八時。いつもは大きな話し声や笑い声で騒々しい喫煙室が静かだった。十人くらいの患者たちは、みんな成増さんを見ていた。成増さんの話を聞いていた。

「それでさあ、俺はさあ、両腕を二人に押さえられてさあ、あとの連中が俺のことを殴るわ蹴るわ。最初は痛いと思ったけど、そのうち痛みを感じなくなってくるんだよね」

いつもはぼそぼそと喋るこの人が、今ははっきりとしたよく通る声で喋っている。成増さんの目は潤んでいた。成増さんの話は続いた。

成増さんの話を聞いているうちに、僕の目も涙で滲んできた。

「……だから俺は奴の家に火をつけてやったんだ。新聞紙を何枚もぐしゃぐしゃにして、やつの家の裏で燃やしてやったの。またたく間に家に火がまわったなあ。冬だったから、よく燃えたよ。次の日のニュースで見たら、奴は焼死体となって発見されたそうだよ」

そのあとも成増さんの話は続いた。僕は涙が溢れそうになって喫煙室から出た。

僕はしばらくコーヒーを飲みながらメンデルスゾーンを聴いていた。そして、ふと思いつくと、レポート用紙を開いた。

Smoking Room

ゆっくりと渦を巻く青白い煙の中で、僕たちは知る。
誰が哲学者で、誰が物理学者か。誰が詩人で、誰が植物博士か。
ここには学歴はない。履歴書もない。

僕たちは大声で冗談をとばし、笑い合う。
それから誰かの話を聞く。
そのうち目が潤む。最初は拭うが、そのうちかまわない。
頬を涙がつたう。

それは酒歴発表で明かされることはない。
それは、とても、とても重いので
ペラペラのレポート用紙なんか、突き破ってしまうだろう。

16

厚い雲から太陽が顔をのぞかせ、あたりはパアッと明るくなった。

ウォーキングの時間だった。僕は博士と並んで山道を登っていた。博士は今日も二リットルサイズのウーロン茶のペットボトルを脇に抱えている。セミが盛んに鳴いている。

「それでね、僕は偶然発見したんだよ。ナノメートルのオーダーではあるけれども、常温超電導が起こっていることを。ちなみにナノメートルといえば、電子顕微鏡に原子の縞が映り始める大きさだよ」

そう言う博士の鼻は、また少し広がっていた。

僕たちは道なき道を登っている。木の根っこや岩が足掛かりだ。両脇の樹木から伸びた緑の生い茂った枝が、僕たちの上にアーチを作っている。今朝方まで降り続いていた雨で濡れた木の葉が、陽光を受けてキラキラと輝き始めた。

「すごいじゃん、博士。ノーベル賞ものじゃないか」

「マクロ化できればね。でもそれはいろいろ難しいんだ」

「でも特許は取ったろう?」

「会社がね」

「じゃあ会社からがっぽりもらったんじゃないか？」

「奨励金二〇〇〇円だけだよ」

「二〇〇〇円？　二〇〇〇円だけ？　そりゃないよね。それより博士、今やっているX線の検査装置なんかより、超電導のマクロ化に取り組みなよ。それができればすごいことだよ。

　例えば遠く離れた離島の原発から、三本の細い海底ケーブルで日本全土に電気を供給できる。ゴビ砂漠に造った巨大原発から、大陸中に送電できる。世界中の景色から、目障りな鉄塔や電信柱をなくせる。リニアモーターカーだって格安にできる。大型コンピュータだってコンパクトになる。その経済効果は計り知れないよ。

　そうだ、博士、そんなしみったれた会社なんかやめちまって、今すぐどこかの物理学科の大学院に行きなよ。博士号はもう持ってることだし」

「僕はもう四十二歳だよ。そんなバイタリティーはないよ。今の会社の給料にも、役職にも充分満足している。はっきり言って仕事も楽だしね。この歳で賭けには出られないよ」

　急に視界が開けた。目的地の山頂に着いたのだ。僕は山頂の小さな広場を一周した。雨上がりの空気は澄んでいて、遠くまで一望できた。充分景色を堪能してから、ベンチに座る博士の隣に腰を下ろした。

「史郎さんがやればいいじゃん」

　ウーロン茶を飲みながら博士が言った。

「何を?」

「超電導だよ」

「冗談だろ。俺は経済学部だよ。しかも単位不足で卒業もしてない。仮に理学部卒業程度の実力があったとして、実験装置はどうするんだよ」

「だから大学を再受験するんだよ。さっき僕に言ったじゃん」

「俺は博士よりもさらに年上だよ。四十四歳だ。九月が来れば四十五になる。

大学に行くにはまず予備校に行かなけりゃね。たぶん二年くらい。昔勉強したことなんて、あらかた忘れちまってるからね。で、大学が四年。それから大学院。俺は何歳になってしまうんだ?」

「でも、もったいないよ。史郎さんみたいな人が、このまま田舎に帰ってしまうなんて」

この博士の言葉で気がついた。僕は田舎に帰ってからのことなど、考えたことがなかったのだ。これっぽちも。

僕の横に、運動療養士の村田さんが座ってきた。

「山口さん、裸足でスニーカー履いてるんですか」

「そうだよ。なんで?」

「いや、臭そうだなと思って」

僕は左のスニーカーを脱いで、村田さんの顔の前にかざした。

「うわあ、やめて」

僕は脱いだスニーカーを履いた。

「どうだった?」

「思いっきり臭かった」

ケイと武藤君がキャッチボールを始めていた。いつの間にか、この二人は仲良しになっているみたいだ。二十四歳と二十九歳。お似合いかもしれないな。悔しいけれど。

「村田さんってさあ、下の名前何て言うの」

「洋子」

「洋子ちゃんは彼氏とかいるの」

「います。残念ですが」

「ふうん」僕はセブンスターに火をつけた。

「でも中年男性も捨てたもんじゃないよ」

「じゃあ、彼氏と別れたら山口さんに連絡します」

「うん、待ってるよ」

徐々に広がっていく青空を観察しながら煙草を吸い終わった。洋子ちゃんが差し出した小さな灰皿で煙草をもみ消す。腕時計を見ながら洋子ちゃんは立ち上がった。

「はい、短い休憩でしたけど、時間がおしているので、帰り路につきます。来たときと違うコースをとります」


帰り路は、緩やかな下り坂だった。道幅も広い。博士が聞いてきた。

「史郎さんは教会に行ってるんだよねえ」

「うん」

「僕も小さい頃、両親に連れられて教会に通っていたんだよ」

「ご両親はクリスチャンだったの？」

「うん。それでね、神父さんの話の中で、今でもはっきり覚えている話がいくつかあるんだよ」

「どんな話？」

「例えばこんなの。男女二人が乗ったボートが大波にあおられ、二人とも海に投げ出されてしまう。このとき男はどんな行動をすべきか」

「だいたいわかったよ。言わんとするところが。

ある人はこう答える。泳いで彼女のところへ行き、しがみつく彼女を抱えてボートのもとにたどり着き、自分自身溺れそうになりながらも、なんとか彼女を先にボートの上に押し上げようとする。

だが、ある人はこう答える。まず自分自身がボートの上に上り、オールを操って速やかに彼女のもとにボートをつけ、上から彼女を難なく引っ張り上げる。

これは合理精神を問う設問だね」

「うん。さすが史郎さんだ」

博士の通っていたのはカソリック教会のようだ。プロテスタントの牧師は決してこんな話をしない。それに神父という呼び名はカソリックのものだ。それはそうと、この話は使える。どこかで使わせてもらおう。

今度は僕が例を挙げた。

「R・A・ハインラインだったと思うけど、あるSF小説にこんな話がある。月面ステーションを目指していた宇宙船が故障のため不時着する。無線機は破損した。乗っていた少年と少女は宇宙服を着て、歩いてステーションを目指す。ところが彼女の宇宙服の酸素が残り少ないことが判明する。彼女は酸素を節約しなくてはならなくなった。彼は彼女になにもしてやれない代償に、自分の酸素の供給を制限する。

　だがしばらくして彼は気づく。こんなことをしてなんになる。彼は改めて自分の宇宙服を酸素で満たし、ヘルメットの中のストローでビタミン剤を飲む。そして彼は彼女を励まし、彼女の手をとりながら、ステーションの位置を再度計算する」

「史郎さんが好きそうな話だね。あとね、こんな話も聞いたよ。

　お皿を前にして座っている乞食の前を、立派な紳士が通りかかる。紳士は財布から十ドル紙幣を抜いて、乞食の前のお皿に放り込む。

　しばらくして乞食の前を、もう一人の乞食が杖をつき、脚を引きずりながら通りかかる。その乞食は立ち止まると、ボロボロのズボンのポケットをまさぐる。彼の手の中には十セント玉が三枚握られている。その乞食はその中の一枚を、座っている乞食に手渡す」

「いい話ですね」

　後ろから声がした。振り向くと今井さんだった。今井さんは僕たちと並んだ。僕は言った。

「グッとくる話だね。病院に帰ったら、忘れないようにノートに書きとめておくよ。実際、病院では毎日いろいろなことが猛スピードで起こる。俺は記録したい。一つひとつの言葉や出来事がその命を失わないうちに。でもとても全部をノートに書き込んでいられない。

そうだ、グレッグ・ベアの『永劫』というSF小説の中で、人々は補助脳を持つんだ。小型だけれども大容量の記憶装置だ。人々は保存したい情報を大脳から補助脳にダウンロードし、好きな時に必要な情報を引き出せる。この手のSFはいくらでもあるし、いずれ現実になるだろうな」

すると、穏やかな笑みを浮かべた今井さんが言った。

「いいですね。僕なんか、昔の六十分のカセットテープです。しかも疲弊して伸びちゃってます」

「そういえば今井さん、今日退院だったよね」

「ええ、午後です」

いつの間にか空には雲がほとんどなくなっていた。

今日も暑くなりそうだ。

冷たいコーラがおいしかった。昨日とはうって変わって日射しが眩しかった。汗が噴き出してきたが、体を伝って流れるにまかせた。

僕は中庭のベンチで考えていた。博士の一言が、頭の中に引っかかっていた。「もったいないよ。史郎さんみたいな人が、このまま田舎に帰ってしまうなんて」

島根に帰ったら僕は何をやるのだろう。工務店に就職するくらいしか思いつかない。単純作業や事務系の仕事は、飽きっぽい僕には全く向かない。

山上建設の仕事は面白かった。その小さな会社の中で、設計や、施工方法の考案と管理は、すべて僕が指揮していた。島根で就職する工務店は、四十五歳で入社する新入社員の僕に、やりがいのある重要な仕事を与えてくれるだろうか。そうは思えない。

給料だって安いにきまっている。実家があるぶん家賃は浮くが、結婚して家族を養うとなれば、それなりのお金が必要だ。いずれにしても、僕は一社員として定年を迎えるだろう。平凡な人生だ。

では島根に帰るのをやめて、山上建設でこのまま働き続けるというのはどうだろう。確かに日々の仕事は面白いだろう。だが、忙しい日々に追われながら時に流され、やがて平凡な人生を終えるだろう。

僕は今までの人生を振り返ってみた。いつも「今にひと旗あげてやる」と思いながら日々を生きてきた。だが野心の実現のために努力したことがどれだけあっただろうか。

物理学者が夢だった高校時代、僕は勉強をそっちのけにして遊び呆けてしまった。今失った時間など、あとでいくらでも取り戻せると思っていた。大学でも講義にも出ずに遊び呆けた。まだ人生先は長い。いつでも好きな時にやり直せると思っていた。そしてそのまま社会人となった。

三十代後半まで、いつも仕事は楽しかった。単純作業でない限り、僕はいつでも仕事にのめり込むことができた。そして収入はかなり多かった。そういう時代だった。僕は流されるように、何の不満もなく生きてきた。だがお金が充分にあって、少しだけ贅沢な暮らしをしながらも「今にひと旗あげてやる」と、漠然と考えていた。あの頃、もっとまじめに考えていれば、もう少し違う人生だったかもしれない。

それでもひと旗あげる日がやって来た。三十代後半、会社を立ち上げたのだ。だが僕に経営能力がないことはすぐにわかった。そもそも僕には確固たるビジョンもなければ綿密さもなかった。会社は一年ももたず、僕は鬱になり、アル中になった。

気がつけば四十四歳。一体いつの間にこんな歳になってしまったのだろう。長い夢から覚めたような気分だ。なにしろ今まで過去を振り返り、反省したことなどなかったのだから。

仮に九十歳まで生きるとして、人生の半分を浪費してしまったことになる。この四十四年間で、僕は一体何を成し遂げただろう。

まてよ。僕は考えた。人生の半分を浪費してしまった。残りの人生は半分しかない。つまり、半分はある。半分もある。僕は興奮した。

アル中になってこの病院にやって来たのがターニングポイントだ。今までの人生は、今ある自分のための伏線だったのだ。今こそ生まれ変わろう。今こそひと旗あげよう。そしてもう、一分一秒たりとも無駄にしないと自分に誓おう。頭を常にフルに働かせよう。

で、なんだろう。今、僕のすべきことは。エロ小説の続きを書くことでないのは確かだ。僕は脳の中をスキャンした。すぐにそれが見つかった。

僕はわずかに残ったコーラを飲み干すと、缶を捨てて病棟に入っていった。

午後のビデオ学習はうんざりだった。毎回同じ登場人物で、内容もほとんど変わらないのだ。感想文を書くにもネタに困る。僕はあくびをした。

と、廊下の方から足音がした。僕は振り返った。今井さんがホールの入り口に顔を出していた。今井さんは僕と目が合うと会釈した。僕は立ち上がった。

僕の立ち上がる音で、みんな気がついたようだ。みんな立ち上がった。後ろに座ったナースたちは何も言わなかった。みんなは今井さんの後を追ってエレベーターの前に行き、今井さんを取り囲んだ。今井さんの横には、お母さんと思われる初老の女性が笑って立っていた。

「みなさん、今までお世話になりました。もう行きますんで」

「今井さん、頑張れよ」

「今井さん、AAで会おう」

「体に気をつけてね」

やがて、それぞれ両手に荷物を抱えた今井さんとお母さんは、エレベーターの閉まるドアの向こうに消えていった。

だが、彼とはもう一度会うことになる。

僕はA3サイズの方眼紙を広げていた。その脇には製図用の定規やコンパスやポケコンがある。ポケコンは別として、極度の躁状態にあった僕が、一体何をしようとしてこれらの製図用具一式を持ち込んだのか、今となってはよくわからないのだが、ともかく今、役に立とうとしている。

この頃になると、僕は、定規やホッチキスやパンチャー、ハサミ等の禁止品を、公然とホールで使っていた。ナースたちもヘルパーたちも何も言わなかった。僕は定規とシャープペンを持って作業に取りかかった。

僕は長年、建築の現場で過ごしてきた。そして見てきた。素人目には簡単そうに思える作業を、職人たちがどんなに苦労してこなしているのかを。僕は常々、その難しい作業の少なくとも一部が、自動化もしくは半自動化できるのではないかと考えていた。頭の中には様々なアイディアがあった。ずっと前から。

僕はそのアイディアの大半を実現するための努力はしなかったが、一度だけトライしたことがある。たまたま仕事は暇だけど、貯金は充分にある、そんなときだ。

そのとき僕が目をつけたのは、新築マンションの室内にフローリングを貼る作業だ。

一軒家の新築だったら、フローリングを貼ってからドアの枠を作ったり、備え付けの家具を設置したりする。さらにフローリングを貼った後の壁際には巾木《はばき》がつくので、大工さんはそれほど隙間を気にする必要がない。

ところがゼネコンや大手建設会社の下でフローリングの施工を受注すると、全く事情が違う。ドアの枠は最初から出来上がっている。家具も設置されている。場合によっては巾木すらまわっている。そこでフローリング屋と呼ばれる人たちが必要になる。いわゆる町の大工さんとは違い、もっぱらフローリングを施工する専門の人たちだ。

だが本職のフローリング屋さんであっても、ドアの枠の複雑な切り抜きには時間がかかる。家具とフローリングの間が隙間なくピッタリ収まるように、何度もカンナをかける。

そこで僕は考えた。先っぽにピンをつけたマウスのようなもので複雑な形状をなぞると、小型の加工装置が、ピン先がなぞった通りにフローリング材をカットする、というシステムだ。

まだ二十代の頃だ。僕はまず、現場の形状を正確に入力する装置の開発を目指した。僕が考案したのは、パソコンと接続した本体から三つの関節を持ったアームが伸び、その先に、先端がピンになったマウスがついているといったスキャナ、つまり入力装置だ。

大まかな図面を作成した。ディテールを設計するには、いろいろ実験してみなければならない。

僕はプロクソン社のフライスマシンを取り寄せた。金属や木材の精密加工用の、旋盤のような形状の装置だ。X軸方向、Y軸方向にそれぞれ微調整用のダイアルがついている。

それから東急ハンズでアルミ板数枚と、いろいろな規格のプラスチックの歯車を大量に買った。金属の歯車もあったが、金属では回転の慣性モーメントが大きくなる恐れがある。

さらに秋葉原に行って、オムロン社製の高価なロータリーエンコーダを十個ほどまとめ買いした。ロータリーエンコーダとは、回転角検出装置だ。パソコンと接続すると、回転角に応じて数バイトの情報を返してくる。これは各関節に組み込まれる。

僕はとりあえずギアボックスを作製することにした。最終的な仕上がりの誤差をコンマ一ミリ以内で収めようとすると、計算上、アームが一回転する間に末端の歯車は百数十回転しなければならない。アームと直結した歯車には大きな負荷がかかることになる。

なかなかうまくいかなかった。歯車どうしがあまりピッタリではいけないようだ。いくらかのあそびを考慮してみよう。そうすると今度はうまくいった。アーム側のギアをゆっくり回すと、末端のエンコーダ側の歯車は、ギザギザが見えなくなるくらい高速に回転した。ひとまず成功だ。

次にすべきことは、実験用に作ったかさばるギアボックスを、コンパクトにして関節の中に収め、エンコーダとともに二本のアームの間に組み込むことだった。これは困難を極めた。特注品が必要になるかもしれない。

そうこうしているうちに本業の仕事が忙しくなった。そのあともずっと忙しかった。僕が再び開発に取り組むことはなかった。いずれまた取りかかろうとは思いながらも。

ビジネスチャンスを逃さない洗練された人物だったら、ラフな図面だけを持って、どこかの精密機器メーカーを訪ね、建築現場の現状を説明し、この装置が完成すれば画期的なことになると力説して売り込んだことだろう。場合によっては本職の方を犠牲にしただろう。

でも僕はそういうタイプの人間ではなかった。そして、僕の過ちは、機械の専門家でもない自分の手で、しかも片手間でそれを作ろうとしたことにある。

夕食を挟んでなお、僕の製図は進行していた。今僕が設計しているのは、フローリングの加工装置だ。昔、挫折したスキャナではない。スキャナから得られたデータをもとに実際にフローリングを加工する、出力装置だ。

僕がスキャナを手がけたのは二十年前だ。ロータリーエンコーダも今では分解能が高まっているだろうが、その一方で赤外線レーザーや超音波式の位置センサの技術は、この二十年間で飛躍的に進歩したことだろう。だとすると、そうした最新の技術を利用した方が、遥かにシンプルで高性能のものができる。

僕はそれらに関するデータが欲しかったが、ここにはインターネットはもちろんパソコンもない。そもそもパソコンがあれば、手描きの図面なんか作らなくてもＣＡＤで図面が引けるのだが。とにかく、ここでは最新の技術に関する情報が得られない。

そういうわけで、スキャナに関しては、退院後の仕事にすることにした。

一方、加工装置に関しては、二十年経った今も、昔僕がイメージした以上のものにならないという確信があった。スキャナと違い、分解能とか誤差の累積といったことに頭を悩ます要素がないからだ。基本的な構成要素は、市販されているような電動鋸《のこ》と、ステッピングモーターだ。僕は図面に次々と線を描き足していった。

「山口さん」

後ろで声がした。科長が立っていた。

「レポートを読ませていただきました。これ、お返しします」

渡された用紙を見ると、昨日提出した『ＡＡと、意志を持つメッセージについて』のレポートだった。

「あ、お忙しい中、読んでもらってありがとうございます」

僕が用紙を受け取った後も、科長はしばらく僕の後ろに立っていた。科長の心の中の言葉が聞こえてくるようだ。「今度はまた、どんなおかしなことを思いついたのかしら、この人」

科長が去ってから、僕は戻ってきたレポート用紙を見直した。空白に青いペンで、科長からのメッセージが書き込まれていた。

「山口さんの『不要』も、他の方にとっては『要』かもしれませんね」

僕はＡＡを否定した。自分にはそんなものは不要だと。でも他の誰かにとっては必要なものなのだと、科長は説いているのだ。

僕はいったん方眼紙を閉じると、新しいレポート用紙を開いた。

インテリジェント工具の開発にあたって

建設業がＧＮＰに占める割合は七～八パーセントである。これは決して低い数値ではない。だが、各産業が、オートメーション化、量産化、ローコスト化、省力化の一途をたどってきたのに対し、建設業界の現状は他の諸産業に比して、近未来化への移行に立ち遅れていると言わざるを得ない。理由はいくつか考えられる。
①ファクトリー化が困難である。躯体の一部を工場生産する場合はあるが、毎回違った形状となるため、量産に結びつかない場合が多い。内部構造材や、内装材や外装材などは規格品として工場から出荷されるが、加工は現場でなされる。建具などの意匠品は工場で生産されるが、やはり職人たちが、現場で調整しなければならない。
②商品が統一されることが少ない。独自性こそが建築のエッセンスであり、個別化・差別化が要求

される。躯体形状から内装・外装に至るまで、デザインと使用材はそのつど変わり、反復作業による時間短縮のメリットが失われる。
③人件費の削減が難しい。建築現場には数十にも及ぶ業種が携わる。それぞれの業種は熟練した技術者・職人・労働者を必要とし、その高額な人件費の軽減は難しい。また、施工者による品質のばらつきが大きい。

それでは熟練した技術者・職人・労働者にとって代わる自動施工装置を開発できないだろうか。その装置は建築のローコスト化、施工の時間短縮すなわち量産化、省力化を実現してくれるだろう。だが現実には現場における作業の自動化は困難を極める。実際の施工にあたっては、その場その場の判断が必要であり、予想外の問題が発生することも多々ある。施工は現場状況優先主義であり、ケース・バイ・ケースの対応が求められる。そういったことに対応できる自動施工装置は事実上不可能である。

仮にそうした自動施工装置を開発できたとしたら、それは高度な人工知能を有した、アイザック・アシモフの「I,Robot」にほかならない。

いつの日かそうした装置を目にできるかもしれない。あるいは技術を結集すれば、現時点ですら可能なのかもしれない。だが、かえって遥かに高いものにつくことは間違いない。

今なお、熟練工たちが、手間暇かけて、時には失敗して材料を無駄にしながら、作業に取り組んでいる。そこには先鋭テクノロジーの影はない。

今の技術で可能な、建築の量産化、ローコスト化、省力化への方法はないのだろうか。提案がある。高額な人件費を伴う熟練工の代わりに、大がかりな装置ではなく、誰でも使えるインテリジェント工具を現場に送り込むのだ。そのデジタル工具たちは、いかなる熟練工よりも正確に、またたく間に仕事をこなすだろう。その報酬は比較的わずかな電力と定期メンテナンスだけである。

ここに見えざる巨大市場があることを予言する。

僕は書き終えたレポート用紙に「科長殿」と書いたメモ用紙をクリップで挟んで、ナースステーションの窓の下に置いた。

ホールではいつものように、みんながＵＮＯやトランプで盛り上がっていた。ケイはトランプをするグループの中で楽しそうに笑っていた。別の数人がテレビのバラエティー番組を見ている。

一番端のテーブルでは、専門書を積み上げて、博士が勉強している。専門書の横には二リットルサイズのウーロン茶のペットボトルがある。

僕は席に着き、製図の作業に戻った。

「はい、では今日の挨拶は矢部さんですね。矢部さんお願いします」

大将が立ち上がった。土曜日の、朝の会の時間だ。

「えー、今日もいい天気です。外泊、外出される方が多いと思いますので、熱射病にならないように、水分を充分摂るなど気をつけましょう。ではいただきます」

みんなは一斉に抗酒剤を飲んだ。僕の斜め前の西田さんは左手にハンカチを握っている。西田さんはしばらくしてからナースに見えないように、ハンカチを口にあてた。抗酒剤をいったん口に含み、飲んだふりをして、ハンカチに吐き出しているのだ。この人は一度コンビニでビールを飲んで懲りてから、土曜日ごとにこれをやっている。家に帰ってから一週間分、しこたま飲むのだろう。

朝の会が終わると、ナースステーションの入り口の前には長い列ができた。ほとんどの患者が外泊するようだ。

僕は窓辺にもたれかかり、山上建設の車が現れるのを待っていた。

お義母さんは優れた経営者であり、仕事も几帳面だったが、時間にはルーズだった。もちろん僕も、お義母さんが時間通りに現れるとは思っていなかった。僕はナースステーションの慌ただしさが収まってから外出許可証を提出し、携帯電話を受け取った。

お義母さんの車が駐車場に入ってきたのは十時二十分くらいだった。僕はエレベーターに乗り、一階に下りて、車のもとに歩いていった。

「お義母さん、俺が運転します。お義母さんの運転だと、十一時の予約に間に合いません。土曜日だから午後はお休みなんです」

二か月ぶりの運転だった。僕はエアコンを入れずに窓ガラスを全開にして、吹き込む真夏の空気を味わった。

府中脳神経外科診療所に着くと、受付で記憶力障害を訴えた。実のところ、記憶力障害はすっかり治まっていたが、確たる症状もなく、ただ単にＣＴスキャンをとりたいと言ったのでは、保険が適用されないのだ。

僕はまずＣＴスキャンを撮った。そのあと小さな部屋に通された。ドクターが反対側の席に座る。手に何か箱のようなものを持っている。ドクターは言った。

「いいですか。これから三秒間、この箱を開きます。山口さんは、この箱の中に何が入っていたか、覚えておいてください」

ドクターは箱を開いた。と、思ったら閉じた。

「箱の中には何が入っていましたか」

「まず腕時計です。それから小さなウサギのストラップみたいなもの、銀色のミニカー、雪の結晶の模型、青いビー玉、ええと、それから……」

「山口さん、そこまで覚えていらっしゃるのなら、記憶力に問題があるとは思えません」

それから僕たちはＣＴスキャンの大きなフィルムを見せられた。

「ＣＴの結果、あなたの脳には、異常が認められません。記憶力障害は、精神的な、一過性のものでしょう」

そこで僕は尋ねた。実はこれに対する答えこそが、ここに来た目的なのだ。

「先生、僕の脳は委縮していませんか」

「あなたの脳に委縮は確認できません」

僕は山上建設のオフィスで、子猫と遊んでいた。オフィスで飼い始めた、トロちゃんという黄色い雄猫だった。遊び疲れてトロちゃんを床に下ろしても、トロちゃんはまた僕の膝の上に乗ってくる。可愛かった。

お義母さんがコーヒーを淹れてくれた。

「病院はどう？」

「好きな娘ができました。ケイ、っていうんですけどね。でもうまくいってないんです」

「あら、そう。でも心の余裕ができた証拠じゃない」

「僕が入院して一番よかったと思うのは、今までの人生をゆっくり振り返ることができたことです。今までそんな余裕はありませんでした」

「そうね。大半の人は時間に流されて人生を送っているわね」

僕はトロちゃんを持ち上げて頬ずりをした。膝に戻すと、トロちゃんは尻尾をまっすぐに立てていた。

17

僕は教会の一番前の席に座っていた。同じ席でケイと一緒に、手をつないで讃美歌を歌ったことを思い出した。先週のことなのに、なんだか遥か昔のことのように思える。

牧師さんの太い、よく通る声が、ステンドグラスから差し込む光の中に響いていた。

「ルカの福音書の二十四章三十七節から三十九節にあります。

『彼らは驚き恐れて、霊を見ているのだと思った。するとイエスは言われた。「なぜ取り乱しているのですか。どうして心に疑いを起こすのですか。わたしの手やわたしの足を見なさい。まさしくわたしです。わたしにさわって、よく見なさい。霊ならこんな肉や骨はありません。私は持っています」』

さらに四十五節から四十八節を見てください。

『そこで、イエスは、聖書を悟らせるために彼らの心を開いて、こう言われた。「次のように書いてあります。キリストは苦しみを受け、三日目に死人の中からよみがえり、その名によって、罪の赦しを得させる悔い改めが、エルサレムから始まってあらゆる国の人々に宣べ伝えられる。あなた方はこれらのことの証人です』

弟子たちは、十字架の元に死したイエスが、三日目によみがえったことを、にわかには信じることができなかったのですね……」

　僕は聖壇の後ろに貼りつけられた大きな十字架を見ながら、ぼんやりと考えた。何しろ二〇〇〇年も昔のことだ。死んで三日後に蘇生した人物がいたとしても不思議ではないな。

「ヨハネの福音書の二十章二十九節をご覧ください。こう書いてあります。

『イエスは彼に言われた。「あなたはわたしを見たから信じたのですか。見ずに信じるものは幸いです」』

　私たちも、イエスの復活をじかに見ることはできませんが……」

　僕は聖書から目を離し、周りを見渡してみた。大きな十字架、ステンドグラス、パイプオルガン、ピカピカのフローリング。まだ三回目だが、なじみの場所に思えた。自分が帰る場所に思えた。

　気がつけば、牧師さんの説教は終わりの部分にさしかかっていた。

「神様、どうぞ先に救われた私たちが、あなたの力によって、精霊の支えによって、十字架にかけられたイエスを大胆に述べ伝え、御言葉に生きるものとして、今週一週間も歩んでいけますように。イエス・キリストの尊い御名によってお祈りいたします。アーメン」

　諸連絡の時間が終わり、僕は周りにいた人たちとお祈りを交わし合った。信者たちは一人、また一人帰っていく。僕は牧師さんの手が空くのを待っていた。どうしても確認したいことがあったのだ。

　やがて牧師さんは信者の一人との長い話を終え、立ち上がった。僕は牧師さんのもとに歩いていった。

「牧師さん、ちょっといいですか」

「はい。なんでしょう」

「教会では進化論をどう捉えていますか」

すると牧師さんは、僕を諭すように、ゆっくりと答えた。

「いいですか。進化論というのは、一つの仮説に過ぎません。私たちは創造論を信じています。……そうだ、いい本があるのでお貸ししましょう」

牧師さんは廊下に向かい、階段を上がっていった。それからしばらくして、一冊の本を持って下りてきた。その本を僕に手渡しながら、牧師さんは言った。

「山口さんの参考になるかどうかわかりませんが、この本をしばらくお貸ししましょう」

本を見ると、『間違いだらけの進化論』と書いてある。

「ありがとうございます。読ませてもらいます」


病院に帰ると、ナースの池上さんのチェックを受けた。ジャムパン、うぐいすパン、卵サンド、カルピスウォーターはＯＫだったが、バターピーナッツは取り上げられた。酒のつまみになるようなものは持ち込み禁止だということだ。そういえば入院のしおりにも、そんなことが書いてあったような気がする。酒を連想してしまうからだ。バターピーナッツは大好物なので、没収されてショックだった。

僕は席に着くと、ジャムパンを頬張りながら、さっそく『間違いだらけの進化論』を開いた。どうやらクリスチャンの科学者が書いた本のようだ。

最初に書かれていたのは、脳や眼球から血管に至るまでの、人体の驚くべきメカニズムに関してだった。精巧な人体が自然に進化してできたとすれば、それはあり得ないくらい低い確率の産物である。造物主による設計によるものとしか考えられない。

僕はこれには賛成だった。ただし、進化のプロセスはあったと思う。だが進化は神の計画によるものだ。もしくは、進化は神の絶えざる干渉を受けてきたのだ。

次に生物の多様性について書かれていた。親が生存中に獲得した性質は子供には伝わらないとするメンデリズムに触れ、突然変異のみによっては、最初の有機体からこれほど多様な生物が分化したとは考えられないと結論づけられていた。

さらに化石に関する考察もあった。ネアンデルタール人やアウストラロピテクスなどの化石は信憑《ぴょう》性に欠くと書かれていた。また、より古い生物のものとされる化石が、より新しい生物のものとされる化石よりも上の地層から出土するケースがあると指摘していた。

これは僕は知らなかった。この本によると、旧約聖書にある大洪水で説明できるということだ。また、ある生物から新しい生物に進化する途上の化石の発見がなされていないと指摘している。結論として、神はそれぞれの生物を個別に創造したのだそうだ。僕はこれには納得できなかった。

エントロピーの問題にも触れていた。時間とともにエントロピーは増大する。進化論はこれに反している。一方創造論では、人間と世界は完全なものとして創造された。人間も世界も、エントロピーの法則に従って、完全なる状態から無秩序に向かっている。

僕は頭をひねった。それを言うなら、宇宙の混沌《とん》としたガスから恒星が誕生し、惑星が誕生するのもエントロピーの法則に反しているのではないか。それに科学文明はどうだ。明らかに人類はエントロピーに逆行している。

七十ページくらいの本だったので、一時間ほどで読み終わった。僕は改めて聖書を開いてみた。「創世記」だ。

神は第一日目に、天と地を創った。そして昼と夜を創った。だが太陽や星を創ったのは四日目だ。これはおかしい。太陽ができてから、あるいは太陽ができるのと同時に地球ができるべきだし、太陽がなければ昼はない。

神は三日目に植物を創った。そして五日目に、海の生き物と鳥を創った。そして六日目に、地上の生き物を創った。人間を創った。

植物、海生生物、陸上の生物、人間。この順番は進化論の順番に一致する。だが創世記では、鳥は地上の生物より前に創られたことになる。進化論では、爬虫類が発生してから始祖鳥が生まれることになっている。でもその点を除けば創世記と進化論の順番は、おおむね一致している。

僕はさらに考えた。創世記の一日は、今僕たちが感じている一日と同じ長さだろうか。そんなはずはない。

僕が聖書に見入っていると、モップを持った、ヘルパーの目黒さんが近づいてきた。

「あら、史郎ちゃん、聖書を勉強してるの」

「うん。教会に通い始めたところなんだ」

「すべて、疲れた人、重荷を負っている人は、わたしのところに来なさい。わたしがあなたがたを休ませてあげます。マタイ十一章二十八節」

「驚いた。目黒さん、クリスチャンだったの?」

「ええ。プロテスタントよ」

「俺もプロテスタントだよ。滝野聖書キリスト教会に通っているんだ」

「そうなの。頑張ってね」

「シスター、進化論をどう思う?」

「人間や生き物は、神様がお創りになられたものよ」

「それはわかっている。神様はそれぞれの生き物を個別にお創りになったのか?」

「それは聖書に書いてある通りよ」

「そいつを信じるのはなかなか難しいなあ。俺の中の科学者が納得しない」

「ふふ、史郎ちゃん、純粋なのね」

目黒さんは去っていった。僕はこの問題は今度考えることにして、やりかけの製図の作業に取りかかった。


さっきまで誰もいなかったホールに、一人また一人、患者たちが帰ってきた。池上さんの持ち込み品検査を受けている。僕はヘッドフォンでカイリー・ミノーグを聴いていた。

フローリングの自動加工機の設計は終わった。ちゃんとした図面に比べるとラフスケッチに過ぎないようなものだが、いずれ病院を出てから情報を収集し、ＣＡＤで図面を引くときの原型になるだろう。今日は頭を使いすぎたので、次のインテリジェント工具の設計は明日にしよう。今日はもう何も考えずに過ごそう。

でも何も考えまいとする気持ちとうらはらに、頭の中には拭い去れない思いがあった。その思いはどんどん膨れ上がっていく。僕はとうとうプレーヤーの電源を切り、ヘッドフォンを外した。

神様とは何者なのだ。

長年僕は五次元宇宙が神そのものであると信じてきた。中学生か高校生くらいの頃からだ。誰かに教わったわけでも、何かに啓示を受けたわけでもない。いつの間にかそう信じていた。

三階にいた時に熱弁をふるったことを思い出した。五次元的に考えれば、時間は進行しつつあるものではなく、完結したものだ。宇宙の全歴史がそこに横たわっているのだ。だとすれば、これから起こることすべてがすでに設定されていることになる……。

これは、三次元プラス時間軸の中にいる僕たちにとってはどんな意味を持つのだろう。

未来はすでに決定されている。……とすれば、今現在の宇宙を完全に把握できれば、任意の時点の宇宙を予言することができるのではないか。だとすると、ビッグバンの時点で、宇宙の全歴史が決定されていなければならない。これも僕が昔から信じていたことだ。

いわゆる理神論によると、神は創造の瞬間にだけ関与し、そのあとの宇宙の運営にはタッチしていないということだ。神はそのあと何をしているのか。僕は頭がこんがらがってきた。

隣のテーブルでは、いつの間にか帰ってきた博士が勉強を始めていた。専門書数冊とウーロン茶のペットボトルを横に置いて。

僕は席を立ち、博士の隣の椅子に座った。博士は一度僕の方を振り向き、笑みを浮かべたが、すぐに下を向いて勉強を続けた。どうやら演習問題に取り組んでいるらしい。僕は辛抱強く博士が問題を解き終わるのを待った。

しばらくして博士は参考書の巻末を見て、答え合わせをした。それから「よし」と言って、僕の方を向いた。僕は博士に話しかけた。

「神はサイコロを振らない……この有名なアインシュタインの言葉は知ってるよね」

「量子力学の話だね」

「うん。不確定性原理について教えてほしいんだ。俺はアインシュタインに賛成で、コペンハーゲン解釈には反対なんだ。例えば人間が電子を観測しようとして電子顕微鏡を用いる。ところが電子顕微鏡から打ち出された電子によって、観測しようとする電子に干渉を与えてしまう。よって人間は、観測しようとした電子の運動量や位置を同時に知ることはできない」

「その通りだね」

「そこからが本題だ。アインシュタインによれば、電子の運動量と位置を同時に人間が観測することはできないが、実際には電子の運動量や位置は定まっている。人間にわからないだけだ。神様は知っているんだ。

一方コペンハーゲン解釈によれば、素粒子はもともと確率的にしか存在しないという。博士、どう思う？」

「例えばね、いくつかのスリットを開けたスクリーンを用意する。それに向けて一個の電子を発射する。するとその一個の電子は同時にすべてのスリットを通り抜けるんだ。電子が固有の粒子だとしたら考えられない。だから素粒子は確率的にしか存在しないんだ」

「じゃあ、『シュレディンガーの猫』も、生きているか死んでいるか、神様にもわからないということだね」

「その通り」

「俺は常々こう考えていた。ビリヤードの球がキューで突かれた瞬間の球の方向と速さがわかれば、そのあと何番と何番の球に当たって、今度はそれらの球がどういう動きをするか、物理学では正確に予測できる。

今、この宇宙全体の、すべての素粒子の運動量と位置がわかれば、数億年後の宇宙を正確に知ることができるんじゃあないだろうか。人間の感情や欲求だって、脳内で起こっている化学反応に過ぎないんだからね」

「そのためには宇宙よりも大きなコンピュータが必要になるね。宇宙の外に」

「それはわかってる。それが不可能なこともね。ただ俺が知りたいのは、今の宇宙全体を把握している全能の神ならばそれが可能か、それとも神ですら不可能なのかだ」

「神様はちょっと専門外だなあ。でも神様でも不可能じゃないかな。未来を正確に予測するのは。不確定性原理がある限り」

「俺は神様はすべてわかっているような気がするんだ。例えばどの陽子がいつ崩壊するかもね」

「それは不可能だよ。一つの陽子がいつ崩壊するかは確率的な問題だからね」

「じゃあ、素粒子の中の超紐はどうだ。超紐自体は一定の状態を持っているんじゃないか？　確率的にではなく。一個の電子がすべてのスリットを通り抜けるのは、超紐が分かれるからじゃないか？」

「僕は超紐理論には詳しくないな」

ますます頭がこんがらがってきた。僕は立ち上がった。

「博士、勉強のじゃましてごめんね」

「ぜんぜん大丈夫だよ」

そのとき、エレベーターの方からケイがホールに入ってきた。僕は何の気なしに声をかけた。

「おかえり、ケイ」

「うん。ただいま」

その短いやりとりの後で気がついた。そういえばケイに避けられていたんだっけ。

久しぶりにケイと会話した。これが会話と呼べるのなら。


月曜日の午前中の薬剤教室が終わると、僕は次回のＡＡ参加者に集合をかけた。僕と大将の呼びかけで、水曜日の玉川学園前ＡＡの参加者は十名になっていた。

「あ、楠田さん、こっち、こっち。……これで全員だね。ええと、今日診察のある人。大将と紺野さんと竹ちゃんね。これ、外出届だから、忘れずにドクターにサインをもらってね。

いい？　俺たちの使命は、とんでもなくポジティブな話をして、ＡＡの奴らを黙らせてやることだ。

向こうの雰囲気に呑まれてはならない。しのだ愚連隊、了解か？」

「うぃーす」みんなが答えた。

僕は水曜日を待ち遠しく思った。


相手チームの大将がレシーブしたボールは、高く上がってこっちのコートに向かって落下してきた。チャンスボールだ。ケイがトスを上げた。僕は思いっきりジャンプしてボールを叩いた。ボールは相手コートのラインの内側ぎりぎりで跳ね返った。

僕は他のメンバー一人ひとりとハイタッチした。すると驚いたことに、ケイは僕に抱きついてきた。体が熱くなるのを感じた。


僕は喫煙室で先輩と、ルソーとマルクスについて議論を闘わせていた。竹ちゃんは、僕たちの話には興味ない様子で、窓の外を見ながら煙草を吸っていた。

幸ちゃんが入ってきた。うんざりしたような顔をしている。

「原チャリでコンビニに行って、帰ってきたところで小山さんと鉢合わせしちまったよ。科長にこってり絞られたよ」

今度は市原さんが入ってきた。例の、ひと癖ありそうなおじいさんだ。市原さんは煙草に火をつけると、鼻をすすりながら言った。

「どうも風邪ひいちまったみたいなんだよ。夜冷房が効きすぎてるみたいだな」

すると先輩が言った。「俺も熱っぽいんだよ。風邪かなあ」

今度は竹ちゃんが口を開いた。「いや、飯田さんはもっと悪い病気かもしれませんよ」

「なんでだい？」

「だって飯田さん、この辺に書いてあるもの。『もってあと二年』って」

竹ちゃんはそう言いながら、自分の胸のあたりを指差した。

「あっはっは」僕は大笑いした。僕の笑いがいつまでも収まらないので、先輩は「ブスッ」と言いながら僕のわき腹に指をつき立てた。それでも僕が笑い続けていると、先輩は自分の膝を叩いて、「ひゃーっはっは」と笑い始めた。


夕方、僕はまた製図の作業に取りかかっていた。神様のことは考えると大変疲れるので、しばらくお休みにすることにした。僕は二番目のインテリジェント工具の図面を引いていた。

これはそんなに複雑な形状ではないので、夕食までには図面が完成した。

風呂上がりに、出来上がった二枚の図面を眺めた。アイディアはまだまだある。ここに入院している間に、あらかたラフなスケッチを仕上げておこう。先の人生は短いのだ。時間を無駄にできない。

方眼紙を閉じて僕は考えた。退院してから各部材に関する情報を収集し、ちゃんとした図面を作る。そして実用新案に出願する。だが、そのあとどうすればいいのだろうか。図面を持ってメーカーに売り込んで回るのか。メーカーは何の肩書もない、個人である僕の話に取り合ってくれるだろうか。メーカーは担保を要求してこないだろうか。

お金さえあれば、実用新案権を握ったままメーカーに発注できるのに。一度事業に失敗して迷惑をかけた両親が出資してくれるとは、到底思えない。山上建設で取り組めないだろうか。いや、無理だ。山上建設にはそんな余計なお金はない。

まてよ。あった。僕のプロジェクトを実現してくれる会社が。僕の話に乗ってくれそうな会社が。お金に困っていない会社が。

僕は立ち上がって公衆電話に向かった。そらで覚えている番号をプッシュする。もう、いい時間だ。会社はまだやっているだろうか。

「はい、ブレスコーポレーションです」事務的な女性の声だ。

「山口史郎と申しますが、社長はお見えでしょうか」

「今、ほかの電話に出ておりますが、じきに終わると思いますんで、しばらくお待ちいただけますか」

「乙女の祈り」を聞きながら一分くらい待った。音楽が止まった。

「おう、史郎、どうした」

「四谷社長、退院後、僕を社員にしてください」

四谷さんが返事をよこすのに一秒もかからなかった。

「おう。アパートを借りて待っていてやるよ」

「ありがとうございます」

電話が終わり、席に戻ろうとすると、ナースステーションの窓から顔を出した科長に呼び止められた。

「山口さん、これお返しします」

「インテリジェント工具の開発にあたって」のレポートだった。それを受け取りながら、僕は科長に報告した。

「退院後の就職先が決まりました」

「それは良かったですねえ。島根の方の？」

「いえ、足立区です」

「え？　あなたは退院後は島根の実家に帰られると聞いていますが」

「中止です。僕のプロジェクトを実現するためです。科長、うちの両親にはまだ内緒ですよ。でないと入院費がストップしてしまいます」

「それはどうかと思いますけどね。まあ、わかりました。でもまた、突拍子もないですね」

席に着いてから、戻されたレポート用紙を見た。今回は特にコメントはなかったが、ところどころに、青いペンでアンダーラインが引かれている。中でも「ここに見えざる巨大市場があることを予言する」という最後のところには、二重線が引いてあった。一定の共感を得られたものだと解釈することにした。

僕は新しいレポート用紙を開いた。

僕はもう若くはありません。何一つ成し遂げられないまま、こんなに歳をとってしまったことに、自分自身驚いています。ここに入院するまでは、そんなことにすら気づきませんでした。

僕は今までの半生をあまりにも放漫に過ごしてきました。僕が何歳まで生きるのかわかりませんが、先の人生は短い、時間は無駄にできないと考えるに越したことはないようです。そうでなければ、ちょっと煙草を吸っている間に何年も経ってしまうでしょう。

僕に残された人生は、安楽のためにあるのではありません。それはここに至る半生の修正のためにあるのです。だから僕は、本当に必要なものだけを残し、それ以外をデリートする。何もかもシンプルにしなければならない。

一級建築士の資格を得るために勉強してきたが、それはこれからの人生のために必要不可欠の要素ではない。これにあと一年、もしくは二年を割く余裕はない。削除する。

「神の証明」は大変面白いテーマだが、それでは金にならない。テイクオフできない。

絵を描いたり詩を書いたりするのも、たまの息抜きにしておこう。

僕は見つけました。自分のすべきことを。それはＡｔｏＺの優先順位付きで並んでいます。これをプロジェクトΩ《オメガ》と呼ぶことにします（Ωはギリシアのアルファベットの最後の文字。つまり、もう後がない）。

僕はこの歳にしてあえて頂点を目指そうと思います。島根に帰ってしまったのでは、それは困難を極めるでしょう。

チャーチルいわく「凡人は自分の失敗に学ぶが、天才は他人の失敗に学ぶ」。僕は天才ではないゆえに、人生の前半を失敗しましたが、凡人以下ではないゆえに、同じ失敗は繰り返しません。

僕のStrike Backはもう始まっています。

僕は今、底辺にあって、遥かな天空を仰いでいます。目を細めて。

これを書き終わるといつものように、科長殿と書いたメモ用紙をクリップでとめて、ナースステーションの窓の下に置き、自分の席に戻ろうとした。

ふと、真ん中のテーブルに目が止まった。知らない男性が座ってテレビを見ている。座っているのでよくわからないが、かなり小柄だ。いや、小柄というよりも、小学生のように小さい。横から見る顔つきは老け顔の子供といった感じだ。でも無精髭をはやしている。年齢は見当がつかない。

挨拶をしようかどうか一瞬迷ったが、結局僕は自分の席に戻った。明日の朝の会で自己紹介するのだろう。どうせ嫌でも知り合いになることだし。

コーヒーを一口すすると、僕はまた方眼紙を広げた。次のインテリジェント工具の設計にかからなければならない。

ホールの窓ガラスが真っ青に輝いていた。朝の会の時間だった。

ナースの大野さんが言った。

「それでは、二階に移ってこられた高田さん、自己紹介をお願いします」

例の男性が立ち上がった。思った通り背が低い。彼はふるえる声で喋り始めた。

「アルコールで入院した高田陽一と申します。みなさん、よろしくお願いします。……で、早速ですが、今晩夕食後、戦国大名ゲームをやりたいと思いますので、有志の方は僕のところに来てください。ただし定員は五名前後です」

高田さんは喋っている間中、右手を前に差し出していた。その手は小刻みにプルプルふるえている。彼は着席した。

なんなんだ、この男は。戦国大名ゲームってどんなゲームだ。

「えー、それでは今日の挨拶は浜田さんですね。お願いします」

ケイが立ち上がった。

「みなさんいろいろだと思いますが、退院してから新しい仕事に就こうとしている人もいるだろうし、新しいアパートを探す人もいると思います。ええと、どっちにしても、お酒のない新しい生活を始めなければなりません。退院後はバタバタするでしょう。ええと、何が自分のすべきことなのか、考えなければなりません。……えー、ちょっと待って。わかんなくなっちゃった。あたし何を言おうとしてたのかしら……」

僕は大声で助け船を出した。

「今、考えるべきだ」

「そう！　みなさん、今こうしている間に、退院してからのことを考えておきましょう。ではいただきます」

僕たちは抗酒剤を飲み干した。


午後のプログラムは環境整備だった。僕は二〇五号室のドア枠の拭き掃除から取りかかった。二〇四号室までは先週終わっている。

二〇七号室が終わる頃には、雑巾はもう真っ黒になっていた。僕は洗剤とバケツの載った台車を探した。さっきまでその辺にあったのに。

台車はホールの中央に移動されていた。僕がバケツで雑巾を洗っていると、後ろでケイの声がした。

「史郎ちゃん、手伝ってくれない？」

見ると、ケイは一人で喫煙室のアクリルの拭き掃除をしていた。

「あたしだと、上まで手が届かないのよ」

「わかった。じゃあ俺が上の透明なアクリルを拭くから、ケイは下のベージュ色のところを頼むよ」

「うん。ありがとう」

枠の拭き掃除なんか、もうどうでもよかった。

僕がコーヒーカップを持って席に戻ろうとすると、幸ちゃんが書類の束をテーブルに置いて、腕を組んで、なんだか難しい顔をしていた。

「何やってるの、幸ちゃん」

「これだよ。見てくれる？」

幸ちゃんが書類の中から抜き取ったのは、ラジコンのヘリコプターのカタログだった。

「ラジコンのヘリだね。これが何？」

「今立ち上げようとしている俺のビジネスだよ。そいつは中国製でね、大量に安く仕入れて、日本で売りさばこうと思っているんだ。今、契約書に目を通していたところなんだよ」

「すごくリスキーな商売じゃないか？」

「いや、俺は当たると思っている。実際、国内ですでに売り出されているんだけど、値段が高いんだよな」

「入院してから始めたの？」

「まさか。パソコンもネットもないんじゃあ始められないよ。ブローカーと話を進めていたときに、急きょ入院になっちゃったんだよ。今日、ブローカーからやっと書類が来た」

「俺一台買うよ。カタログ見せて」

幸ちゃんはカタログをペラペラめくった。

「これなんかどう？　これだと安くできるよ」

「いや、俺はこっちの方がいいな。いかにも強そうじゃん」

「史郎ちゃん、そっちは安くできないよ。お友達価格でも三万円だね」

「わかった。前払いするよ。ほら、三万円」

「いいの。じゃあ、早速手配するよ。悪いから三〇〇〇円のミニ飛行機をおまけしとくよ」

「うん。楽しみだな。このホールは広いから、自由自在に飛ばせるね」

何かと意外性の多い男だ。だが、幸ちゃんもまた、闘う人だったのだ。

負けてはいられない。


夕食後も僕は、集中して三番目のインテリジェント工具の製図に取り組んでいた。今回もさほど難しい構造ではない。

僕は手を止めると、コーヒーをすすって一息入れた。ホールでは今晩もまた、UNOやトランプが盛り上がっている。

隣のテーブルを見ると、勉強する博士の横で、高田さんがぼうっとして前を向いていた。彼の前には大きな紙と、二、三個の箱が置かれている。どうやら、誰も戦国大名ゲームに参加しようとは思わなかったようだ。高田さんの姿には哀愁が漂っていた。

高田さんが急にこっちに振り向いたので、僕と目が合ってしまった。僕は慌てて図面に目を戻した。だが彼は立ち上がって、まっすぐに僕の方にやって来た。

「戦国大名ゲームをやりませんか」

「ええと、忙しいんだけどな。そのゲーム、どれくらいかかるの」

「二、三時間くらいです」

「そんなにかかるの。じゃあ無理だよ」

高田さんはすごくがっかりした表情をした。僕はなんだか、かわいそうになってきた。

「じゃあ、今晩だけつきあってあげるよ」

高田さんはにわかに嬉しそうな顔をした。

「あと三人くらい必要ですね」

このホールの中にあと三人も、暇を持て余している人がいるだろうか。僕は後ろのテーブルを見た。紺野さんと、成増さんと、立川さんというおじさんが、テレビを見ていた。大して面白くもないバラエティー番組のようだ。僕は製図用具を片づけると、成増さんの脇に立った。

「ねえ、成増さん、戦国大名ゲームをやらない？」

「難しそうだから、俺はいいよ」

「すっごく面白いゲームみたいだよ。ね、とりあえず今日体験的に」

「んー、じゃ、やってみるか」

僕は同じようにして、紺野さんと立川さんを口説き落とした。考えてみれば、高田さんを除けば全員同じ病室のメンバーだった。


「この駒が『兵力』を表します。一駒一〇〇〇人単位です。これが『戦闘力』です。他の武将と一緒に戦った時だけ、点数が引き上げられます。

これは『威信』です。大名の家臣に対する統率力を表します。

『忠誠心』は大名に対する忠誠心を表します。

『俸禄』は、本来の俸禄額を超した分だけ、忠誠心を引き上げることができます」

高田さんの、駒を持つ手はプルプルとふるえていた。カラフルな大きな日本地図を前にして、僕たちは高田さんの説明を受けていた。博士が勉強しているので、僕たちは隣のテーブルに移動していた。

「あのさあ、高田さんっていくつなの」

僕は聞いてみた。

「三十七です」

「じゃあ高ちゃんでいいよね。俺のことは史郎でいいよ」

「わかりました。じゃあ、仮に史郎さんが上杉謙信だとしましょう。するとここに山脈がある。史郎さんはこれを越えて出陣することはできません……」

高ちゃんの説明は延々一時間に及んだ。高ちゃんは系統的に物事を説明するのに向いていないようだ。ゲーマーとしての腕は知るよしもないが。僕たちは高ちゃんの説明を一通り聞き終わっても、戦国大名ゲームのややこしすぎるルールをほとんど理解できずにいた。

「高ちゃん、もう九時半だ。説明だけで一時間経っちまった。しかも、まだチンプンカンプンだ。就寝時間の十一時までに一ゲーム終わらせることはできなそうだ。今日はもうお開きにしよう」

僕がそう言うと、あとの三人も同感の意を表した。僕は続けた。

「……っていうか、もっと簡単なゲームはないのか。すぐにルールがわかるような」

すると高ちゃんはうなずいた。

「ありますよ。二十種類くらいボードゲームを持ってきましたから。明日は簡単そうなのを選んでみます」

　余計なことを言ったと思った。

　ナースステーションの窓ガラス越しに、一羽のカラスが青空を横切っていくのが見えた。こんな天気のいい日に、空を飛ぶのは気持ちいいだろうな。カラスは霊長類とイルカの次に頭がいいと聞いたことがある。だとしたら、大空を舞うカラスたちは、どんな気持ちで地上の人間たちを見下ろしているのだろう。

「山口さん、調子はどうですか」

　僕は三崎先生の問いかけには答えずに、先生に向かって、持ってきた方眼紙を開いて見せた。先生は身を乗り出した。

「それはなんですか」

「これは僕が設計した、建築現場で使うインテリジェント工具です」

　僕はページをめくった。

「僕は退院後、これらの実用化に向けて作業にかかります。これらは僕の起死回生のプロジェクトです」

　三崎先生は、しばらく僕の図面に見入った。

「これはどういう装置なんですか」

「これはフローリングの加工装置です。Y軸方向に鋸が移動するのに対して、X軸方向にテーブルが移動します。Z軸を中心として回転します。USBインターフェイスで、パソコンに接続されます」

「なんだか、すごいですねえ」

「僕はこれを実現するために、すでに就職先を決めました。これを先生にお見せしたのは他でもない、ポケットコンピュータを、自主管理にさせてもらいたいからです。あれがないと、いろいろな計算ができない」

実をいうと、ポケコンは僕が持ったままだった。ナースの誰も、返却してくださいと言わないからだ。だけど念には念を入れておいた方がいい。ふと気がついたナースに突然取り上げられてしまう前に。

そういえば……僕はそばに立つ科長を見上げた。何食わぬ顔をしている。科長は間違いなく知っていたはずだ。僕が夜遅くまでポケットコンピュータを使っていたことを。

「わかりました。ポケットコンピュータはあなたの自主管理とします。ぜひ、その前向きな姿勢を保ってください」

三崎先生は言った。僕は三枚の外出届を出した。

「これ、お願いします」

「本日、玉川学園前AA。頑張ってきてください。八月八日、土曜日、行き先不明。はい、いいでしょう。九日、日曜日、教会。了解しました」

先生は三枚ともサインをくれた。僕は「ありがとうございました」と言ってナースステーションを出た。

それから、ふと思った。今のは診察だったのだろうか。

「それでは飯田さん、酒歴発表お願いします」

ナースの小山さんが言った。僕は驚いた。先輩が退院してしまうなんて、考えたこともなかった。酒歴発表は、退院間近の患者が自分の過去と、今の思いを発表する場なのだ。先輩はゆっくりと前に出ると、ホールの正面に用意された椅子に座り、発表を始めた。

先輩の話は、漠然としたものだった。どうして酒を飲み続けるようになったのか、飲酒によるトラブルがあったのか、何がきっかけでこの病院に入院したのか、先輩は何も明かさなかった。ただ、自分は飲酒を断ち切りたい、これからは酒に溺れることのない人生を送りたい、その思いを語っていた。

酒を絶った今の自分が、いかに以前と比べて感性豊かになったか、今ではいかに自信に満ち溢れているかを語った。先輩は最後に、みなさんには大変お世話になりましたと結んだ。

「はい、ではみなさん、感想文を提出してください」小山さんが言った。

僕は提出用のノートを開いた。

先輩（飯田さん）へ
あなたが退院する？　ウソだろう？　あなたは永遠にここにいなければならないはずだ。シンボルとして。よりによって、こともあろうに、オレより先に退院？　そいつはＮＧだ。

もうオレはSmoking Roomで、哲学の講義を受けることはできないのか。仕方ないな。

実際あなたのことを何も知らない。でもいろいろ知っている。あなたの学歴も職業も年齢も知らない。でも、僕と同じ、ある力を持っているのは確かだ。

あなたはいずれ飲むだろうか。飲まないだろうか。そいつもわからない。わかっているのは、ただ、あなたと僕はどこかで逢う。

ファミリーレストランのコーヒーか、それとも焼鳥屋か。そいつはあんたが決めてくれ。


早めの夕食を済ませた僕たち十人は、職員送迎用のバスの前で円陣を組んだ。

「しのだ愚連隊、ファイト・オー」

科長がわざわざ見送りに来てくれた。

「みなさん、頑張ってきてくださいね」

ＡＡを木っ端みじんに叩きつぶしてやろうという僕の思惑を、科長は果たして把握しているのだろうか。

僕たちが乗り込むと、バスは走り始めた。

18

先頭をきって階段を上りつめると、僕は後ろを振り返り、小さな声で言った。

「いいか、みんな、ここから先は敵地だ。これよりミッションを開始する」

僕は床にしゃがみ込み、ほふく前進で廊下を進み始めた。後ろでは笑いが起きた。

「山口さん、そのテンションをなんとかしなよ」

笑いながら大将が言った。僕は立ち上がった。僕たちはＡＡ会場に入っていった。

すると驚いた。なんと、今井さんが席に着いていたのだ。今井さんと僕たちは、肩を叩きあった。

「今井さん、どう？」

「おかげさまで断酒を続けています」

「仕事は？」

「もうしばらく経ってから就活を始めるつもりです」

しのだ病院から十人もの参加者が訪れたことに、ＡＡの他のメンバーたちは明らかに驚いている様子だった。僕たちと今井さんを除けば、他のメンバーは八人。数の上ではこちらが優勢だ。僕たちは募金箱に百円玉を落としながら、コーヒーを作って空いている席に着いた。ほぼ満席だ。

午後七時になった。ミミさんが宣言した。

「ではこれより、ＡＡを始めます。私はアル中のミミと申します」

「ミミ」全員が唸った。

「それではミーティングハンドブックを開いてください。私が冒頭を読み上げます。アルコホーリクス・アノニマス……」

ミミさんは冒頭を読み終えた。

「ではどなたか第三章を読んでいただけませんか」

大将が手を挙げた。

「さらにアルコホリズムについて……」

大将はゆっくりと、その長い文章を読み上げた。ミミさんが言った。

「今日のテーマは『コントロールを失った酒』です。最初にお話をしたい方いらっしゃいますか」

すると向かい側に座っていた大将が、僕を指差した。他のしのだ愚連隊のみんなも、僕を指差した。まいったな。最後にキメるつもりだったのに。仕方がない。

「預言者シローです」

「ぶぶっ」と音がした。見ると大将と佐藤君が手で口を押さえて笑いをこらえている。ＡＡの他の人たちも笑っていて、「シロー」という合唱は起こらなかった。僕はかまわず発表を始めた。

「僕が酒に対するコントロールを失ったのは、鬱病とシンクロします。

僕はひどい鬱でした。遮光カーテンは開けられることがなく、テレビのリモコンはどっかにやったままでした。眠ることだけが唯一の救いでした。でも人間、そんなに眠れるものではありません。眠ることができない代わりに、僕は酒を要しました。コンビニに行って缶ビールの五〇〇ミリリットルを四本買って帰ってきました。なぜ四本なのかよくわかりませんが。六本だと一パックなのに」

また「ぶぶっ」と音がした。大将と武藤君が下を向いて笑いをこらえていた。他の愚連隊のメンバーも顔に笑いを浮かべていた。なぜだ。笑うような話をしただろうか。僕は続けた。

「僕は玄関に入るや否や、最初の一本のプルタブを引きました。四本飲み終わるのに、十五分とかかりません。そしてそのあと、しばらくは煙草を吸いながら、ぼんやりすることができました。だがしかし、サタンの水の効力は短命だ。そしてまた僕は自転車にまたがりコンビニに向かう。スリッパを履いたまま。

そのうち肝臓を壊して、ある病院に三週間入院しました。そこで入院中に、僕はしのだ病院への入院を決意する。しのだ病院に入院してから約一か月が経ちます」

ここで僕は右手を前に出した。

「するとどうだろう。アルコールなしで過ごしているうち、鬱はどっかに行ってしまったようだ。さらに気づく。この世界が驚くほど輝きで満ちていることに。大空、雲、山の緑、なんて美しいのだろう。一体僕に何が起こったのだろうか。

数十年間忘れていた英単語が、方程式が、頭の中によみがえる。WHAT's HAPPEN?」

僕は両手を広げた。

「右手は画家となる。詩が出来上がる。機械の設計図が湧いてくる。

今、前頭葉のニューロンが音をたてて再構築されていくのを感じる。猛スピードで。そして僕は冴えわたった頭脳で、これからの人生の設計を始める。これからの人生は忙しい毎日になることだろう。

これからの僕にビールを飲んでいる暇があるか。いいや、ない。

僕の中にアルコールの居場所があるか。あるわけがない。

これで僕の発表を終わります」

大将と武藤君は口を手で押さえ、真っ赤になって下を向いていた。他の愚連隊の面々も、下を向いて笑いをこらえていた。僕は笑われるような話をしたつもりはないのだが。

僕に続く愚連隊員の発表は、みなエネルギッシュでポジティブなものだった。一方、他のAAの人たちの発表は、ネガティブな言葉を一列に並べたものだった。

例の、皮肉っぽい顔をしたじいさんの番になった。時計を見ると、きっかり八時半だった。僕はじいさんが喋り始める前に立ち上がった。

「すみません。時間になりましたので、十名帰ります」

僕たちは今井さんに別れを告げてAAをあとにした。町田駅に着いてからマックに寄ってハンバーガーを食べて、それから路線バスに乗って病院に凱旋した。

エントランスを素通りして、少し離れた通用門のインターホンのボタンを押す。

「はい」男性の声が答えた。

「山口史郎ほか九名、帰りました」

「はい。今行きます」

ほどなく解錠の音がして、当直の事務員さんが出迎えてくれた。

「お疲れさまでした」

僕たちは事務員さんの後に続いて、階段室のドアの前に着いた。事務員さんがドアの鍵を開ける。

「おやすみなさい」

「はい、おやすみなさい」

僕たちが階段を上り始めると、後ろで施錠の音がした。

三階のナースステーションに入ると、僕は夜勤の小山さんに敬礼した。

「しのだ愚連隊、ただいま全員無事帰還いたしました」

「ご苦労さまでした」

僕たちは、ＡＡで判を押してもらった紙を提出し、手荷物検査を受けた。

就寝時間まであと一時間余りある。僕はポットのところでコーヒーを作った。それから「僕のもの置き場」の書類ケースからレポート用紙とペンを抜き取ると、席に着いた。

TO General Kachou
Mission is Perfect.

我々しのだ愚連隊は士気をみなぎらせて玉川学園前に上陸、ＡＡ前線に到達。そこで今井先遣隊員と合流。

我々は意志のエナジーと希望ある未来を熱く語ることにより敵を完膚なきまでに粉砕し、無傷にて帰還致しました。

なお、今井隊員は上方からの極秘指令を受け、新たな戦線に赴きました。我々は彼の成功を心から祈るものであります。

さらに、私、山口軍曹もまた、ＡＡ戦線を同胞にゆだね、遥か上方よりの指令により、プロジェクトΩに赴くものであります。

僕はこれをいつものように、ナースステーションの窓の下に置いた。それからコーヒーを飲み干し、三階に行って睡眠前の薬を飲んでから病室のベッドに横たわった。

すぐに眠ってしまったようだ。

窓のブラインドから漏れる光が眩しかった。僕たちはコの字型のテーブルにつき、「酒のない人生を始める方法」という例の本を開いていた。ワーカーが喋っていた。

「このように、お酒を大量に飲んでいた人が断酒をすると、些細なことでイライラしたり、落ち着きがなくなったりします。では質問です。あなたはどんな時にイライラしますか。こちらの方からどうぞ」

一番端に座っていたのは武藤君だった。「嫌いな奴と喋っているときです」

次はアキちゃんだった。「片づけや掃除をしているときです」

僕の番だ。「シーツ交換をしているときです」

次は松原さんというおじさんだった。僕はいまだにこの人と話をしたことはない。ただ、この人は僕が絵を描いたり、図面を引いたりしているとき、時々僕の後ろに立っている。

松原さんの向こう隣の先輩が、松原さんをつついた。

「ほら、松原さん、聞きたいことがあったんじゃないの」

すると松原さんはぼそぼそと喋り始めた。

「一週間に一日だけ、ほんの少しだけ飲みたいと思うんですが、どうでしょうか」

するとワーカーはたしなめるように言った。

「一日のつもりが二日になり、三日になります。少しのつもりが少しではなくなります。だめです」

松原さんは、恨めしそうに先輩を見た。

「だから聞きたくなかったんだよ。だいたいこの本に書いてあることで、いいことなんて一つもないよ」

ささやかな笑いが起こった。

午後、成増さんと紺野さんはそろって退院していった。

夕方、製図に取り組んでいると、ナースステーションの窓から顔を出した科長に呼ばれた。

「山口さん」

「はい」

「これ、お返ししますね」

二枚のレポート用紙だった。僕はそれを受け取って席に戻った。

一枚は、昨日の夜提出した、ＡＡの報告書だった。これには特にコメントはなく、科長のサインだけがしてあった。

もう一枚は「Strike Back!!」のレポート用紙だった。余白に青いペンで書き込まれている。

「『Strike Back』とはどういう意味ですか?」

どう訳せばいいのだろう。勢いで書いてしまったが。普通に訳すと「打ち返す」といったところか。本当は、僕の、僕自身の人生に対する逆襲、というニュアンスを持たせたかったのだが。

僕はしばらく頭をひねってからメモ用紙に書き込んだ。

「科長殿。『Strike Back』の意味は、『底知れぬ破壊力で、底辺から頂点へと這い上がる』です。そう決めました」

僕はナースステーションに行き、メモ用紙を科長に手渡した。

風呂から上がって、バスタオルで頭を拭きながらホールに入っていくと、僕の席の前にカラフルな大きな紙が置かれていた。僕の席の向かい側には高ちゃんが腰を下ろし、前を向いている。

「高ちゃん、今日もやるつもりなのか」

「あ、史郎さん、待ってましたよ」

「今日はやめようよ。俺、やることがあるんだ」

だが高ちゃんが立ち上がる様子はなかった。

「まあ、いいじゃあないですか」

「まいったなあ。今度はどんなゲーム？」

「上海トレーダーです。十九世紀末から二十世紀初頭にかけての上海が舞台です」

「なんでもいいや。で、メンバーは？」

「あと二人は必要ですね。お願いします」

いつものように、ＵＮＯやトランプが盛り上がっていた。僕はホールを見渡して手の空いている人を探した。すると、端のテーブルで、見知らぬ女性がコミックを読んでいた。

僕はその女性の前に立った。女性はコミックから顔を上げた。痩せ型だが、なかなか美形だ。三十五歳くらいか。

「はじめまして。山口史郎といいます。あなたは？」

「今日二階に来た高原秀美といいます。よろしくお願いします」

「秀美ちゃんでいいかな。俺のことは史郎でいいから」

「うん、わかりました」

「秀美ちゃん、面白いゲームがあるんだけどやらない？」

「ゲームですか。今日はいいや」

「まあそう言わずに……」

僕はなんとか秀美ちゃんを口説き落とした。次に、テレビを見ている立川さんを誘った。立川さんは昨日で懲りたらしく、僕の誘いに断じて乗ろうとはしなかった。

喫煙室の中では博士が一人で煙草を吸っていた。僕は喫煙室に入っていった。

「どう、博士、勉強はかどってる？」

「うん、今いち段落したところなんだよ」

「それはちょうどよかった。息抜きにボードゲームでもやらない」

「今日は疲れたからもう休もうかと思ってるんだよ」

「まあそう言わずに。面白いゲームなんだよ。人数が足りないんだ。頼むよ」

僕はなんとか博士も口説き落とした。そして思った。

僕は一体何をしているのだろう。


僕のテーブルの上には、「上海トレーダー」と書かれた大きなカラフルな紙と、いろいろな駒と、サイコロが置かれていた。

このテーブルは、これまで自由時間には僕一人のものになっていた。だから僕は一人で、書きものや、機械の設計図に取り組みながら、テーブル中に書類を広げては作業に没頭することができたのだ。

そして今、この聖域で、わけのわからないゲームが始まろうとしている。

「……で、ここが空港です。ここから脱出することができます。これも、サイコロでその目が出たときに限ります。これに対し、他のプレーヤーはスナイパーを送り出すことができます。脱出者はこれに対して、ボディーガードを雇うことができて、暗殺の確率を低く抑えることができます」

これは昨日の戦国大名ゲームほど、ややこしいルールではなさそうだ。でも高ちゃんの説明は延々と続く。僕は言った。

「高ちゃん、おおよそはわかったから、ゲームを始めてしまおう。細かいことは、そのつど高ちゃんが説明してくれればいい」


僕の選んだのはもちろん、大日本帝国だ。僕は交易所を手に入れていた。秀美ちゃんは競馬場を手に入れていた。秀美ちゃんはアメリカだ。博士は大英帝国だった。博士はアヘン窟から脱出できず、低迷していた。高ちゃんはドイツで、いち早くお金を儲けて、空港から脱出しようとしていた。そこで僕はスナイパーを差し向けた。

僕がサイコロを振る。すると六の目が出る。高ちゃんは僕の放ったスナイパーによって死んだ。

僕に続いて秀美ちゃんが脱出した。結局僕が一位となり、秀美ちゃんは二位、博士は三位だった。

僕はいい気分で喫煙室に入っていった。

喫煙室には、ゲームが一区切りついたトランプとＵＮＯのメンバーがそろっていた。武藤君が聞いてきた。

「高田さんのゲームはどう？」

「うん、高ちゃんは俺の放ったスナイパーに射殺された」

すると武藤君は「あっはっはっは」と大声で笑い始めた。幸ちゃんが笑いながら言った。

「なんだか、うつむいて、ぼうっとしてるよ、高ちゃん。一人反省会してるのかな。あ、片づけを始めた。何だかかわいそうだな。哀れっぽいよ」

確かに、セットをしまう高ちゃんの姿には悲哀が感じられた。


金曜日の午前中はウォーキングの時間だった。僕たちは田園のあぜ道を歩いていた。快晴で、風のない暑い日だった。

僕は先輩と並んで歩いていた。先輩はもちろんいつもの作業服姿だ。先輩の作業服のポケットにはいくつものカラフルなクリップが挿してあるが、僕のタンクトップの襟にも、先輩の倍くらいのクリップが挿してある。

傍らの田んぼの中で、スズメが二羽、土をついばんでいた。すると新たに三羽が飛んできて、二羽に加わった。

それを見て僕は、先輩に問題を出した。

「スズメが二羽遊んでいました。そこにスズメが三羽加わりました。スズメは合計何羽になったでしょうか。ただしあなたは五羽と答えてはいけません」

先輩は僕の方を振り向いた。

「それは難しいねえ。しばらく待ってくれるかな」

もちろん僕も答えなど用意していなかった。先輩はどういう答えを返してくるのだろう。

あぜ道の両側には、色とりどりの小さな花が咲いていた。僕は植物には詳しくないので、どれが何という花なのかわからなかったが。

あぜ道は、アスファルトの道に合流した。車が頻繁に行き交うその道路で、僕たちは一列になって進んだ。やがて目的地の公園に到着した。

僕はブランコに乗った。すると隣のブランコに運動療養士の洋子ちゃんが乗ってきた。僕はブランコをこぎながら、洋子ちゃんに話しかけた。

「洋子ちゃん、まだ彼氏とは別れてないの?」

「洋子ちゃんじゃなくて、む・ら・た・さ・ん、でしょ。おかげさまで彼氏とはいい感じです」

「洋子ちゃんの彼氏って、どんな感じ?」

「む・ら・た・さ・ん。そうですね。山口さんに似てるかもね」

「どんなところが?」

「明るくてポジティブなところ」

「いくつ」

「二十五歳です」

「そいつだけはかなわないな」

僕はブランコの上に立ち上がると、大きく弾みをつけながらブランコを加速させていった。

二十五歳、僕は何をしていたのだろう。そうだ、サンライズ株式会社の社員だった。忙しい毎日の中で、それでも楽しく仕事をこなしていた。

なぜあの頃、真剣に人生を設計しなかったのだろう。一体いつの間に四十四歳になってしまったのだろう。あの頃のことは昨日のことのように思い出せるのに。

僕のブランコが水平近くまで振り上がったとき、洋子ちゃんが声をあげた。

「山口さん、危ないですよ」

僕は空中でブランコに座り、あとはブランコの振幅が徐々に小さくなるのにまかせた。

ウォーキングから戻ると、僕はコーヒーを淹れて席に着いた。インテリジェント工具の図面を引こうかと思ったが、何となくそんな気持ちになれなかった。音楽でも聴こうかとも思ったが、それも今すべきことではない気がした。じゃあ、何をしようか。昼食まではまだ時間がある。

僕はテレビの下の「僕のもの置き場」から、レポート用紙と四色ペンを取り出した。僕には保留にしていた問題があったのだ。

僕はレポート用紙を一枚ちぎり、裏にした。上側に黒で、円を横に並べて五つ描いた。それぞれに青で赤道を描く。つまり、これらは地球に似た球なのだ。左端の円の北極に、小さく赤い丸を描いた。右端の円の南極に、やはり小さな赤い丸を描いた。左から二番目、三番目、四番目の円には、赤で、北極から南極に向かって進んでいく緯度の線を描いた。

下側にもやはり円を五つ描き、上下対称となるように青と赤でペンを入れた。そして全部の赤い円に、黒で矢印を書き込んでいった。さらに用紙の中央に、右上から左下に、右下から左上に、矢印を描いた。

用紙の上端に「OUR UNIVERSE」と、下端に「ANOTHER UNIVERSE」と書き込んだ。


博士の方を見ると、ウーロン茶のペットボトルの脇に専門書が積まれてはいるものの、博士は勉強しているふうでもなく、漠然と前を見ていた。その隣では高ちゃんが、やはり漠然と前を見ていた。写真にでも撮っておきたいような、面白い光景だった。

僕はレポート用紙を持って、博士の前の席に座った。

「博士、これを見てくれ」

博士と高ちゃんが身を乗り出した。僕は話し始めた。

「上が我々の宇宙、下が、超紐理論で予言されている、影の宇宙だ」

最初に口を開いたのは、博士ではなくて、高ちゃんだった。

「すると、繰り返すんですね。このテーブルですら」

驚いた。この図を見ただけで、僕の言わんとすることがわかるのか。

「その通りだよ、高ちゃん」

一方、博士は眉間にしわを寄せながら、しばらく図に見入っていた。

「史郎さん、僕わからないよ。この赤い線は何?」

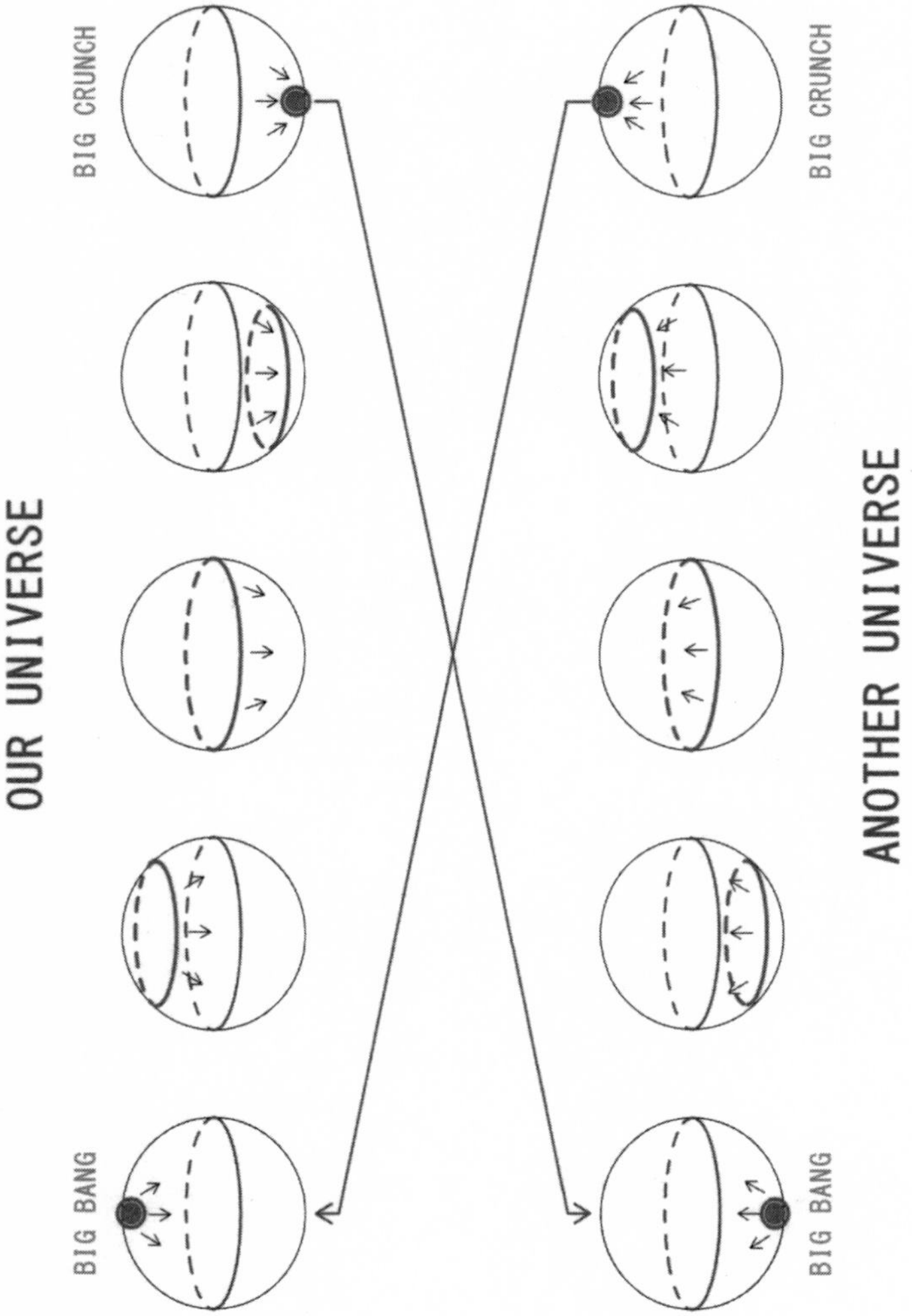
OUR UNIVERSE
BIG BANG
BIG CRUNCH
ANOTHER UNIVERSE
BIG BANG
BIG CRUNCH

「この緯度を表す赤い線は、ある時点の宇宙だよ。経線方向が時間軸となる。つまり、この球面が宇宙の歴史となる。博士、この球は何次元を表しているかわかるか?」

「わからない」

「三次元を、次元を二つ落として一次元、つまり線で表現したんだから、この球は、三次元プラス二次元、つまり五次元だ。だがその表面は四次元、つまり我々の宇宙の歴史だ。あるいは神だ。俺たちは今、五次元空間から俺たちの宇宙の全歴史を見下ろしている」

するとと博士は納得のいかない様子で言った。

「じゃあ、これは宇宙がビッグバンに始まって、どんどん膨張して、赤道で最大値となって、今度は収縮して、最後にビッグクランチを迎える、という図解なんだね」

「そう。そして我々の宇宙のビッグクランチは、影の宇宙のビッグバンとなる。影の宇宙のビッグクランチは、我々の宇宙のビッグバンになる。これは永遠に繰り返される。全く同じ歴史が繰り返されるんだ。

さっきも言ったように、今俺たちは五次元空間から、宇宙の全歴史を眺めている。とすれば五次元的に考えれば、俺たちの宇宙の歴史は、完結しているんだよ」

「うーん、なんだか納得できないなあ」

「例えば博士、この球を、宇宙空間に漂う水球だと考えればいい。それをピンの先っぽで突く。すると水球上に波が発生する。つまりビッグバンだ。そこで博士、波が発生した瞬間の波の長さを微分するとどうなる」

「無から有限の長さの波が発生したんだから、無限大だね」

「そう。それはビッグバンの瞬間の宇宙の膨張率が無限大であったことを意味する。そして赤道に向かうにつれて、その速度は遅くなる」

「なるほどね。でも、同じ歴史が永遠に繰り返されるなんて、なんだか夢も希望もないね」

僕はため息をついた。

「そうなんだよね」

そのとき廊下から先輩が現れた。先輩は僕の横に座ってくると、僕に小さなメモ用紙をよこした。こう書かれている。

「その直後、同類の集団的傾向によって飛翔する。ゆえに数えきれず」

僕が出したスズメの問題の答えらしい。でもさっぱり意味がわからない。まあそれは置いておこう。

「先輩、これを見て。左上の円の上の赤い丸が宇宙のビッグバンだ。二番目の円の上の赤い線が今の宇宙だ。この赤い線、宇宙は膨張していって、赤道で最大値を迎え、今度は縮み始め、最後に一点に収縮してこの宇宙の歴史は終わる。右上の円だね。これが俺たちの宇宙の歴史だ」

「じゃあ宇宙の歴史が終わるまで、あとどれくらいかかるのかね」

「人間の想像力を遥かに超える、永劫に近い時間だよ」

「それをコンピュータで計算しようとしたら、コンピュータは爆発するかい」

「間違いない。そしてインターネットでつながった世界中のコンピュータが、木っ端みじんに吹き飛ぶ」

すると先輩は膝を叩いて、「ひゃー、はっはっは」と笑い始めた。

夕食後の満員の喫煙室に入っていった。セブンスターに火をつける。僕はアクリル越しにケイの方を見た。ケイは両腕をテーブルの上に伸ばして、ぼんやりしていた。ここのところケイと話をしていないな。何かいいきっかけはないだろうか。

外のみんなは、夏祭りの話をしているようだった。来週の八月十二日水曜日、病院の主催で夏祭りが行われるのだ。ホールのホワイトボードの横には「夏祭り」と書かれたポスターが貼ってある。噂では、出店もたくさん出て、盆踊りのやぐらも組まれて、けっこう本格的なお祭りになるということだ。

「夏祭り、みんなで花火しようよ」

煙を吐き出しながら、武藤君が言った。「明日外泊したときに買ってくるよ」

「花火か。いいねえ」大将が言った。

「怒られない？」アキちゃんが言った。

「構うもんか。打ち上げ花火バンバン打ち上げようぜ」僕が言った。

夏祭りか。楽しみだな。冷えたビールは売ってないだろうが。

風呂から上がってホールに入ると、またもや僕の席の前に、上海トレーダーが広げてあった。

驚いたことに、高ちゃんのほか、博士と秀美ちゃんが席に着いている。この二人はどうやら、このボードゲームにはまってしまったようだ。

「高ちゃん、もう勘弁してくれよ」

そう言いながらも僕は席に着いた。

僕は博士の主催する競馬でお金をもうけて、倉庫と工場を手に入れた。秀美ちゃんはナイトクラブを手に入れていた。高ちゃんはアヘン窟にはまってしまって、なかなか脱出できずにいた。

僕は何でもいいから早くゲームを終わらせてしまいたかった。そこで銀行に行き、空港へ向かった。ボディーガードなしだ。

アヘン窟からやっと這い出した高ちゃんが僕にスナイパーを送り込んだが、不発に終わった。

またもや僕が一位だ。最後まで脱出できなかった高ちゃんがビリになった。

「なんだよ、高ちゃん、弱いじゃん」僕は言った。

「いや、史郎さんがツキ過ぎているんです」

高ちゃんは肩を落としてそう言った。見る影もなかった。僕は言った。

「高ちゃん、このゲームはこれで終わりだ。だいたい俺は歴史はあんまり得意じゃないんだ。銀河帝国とか、そういうゲームがあったらつきあってやるよ」

これでよし。もう高ちゃんのゲームにつきあうことはないだろう。そんなゲームを持っているはずはない。だが意外にも高ちゃんはすんなり返事をよこした。

「わかりました」

土曜日の朝の会が終わると、ナースステーションの入り口には、土日で外泊する患者たちの長い列ができた。その中にはケイもいる。

そのとき、エレベーターの方から、誰かが入ってきた。驚いた。ケイのお父さんだ。ケイを迎えに来たのだろう。相変わらずおっかない顔だ。目が合ってはいけないので、僕はテーブルに視線を落とした。

さて、今日は何をして過ごそうか。外出届は取ってあることだし。でもこれといって行き先を思いつかない。病院に残って製図でもやろうか。そうだ、とりあえず中庭で一服しよう。僕はエレベーターに乗り、一階に下りて行った。

太陽の光は眩しかったが、いい風が吹いていて、それほど暑さを感じなかった。僕は自販機でコーラを買うと、ベンチに腰掛けた。

駐車場の一台の車が目にとまった。紺色のピカピカのＢＭＷだ。大きな車だ。一体誰がこんな車に乗っているのだろう。

僕が煙草を吸っていると、ケイと父親がエントランスから出てきた。二人はＢＭＷに向かって歩いていった。二人が乗り込み、車が動き出すと、屋根がするすると後ろに畳まれていった。車の中では、父親がケイの肩に腕を回している。

坂を下っていくオープンカーを見ながら、僕はケイを遠くに感じた。

19

聖書の「マタイの福音書」の五章を開いていた。牧師さんの太い声が聖堂に響いている。

「……心の貧しい者は幸いです。天の御国はその人たちのものだから。

悲しむ者は幸いです。その人たちは慰められるのだから。

柔和な者は幸いです。その人たちは地を受け継ぐから。

義に飢え渇く者は幸いです。その人たちは満ち足りるから。

あわれみ深い者は幸いです。その人たちはあわれみを受けるから。……」

やがて牧師さんの説教が終わり、僕たちは立ち上がって、重厚なパイプオルガンの音色の中で讃美歌を歌った。高い天井まで伸びるたくさんの真鍮《しんちゅう》色のパイプが、ステンドグラスからの光で輝いている。心の中の混沌としたものが、ゆっくりと固まっていくのを感じた。


周囲の人たちとお祈りを交わし合うと、僕は牧師さんのもとに行った。

「この本、お返しします。とても興味深い本でした」

「山口さんの役に立ったのならよかったです」

「ただ、にわかには信じられないんです。神様がすべての種を個別にお創りになったとは。僕はまだ進化論を捨て切れずにいます。創世記の天地創造にもなじめないでいます」

「山口さん、そういった葛藤に決着をつけるのはずっとあとでいいんです。主イエスを信じる、これができればいいのですよ」

「主イエスを信じさえすればいいのですか」

「そうです。それが救いを得るための一番大切なことです」

五次元宇宙や、プログラムされた進化論が、頭の中をよぎった。それらは僕を救ってくれるだろうか。

思わず僕の口を突いて出た言葉が、僕自身を驚かせた。

「洗礼を受けたいと思います」


誰もいなかった。ホールはがらんとしていた。ナースステーションにさえナースの姿がない。窓の外では小雨が降り始めていた。

僕はケイの席を見た。ケイが同じホールにいるというだけで、ほんの少しだけ幸せな気持ちになれた。そのケイが今はいない。誰もいない。今週はケイと会話ができるだろうか。

コーヒーを淹れてから、僕は七番目のインテリジェント工具の設計に取りかかった。

図面があらかた出来上がったのは、三時半くらいだった。患者たちが一人、また一人、外泊から帰ってきた。

後ろに人の気配を感じて振り向くと、松原さんが立っていた。グループワークで「一週間に一度だけ酒を飲んでもいいか」と言っていたおじさんだ。

松原さんはぼそぼそと話しかけてきた。

「あんたはいつも何かやっているけど、飽きないかね」

「ええ、飽きません。やりたいことは、やまほどあります」

「何か、俺も熱中できるものはないかな」

「絵でも描いてみたらどうですか。絵具貸しますよ。紙もあるし」

僕は部屋に行って、水彩画用具一式と、スケッチブックから外した一枚の画用紙を持ってきた。

「どうもありがとう。じゃあ早速描いてみるかな」

松原さんはそう言って、僕の渡したものを持って図書室に入っていった。

そのあと僕はぼうっとしてエレベーターの方を眺めていた。そろそろケイが帰ってくるんじゃないかな。

するとケイが現れた。ケイは持ち込み品検査を受けると、まっすぐに喫煙室に向かった。僕は立ち上がって、ケイに続いて喫煙室に入っていった。なるべく自然に話しかけよう。

「ケイ、どうだった、お休みは」

「うん、ずっとホワイティーと遊んでたよ」

「ホワイティーって?」

「あたしの飼ってるフェレット。すごく可愛いんだから。全身真っ白でね、すごくふわふわしてるの」

僕たちは二十分ほどフェレットの話をした。

風呂から上がると、またしても僕の席の前にボードゲームが広げてあった。高ちゃんと博士、秀美ちゃんが席に着いていた。高ちゃんに文句を言おうと思った瞬間、紙の上の文字が目に留まった。

「銀河帝国の興亡」。僕は愕然とした。

「こんなゲームがあったのか、高ちゃん」

「ええ、昨日家に帰ったときに探し出しました。史郎さんに喜んでもらえると思って」

このゲームはアイザック・アシモフと関係があるのだろうか。それにしても完全に一本取られた。二十種類ものボードゲームを病院に持ってきた高ちゃん。家にもたくさんボードゲームがあるとすると、一体どれだけのゲームを持っているのだろう。どれも、おそらく発売から二十年から三十年経っているゲームだ。相当プレミアがついているはずだ。全部売ればひと財産できるのではないだろうか。

僕はおとなしく自分の席に着いた。

博士と秀美ちゃんは同盟を組んでいた。博士はその傍らで超兵器を開発しようとしていた。秀美ちゃんはブラックホールトラクター艦を持っていた。本当なら僕は警戒しなければならない局面だ。だが僕はなんでもいいから早くゲームを終わらせてしまいたかった。

そこで僕は、自分の惑星の護りの戦艦も含めて、すべての戦艦を、瞬間物質転送機で高ちゃんの惑星に差し向けた。「ジーザス！」と叫びながらサイコロを振る。その結果、高ちゃんの惑星は滅亡した。

僕はさらに無茶なやり方で、博士と秀美ちゃんを攻め滅ぼした。ゲームを始めてから一時間も経っていなかった。

喫煙室はまた、ゲームが一区切りついた、トランプやＵＮＯのメンバーで一杯だった。

幸ちゃんが聞いてきた。

「どう、今日の高ちゃんのゲームは？」

「山口帝国が高田共和国を粉砕した」

大将と武藤君が手を叩いて大笑いした。幸ちゃんが言った。

「ほら、またうつむいてるよ、高ちゃん。動く気配がないよ。ずっとテーブルを見てる。あ、立ち上がった。……こっちに歩いてくるよ」

喫煙室のドアが開いた。高ちゃんはノブに右手をかけたまま、左手を前に差し出した。その手はプルプルふるえている。

「史郎さん、いいですか。史郎さんはあり得ないくらい低い確率で勝利したんですよ。あのゲームは本来、いろいろな駆け引きや、工作の渦巻くゲームなんです。時間をかけてプレーするゲームなんです」

「わかった、わかった、高ちゃん。でも勝ちは勝ちだろ」

するとと高ちゃんは丁寧にドアを閉めて、寂しそうにテーブルの上を片づけ始めた。

明日はまじめに勝負してやるか。


九時になろうとしていた。僕は八番目のインテリジェント工具の開発に取りかかっていた。今回は、かなり複雑な装置になるだろう。簡単には終わらなそうだ。

トランプをやっているテーブルからも、ＵＮＯをやっているテーブルからも、ひっきりなしに大きな笑い声やどなり声が聞こえてくる。ケイの「やったー」と言う声が聞こえてくる。

ナースステーションの扉が開く音がした。僕は顔を上げた。根島さんがホールの真ん中まで歩いてきた。

「あんたたちいい加減にしなさい。うるさいったらありゃしない。部屋で休んでいる人もいるんだからね」

根島さんの声はキンキン響いた。根島さんが一番うるさいのではないだろうか。

大将が言った。「すみません。気をつけて静かにやりますんで」

「だめだめ。今すぐゲームはやめなさい。静かにテレビでも見てなさい。そうでなければもう寝なさい」

「むかつくよなあ、あのババア」幸ちゃんが言った。

「でも俺たちが悪かったんだよ」大将が言った。

「あのキンキンした声を聞いただけでも虫唾が走る」アキちゃんが言った。

「横暴だよな」僕が言った。

「山口さんは関係ないじゃん」武藤君は青白い煙を吐き出した。「山口さんは静かに自分の仕事をしてたんだから」

「いやいや、俺もいろいろ頭にきてるんだ」

僕は煙草を一気に吸い込むと、長くなった灰を灰皿に落とした。


月曜日の午前中のプログラムは薬剤教室だった。この日は曇りで、ホールがいつもより若干暗く感じられた。

愛嬌のある顔の薬剤師が前に立っている。彼女の後ろのホワイトボードには、「アルコール依存症治療薬の治験について」と書かれている。僕たちの手元のレジュメにも、同じタイトルが書かれている。

「……治験とは、厚生労働省に承認してもらうため、皆さんの協力を得て、有効性の評価や、安全性の確認を行う試験のことです。これに用いられる薬を治験薬と呼びます。

今回の治験薬は、一九八七年にフランスで医薬品として承認されていて、現在では四十か国で承認を受けています。わが国でも患者さんの協力のもとで、アルコール依存症に対して効果があるのか、安全性に問題がないかを調査することになりました。

この治験薬はいわゆる抗酒剤とは違い、お酒を飲みたいという、そもそもの欲求を抑えることができると考えられています。治験薬をお飲みになるのは半年間で、そのあとに治験薬を飲まずに観察・検査を受けていただく期間が半年間あります。

治験に参加される際には、同意書へのご署名が必要となります。治験期間中に行われる検査費用、薬代は不要となります。また、一回の通院あたり七〇〇〇円の交通費が支給されます。

ただし、いいですか。二分の一の確率で、プラセボ錠を飲んでいただくことになります。プラセボ錠とは、何の効力もない、ダミーです。また、他の抗酒剤は、治験期間中は使用できません」

つまりこういうことか。ダミーとは知らずに、薬を飲んだという安心感だけで断酒できてしまう人と、実際に効力のある薬を飲んでお酒が欲しくなくなった人とを、統計分析しようといったところか。また、治験薬単独の効力を調べるために、抗酒剤は飲んではいけないのだ。

僕は手を挙げた。

「はい、どうぞ」

「その薬は、酒の味が嫌いになるというようなものですか。それだとロシア人のように、ただ酔いたいがために酒を飲む人たちには、効果がないのではないですか。それとも本質的にアルコールを受け付けなくなるのでしょうか」

「さあ、その辺は詳しくわからないのですが……」

薬剤師は言葉を濁した。

「俺、治験薬試してみようかな」

武藤君は真剣な顔つきだった。僕は煙草を挟んだ右手を左右に振った。

「本物の薬かどうか、二分の一の確率なんだろ。掴まされたのがダミーだったら、苦しい思いをしなけりゃならない。抗酒剤も飲んではいけないんだからね。俺だったらまっぴらだ」

「山口さん、それは本人の考えることだからさあ」大将が言った。

「ごめん。そりゃそうだね。あ、それはそうと武藤君、花火買ってきた？」

「ああ、すっかり忘れてた」

「だめじゃん。まあいい。今日俺が買ってくるよ」

「悪いねえ」

やがて武藤君と大将は喫煙室から出ていった。残っているのは僕と竹ちゃんだけになった。

「竹ちゃん、ケイと普通に会話できるようになったよ」

「よかったですね。でもくれぐれも暴走しないように。今が一番大切なときです。自然にふるまうことですね」

竹ちゃんは、僕の恋愛のインストラクターだった。

昼下がり、僕はエントランスの庇の隅で、タクシーを待っていた。二階や三階のナースステーションから死角の場所だ。通常の一時間の外出時には、バスやタクシーを使ってはいけない決まりなのだ。

しばらくして、前に来たことのある大きなローソンに着いた。僕はタクシーを待たせて店に入っていった。

「山口です。すみません、花火を売ってそうな、大きなコンビニまでお願いします」

ほどなくタクシーが到着した。

いくつか花火のセットが売ってあったが、その中で一番高いやつを選んだ。

帰り道のタクシーの中で、僕は運転手さんに言った。

「病院に昇る坂道の手前に、小さなコンビニがあったでしょう。そこで降ろしてもらえますか」

僕は病院のたもとのコンビニのベンチに座り、買ってきた花火の梱包を外した。花火を、あらかじめ持ってきたA４サイズの封筒の中に、なるべく平らになるように押し込んでいく。長すぎて収まらないものは、持つところの棒をへし折った。それが終わると、あらかじめ用意したスティック糊で封をした。

病院のホールに帰って、何食わぬ顔で封筒を持ってナースステーションの前を素通りし、自分の部屋に着くと、マジックで封筒の表に書き込んだ。「武藤様　親展・重要・緊急・極秘」

僕は隣の部屋に行き、その封筒を武藤君のベッドの上に置いた。

バレーボールが終わって部屋で着替えると、コーヒーを作って席に着いた。

右手を見つめる。

僕のスパイクが決まり、ケイに抱きつかれたときに、この右手がケイのおっぱいを包んだのだ。ケイのおっぱいは柔らかかった。その感触が今でも右手に残っている。

僕が余韻に浸っていると、画用紙を手にした松原さんがやって来た。

「絵を描き終えたよ。見てくれるかな」

松原さんは僕の前に画用紙を広げた。

ものすごい形相をした般若の絵だった。描けと言われても僕にはこんな絵は描けない。

「すごいですね、松原さん。夢にでも出てきそうな、恐ろしい般若だ。松原さんにこんな画才があるとは思わなかった。特にこの赤の線が際立っている。どんどん絵を描きなさいよ。俺の部屋から勝手に画用紙持っていっていいから」

「うん。久しぶりに絵を描いたよ。史郎さんみたいに見てくれる人がいると、絵も描きがいがあるな」

松原さんが去っていくと、今度は高ちゃんがやって来た。

「史郎さん、夕食までにお風呂に入ってきてください」

「なんで」

「ほら、朝の会で科長に言われたでしょう。今日からゲームは夜九時までだって。夕食を食べ終わって六時半からゲームを始めたとして、九時までにぎりぎり終わるかどうかです」

この男はゲームしか頭にないのだろうか。それにしても科長を動かすとは、根島さんは卑怯だ。今朝の「申し送り」で陳述したのだろう。

「銀河帝国の興亡」ゲームをしながら、僕は隣の席の秀美ちゃんが気になっていた。顔が赤いのだ。それにお酒の匂いがする。本人は何食わぬ顔でプレーしている。ほかの誰も気づいていないようだ。少なくとも今、注意すべきじゃない。それに仮に二人っきりのときに注意しても仕方がないのではないかと思えた。飲むべきじゃないのは本人もわかっているはずだ。でも飲んでしまう。とてつもなく強い欲求がそこにあるからだ。僕が注意して、どうなるものでもないだろう。見て見ぬふりをすることにした。

僕は注意深く作戦をたてて駒を進め、細かいルールのわからない点は、そのつど高ちゃんに尋ねた。このゲームは思ったより奥が深い。じっくりやってみると、なかなか面白いゲームだ。結果は高ちゃんが一位、秀美ちゃんが二位、博士が三位、僕は惨敗だった。

高ちゃんはこの上なく嬉しそうな顔をしていた。そんなに喜んでもらえるなら、この次も高ちゃんが一位になればいいなと思った。

火曜日の昼下がり、喫煙室で幸ちゃんと話をしていると、根島さんがこちらに向かってきた。喫煙室のドアを開くや否や、根島さんは幸ちゃんに声をかけた。「ちょっといいかしら」

幸ちゃんは根島さんのあとを追ってナースステーションに入っていった。

しばらくしてナースステーションの扉が開き、幸ちゃんが僕に向かって手招きをした。僕は煙草をもみ消してナースステーションに向かった。

腰に手を当てた根島さんと、直立した幸ちゃんの姿があった。根島さんは言った。

「なんで山口さんを呼んだのよ。私はただ、あなたにこの箱を開けてみてくださいと言っただけでしょう」

デスクの上に、縦横四十センチ、高さ二十センチくらいの段ボール箱が置かれていた。箱の上に貼られたラベルに書かれているのはローマ字だった。「Ｋｏｕｚｏｕ　Ｎａｋａｚａｔｏ」という文字が読み取れる。中国から来た、僕のヘリコプターだ。

「だから、これは商品なんです。これは僕が山口さんに販売したものです。これを開ける権利は僕にはありません」

幸ちゃんは言い放った。入院患者宛ての小包については、ナースが必要だと判断すれば、受取人はナースの前で箱を開けなければならない、という決まりになっていた。僕は言った。

「僕が開けましょう。それで問題はないですね」

「ちょっと待ちなさいよ。売買は違反行為よ」

この頃には僕は「入院のしおり」をあらかたそらんじていた。僕は根島さんに反論した。

「物品の貸し借りや譲渡は禁止されていますが、対価を伴った、物品の売買を禁止する規則は存在しません」

根島さんは僕の肩を強く押した。

「あなたはもういいから、向こうに行って。中里さん、あなた宛ての荷物なんだから、あなたが開けなさい」

僕は逆上した。「俺は当事者だぞ」

「向こうに行きなさいったら」

「ふざけるな。聞こえてるのか。頭は確かか？」

僕は頭に血がのぼったまま席に戻った。そして大きく深呼吸した。

もうじき環境整備の時間だ。


僕と幸ちゃんとケイの三人で、喫煙室の拭き掃除をしていた。幸ちゃんの話によると、ヘリコプターの箱は幸ちゃんが退院するときまで、ナースステーション預かりになったそうだ。箱を開いてはいないらしい。

せっかくケイと一緒にいるのに、面白くも何ともなかった。ケイが言った。

「最初から宛名を史郎ちゃんにすればよかったんじゃないの」

「俺もそう思ってたとこだよ」僕はケイに同意した。

「まさかこんなふうになるとは思わなかったんだよ」

元気のない声で幸ちゃんが答えた。するとケイが言った。

「あなた、いつも詰めが甘いわね。いい、あなた問題児なんだから」

幸ちゃんは黙り込んでしまった。

「まあいい、幸ちゃん。俺が今夜、ダイナマイトを落としてやる。一発でケリをつけてやる」

僕の脳は作業を開始していた。

環境整備が終わると、僕はお義母さんに電話した。

「ええ、はい。とても元気です。……そうですね、少し太ったかもしれません。それでね、お願いがあるんですが。そこに六法全書があるでしょう。憲法をコピーして僕に郵送してほしいんです。そんなに枚数はないはずです。……え？　はい、しっかり頑張ってます。大丈夫です。じゃあよろしくお願いします」

電話が終わると高ちゃんと博士のところに行った。

「高ちゃん、悪いけど今日のゲームはなしだ。急用ができたんだ。寂しかったらトランプにでも混ぜてもらいなよ。博士もここんとこ、ろくに勉強してないだろ。勉強しな」

僕は「僕のもの置き場」の書類立てからレポート用紙とペンを抜き取って席に着いた。

提　起

本状はいかなる個人に宛てられたものでもない。本状は医療法人しのだ病院に宛てられたものである。

一．ナース相互の情報管理の徹底を求む。一人のナースが職務として、すなわち医療法人しのだ病院の職権の行使者として、我々に許可した物件若しくは行為が、他のナースの否定により覆されることを、我々は好まない。係る不法行為は、病と闘う我々の感情を徒《いたずら》に乱し、ひいては病棟全体の士気を喪失させる。

二．我々は対等な民事契約に於ける当事者であり、又、日本国憲法に起源する基本的人権を備えた個人である。我々はこの概念を喪失した不当な扱いを固く拒絶する。

三．我々は当該契約のクライアントであり、我々の享受すべきサービスの発注者としてここに在する。従って我々は、我々に課せられるあらゆるプログラムや規則に関する、完全且つ合理的・科学的説明を要求する権利を持つ。

四．管理者による、我々に関する情報の漏洩、疲弊、紛失は、不法行為として記録される。

五．我々に対する、根拠のない、客観性を欠いて錯誤した疑いは、我々の心を深く傷つけるものであり、不法行為として記録される。

六．我々は日本国憲法を高らかに掲げる。日本国憲法に抵触する如何なる契約書も、署名若しくは捺印の有無に拘らず、その一切が無効である。

七．以上が理解され、適正に変革・処置されたことが確認されれば、我々はエキスパートである、しのだ病院の指導を進んで受け入れ、病と闘い続ける所存である。

夕食後、僕は書面を丹念に読み返してから喫煙室に入っていった。

トランプはもう始まっていて、喫煙室は混んではいなかった。先輩と幸ちゃん、ケイ、竹ちゃん、博士、アキちゃんがいた。僕は「提起」を読み上げた。

「上出来だよ、史郎ちゃん」ケイが言った。

「これで根島をぎゃふんと言わせられるかなあ」幸ちゃんが言った。

「この、病と闘う我々の感情を徒に乱し、っていうくだりがいいよね」先輩が言った。

「で、どうするの。それを明日の朝の会で読み上げるの？」博士が聞いてきた。

「そりゃあ、その方がセンセーショナルだけどね。でもそれはやり過ぎだよ。とりあえず俺はこれを科長に提出するつもりだよ」

今度は竹ちゃんが口を開いた。

「だいたいこの病院、脳波だの胃カメラだのレントゲンだの心電図だの、しょっちゅうやってるじゃないですか。ポイント稼ぎなんじゃないかな」

竹ちゃんは、珍しく怒りをあらわにしていた。今度はアキちゃんが言った。

「そのくせＣＴやＭＲＩはないんだよね。そっちの方がよほど大事なのに」

「そうだね。まあ、とにかく俺はこれを科長に渡すよ。それから向こうの出方を見よう」

僕は喫煙室を出ると、レポート用紙をＡ４版の封筒に入れて、両面テープで封をした。封筒の表には黒と赤のマジックで「科長殿　緊急扱」と書き込んだ。それからナースステーションの小窓を叩き、夜勤の大野さんに封筒をことづけた。

そのあとは松田聖子を聴きながら過ごした。

強い日射しをバックにした三崎先生は、なんだか怒っているような顔をしていた。

そのわけはすぐにわかった。三崎先生の反対側のデスクに、根島さんが座っていたのだ。

僕が「お願いします」と言うと、三崎先生は口を開いた。

「最近はどうですか」

問いただすような口調だ。まっすぐに僕を見ている。やむを得ない。

「実は昨日、ある人に対して、反社会的な発言をしてしまいました」

「何と言ったのですか」

「頭は確かか、です」

すると根島さんが口を挟んだ。

「私の記録では、頭悪いんじゃないの、ですが」

いや、僕が口にしたのは「頭は確かか」だ。でも、もうどうでもいい。

「はっきりとは覚えていません」

僕は根島さんを見ながら言った。根島さんは、鬼の首を取ったような顔をしていた。

「山口さん」三崎先生は言った。

「あなたが調子良さそうだと思って、お薬を加減していたんですけれども、またリーマスを追加します。あなたはまた躁状態にあります」

「わかりました。しかし僕がその言葉を口にした背景には、相応の理由があります。面倒くさいので説明はやめときますけど」

科長はまだ僕の文書を見ていないのだろうか。見ていたら根島さんたちに何らかの勧告をしたはずだ。

僕は土日の外出許可書をもらってナースステーションを後にした。

昼下がりのホールで、僕は製図に取り組んでいた。するとヘルパーの東田さんが僕に声をかけてきた。

「山口さん、屋上の洗濯物取り入れてもらえませんか。一番端の物干しざおは病院専用で、患者さんは使えないんです。洗濯物も、もう乾いているみたいだし」

「え？　俺は屋上に洗濯物を干したことなんて一度もないよ」

「じゃあ間違いかしら。ある患者さんが、山口さんの服のようだって言っていたものだから」

「とにかく俺じゃないよ」

「わかりました。どうもすみませんでした」

僕はまた製図の作業に戻った。三十分くらい経っただろうか。ヘルパーの小岩さんがやって来た。

「山口さん、洗濯物の件、どうもすみませんでした。誰の洗濯物かわかりました」

「大丈夫だよ」

さらに十分ほどして、今度はナースの大野さんがやって来た。

「すみませんでしたねえ。なんか手違いがあったみたいで」

「いや、そんな大したことじゃないです」

僕は不思議に思った。そんなに何度も謝られるほどのことじゃあない。そうだ、きっと「提起」を読んだ科長が職員に訓示したのだ。そうに違いない。

いい気分だった。

酒歴発表の時間が始まろうとしていた。発表者は三人いた。大将と、武藤君と、立川さんだ。正面には椅子が置かれている。

後ろの席の大将が、ナースの池上さんを呼びとめた。

「発表者は、ノート提出免除ですよね」

「ええ、そうね。いいでしょう」

池上さんは答えた。それを聞いて僕は言った。

「でも、ほかの二人の感想文を書かなきゃいけないでしょ」

「それもそうね。矢部さん、やっぱりノートは提出してください」

三秒ほど経ってから、大将の大きながなり声が聞こえてきた。

「山口君よう、俺のことにいちいち口を出さないでくれよ。もう、アンタにはキレそうなんだよ」

僕は振り向かずに答えた。「わかったよ」

三人は発表を終えた。僕は提出用のノートを開いた。

大将（矢部さん）へ

あなたは飲まない。飲むわけがない。信じるのではない。知っているのだ。

そして心からあなたを尊敬する。あなたと僕がこれほど違った哲学で動いているにもかかわらず。

応援する。心から。

立川さんへ
海上自衛隊二〇五後方支援部隊。上官命令によりウイスキーの水割り。すなわち天皇命令。

その後、飲酒運転により死亡事故を起こす。

大変な半生だったね。でもこれからは新しい人生だ。この入院であなたは変わったはずだ。僕がそうだもの。

今のあなたはすべて持っている。あなたにはできる。

武藤君へ
あんたはなんつっても若い。そいつはこの俺でも手に入らない。そして間違いなく天才だ。二十歳も若い君に俺は多くを学んだ。
人生はこんなにもＨｏｔだ。人生はお祭り騒ぎだ。酒なんか飲んでるヒマはないぜ、青年。二十四歳にできないことがあるか？　どうだ？
盆踊りの音頭が響いていた。若い男性職員が、やぐらの上で大きな太鼓を叩いている。両腕を大きく振って踊る人たちの中に、ヘルパーに連れられた多田さんの姿があった。満面の笑みを浮かべている。躁病患者特有の、呆けた笑い顔だ。

出店がたくさん並んでいた。かき氷、たこ焼き、ホットドッグ、古本屋、射的屋。この病院にこんなに多くの職員がいたのだろうか。

僕は両手にかき氷を持って、靴を脱ぎ、ブルーシートの上に敷かれたござの上にあがった。ケイのところに行く。

「ケイ、イチゴとメロン、どっちがいい？」

「わあ、ありがとう。あたしイチゴ味がいいな」

僕はかき氷のイチゴをケイに手渡し、ケイの横に座った。

「史郎ちゃん、その甚平似合ってるよ」

お義母さんが寝巻にと言って用意したものだ。甚平は三着あるが、手を通したのは今日が初めてだ。後ろでは幸ちゃんが、みんなにノンアルコールビールをふるまっていた。懲りない男だ。幸ちゃんの後ろには大将と武藤君がいる。

「山口さん、踊ってきなよ」大将が言った。ニヤニヤしている。

「踊ってよ、山口さん」武藤君も言った。

僕は靴を履くと盆踊りの列に加わり、ロボットダンスを踊った。後ろでは爆笑が起きていた。ロボットダンスでやぐらの周りを半周すると、後はみんなに合わせて普通に踊った。

踊り終わってみんなの方に行こうとすると、隅の方で科長がたたずんでいるのが見えた。僕は科長のもとに向かった。

「科長、昨日提出した文書、読んでもらえましたか」

「ああ、ごめんなさい。忙しくてまだ開封していません」

僕はがっくりきた。昼間の洗濯物事件で、みんなに丁寧に謝られたのは偶然だったのだ。

僕は気をとり直してみんなのところに戻った。

「そういえば武藤君、花火どうした？」

「置いてきちゃったよ。今日はやっぱりやめようよ。目立ちすぎるからさあ」

「なんだよ。あの花火はタクシー代を入れると、けっこう金がかかってるんだぜ」

花火はその後も使われることはなかった。

僕は横のケイの肩をつついた。

「ねえ、ケイ。射的しようよ」

「うん、いいよ」

渡されたのは水鉄砲だった。奥の方に、金魚すくいで使うような、紙を張った小さな輪っかがいくつかぶらさげてある。手前には、ＣＤとか古着とか、文具とか雑貨とかが積まれている。係の職員が説明した。

「紙を破った数だけ、ここに並んでいる中からお好きなものを差し上げます。ではどうぞ」

僕は三枚の紙を水鉄砲で破いた。

「三枚も破るなんてすごいですねえ。ではこちらの中から三点選んでください」

僕はケイに選ばせた。ケイの選んだのは、小さなクマのぬいぐるみと、布のカバンと、聞いたことのないアーティストの怪しげなＣＤだった。

「ケイ、それ全部あげるよ」

「ありがとう」

僕は改めて周りを見渡した。誰もかれも、楽しそうだった。

20

午前中のグループワークが終わってホールに戻り、コーヒーをつくって席に着いた。すると、ナースの古田さんがやって来た。

「山口さん、郵便です。あと、これは科長にことづかったものです」

郵便は、山上建設からのA4サイズの封筒で、けっこう厚みがあった。科長からのことづかりものとは、おととい僕が科長宛てとして大野さんに預けた封筒「提起」だ。

僕はまず、科長から戻ってきた文書を開いた。余白に青いペンで書き込まれている。「何があったのですか。具体的に教えてください」

僕はため息をついた。こんなコメントが戻ってくるようでは、科長はほかの誰にもこれを見せていないだろう。誰かに何らかの注意を与えたということもないだろう。まあ、とにかく科長はこれを読んだわけだから、良しとしよう。

それから、山上建設という印刷の入った封筒をハサミで開封した。中にぎっしりと紙の束が入っていた。僕は不思議に思った。憲法の文面がこんなにたくさんあるわけがない。紙を取り出して読んでみる。

「第七四〇条【婚姻届出の受理】婚姻の届出は、その婚姻が第七三一条及至第七三七条及び前条第二項の規定その他の法令に違反しないことを認めた後でなければ、これを受理することができない」

何だこれは。僕は全部の紙にざっと目を通してみた。これは民法だ。しかも婚姻とか親権とかいった項目ばかりだ。

僕はナースステーションの小窓を叩き、古田さんに自分の携帯電話を出してもらった。ほかの預り品同様、十時から十六時までの間だけ、患者は携帯電話を持ち出すことができる。

僕は山上建設に電話した。呼び出し音が二十回鳴るのを待って、電話を切った。ホワイトボードに書かれた日付を見た。八月十三日木曜日。山上建設の定休日は水曜日だ。ボードの横のカレンダーも見た。今日は祝日ではない。そもそも山上建設は、日曜日でも祝日でも営業している。たまたま社員が全員出はらっているのだろうか。山上建設は小さな会社なので、それも考えられなくもない。事務員も銀行にでも行っているのだろう。

次に、お義母さんの携帯電話にかけてみた。八回のコールの後で「ただいま電話に出ることができません……」というアナウンスが流れた。これは珍しいことではない。お義母さんは、四六時中携帯電話をどこかに置き忘れるのだ。

十分ほどして僕はもう一度、山上建設に電話した。やはり誰も出なかった。

僕は携帯電話をテーブルの上に置き、腕を組んでしばらく考えた。こんなことがあるだろうか。こんなでは商売ができないじゃあないか。なんだかおかしい。

テーブルの上の携帯電話を見ながら、僕はもう一件電話をかけなければいけないところがあるのを思い出した。ブレスコーポレーションだ。僕は電話一本で就職を決めてしまったが、常識的に考えれば、日を決めて一度挨拶に行くべきだろう。僕はブレスコーポレーションに電話した。二十回の呼び出し音の後で僕は電話を切った。

一体どういうことだ。山上建設はともかく、ブレスコーポレーションは大きな会社だ。平日の午前十一時半に、誰も電話に出ないなんてことが考えられるだろうか。

午後になってからも山上建設、ブレスコーポレーション、お義母さんの携帯電話に何度も電話をかけたのだが、誰も電話に出てくれなかった。どう考えてもおかしい。まるで僕が避けられているかのようだ。……もしかして、そうなのか？　相手の電話機の液晶には僕の名前が表示されるだろう。そして僕からの電話だとわかったら、無視する。でもなぜだ。

午後四時になったので、僕は携帯電話をナースステーションに返した。

点呼が終わり、コーヒーを淹れて席に戻ると、僕はまた腕を組んで考え始めた。なぜ僕は避けられなければならないのだろうか。だいたい僕以外に、山上建設とブレスコーポレーションの接点があるだろうか。

もちろんこの二つの会社はお互いの連絡先を知っている。取引があるからだ。でも山上建設からブレスコーポレーションへの発注は、もっぱら僕の役目だったので、お義母さんと四谷さんが今連絡を取り合っているとは考えにくい。

それに僕はお義母さんには、退院後ブレスコーポレーションで働くことになったことを、まだ話していなかった。ちゃんと顔を合わせたときに報告したかったからだ。なぜ僕が、山上建設に籍を置き続ける代わりに、ブレスコーポレーションに就職する道を選んだのかを。

突然閃いた。誰がこの状況を作ることが可能なのか。僕はナースステーションの方を振り返った。科長の姿はなかった。

夕食後、僕はまた高ちゃんのゲームを断って席に戻った。端のテーブルではトランプが大いに盛り上がっている。

時間が経てば経つほど、僕は自分の考えに確信を持った。僕は立ち上がってナースステーションに向かった。小窓をノックする。夜勤の小山さんが窓を開けた。

「すみません、科長はまだいらっしゃいますか」

「ええ、まだいると思いますが」

「山口史郎が至急の用事があるとお伝え願えませんか」

「ええ、わかりました」

小山さんは不思議そうな様子で窓を閉めた。

僕が席でオリビア・ニュートン・ジョンを聴いていると、科長がやって来た。僕はヘッドフォンを外した。

「科長、お忙しいのにお呼びたてしてすみません。まあ、そこに座ってください」

僕はテーブルの向かいの椅子を指した。科長は腰掛けた。

「はい。なんでしょう」

僕はしばらく間をおいて、それから話し始めた。

「科長、僕は今大変困っているんですよ。二つの会社と連絡が取れないからです」

「はあ」

僕は、山上建設から届いた封筒を掲げた。

「崇高な憲法を頼んだのに、郵送してきたのは、民法のヨタ話だ」

「何のことでしょう」

「このあいだお話ししましたよね。就職先が決まったと」

「ええ、確か足立区って言ってましたよね」

「そうです。で、例えば僕の義理の母に、僕が足立区の会社に就職を決めた、と言えば、彼女にはどの会社なのか見当がつくことでしょう。山上建設の取引先で足立区は一社しかありません」

「ごめんなさい、私、何の話だか……」

「おわかりになりませんか。例えばこういうことです。誰かが僕の両親に、僕が東京都足立区で就職を決めたと告げる。すると僕の両親は、まず義理の母に相談する。そして僕の就職しようとする会社を教えられる。僕の両親は、山上建設と、ブレスコーポレーションに対して、史郎は島根に帰るので、史郎からの連絡は無視してください、と頼む。どうです？」

僕はテーブルに肘をついて身を乗り出した。

「ええと、何が何だか……」

まだシラをきるつもりなのか。僕は手のひらを差し出した。

「いいですか。僕が足立区で就職を決めたと知っていたのは、科長だけなんです」

僕は深く息を吸い込んだ。

「科長、うちの親に話したでしょう」

すると科長はびっくりしたような顔をした。

「いいえ、私はあなたのご両親に連絡を取ったことなどありません」

僕は数秒間科長の目を見た。この人の言っていることは本当だ。この人は決して嘘をつく人じゃない。

僕はサンダルを脱ぐと、テーブルをまわって科長の前にしゃがみ込み、頭を床につけて土下座した。

「疑って申し訳ありません。どうか許してください」

「いいえ、こちらこそ」

科長の声がすぐ近くでしたので頭を上げると、なんということだろう。科長もまた、僕に向かって土下座をしていたのだ。

僕はなんということをしてしまったのだろう。


科長の去ったあと、僕はしばらく呆然として過ごした。

誰かが僕の肩に手を置いた。大将だった。大将は無言で喫煙室の方を顎でしゃくった。僕たちは喫煙室に入っていった。

「山口さん……」

僕は大将をさえぎった。

「大将、これは完全に俺個人に関することだ。病棟のほかの誰とも関係ない」

「……そうか。それならいい。みんなに関係があることだったら、男として責任を取れ、と言うつもりだった」

「大将、もしこれから俺が誰かしら一人でも巻き込むようなことがあったなら、そのときは大将、喜んであんたの鉄拳を受けるよ」

「おう。死ぬ気でおいで」

僕は煙草に火をつけることもなく喫煙所を後にした。そしてふと思いつくと、公衆電話に向かった。午後七時半だった。普段なら山上建設はまだ営業している。僕は電話をかけた。すると、驚いたことにお義母さんが出た。

「はい、山上建設です」

「山口ですが」

「あら、史郎さん、どうしたの」

「なんで電話に出てくれないんですか。それになんで憲法を頼んだのに、民法を送ってくるんですか」

「え？　史郎さん、民法って言わなかったかしら。ほら、史郎さん、好きな娘ができたって言ってたじゃない。だから結婚に関わる法律の資料がほしいのかと思ったのよ」

僕はため息をついた。

「まあそんなことはいいんです。午前中から何度も電話しているのに、なんで出てくれなかったんですか」

「携帯を置き忘れたことに気がついて、たまたま今、会社に取りに来たところよ」

「会社にも何度も電話しましたよ」

「なに言ってるの。今はどこも、お盆休みよ」

その瞬間、僕の脳は思考を停止した。左手から滑り落ちた受話器が、コンコンと膝に当たった。

まともにものを考えられるようになるまで大分かかった。

たった昨日、夏祭りだった。盆踊りも踊った。なのに、なぜそれが盆休みを連想させなかったのだろう。僕はなんて間抜けなのだろう。カレンダーだ。カレンダーがいけない。どうせ盆休みにはみんなが休むのだから、盆休みは旗日にすべきだ。

僕はほかになすすべもなく、レポート用紙とペンを用意した。

尊敬する科長殿

僕は今、とても苦しんでいます。大きすぎる罪を償う術《すべ》がないからです。

これは、いわゆる反省文ではありません。反省文は書きません。そんなもので済むことではないからです。進んで反省室に入ろうかとも思いましたが、それは科長ご自身が許可なさらないでしょう。合理性を欠くからです。

本当に申し訳ありませんでした。科長がそんなことをなさる方ではないと、心では思っていたのに。

僕はこれから、クールダウンに努めます。何かをやらかす前に、誰かに相談します。誰にも迷惑をかけないように努力します。病人の模範生になります。部屋もなんとか工夫して、綺麗にします。ＡＡで人の話を真剣に聞きます。みんなのためになることをします。一生懸命掃除します。

今、僕にできるのは、そんなところでしょうか。

P.S. キーワードは盆休みでした。マヌケな話です。

八月十三日　山口史郎

僕は名前の上に拇印を押し、Ａ４サイズの封筒に手紙を入れた。

そのあと、僕は封筒を前にして、両方の拳をテーブルにのせたまま、長い時間をやり過ごした。

午後十一時半になろうとしている。ホールにはもちろん誰もいない。照明も、非常照明を除いて消されていて、喫煙室の照明だけがこうこうと光っている。夜間でも煙草を吸えるように、喫煙室の照明は消されることがないのだ。

階段室のドアが開く音がした。ナースの小山さんが現れた。小山さんはこっちに向かってきた。

「山口さん、これ、寝る前のお薬よ。今すぐ飲みなさい。それにしても一体なにをしているの。もう就寝時間は過ぎているわよ」

「俺はね、今日科長を土下座させてしまった。俺が土下座したことによって、科長を土下座させてしまった」

「科長に土下座なんかさせちゃあだめじゃない！」

僕は黙っていた。

「なんにしても、とにかく薬を飲みなさい」

僕はコーヒーカップと薬を持ってミニキッチンのところに行くと、薬を飲んだ。小山さんはまだ僕の席のそばにいる。

「もう寝なさい」

「いや、俺はここで朝まで反省する」

「いいえ、反省する時間を間違えているわ。もう寝なさい」

「じゃあ、これ預かってもらえますか。科長に渡してください」

「わかりました。科長に渡します」

「ありがとうございます。では、寝ますんで」

僕は病室に行き、ベッドに横たわった。

眠れなかった。

睡眠不足の目には、太陽の光は眩しすぎた。サングラスをかけているにもかかわらず。僕たちは目的地の吊り橋に到着した。

僕は少しがっかりした。「吊り橋」と聞いて想像するような、木材とロープでできた吊り橋ではなく、鋼鉄製の吊り橋だったからだ。白とピンク色にペンキが塗られている。

僕は橋の真ん中まで歩いていった。そしてサングラスを外し、肩から垂らしたタオルで顔を拭いた。目が明るさに順応するのにしばらくかかった。

両岸から緑が迫った川は、ところどころの大きな岩をすり抜けて流れている。陽光を反射してキラキラと輝く水の流れは美しかった。心を洗われるような景色だ。

「心を洗われるようだねえ」

そばにいた先輩が言った。僕はサングラスをズボンのポケットに入れた。

「うん、心を洗われるようだ」

科長はもう、僕の手紙を見てくれただろうか。僕はセブンスターに火をつけると橋のたもとに行き、運動療養士の洋子ちゃんが用意した灰皿のそばにお尻をついて座った。

「どう、洋子ちゃん、相変わらず彼氏とはうまくいってる？」

「ええ、小さな喧嘩は絶えませんけど、おおむね順調です。そういえば史郎さんって独身でしたっけ」

「言わなかったっけ。独身だよ。バツイチ」

「彼女はいないんですか」

「いないよ」

「大丈夫、史郎さんならすぐに素敵な彼女ができますよ」

僕は立ち上がってケイを探した。ケイは橋の向こう側で、下を向いて川の景色を眺めていた。


午後は三崎先生の講義だった。三崎先生の講義なんて初めてだ。本当ならビデオ学習の時間なのだが。僕たちは配られたレジュメを前にしていた。

「……次はプレアルコホリズムについてです。これはアルコール依存症の前の段階です。何らかのアルコール関連問題を持ちながらも、連続飲酒または離脱症状を示すまでには至っていない人が、これにあたります。ただし、身体的ないしは精神的な健康に害を及ぼすアルコールの使用パターンが見うけられます」

ゆうべろくに眠っていない僕は、今頃になって眠くなってきた。

「次がアルコール依存症です。飲む量、時間がコントロールできなくなります。連続飲酒をするようになります。

また、アルコールが切れたときに、離脱症状を発症します。手指振戦、発汗、不眠、振戦せん妄、アルコール幻覚症、アルコール離脱痙攣《けいれん》などです」

電撃が僕の体を貫いた。完全に眠気が覚めた。……離脱症状？

そのとき僕の脳裏をよぎったのは、野島仁厚病院の病室のワゴンの中の、大量のタオルと着替えだった。それらは使われることがなかった。

僕は大きく手を挙げた。

「はい、山口さん、何でしょう」

「先生、離脱症状がなかったということは、アルコール依存症ではないことを示唆しうるものですか」

「そうですね。ほとんどの場合、アルコール依存症の患者は、アルコールが切れることによって離脱症状を発症します。

ただ、皆さんはこの病院に入院なされたときに、離脱症状を抑える薬を飲まされているはずです。この薬によって、目立った離脱症状が現れない方もいます」

「僕はこの病院に来る前に、劇症肝炎を患って、別の病院で三週間過ごしました」

「ではそのとき、離脱症状を抑える薬を投与されたんでしょう」

さらに僕は思い出した。野島仁厚病院のドクターの言葉だ。「劇症肝炎というのはね、一切薬を使うわけにはいかないんだ」

「三崎先生、劇症肝炎はどんな薬でも飲んではだめなんです。僕はどんな薬も投与されていません」

「ええと、それはあとで調べてみますね」

三崎先生はお茶を濁した。専門外だったのかもしれない。

僕は興奮を抑えることができなかった。僕はアル中ではないのかもしれない。その一歩手前、プレアルコホリック。

そいつが僕だ。


僕は、講義を終えてホールから去ろうとする三崎先生のあとを追った。

「三崎先生、僕に外出許可証を出してください。明日にでも野島仁厚病院に行ってこようと思います。どっちみち、ドクターをつかまえるには土日ではだめでしょう。僕はドクターに頼んで、僕のカルテの写しをもらってきたいんです」

三崎先生は立ち止まって、しばらく考えていた。

「山口さん、アポイントもなしに、向こうの先生を訪ねるのはどうかと思います。よろしければ、うちのケースワーカーを通して、その病院におけるあなたの診察情報提供書を取り寄せましょう」

「そんなことができるんですか。それならそれが一番いい。病院の住所・電話番号と担当医の名前を、あとでメモしてナースにことづけますので。よろしくお願いします」

「わかりました」


僕は最高にハイテンションだった。夕食後の満員の喫煙室の中で、僕は大げさな身振り手振りをまじえて、大きな声で喋り続けた。ほかの誰かの話を聞いては、両手を叩いて大笑いした。確かにそのときの僕は正気には見えなかっただろう。

科長がやって来て、喫煙室の扉を開いた。

「山口さん、ちょっといいですか」

昨日の件と、僕の手紙についての話だろうか。それにしてはなんだか、科長の様子が変だ。僕は煙草の火を消すと、ホールを横切り、科長に続いてナースステーションに入っていった。根島さんがいた。根島さんは椅子から立ち上がり、僕の前に立った。

「山口さん、私に大きく息を吹きかけてみて」

僕は深く息を吸い込むと、根島さんに向かって「ハアッ」と吐き出した。

「お酒の臭いがするわね」

「そんなバカな。俺は酒なんか飲んでない」

科長は奥の席に座り、僕に隣の椅子をすすめた。

「今度は私に息を吹きかけてもらえますか」

僕は科長に向かって息を吐き出した。

「私には何の匂いもしませんけどねえ」

「根島さんの、気のせいじゃないですか」

「私は根島さんの嗅覚に信頼をおいているんです」

僕は立ち上がって小窓のところに行った。ホールではトランプが始まったところだった。僕は小窓から顔を出すと、大声で叫んだ。

「みんな、聞いてくれ。俺は飲酒疑いをかけられている」

誰も答えなかった。

「大将！」

「知らねえよ！」大将はこっちを振り向きもしなかった。

僕は科長の横の席に戻った。科長が言った。

「山口さん、今日食べたものを、ゆっくり思い出してみてください」

「今日外に出たのは、ウォーキング以外ではお昼すぎの一回きりです。コンビニでガリガリ君を食べました。知ってますよね。ソーダ味のアイスキャンディー。あとコーラです。それだけです。病院食以外は。ガリガリ君もコーラも、アルコールを含んではいないでしょう」

「そうですねえ」科長は考え込んでしまった。

「科長、じゃあ採血してください」

「いえ、採血はしません。お金がかかるので」

人を疑っておきながら、お金がかかるからダメだとは何事だ。僕は言った。

「お金は僕が負担します。何万円ですか。何十万円ですか」

科長は両眉を吊り上げると、根島さんに言った。

「根島さん、採血の用意をしていただけますか」

根島さんは奥の部屋に入っていったが、なかなか出てこなかった。

「科長。僕の中で何かが発酵しているんですかね」

科長は笑った。「そうかもしれませんね」

「科長、僕がハイテンションだったのには理由があるんです。ちょっと待っててください」

僕はナースステーションをいったん出て、三崎先生の講義のレジュメを持って戻ってきた。科長の前のデスクにレジュメを広げる。

「科長、これは今日の三崎先生の講義の資料です。ここのところです。アルコール依存症患者は酒が切れたら、離脱症状を起こす。僕はこの病院に来るまで、府中の病院に三週間入院していました。その間に、離脱症状に見舞われた覚えはありません」

「それはお薬を飲まされていたからじゃあないんですか」

「いいですか。劇症肝炎だったんです。どんな薬でもＮＧです。点滴は受けていましたが、おそらく中身はただの生理食塩水でしょう」

「点滴がただの生理食塩水であることは、まずありませんけどね」

「三崎先生が、その当時の僕のカルテを取り寄せてくれるそうです。それではっきりするでしょう。府中の病院の住所や主治医などのメモを、三崎先生宛てとして大野さんにことづけました。科長、僕はアル中ではないのかもしれない」

「これでまた飲める、と喜んでいたのですか」

「勘違いしないでください。そうじゃないです。僕は『足を失った人』ではない、僕は病人じゃない、僕は何も失っていない。それが純粋に嬉しいんです」

「そうですか。それで気分が高揚していたわけですね。わかりました。……それはそうと山口さん、これをお返しします」

差し出された用紙を見ると、昨日僕が科長に宛てて書いた手紙だった。

「いや、科長。これは手紙であって、返却には及びません」
「そう言わずに見てみてください」
僕は渡されたレポート用紙に目を落とした。後半のところどころに青いペンで、番号とアンダーライン、◎のメッセージが書き込んである。

……これからクールダウンに努めます。①何かをやらかす前に誰かに相談します。②誰にも迷惑をかけないように努力します。③病人の模範生になります。④部屋もなんとか工夫して、綺麗にします。⑤ＡＡで人の話を真剣に聞きます。⑥みんなのためになることをします。⑦一生懸命掃除します。

今、僕にできるのはそんなところでしょうか。

◎やってほしいこと①②④⑤、いらないこと③⑥、いいかげんでいいこと⑦。

P.S.　キーワードは盆休みでした。マヌケな話です。

◎「盆休み」がキーワード？　わかりません。

「科長、③番はなんでだめなんですか」

「ええとね、それはいろいろと難しいんですよ」

「では⑥番は？　あ、わかった。またろくでもない、見当はずれなことをしないようにですね」

「その通りです」

「科長、盆休みがキーワード、わかりませんでしたか」

「ええ、何のことやらさっぱり」

僕は科長に、あらいざらい話した。科長は声をあげて笑った。

根島さんが戻ってきた。

「科長、見当たらないんですよ」

「そうですか。ずいぶん使ってませんものねえ」

「僕は採血ができないということですか」

「そうです。残念ながら」

「じゃあ、アルコールチェッカーを用意してください。それくらいだったらあるでしょう」

根島さんはまた奥の部屋に入っていった。また、なかなか出てこなかった。

「科長、ここはアルコール病棟ですよねえ」

「はい」

「どうして必要なものがすぐに出てこないんですか」

「はい、申し訳ありません」

「だいたいこの病院にはＣＴもないし」

「以前はあったんですけどねえ」

「ローカルネットワークもないでしょう」

「一応あります。そこのパソコンがネットにつながっています」

根島さんが出てきた。

「科長、だめです。電池切れです」

僕はため息をついた。

「それじゃあ僕が飲んでいないことを客観的に証明する手段はないんですね。根島さん、もう一度僕の息を嗅いでもらえますか」

僕は立ち上がり、根島さんにもう一度息を吹きかけた。

「やっぱりお酒の臭いがしますね」

「根島さん、採血しろ、アルコールチェッカーを出せ、と言っている僕を前にして、まだ僕が酒を飲んだと疑っているんですか」

「いいえ、私はただ、あなたの息がお酒臭いと言っているだけよ」

わけがわからない。酒臭いということは、酒を飲んだということと同じではないのか。すると詫びるような口調で科長が言った。

「山口さん、そんなわけで、もう結構ですから」

「いや、僕は納得しませんよ。あいつ酒を飲んだくせに、のうのうと逃れやがって、と思われるのは嫌だからです」

「誰もそんなことを思いませんよ」

科長と根島さんが同時に言った。僕は少し考えてから、釈然としない思いを抱えながら立ち上がった。

「わかりました。それではこれ以上、お互い時間を無駄にすることはやめましょう。失礼します」

僕はナースステーションを後にした。どうもすっきりしなかった。

21

午後の日射しが、大きなテーブルに反射していた。教会の二階に造られたこの部屋は、かなり広い。大きなテーブルには、十数人が席に着くことができるだろう。ミニキッチンや冷蔵庫がある。

僕はテーブルの上にノートを広げて、ホワイトボードを背にした牧師さんの講義を受けていた。今週から礼拝が終わった後に、昼食をはさんでここで勉強することになった。洗礼を受けるためには一定の量の学習プログラムを受けなければならないのだ。

学習プログラムを終えるのには、普通半年から一年かかるという。それを僕はしのだ病院入院中にあらかた終わらせようとしている。

「山口さん、ここまでで何かありますか」

「いえ、大変よくわかります」

初回の今日は、教会に関する基本的なことだった。一時間半くらい経って、牧師さんは言った。

「今日はここまでです。それでどうでしょう。山口さんがあいている時間があれば、週に一回か二回、私が病院におじゃまして勉強会をするというのは。役員会や、いろいろな教会の行事があるときには、礼拝の後の勉強会はできないのですよ。病院に使える部屋はありますか」

「面会室やミーティングルームを使わせてもらえると思います。それにしても、いいんですか。お忙しいでしょうに」

「ええ、それも私の役目ですから。では早速、次の水曜日はいかがですか」

「構いません。病院の午後のプログラムが三時に終わるので、そのあと六時までは時間がとれます。四時の点呼でいったん抜けますが」

「じゃあ、三時頃うかがいます。で、これはそのときまでの宿題です。わかるところだけ答えを書いておいてください」

渡されたのは一枚の印刷物だった。

「はい、頑張ります」

「では、お祈りを捧げましょう」

病院の二階のホールに戻ると、先輩が喫煙席で一人で煙草を吸っていた。僕は喫煙室に入っていった。

「先輩、外泊からずいぶん早く帰ってきたんだね」

「部屋を整理しに戻っただけだからね。どうせ明日退院だし」

「えっ、先輩、明日退院なの」

「そうだよ。言わなかったっけ」

「聞いてないよ。そうだ、先輩。記念に俺の絵をあげるよ」

僕は部屋に行ってスケッチブックからインフィニティーの絵を外し、喫煙室に戻った。

「この絵、先輩にあげる。退院祝いに」

「いいのかね、こんな力作をもらっちゃって」

「うん、カラーコピーが何枚かとってあるんだ。実家やお義母さんに送ったからね。原画は先輩にあげる」

「ありがとう。大事にするよ」

「そうだ、俺、今から先輩の小説を書くよ。短編を」

「それは楽しみだねえ」

先輩は短い間だったけれど、僕にとって親友同然だった。この人のストーリーを書こう。

僕は「僕のもの置き場」から、まだ使っていないノートと、シャープペンを持って席に着いた。

ネモは確かに生きている

僕は飯田さん《せんぱい》が大好きです。ところが彼の素性について全く知りません。学歴や仕事も知りません。飯田さんが子供とはしゃぐ姿は想像できません。愛妻とのおやすみのキスも想像できません。背広を着た姿も想像できません。だから書きます。飯田さんはきっとこんなふうです。

NEMO＝None＝飯田

いろいろな小鳥たちの声が響いています。空気はなんだか楽しそうにキラキラと輝いて、杉の葉の先っぽをゆらゆらと揺らします。

ネモは、たくさん咲いているたんぽぽの花を踏まないように、とても気をつけながら、ゆっくりゆっくり歩いていきます。

兎の子供がネモの五メートル先を横切りました。ネモは立ち止まって、兎の姿を目で追いかけます。兎はすぐに見えなくなりましたが、茂みのところどころが、ざわ、ざわ、と音をたてて震えます。兎の子供が遊んでいるのでしょう。

ネモは口元に、ほんの少しだけ笑みを浮かべて、先を急ぎます。もうじきお日様が顔を出し、神様からもらったこうごうしい光で世界を満たすでしょう。

小川がありました。小さな、可愛らしい木の橋が架かっています。ネモは橋の上にしゃがみ込んで、真鍮の大きなやかんを小川に浸けて水を汲みとります。今はとても気持ちの良い朝ですが、お昼には大分暑くなるでしょう。

大きな大きな松の木をぐるりと回り込むと、突然景色が変わりました。

遠くに山脈が連なっています。その向こうにも山脈が見えます。もっともっと遠くにも、ずいぶん淡くなった山脈があります。そしてその間のところどころに、青い海が見えます。青い海と青い空の境い目は、お互いに混ざり合ってしまっていて、なんだか空の上まで泳いで行けそうです。

その時でした。遥かな山脈の尾根と峰のギザギザが、ぱあっと、銀色に輝きました。

日の出です。

ネモは目を細めて、その景色をしばらく眺めていました。

空の真ん中に大きな雲が浮かんでいます。下は真っ平らなのに、上の方は神様や天使様たちがおいでになるような、そびえたつ白い宮殿です。

ネモは天を見上げます。

そして見つけてしまいました。ネモはそれを見つけてしまったことを、ひどく後悔しました。

それは色あせた、三日月のお月さまでした。

コーヒーを一口すすると、ネモは腕時計に目をやった。時間がない。クライアントを待たせるわけにはいかない。特に今回のＪＡＸＡのようなクライアントを。

ディスプレイには、まだＢＵＳＹの文字が点滅している。いらいらしながらマイルドセブンに火をつける。デスクの上の灰皿は吸い殻で一杯だ。もう一度時計を見る。針の位置に変化はない。

遅い。遅すぎる。いっそのことスーパーコンピュータを買い替えるか。今年開発された、最新式のやつに。それくらいの金はあるだろう。足らなくとも残りは何とかなる。何しろ俺は天才だ。まだ二十五歳と若い。この先の人生にあるのは、勝利と栄光だけだろう。

「中野君」

「はい、何か？」

彼女は二十七歳の、ほっそりとした美人だ。そして頭がいい。

「シミュレートの開始からの経過時間は？」

「三時間二十五分十四……十五秒になりました」

プログラムが無限ループに陥っている可能性は？　ある。充分にある。だがそのときは介在ルーチンが起動し、エラー表示が現れるか、もしくは強制終了だ。だが……それが起こったことがあるか、一度でも？　ないな。なぜならプログラムのアルゴリズム自体が完璧だったからだ。

今回はどうだ？　今回の長編に比べれば、今までのプログラムなどショートショートに過ぎない。

手の中に汗がにじむ。

ネモはにっこりと笑いました。トマトたちが、それは楽しそうに輝いていたからです。

ネモは今度は枝豆畑に歩いて行きました。草原のような色をした枝豆を、ひと掴みもぎとりました。もう少し先の方に行くと、一か月前に杉の木を切り倒した後の切り株があります。今日はお天気もいいし、このあたりを開墾しようと思うのです。

ネモは切り株に、どっしりと座り込みました。やかんを持ち上げて、ごくんと一口、水を飲みました。枝豆を少し食べました。

山の中腹にある開けた場所です。周りには杉の木々が、ぐるりと綺麗に並んでいます。ネモはもう一度、やかんの水を飲みました。それから立ち上がって、鍬《くわ》を、大きく大きく振りかざしました。それはドカッと、地面に突き刺さります。深く深く突き刺さります。

上を向いて額の汗を拭おうとすると、大空を横切る、一直線の飛行機雲が目に入りました。その先っぽに、小さく輝く飛行機が見えます。

ネモはうなだれました。鍬にもたれかかりながら。


チャイコフスキーピアノ協奏曲第一番が鳴り響く。シミュレーション終了の合図だ。画面上にＰＥＲＦＥＣＴの文字が閃く。

ネモは座り心地の良い革製のオフィスチェアから跳ね上がった。

「中野君、ハードコピーしてくれ。大急ぎだ」

首都高速はさほど込んでいなかった。アポイントまでにはまだ充分時間がある。だがテスタロッサは、右に左にテールを振る。

彼はのんびり屋ではない。天才だ。

天才は急ぐ。天才ゆえに。


ネモは振り返りました。何かの気配を感じたのです。山鳩のつがいが、のんびり歩いていました。その向こうにはスズメが二羽、ぴょんぴょん歩いていました。さらにスズメが三羽飛んできて、スズメは全部で五羽になりました。スズメたちは山鳩の周りをぴょんぴょん歩きながら、時々土をつついています。

ネモはにっこりと笑ってうなずきました。ネモは遠くの山脈を見渡しました。そしてその向こうの海を。


「こちらのコンピュータへのダウンロードが完了したよ。君のシミュレーションが完璧だという結果が出た。ハードコピーの方もあとでゆっくり目を通させてもらうよ。

しかしこの短期間でこの作業をやっつけるとは、君は全く大したもんだ。その若さで。

何しろ共和党の支持率は日増しに高まってきているからね。政権交代の前に国会で予算を通しておかなければならない。共和党は、宇宙開発なんかに金をばらまくつもりは、さらさらないだろうからね。だからこそ急いだわけだ。

それにしても、もう一度言うよ。ネモ君、君は大したもんだ」

「恐れ入ります、局長。で、どうでしょう。今夜あたり、ドン・ペリニヨンで、前祝いの乾杯をするというのは。いい店を予約してあります」


ネモはドスン、ドスンと鍬を下ろします。

ここには必要なものはすべてある、とネモは自分に言い聞かせます。でもネモは時々人と会いたいと思うことがあります。ネモは、動物や鳥たちがたまらなく好きです。でも人間も同じくらい好きなのです。

ネモが嫌いなのは機械です。人間を取り囲む、いろいろな機械です。


「第二宇宙速度に到達する前に、こいつを切り離してしまうのかね」

「ええ。この部分が爆薬ボルトになっており……」

「この角度は？」

「従来の方法ではトルクが安定しません。どういうことかというと……」

「分離通信衛星は一つで済まないのか」

「着陸船が月の裏側に入ってから、すなわち十五時三十二分から……」

「なるほどね。実をいうと、三和システム・エンジニアリングは、君の三倍の報酬を要求してきたんだ。良かったよ。君に頼んで。……で、こういうことか。この設計を上回るプランはないと」

「保証します」


ネモの畑は少しずつ広がっていきます。今度はカボチャでも作ろうかなと、ネモは考えます。ネモは売りに出すいろいろな野菜と一緒に、たくさんの花を育てます。花を売るのではありません。誰かにあげるのでもありません。花は喜びのために咲くのです。誰かのために咲くのではありません。

管制室の巨大なスクリーンの前で、誰もが固唾をのんで、中央に映るそれを凝視していた。白く輝く巨大な胴体の真ん中に、日の丸の赤が映える。

「58、57、56……」

「どうかね、気分は」

「わくわくします」

「38、37、36……」

「それだけかい？　例えばこう、ないのかね。不安とかは」

「賭けますか？　アメリカのイーグルから半世紀。日本人が月面に降り立つかどうかを」

「3、2、1……」


杉の木の緑色が、何だか少し、赤みを帯びてきたように思えます。

もうそろそろ帰る時間だなと思いながら、ネモは力一杯鍬を振り下ろしました。


本体の七つのノズルと、六つのブースターから、一斉に金色の炎がほとばしる。それは神の掟《おきて》に抗《あらが》う途方もないエネルギーを惜しみなく噴出し、初めはゆっくりと、だが徐々に速度を増しながら、大空に舞い上がる。やがてそれは、風になびく、天につながる太い白い雲を残して映像から消えていった。

大歓声が沸き起こる。そして拍手の嵐だ。

杉林の中に、真っ赤なお日様が沈んでいきます。ネモは両手を合わせてお日様を拝みます。頭を下げて。

そしてネモは祈ります。いろいろな神様に、いろいろな哲学者の言葉を借りて。お日様は、わずかなスペクトルの変化で、ネモにお応えになります。最後にネモは、土の上に両手をつきます。

もうじきネモは、まきを割るための斧《おの》を取りに、おうちの中に入るでしょう。

こんなにゆっくりと休んだのは、いつからぶりだろうか。ネモはグラスを口に運んだ。カティーサークの琥珀《こはく》色の中で、氷がカランと鳴った。

どのチャンネルも、同じ光景を映し出していた。当たり前だ。殺人事件だろうと、テロだろうと、今そんなものを観たい日本人が、果たしているだろうか。一人でも。

壁一面の、ビルトイン式の大画面の中で、今まさに宇宙服に身を包んだ宇宙飛行士が、日の丸の旗を月面に立てようとしている。そして……次の瞬間……。

旗がそこに立っていた。決して風になびくことのない、凛《りん》とした日の丸の旗が。

ネモはまきに火をつけます。そばには、いろいろな野菜や茸《きのこ》や魚が並んでいます。ランタンの灯が揺れています。

ネモがたった一つだけ持っている機械、古びたＣＤプレーヤーからは、ずっと昔の、ビートルズというアーティストの曲が流れてきます。

"We've had a revolution…"

カプセルが大気圏に再突入する。あと十分もすれば、カプセルは大きなパラシュートを広げ、太平洋に着水するだろう。大成功だ。

俺のプロジェクトだ。俺がやってのけた。ネモは有頂天だった。ＪＡＸＡは俺の報酬に上乗せするかもしれないな。何しろノートラブルだ。何もかも計画通りだ。天皇陛下に謁見を許されるはめになるかもしれない。

俺は、日本国の歴史の一ページを創ったのだ。

画面上の青い地球の中に、真っ赤な炎が躍り始める。それはやがて画面全体を真紅に覆う。……と、急に画面が真っ暗になった。

ネモは、はっとして腰を浮かせた。だがゆっくりと座り直す。何でもない。先端部に設置したカメラが熱でイカレただけだ。イカレないように設計したはずだが。それとも、激しい大気との摩擦で、通信障害が発生したのだ。それに耐えられる通信装置を搭載したはずだが。

胸騒ぎがした。

決して贅沢な料理ではありません。野菜や茸ばかりです。少しだけ魚が入っています。魚以外に肉はありません。ネモは動物が大好きなので、人間のために動物が殺されることに耐えられません。でも動物性蛋白質が必要なので、神様にお祈りしてから魚を食べます。

スープから、美味しそうな匂いが漂ってきました。

十三分経った。もはやテレビは真っ暗な映像を流してはいなかった。アナウンサーが、ＪＡＸＡ本部の入り口を前に、早口で何やらまくしたてている。

ネモはふらふらと立ち上がった。おかしい。明らかにおかしい。大気圏再突入から、太平洋への着水に至る時間は十分足らずのはずだ。

ネモはパソコンに向かった。パスワードを入力してオフィスのコンピュータにアクセスし、膨大なファイルの中から、必要なファイルをダウンロードする。

そして気がついた……俺は一度でもこの全体の隅から隅まで目を通したことがあるか？

カプセル……これだ。この最後のアスタリスクは何だ？　ネモはそれをクリックした。

画面上に新しいウィンドウが開いた。

「カプセルの抜本的設計見直しを推奨。現状カプセルには大気圏突入時の強度に若干の不安要素あり。以下に推奨カプセルの参考構造図を示す」

ネモは画面をスクロールした。複雑な図面が現れた。さらにスクロールする。

「現状での成功率は90・２パーセント。推奨カプセルを採用した場合、成功率は99・８パーセント。ただしその場合、設定予算を約12億円超過」

ネモはしばらく呆然としてディスプレイを眺めていた。我に返って、メインファイルを開く。確か……。

「……90パーセントを以て、〝PERFECT〟とする」

ネモはふらつきながらバーカウンターにたどり着いた。

震える手でジンのボトルを取り上げ、蓋を開けると、一気にあおった。

ネモはお皿を洗います。お鍋を洗います。明日も朝が早いのです。明日の用意もしておかなければなりません。

蛙の声が聞こえてきます。

ネモは二本目のジンの蓋をあけた。電話が鳴る。ネモはうす笑いを浮かべながら受話器を持ち上げた。

「私だよ、ネモ君。……聞いているのかね。まあいい。おめでとう。君は賭けに勝ったよ。確かに、日本人は月に舞い降りた。合衆国に次いでな。……聞いていると思っているよ。というか、興味があったら聞いてくれたまえ。我々のレーダーは確認したよ。もちろんカプセルをではない。カプセルだった破片をだ」

ネモは寝床について、もう一度神様にお祈りを捧げました。明日も、いいお天気になりますように。人々も、動物たちも鳥たちも、みんな幸せでありますように。畑がたくさんの野菜で一杯になりますように。

そして神様、後回しでかまいません。もしできることなら、私の罪を許してください。

それからネモは本を開きます。とても古い本です。何度も何度も読み返した、とても幸せなお話です。表紙にこう書いてあります。

『海底二万マイル』


書き終わったのは午後八時過ぎだった。ちょうど先輩が喫煙室から出てきた。

「先輩、書き終わったよ。読んで」

「うん、わかった。じっくり読ませてもらうよ」

そう言うと先輩は僕のノートを持って、自分の部屋に向かっていった。そのあと僕はヘッドフォンでカーペンターズを聴いて過ごした。

先輩が現れたのは三十分も経ってからだった。

「史郎君、読ませてもらったよ。ありがとう。素晴らしいね」

先輩はそう言ってノートを僕に渡すと、喫煙室に入っていった。僕はノートのページをめくった。最後のページに、先輩からのメッセージが添えられていた。

「生死合・道程　調和の旋律」

僕は先輩のいる喫煙室に入った。最後の哲学の時間だ。

月曜日午後一時。人のまばらなホールの真ん中で、僕と先輩は互いに敬礼し、握手を交わした。先輩は折り畳んだ紙を僕によこした。

誰も迎えに来ないようだった。大きなバッグ二つを抱えたまま、バスで帰るのだろうか。エレベーターに乗り込む先輩に僕は言った。

「先輩、連絡待ってるよ」

僕は先輩に自分の連絡先を渡していた。

「うん、落ち着いたらね」

エレベーターの扉が静かに閉まった。

ホールの自分の席に戻ると、先輩にもらった紙を開いてみた。

史郎君へ
　あなたの未来を祝福するものであります。すでに起こっている輝かしき未来を体感されますように。

平成二十一年八月十七日　晴れ
何ものでもないわたしより

僕は紙を丁寧に畳み直してノートに挟み、誰もいない喫煙室に入った。

セブンスターに火をつけた。

22

「山口さん、あなたには離脱症状がありませんでした」

三崎先生は、ゆっくりそう言うと、僕にＡ４サイズの封筒を手渡した。僕は封筒の中から数枚の紙を引き抜いた。パラパラとめくってみる。

ぎっしりとデータが印刷された紙数枚のほか、「診療情報提供書」と書かれた一枚の紙があった。「野島仁厚病院」と印刷された文字の下に、当時の僕のドクターの署名がある。その下は細かい手書きの文字で埋めつくされていた。あとでゆっくりと読むことにしよう。

「山口さん、あなたはどういう飲み方をしていたんですか」

「鬱から逃れるために、朝から飲んでいました。飲むと、鬱が和らいで……」

「それはあくまでも鬱から逃れるための飲酒ですね。連続飲酒というのは……そうですねえ……」

三崎先生は言葉を詰まらせた。僕は身を乗り出した。

「先生、僕は何パーセントの確率で、アルコール依存症なんですか」

「それはわかりません」

僕は椅子に座り直した。

「先生、依存症患者が断酒するのに、最初の一年間が最もつらいと聞きます。念を入れて二年間断酒したとしましょう。その間、飲酒欲求が起こらなければ、僕が依存症ではないことはほぼ証明できるのではないでしょうか」

「ではそのあとは飲むと？　いいですか、山口さん。試してみるのはリスキーですよ」

「僕は主とともにあります」


聖書から目を上げると、ふと壁のホワイトボードの日付を見た。八月十九日。入院から一か月半が経とうとしている。三か月の入院予定のうち、半分が過ぎていったことになる。後ろを振り返った。窓の外は今日もいい天気だ。後ろのテーブルでは武藤君と博士が将棋を指していた。数人がそれを取り囲んでいる。昼下がりだった。

いい天気なのに、残念ながら今日は外に出る時間がない。夕方牧師さんが僕のための勉強会にやって来るのだ。予習しておかなければならない。宿題の方は終わっているが。

聖書に目を戻そうとしたとき、ヘルパーの東田さんがやって来た。

「山口さん、郵便です」

「あ、どうも」

A4サイズの白い封筒だった。下側に「株式会社ブレスコーポレーション」と印刷されている。開封すると、アパートの部屋の間取り図がたくさん出てきた。

先週の土曜日、ブレスコーポレーションに挨拶に行ってきたのだ。「この付近のアパート調べておくから」と、四谷夫人は言っていた。

僕はテーブル中に、全部の間取り図を並べた。僕は腕を組んで立ち上がり、それらの物件を物色した。どれも僕が夫人にお願いした通り、２ＤＫだった。家賃も大差ない。ポイントは交通の便、部屋がフローリングか畳か、そんなところだ。

廊下の方から足音がして、ケイがこっちに向かってきた。手にセブンスターの箱を持っている。喫煙室で煙草を吸いに来たのだろう。

「史郎ちゃん、何やってるの。何その図面」

「退院後の住みかを選んでいるんだよ」

「あなた、本当に島根に帰るのをやめたの？」

「そうだよ。就職先も決まっている」

「何の仕事？」

「機械の開発だよ」

「へえ、すごいね。ねえ、あたしも図面見ていい？」

「うん。もちろんだよ」

鼓動が高まった。ケイは並んだ間取り図をのぞき込んだ。

「史郎ちゃん、これなんかいいんじゃない。日当たり良さそうだし」

「だめだよ。壁が斜めじゃん。家具が置きづらいよ」

「それもそうね。じゃあ史郎ちゃんはどれがいいの」

「やっぱりケイが選んでくれよ。台所の使い勝手とか、男の俺よりよくわかっているだろうから」

しばらく経ってケイは一枚の間取り図を取り上げた。

「これがいいな。広いし、ベランダもあるし。隣が公園でしょ。あたしだったらここにする」

「よし。ケイがそう言うんだったら、そこに決めた。『メゾン・パークサイド』四〇一号室だな。それはそうとケイ、ケイは退院後何をするの？」

「退院したら就職活動を始める」

「どんな仕事に就くの」

「まだ決めてない。いい仕事があるかしら。とりあえずピアノの先生にでもなろうかな」

「だったらケイ、俺の秘書をやらないか。会社に頼んでみる」

「え、いいの。秘書かあ」

ついでに一緒に住まないか、という言葉を僕は呑み込んだ。まだそんなことを言うときじゃない。

僕は「メゾン・パークサイド」を残して、他の間取り図を封筒に戻した。ケイは喫煙室に入っていった。

僕はブレスコーポレーションに電話して、四谷夫人を呼び出してもらった。

「奥さん、俺決めました。『メゾン・パークサイド』四〇一号室です。十月初めに退院予定なので、それまでに契約しておいてください」

「史郎ちゃん、そんなに急ぐことはないわよ。まだ時間があるじゃない。ほかにいい部屋がないか探してみるから」

「わかりました。よろしくお願いします」

　この時点で契約してしまうべきだった。

「では山口さん、『使徒の働き』の十七章、十六節から三十四節を音読してください」

　牧師さんの低い声が狭い面会室に反響した。僕はゆっくりと、言われた個所を音読した。牧師さんが言った。

「では、最初の問いですね。アテネの町はどのような宗教的状況だったのでしょうか」

「神を理解しないまま、信仰していました」

「そうですね。では次です。パウロはそのようなありさまを見てどう感じましたか」

「偶像を見て怒りました」

「それはどこに書いてありますか」

「十六節です。『町が偶像でいっぱいなのを見て、心に憤りを感じた』」

「では、パウロはアテネでどんな祭壇を見つけましたか」

「『知らない神に』と刻まれた祭壇です。二十三節にあります」

　勉強会が始まって二時間が過ぎた。牧師さんが言った。

「では最後に、二十四節を音読してください」

「この世界とその中にあるすべてのものをお造りになった神は、天地の主ですから、手でこしらえた宮などにはお住まいになりません」

「はい、今日はこれで終わりにしましょう。あとこれは次回までの宿題です。それでは最後に、お祈りしましょう」

ナースステーションに行って勉強会が終わったことを報告すると、根島さんが出てきた。根島さんは階段室のドアを解錠しながら、牧師さんに頭を下げた。

「どうも、いつもお世話になっています」


「どう、例の彼女とは。まだうまくいってないの？」

竹ちゃんの彼女が聞いてきた。竹ちゃんと、竹ちゃんの彼女と僕は、喫煙室で煙草を吸っていた。彼女は頻繁にやって来る。僕たちはすっかり顔なじみになっていた。

「いや、ここんところ調子がいいんだ。今日も、退院後の部屋を選んでいたら、一緒になって考えてくれたよ。一緒に働かないか、て言ったら、わりと乗り気だったよ」

「あらそう。よかったじゃない」

彼女は顔中に笑みをつくって喜んでくれた。眉を吊り上げた竹ちゃんが言った。

「史郎さん、ここらで放置プレイです。できるだけ彼女を無視するんです」

「どれくらいの間？」

「一週間くらいですね。向こうの反応を見ましょう」

竹ちゃんは僕の恋愛のインストラクターだったが、多くの場合、僕は竹ちゃんの指示を守れなかった。

「では今日の挨拶は、山口さんですね。山口さん、お願いします」

科長が言った。八月二十二日、土曜日の朝の会の時間だった。僕は立ち上がった。

「今日も青空は、主の祝福に満ちて輝いています……」

「アーメン」後ろで声がした。幸ちゃんと武藤君だった。

「……悔いのないように、大切な一日を過ごしましょう。ではいただきます」

僕たちは抗酒剤を飲み干した。西田さんを除いて。僕は着席した。

「それでは検温と、脈の測定にかかります」

ナースの大野さんに右腕を差し出しながら考えた。今日は何をしようか。思いつくかぎりのインテリジェント工具の設計は終わっている。そうだ、たまには町田駅の周辺にでも行ってみるか。


東急ハンズは退屈しなかった。工具や素材のフロアを、ゆっくりと見てまわった。これからの僕の仕事のヒントになるものがあるかもしれない。実際、いくつか興味を引くものがあった。ハンズを出たのは午後一時だった。

南口に行き、洒落《しゃれ》た小さなレストランでガーリックステーキを頬張った。それから、洋服店や雑貨店の並ぶ路を散策した。

一件の楽器店が目にとまった。ケイはピアノが得意だと言っていたな。ピアノが弾けるのならオルガンも弾けるだろう。病院の三階のホールには、おんぼろオルガンがある。そうだ、楽譜を買っていこう。

僕は店の中に入ると、奥の棚に行き、バッハの「トッカータとフーガ」の楽譜集を持ってレジに向かった。

夕方、ホールの自分の席に着くと、僕は買ってきた楽譜集のカバーを外し、パラパラとページをめくってみた。僕は楽譜は全く読めない。五線譜を見てもどんな曲なのか全く見当がつかない。僕は楽譜集を閉じた。ケイは僕のためにバッハを弾いてくれるだろうか。

ケイは土日で家に帰っている。明日、ケイが帰ってくる前に、楽譜集をケイの席に置いておこう。僕は「僕のもの置き場」から、シールになったラベルを取り出して、「ＳＩＲＯ」と書き、自分の携帯番号を書き加えた。カバーの裏に貼る。

これだけじゃあつまらないな。そうだ、楽譜集とカバーの間にメッセージを挟んでおこう。僕は便箋を用意した。

ケイ、君がいないと寂しい。
君の声が聞こえないと寂しい。
君の笑顔が見えないと寂しい。
いずれ離れ離れになってしまうことを考えたら、
とても切ない。

君とこの先一緒にいられたら、
どんなに幸せだろう。
ケイ、僕の想いは本物だ。
君のことが誰よりも好きだ。

書き終えると読み返してみた。これじゃあ、完全にラブレターだ。やりすぎかな。まあいいや。僕は便箋を畳むと、楽譜集とカバーの間に差し込んだ。


日曜日、教会から戻ると三時過ぎだった。勉強会が長引いたのだ。ホールでは数人がテレビを見ていたが、ケイはまだ戻ってきていないようだった。僕は楽譜集をケイの席に置いた。

しばらくすると、患者たちが次々と外泊から戻ってきた。ナースステーションの前には、持ち込み品検査を受ける患者たちの列ができていた。そしてケイが現れた。鼓動が速くなるのを感じた。

やがてケイは検査を終え、いったん自分の部屋に行くと、ホールに入ってきた。ケイは自分の席に座りながら楽譜集をのぞき込むと、手にとって裏を見た。これで僕からの贈り物だと気づいただろう。僕は慌てて前を向いた。

しばらくしてそっと後ろを振り向いてみた。ケイは僕の手紙を読んでいるようだ。僕はすぐに前を向いた。ますます鼓動が速くなるのを感じた。

大分時間が経った。もう一度後ろを振り返りたいという衝動を抑えた。すると、楽譜集を脇に抱えたケイが喫煙室に入っていくのが目に入った。ケイは向こうを向いて煙草に火をつけた。

ケイが急に振り向いたので、目が合ってしまった。僕は壁に向かって視線をそらした。やがて喫煙室からケイが出てきた。そして何事もなかったかのように僕の後ろを素通りし、自分の部屋に向かっていった。


このごろ将棋がブームになっている。月曜日のお昼過ぎ、僕は真ん中のテーブルの端に立って、市原さんと博士の対局の行方を見守っていた。僕は将棋なんてよくわからない。でも二人の対局を見ていてはっきりとわかることがある。博士が、ゆっくりと考えてから駒を進めるのに対して、市原さんは相手が指した次の瞬間には自分の駒を指す。博士が歩を一つ動かしたりするのに対して、市原さんは大胆不敵に飛車や角を滑らせる。

市原さんは、賭け将棋を商売にしていたという話だ。今のところ病棟内で、市原さんに勝った人間はいない。

賭け将棋で儲けるには、ただ勝つだけではいけない。早く勝負にケリをつけなければならない。一局に時間をかけていたのでは商売あがったりだ。もちろん、今は賭けてなどいないが。

それにしても博士は勉強しなくていいのだろうか。夕食後は、高ちゃんのゲームに夢中だし。

博士の番だった。博士は考え込んでいた。

「私だったらあそこにあれを指すわね」

僕の横に立った根島さんが言った。根島さんも将棋好きらしくて、よくホールに出てきて、将棋の観戦をしたり、自ら誰かと対局したりしていた。

向こうのテーブルでは、大将と、最近入ってきた五十嵐さんという人が将棋を指していた。どちらのテーブルにもそれぞれ数人のギャラリーがいた。観戦に飽きた僕は自分の席に戻って、読みかけのレイ・ブラッド・ベリを手にした。

廊下からサンダルの音が聞こえてきた。僕は期待を込めて、そっと視線を向けた。松原さんだった。なんだ、じいさんか。ケイじゃなかった。松原さんは僕のところにやって来た。

「史郎さん、観てくれるかな」

赤い彼岸花の絵だった。輪郭が力強く黒で縁どられている。

「今度もまたすごいねえ。立体感がある。これで四作目だね。そのうち個展が開けるんじゃないの」

松原さんは嬉しそうに自分の部屋に戻っていった。

僕が本を持ち上げると、また廊下からサンダルの音がした。本の縁からこっそり目をやる。今度はケイだった。僕は本に目を戻した。ケイは喫煙室に入っていった。

僕は本を読む振りをして、喫煙室をのぞき見た。ケイが煙草に火をつけた。こっちを向け、と心の中で念じたが、ケイがこちらを振り向くことはなかった。やがてケイは喫煙室を出て、自分の部屋に戻っていった。

「銀河帝国の興亡」ゲームは、僕の圧勝で終わった。二位は高ちゃん、三位は秀美ちゃん、ビリは博士だった。秀美ちゃんは今晩も赤い顔をしていて、少し酒臭い。よくナースたちの目と鼻を逃れられるものだ。

僕と博士は喫煙室に入っていった。ケイとアキちゃんが話をしていた。振り返ったケイと一瞬目が合ったが、ケイはすぐに目をそらした。

昨日も今日も、ケイと一言も交わしていない。またしても僕は避けられているようだ。竹ちゃんの指示を守るべきだった。

僕は煙草を一気に吸い込むと、もみ消して喫煙室を出た。何をする気にもなれなかった。テーブルの上を片づけてから自分の部屋で横になった。努めて眠りに就こうとした。

真夜中に目が覚めた。洗面室に向かう。小便をして出ようとすると、ちょうどケイが入ってきた。やあ、とでも言うべきかな、と考える間もなく、ケイの方から話しかけてきた。

「あなた、本気なの？」

「え？」

「本気であたしのこと好きなの」

「もちろん本気さ」

「あたし、お酒飲むわよ」

「そのときは俺も飲むさ」

「あたし、最後の一年でセックス恐怖症になっちゃったの。だからセックスできないわよ」

「いいよ。ケイの身体を見ながらマスターベーションする」

「あたしでいいのね」

「ケイがいいんだよ」

ケイは洗面室から出ていった。僕は心臓が破裂しそうだった。


僕はモップを持って窓辺に立ち、掃除の時間が始まるのを待っていた。窓の外は快晴だったが、心なしか空の青が変化しているような気がした。じきに秋になる。

ブラシを持ったケイが僕のそばを通りかかった。

「ケイ、おはよう」

「おはよう」

ケイは僕の方を振り向きもしなかった。

掃除とラジオ体操が終わると、僕はコーヒーを作って席に着いた。と、ケイが喫煙室に入っていくのが見えた。僕は席を立ち、喫煙室に入った。セブンスターに火をつけると、ケイに話しかけた。

「ケイ、ケイの弾くバッハを聞いてみたいな」

「そのうち、時間があったらね」

そのあとは二人とも無言だった。やがてケイは出ていった。


午後は環境整備の時間だった。ケイが喫煙室のアクリルを拭いている。僕はバケツで雑巾を絞ると、喫煙室に入っていった。するとケイが言った。

「あ、ここの掃除する？」

「うん」

「じゃあ任せるわ。ここは一人で充分だから」

ケイは出ていってしまった。僕はわけがわからなかった。昨日の深夜の、洗面室での会話は夢だったのだろうか。

透明なアクリル越しに見えるケイは、武藤君と楽しそうに喋りながら、ナースステーションのカウンターを拭いていた。そっちの方が、よほど一人で充分じゃないか。

環境整備の時間が終わると、テレビを見ている竹ちゃんに声をかけた。

「竹ちゃん、煙草でも吸わない？」

「え、ああ、いいですよ」

煙草を吸いながら、僕は竹ちゃんに一部始終を話した。楽譜集に挟んでケイにラブレターを送ったこと。昨日の深夜、恋が叶ったかに思えたこと。そしてそのあと、どういうわけか再びケイに避けられているようだということ。

竹ちゃんは右の眉を吊り上げた。

「史郎さん、完全に手玉にとられてますね。いいですか。こう言っちゃあなんだけど、恋愛の駆け引きに関しては、向こうの方が三枚も四枚も上手ですよ。史郎さん、もう下手にちょっかいを出さずにおとなしくしておいた方がいいです」

「わかったよ、竹ちゃん。ありがとう」

八月二十六日、午後一時。人影のまばらなホールに、大きなバッグ二つを両手に抱えた大将が入ってきた。ホールの端には初老の女性が立っている。大将のお母さんだろう。ホールにいた数人が立ち上がった。大将はみんなに軽く礼をした。

「みなさん、これまでお世話になりました」

僕はみんなと一緒にエレベーターの前まで大将を見送った。僕は大将に向かって右手を差し出した。

「大将、コンマ一秒、俺の手を力一杯握りしめてくれ。いいか、コンマ一秒だぜ。でないと俺の手が骨折しちまう」

大将は僕の右手を優しく握った。そして離した。力を込めることなく。

「山口さん、元気でな」

「うん、大将。いろいろあったけど、あんたのこと忘れないよ」

お母さんはみんなに深々とお辞儀をした。二人はエレベーターに乗り込んだ。

大将は、静かに閉まる扉の向こうに消えていった。

僕は深呼吸すると、コーヒーを淹れて席に戻った。すると楠田さんがやって来た。

「史郎さん、灰皿がけっこう一杯なんだけど、まだ灰皿清掃しなくていいのかな」

「そうだね。灰皿が一杯なら清掃しなくちゃいけないね」

僕と楠田さんは灰皿清掃にとりかかった。

やがて、ホールにいた全員が作業に加わった。

23

「それでは山口さん、酒歴発表お願いします」

根島さんが言った。僕はレポート用紙の束を持って、ホールの正面の椅子に腰掛けた。

ホールには柔らかな午後の日差しが差し込んでいた。九月九日、水曜日。入院してから二か月が経っていた。

レポート用紙は十数枚ある。思うままに書いているうち、こんな量になってしまったのだ。僕は事前に根島さんに相談していた。

「根島さん、こんな量になっちゃいました。これを読みあげるか、アドリブで短くすませるか、どっちがいいでしょう」

すると根島さんは答えた。

「早口でそれを読むしかないわね」

僕は改めてホールを見渡した。二か月間僕の居場所だったホールだ。そして僕の人生の再出発点だ。

僕は深く息を吸い込んだ。

「では僕の発表を始めさせていただきます……」

酒歴発表

僕が本当に酒を飲み始めたのは、高校に入学した直後だ。もしかしたら中学時代、遊びでほんの少し飲んだかもしれないが、思い出せないし、ものの数ではないだろう。

高校一年の初め、僕は物理科学部に入部した。部室は望遠鏡を覆う大きなドームだ。そこには「薬師丸ひろ子」に似た、美人の部長がいた。

「こと座流星群」の観測が、僕にとって最初の活動だった。ビールが用意されていた。流れ星を観ながら、「南南西、三。痕《こん》なし」などと言っては、ビールを一口飲んだ。ちなみにこれらのデータは、天文台に送付される。

一週間も経たないうちに、僕と部長は恋に落ちた。二人は大きな反射望遠鏡の前に座っては、「宇宙は収縮するか、発散するか」「量子力学は不確定性原理と不可分か」などの激論を闘わせながら、かわるがわる宮沢賢治を朗読したり、一時間に一回キスを交わしたり、時々ビールを飲んだりした。一年後、二つ年上の彼女は、国立山口大学理学部物理学科に行ってしまった。

それから彼女からは何年にもわたって一週間に一度手紙が届いたが、僕は一度も返事を書いたことがない。忙しすぎたのだ。

僕は美人の部長のいるＪＲＣ（青少年赤十字）にも入部した。部長の他にも可愛い女の子がたくさんいた。山岳部にも入部した。なんであれ僕は、どこに行っても「プシュッ」と、缶ビールのプルタブを引いた。

その頃になると、実家の十二畳ある僕の部屋と、隣接する十二畳の和室は、毎日、宴会場になっていた。僕はクロークを改造してバーカウンターを造り、壁をぶち抜いてツィーター十個とウーハー四個を埋め込み、屋根裏に勝手に造った寝室にベッドを移動していた。

僕の部屋では、コカコーラの赤い箱を組み合わせたステージとマイクスタンドでカラオケ大会が、隣の和室ではマージャン大会が、時には僕が帰宅する前から始まっていた。僕たちは、当時流行っていたサントリーのトロピカルカクテルに、三ツ矢サイダーやコークを混ぜてガブ飲みした。

いろいろなことがあったが、ともかく言えるのは、僕はとても幸せな気持ちで高校時代を送り、卒業し、偉そうな大学をいくつか受けて、大体落ちたということだ。何しろ高校の入学試験ではほぼトップだったが、卒業成績は、ほぼ最下位だったのだ。

京都で浪人時代を送る。予備校の裏手に、こぢんまりとした喫茶店があった。ろくに予備校に行かずに、そこでたむろするうち、いつの間にかそこのママ、四十歳の綺麗な女性のツバメになっていた。

金閣寺に行く。帰りに寿司屋でビールを飲む。平安神宮に行く。そのあとおでん屋で、日本酒で大はしゃぎする。相変わらず僕は幸せだった。人生ほど楽しいものはない。

二度目の大学受験。その頃になると、僕の頭の中には、数学の公式や、英単語は大して残っていなかった。二つだけ受かった。一つは、国立山口大学理学部物理学科。高校時代の彼女が僕を待っている。山口県からでもホーキングを目指せるさ、と、荷造りを始めた矢先、彼女から手紙が来る。そういえば、最近あまり手紙が来なくなったなと思いながら、開封する。

「史郎へ。信じられないでしょうが、これが最後のお手紙です……」

僕はメゲない。中央大学経済学部に入学した僕は、Starlight Journey という、アウトドア系のサークルに入る。

南の島で、みんなでテントを張って、波の音を聞きながら、降り注ぐような天の川を仰いでは、飲んだ。

ゲレンデで、女の子のキスを賭けて、まばゆく輝く急斜面を一斉に滑り下りた。

八ヶ岳に、汗だくになりながら、重い鉄板とウイスキーを運び上げては語り明かした。

夜汽車に揺られ、フェリーで潮風を浴びて、飲んだ。いつも飲んだ。野郎どもはみな兄弟だったし、女の子一人ひとりが、眩しくて優しい、僕の恋人だった。

僕は就職する。他のみんなの卒業に合わせて（単位が全然足りなかった）。

肩書は営業マンだ。でも実際には、建築現場の施工管理が僕の主たる仕事だった。僕はこの仕事に夢中になった。仕事は、面白いを通り過ぎて、快感だった。ところが、その、「サンライズ株式会社」は、破産してしまう。

僕は内装職人に転向する。親方につく必要はない。学生時代のアルバイトで経験済みだ。月収を見て自分で驚く。七桁だ。

内装職人のお昼ご飯はビール付きだ。現場監督が定食屋の隣のテーブルに座ってきても、「しょうがねえな」と言われるだけだ。

夜は彼女とホットに過ごす。街中に金をばらまいて、べろんべろんに酔っぱらって帰ってきては、まっすぐにベッドに向かう。


そんなわけで、僕は三十五歳まで、酒と幸せの二つを携えて生きてきた。三十五歳、僕は結婚する。サンシャイン水族館を借りきって、とても多くの友人たちに囲まれて。

それから一年間、僕の幸せは頂点を極めた。僕はこの勢いに乗らない手はないと、前々から考えていた建築関係の会社を立ち上げる。それがいけなかった。

僕は数学や物理の計算はかろうじてできるが、お金の計算はてんでだめだ。そこそこいいアイディアを持っていても、計画性に欠ける。そして何よりも、僕はそれまで善人にしか逢ったことがなかった。悪いやつがうようよいるなんて、たわごとだと思っていた。


誰もが僕を社長と呼んだ。スーツのポケットからセブンスターを取り出すと、部下はライターを構えた。そいつは火をつけながら、生活の厳しさを訴える。来月から少し給料を増やしてやろうと僕は言う。

大工が金を借りに来る。十五万と言われて、二十万貸してやる。ペンキ屋が仕事がないと嘆く。僕は利益にならない塗装工事を受注する。

こんなだから会社がうまくいくはずはない。いつの間にか僕は朝からビールを飲むようになっていった。

飲酒運転で四六時中車を廃車にした。幸い、ぶつかったのは電柱や駐車中の車やなんかだ（主よ、本当に感謝します）。

そのうち、覚えのない、高価な空調設備の請求書や、解体業者の請求書が届いたりするようになった。そういえば会社の実印はどこにいったんだろうと思ったりもするけれども、そんなことよりオフィスの冷蔵庫の中のビールが少なくなっていることの方が気になる。酒屋に電話するとすぐに届く。お得意様だ。

ＦＡＸがいきなり何枚もの図面を吐き出し始める。電話が鳴る。知り合いの不動産屋からだ。中国人の経営するキャバクラの全面改装の仕事があるが、どうか？　僕はその日、十本目かそこらのビールを飲みながら、図面も見ずに答える。「任せてください。納期はいつでしょう」

もちろん最悪の結果を招いた。

実家の両親が数千万円の借金を返済してくれた。義理の母が、法務局や社保庁や銀行をまわって、僕の会社にケリをつけてくれた。妻は今まで住んでいたマンションから、つつましいアパートに引っ越す準備を始めていた。妻は、僕の可愛がっていたコザクラインコの「ピーちゃん」を友達にあげてしまった。アパートがペット禁止だからだ。

慌ただしい中で、僕は一人ビールを飲み続けていた。そして僕は鬱病になった。鬱はビールを求め、ビールはより深い鬱をもたらす。

アパートに引っ越すと、妻は僕を心療内科に引きずっていった。それでも僕の飲酒が止まらないでいると、妻は僕に「しのだ病院」を勧めた。僕的にはもちろんＮＧだった。「俺はアル中なんかじゃない。たまたまそういう時期なんだ」

彼女はあちこちの旅行のスケジュールをたてて僕の笑顔を取り戻そうと努めた。あちこち行った。だいたい効果はなかった。

ある日、妻は自分の給料をはたいて、僕にささやかな中古車を買ってくれた。動物園に行った。少しだけ幸せな気持ちが戻ってきた。

その頃には僕は、妻の両親が経営する不動産業兼工務店、山上建設にデスクを構えていた（義父はアル中で、「しのだ病院」に入退院を繰り返ししていた。糖尿病も絡んで、今は認知症だ）。

大いに働いた。ビールを飲みながら。僕は営業マンで、宅地建物取引主任者で、二級建築士で、電気工事士で、それから大工で、配管工で、腕のいい内装職人だった。つまるところ、酔っぱらいだろうと犯罪者だろうと、狂人だろうと神様だろうと、その小さな会社は確かに僕を必要としたのだ。

ある日、妻の買ってくれた車で仕事に行った帰り、僕は少々飲み過ぎて、あっちこっちに車をぶつけながら、それでもなんとか会社までたどり着いた。廃車だ。僕はコンビニでビールを四本買って、アパートに帰った。

何日かして、妻は目に涙を浮かべ、「ゴメン、史郎ちゃん、私、もう、無理なの」と言って僕のもとを去っていった。


僕の独身生活が始まった。元妻の母親のことを、僕は今でもお義母《かあ》さんと呼んでいる。お義母さんは一人暮らしの僕が栄養不足にならないように、おかずを作ってきてくれたり、無精者の僕がため込んだ洗濯物をやっつけに来てくれたりした。鬱がひどくて欠勤したときは必ずやって来た。

僕がチャイムに応えないでいると、お義母さんは合鍵でドアを開け、ベッドまでやって来ると、僕の額に手を当てて「熱はないわね」と言っては、僕を引きずってテーブルに着かせ、用意してきたお弁当を僕が食べ終わるのを見届けた。

そんな状態が二年も続いた。


今年六月、下痢と便秘を繰り返すようになった僕は、府中市の「野島仁厚病院」に行った。採血をした。結果を待つ間、長椅子がつらかった。やがて僕は大声で呼ばれた。「山口史郎さん!」「劇症肝炎」だと言われた。そして、非常に悪い状態だと。緊急入院となった。眠りにつこうとすると、ドクターとお義母さんの会話が聞こえてきた。万一の場合のために、実家の両親を呼んでおいた方がいい……。

幸いにも次の日、スズメの声で目が覚めた。別れた妻がパイプ椅子で眠っていた。

それから、日に日に元気になっていった。不思議と、ビールが欲しいとは思わなくなっていた。

僕はそこを退院する際に、「しのだ病院」に紹介状を書いてもらった。ドクターは「そんな病院があるのか」と言っていた。

さて、「しのだ病院」で過ごした日々を、僕は生涯忘れることはないだろう。ここでは、あらゆることが猛スピードで進行していった。ここで僕は、今までの人生と同じくらいの重さのものを学んだ。この限られた、ささやかなホールの中で、僕はかえって世の中の広さを知った。

今まで出会ったことのない人たちがいた。ある人とは哲学の議論を交わしたし、ある人とは宇宙論を闘わせた。ある人と絵を見せ合ったり、またある人のレアなゲームにつきあったりした。それからみんなで冗談を飛ばし合い、大笑いした。

僕が二階に来たとき、見るからにこの人がリーダーだと思われる人物がいた。今では退院してしまっている。文句があればかかってこいと言わんばかりの立派な体格をしていた。

僕はその人と三回くらいキューバ危機を迎えた。一つ間違えば、僕は今頃「しのだ病院」ではなく、どこかの整形外科に入院していたかもしれない。にもかかわらず、僕は、僕とまるでかけ離れた彼を尊敬している。向こうが僕をどう思っているにせよ。

今、飲酒欲求は全くない。「野島仁厚病院」に入院したときからずっとだ。最後にビールを飲んだのは三か月前だ。まるで前世紀のことのようだ。

そして気づく。アルコールによって阻害されていた前頭葉が今、音を立てて再構築されている。とっくに忘れていた物理の方程式や、哲学者の言葉が、どこからともなく湧いてくる。

さらに気づく。今まで僕は自分の人生はほとんど終わってしまったと思っていた。ところがそうではない。今までの人生は、これから始まるステージのための伏線だったのだ。

今、僕は青春時代にある。つまり、青春時代の感性に包まれている。例えば太陽。なんて神々しいのだろう。澄みきった青空は果てしなく広がる大宇宙を連想させ、雲はみなぎった白いエナジーだ。山の緑はなまめかしくて、ウォーキングの散歩道はセクシーだ。

僕は考える。つまるところ、僕は何を失っただろう。例えば妻。だが彼女は今でもいい友達だ。それから数千万円。それがなんだ。小銭だ。これから数億円稼ぐ。あと歳月。これは仕方がない。神様の予定表どおりなのだろう。

では僕は何を得ただろう。すべてだ。「しのだ病院」で僕は人生を一八〇度転換した。

山上建設とお義母さんには大変お世話になったが、いずれの日にか恩を返すとしよう。これから僕は、古い知人の経営するブレスコーポレーションでｗｏｒｋを始める。ｊｏｂではない。ｗｏｒｋだ。忙しくなる。ビールを飲む暇はないだろう。

三崎先生が、「野島仁厚病院」での僕のカルテを取り寄せてくださった。先生はおっしゃった。

「あなたには離脱症状はありませんでした。それにあなたの飲み方は、連続飲酒とまではいかないようです。でもいいですか。試してみるのはリスキーですよ」

もしかしたら、僕の報酬系は堅固に構築されているのかもしれない。だがひょっとすると、僕の報酬系は、わずか高分子一個の欠落で未完成なのかもしれない。そしてそれは、その不安定さゆえに自己崩壊する。例えば三か月のうちに。


僕は自分に誓約書を書く。「一年間飲みません」と。それは履行されるだろう。そして二年目、誓約は更新されるだろう。だが三年目、四年目、果たしてどうだろう。僕はサイコロを振るだろうか。神様だけがご存じだ。

神様の予定表をのぞき見ることはできないが。


読み終えると、僕はレポート用紙から目を上げ、前を向いてみんなを見渡した。

「皆さんに主の祝福がありますように。どうも長くなっちゃってすみませんでした」

割れんばかりの拍手が起こった。根島さんが言った。

「山口さん、素晴らしいわ。あなた小説家になった方がいいんじゃないの」

僕はこそばゆい思いで自分の席に着いた。

24

夕方、僕はアパートの間取り図数枚をのぞき込んでいた。ブレスコーポレーションの四谷夫人から送られてきたアパート関係の郵便は、これで三通目だ。今回はアパートの図面に加えて、足立区にある、アルコール科のある病院の住所や地図が送られてきた。幸い会社の近くのようだ。

僕はなんとはなく後ろを振り返った。宮浦さんが、椅子の背もたれに腕をかけて、のけぞった格好で、テレビの水戸黄門を見ている。僕は注意した。

「御老公、何度言ったらわかるんですか。その姿勢では、腕が滑ったりしたときに転倒して頭を打っちゃいますよ。ちゃんと背もたれを後ろにしなさい」

「はいはい、ごめんなさい」

宮浦さんは、御歳八十四だということだ。でも年の割には肌もつやつやで若々しく、愛嬌のある丸顔に笑みを絶やさない。

水戸黄門を見ることがこの老人の最大の楽しみだということがわかってから、水戸黄門の時間帯には誰もチャンネルをいじらないようになっていた。いつしか、みんな宮浦さんのことを、御老公と呼んでいた。

病棟の顔ぶれは、半分くらい入れ代わっていた。武藤君も西田さんも退院していた。かつて成増さんが座っていた僕の前の席には、加藤さんという、四十歳の、彫りの深い顔をした、日に焼けた男性が座って文庫本を読んでいる。彼は入院十回目だという。どうやったら十回も入院できるのだろう。

僕はコーヒーを一口飲んだ。すると、アキちゃんと、大きな黒人男性がこちらにやって来るのが見えた。

「これ、うちのダンナ」

アキちゃんが言った。僕はテーブル越しに身を乗り出して、右手を伸ばした。

“Nice to meet you”

“Happy to know you”

すごく大きな手だ。そして鋼のような体だ。背丈は二メートル近いのではないだろうか。アキちゃんは、じゃあね、と言うと、旦那と一緒に面会室に入っていった。

僕はまた図面に目をやった。なんだか、最初に選んだ、メゾン・パークサイド四〇一号室が一番いいような気がする。

「また図面が来たの?」

振り向くとケイが立っていた。ケイは僕の隣に座り込んだ。僕はケイに間取り図数枚を渡した。ケイはパラパラと紙をめくってから言った。

「最初のが一番良くない?」

「俺もそう思う」

「あの図面見せて」

僕は「僕のもの置き場」から、透明なフォルダーに挟んだパークサイド四〇一号室を引っ張り出してケイに渡した。

「やっぱりこれが一番よね。これだと充分二人で住めるじゃん」

僕は少しドキドキした。二人とは誰と誰のことだろう。

「あたし、史郎ちゃんの秘書になろうかな……」

「大歓迎だよ」

ケイは立ち上がった。

「ほかにいい仕事がみつからなかったらね」


夕食後、僕は竹ちゃんを誘って喫煙室で煙草を吸っていた。

「そんなわけで竹ちゃん、なんだかまた、いい感じになってきたよ」

竹ちゃんは片方の眉を上げた。

「史郎さん、ゼクシィ・インテリアとか、家具やインテリアの本を買ってくるんですよ。そして彼女と一緒に家具を選んでいく」

「家具だったらバリッとした高級品をそろえるさ」

「だめだなあ、史郎さんは。いいですか。今はフェラーリのときじゃない。軽トラが楽しいんですよ」

「わかった。今度の日曜、教会の帰りに買ってくるよ」

僕は喫煙室を出た。僕のテーブルでは「上海トレーダー」を前にした三人が、僕を待ちわびていた。


次の日、グループワークが終わって、コーヒーを淹れて席に着こうとしたら、五十嵐さんと博士とケイがやって来た。五十嵐さんは三十代後半くらいのハンサムな男だ。五十嵐さんが言った。

「聞いてよ、史郎さん。今日、俺たちのグループワークに嫌なやつが現れてさあ」

この三人は僕とは違うグループワークの班だった。博士が話を引き継いだ。

「革ジャンを着ててね、脚を大きく組んで、椅子にふんぞり返ってね、自己紹介のときにね、『俺は大手企業でシステム・エンジニアをやっているんだよね。相模原のAAに行けば、みんな俺のことを知ってるよ』なんて言うんだよね。三階にいるらしいよ」

ケイが両手をあげて振りおろした。

「とにかく、あいつ我慢できない。史郎ちゃん、あの革ジャン野郎、とっちめてやってよ」

「わかった、わかった。今晩にでも話しに行くよ。で、なんていうの、そいつ」

「江本とか言ってたわよねえ」

「よし。わかった」

昼過ぎ。ラジオ体操の時間だった。この頃にはラジオ体操と清掃は、早朝ではなく、昼過ぎに行われるようになっていた。先月末に開かれた全体会で決定したのだ。全体会では、自治会を作ろうという提起もあったが、それは保留となっていた。

ラジオ体操は、二階の患者も三階で、三階の患者に交じって行うことになった。だから人が多すぎて、ホールから溢れた人の列が廊下の端まで続いている。

みんなが体操しているのに、喫煙室でひとり煙草を吸っている奴がいる。革ジャンを着ている。あれが革ジャン野郎だな。それにしても、まだ革ジャンなんか着る季節でもないだろうに。

今夜の話し合いには、心してかかった方がよさそうだな。


午後の酒害教室が終わると、僕はトイレに行ってから喫煙室に入っていった。ほぼ満員だった。床に座り込んだアキちゃんが喋っていた。

「……それでね、包茎のちんちんを突き出して、剥いてえ、っていうのよ」

僕はセブンスターを取り出しながら、話に割り込んだ。

「俺も時々包茎になるよ。特に寒い日なんかには」

爆笑が起こった。アキちゃんが言った。

「うちの五歳の息子の話をしてたのよ」

「あ、そうだったの。余計なこと言わなきゃよかった」

僕は恥ずかしくなった。しばらくして幸ちゃんが僕に話しかけてきた。

「俺さっき、御老公に、何の仕事をしてたんですか、って聞いたんだけど、何だったと思う?」

「わからない。ヒントは?」

「今でも現役」

「あの歳でかい？　見当がつかないな。芸術家とか？」

「神社の神主さんだって」

「へえ、驚いたな。御老公どころじゃないじゃん」

アキちゃんが立ち上がった。

「じゃあ、あたし、お祈りしてもらおう」

アキちゃんは喫煙室から出ていった。

「それはそうと幸ちゃん」

「なに、史郎ちゃん」

「幸ちゃんも革ジャン野郎を見たんだよね」

「ああ、あのやたら態度がでかい奴ね。いけすかない野郎だよ。そうだ、もしかしたらあいつは史郎ちゃん暗殺のために、高ちゃんが雇ったヒットマンなんじゃないの」

「あっはっはっは」

「ね、つじつまが合うっしょ」


四時の点呼が終わって席に着いて間もなく、僕の前に加藤さんが着席した。僕は話しかけた。

「加藤さん、今日も山登り？　よく飽きないねえ」

「ええ、飽きませんよ。山に登っているとね、毎日少しずつ季節の変化しているのがわかるんですよ」

　この男は、午前や午後のプログラムの間の自由時間には、一時間の外出で山を攻めているそうだ。病院の裏手には小高い山がある。

「史郎さんも一緒にどうですか。気持ちいいですよ」

「そうだね。明日にでもご一緒させてもらおうかな」

「じゃあ、明日、昼過ぎに」

「わかった」

　とんだ安請け合いだった。


「山口さん」

　ナースステーションの小窓から顔を出した科長に呼ばれた。僕は立ち上がって歩きながら答えた。

「なんでしょう」

「これ、お返しします。しっかり読ませていただきました」

　見ると、昨日の酒歴発表の後で提出した原稿だった。

「あ、どうもありがとうございました」

　僕はレポート用紙の束を持って席に戻ろうとした。

「山口さん」

「はい?」

「山上諭吉さんはお元気ですか」

「ええ、おかげさまで。相変わらず認知症ですが。僕のことを史郎だとわかったり、わからなかったり……え、ちょっと待ってください。どこでその名前を……」

「数年前の記録を検索しました。私の記憶にもあります。人のいいおじさんでしたよ。それにしてもお義母さんは大変でしたねえ。一度に二人も」

にわかに眼が潤んできた。

「でも俺、辞めちゃうんですよ。山上建設を」

「……いずれの日にか恩を返すとしよう……」

僕は涙が止まらなくなった。席に戻るわけにもいかず、窓の外を見ながら頬の乾くのを待った。


「上海トレーダー」を速攻で切り上げると、階段をのぼり三階のホールに進んだ。静かにテレビを見る患者たちの向こうに、窓際のテーブルで革ジャンを着た江本氏が何やら書きものをしているのが見えた。僕は彼の近くに歩み寄った。

江本氏はテーブル一つを一人で独占していて、書類や辞書や文庫本やCDなどを、そこいら中に広げていた。この景色はどこかで見たことがある。そう。少し前の僕のテーブルだ。ただ、散らばったレポート用紙に書き込まれているのは全部横文字だ。

「江本さん、ちょっといいかな」

勇気を出して僕は話しかけた。江本氏はこちらを振り向くと、ゆっくり立ち上がった。近くで見る江本氏は、一昔前のロックンローラーのような濃い顔つきをしていた。

江本氏はまず僕の顔を見、僕の足のつま先まで視線を落とし、それからもう一度僕の顔を見た。

「ほう。なんだか、あんたとは気が合いそうだな。あんた、名前は？」

「山口史郎」

「じゃあ、山ちゃんでいいやね。山ちゃん、とりあえず煙草でも吸おうか。ちょうど、ものわかった話し相手が欲しいと思っていたところなんだよ」

江本氏と僕は喫煙室に入った。いかん、いかん。これでは相手のペースだ。

喫煙室の中では、モデルのような、華奢で可愛い女の子が、細長い煙草を吸っていた。江本氏はその娘の肩に腕をまわした。

「山ちゃん、これが俺の女だよ」

「わあ、彼女にしてくれるの？」

彼女には答えずに、江本氏は僕に聞いてきた。

「山ちゃん、ヴァン・ヘイレンは好きかい」

「昔よく聞いたよ」

「ほらな。やっぱり気が合う」

僕たちはそれから小一時間談話した。文学、哲学、映画、国際政治。「山ちゃん、気が合うねえ」と江本氏は繰り返した。僕は腕時計を見た。そろそろ要件をきりださなければ。

「それでね、江本さん……」

「俺のことは、江もっちゃんと呼んでくれよ」

「わかった。江もっちゃん、俺は合理主義者だから、例えば人の話を聞くときに、話に集中するために、リラックスした格好をすることは悪いことだとは思わない。ただね、リラックスした格好が度を過ぎると、それは一つのメッセージになってしまう。江もっちゃん、グループワークのときに思いっきりくだけた格好をしただろう。見る人によっちゃあ悪い印象を持つよ」

「そうか。そうだな。山ちゃんがそう言うなら、これからは気をつけるよ」

「じゃあ、そろそろ就寝時間だから、俺、下りるわ」

「また話そうぜ、山ちゃん」

僕はナースステーションの前で、寝る前の薬を飲んでから二階に下りた。どういうわけか僕は、江もっちゃんに気にいられたようだ。


腿とふくらはぎの筋肉は悲鳴を上げていたし、心臓は破裂しそうで、肺は呼吸困難に陥っていた。これは山歩きなんかじゃない。山走りだ。

「ちょっと待ってくれ、隊長。三十秒でいい。休ませてくれ」

「いいですよ。でも早くしないと間に合いませんよ。あと二十分で病院に帰らなきゃならないから」

加藤さんの山歩きなんかにつきあうんじゃなかった。僕はぜいぜい言いながら、かがみ込んで両肘に両手を置き、加藤さんを見た。一緒に休めばいいのに、僕の十メートル先で、大きくテンポよく足踏みをしている。

二十秒ほど経つと、僕も周りを見渡すくらいの余裕が出てきた。快晴だった。空は深い碧《あお》だ。頭上に伸びた緑の木の葉は、気持ち良さそうに風に揺らいでいる。

「史郎さん、もう四十秒経ちましたよ。行きましょう」

一歩踏み出しながら思った。この男は鬼だ。


青白い煙を吐き出しながらアキちゃんが言った。

「あたし昨日さあ、御老公に『あたしのためにお祈りしてください』て言ったら、『それはね、あんたが好きなときに、好きな神社に行ってお祈りすればいいんだよ』って言われちゃった。あたしは御老公にお祈りしてほしかったのに」

「やる気ねえな、あのじいさん」

僕は言った。すると幸ちゃんが話しかけてきた。

「史郎ちゃん、昨日と同じ服着てない？」

「ああ。服のまま寝ちゃってるからね。おとといから着替えてないよ」

この頃にはみんな長袖のシャツを着ていた。履物も、サンダルではなくてスリッパだ。

「史郎ちゃん、汚ねえな」

「俺、パンツなんか五日くらい穿き替えてないんじゃないかな。風呂にもしばらく入ってないし」

「うわあ、史郎さん、ちんぽ腐ってんじゃないの」博士が言った。

「アキちゃんにちんぽ洗ってもらいなよ」五十嵐さんが言った。

「うん。ちゃんと、剥・い・て、洗ったげる」

アキちゃんはそう言いながら、拳を上に持ち上げる仕草をした。

みんな大笑いした。


夕食を終えて、トレイを持って立ち上がろうとすると、竹ちゃんが話しかけてきた。

「史郎さん、高田さんのゲームはもう充分でしょう。今日からトランプをやりませんか」

「トランプって、何をやってるの」

「大富豪です」

「俺、ルールも知らないから、みんなに迷惑をかけるよ」

「いいから」

竹ちゃんの口ぶりはいつになく強引だった。

結局、僕と高ちゃんと博士と秀美ちゃんは、その日からトランプのメンバーになった。テーブルにはそのほか、竹ちゃんとケイ、幸ちゃんと加藤さんがいた。向こうのテーブルでは別の八人がトランプを始めている。あまり多人数だとゲームが面白くないから、分かれるのだそうだ。

「ごめんね、俺、大富豪のルールをよく知らないんだ。誰か教えてくれるかな」

僕が言うと、カードを配っていた加藤さんが言った。

「じゃあ、一回オープンでやりましょう。その方がわかりやすい」

みんなはカードを、表を上にしてそれぞれ自分の前に置いた。

「それじゃあ始めましょう」加藤さんが言った。

一回オープンでプレーしたら充分理解できた。要所要所で加藤さんが短く説明を交えた。加藤さんは人にものを教えるのに向いている。高ちゃんとは大違いだ。

次は本当のプレーをした。いいカードがそろっている。二周目で僕は革命を起こした。すると隣に座ったケイが「やだー」と言いながら僕にもたれかかってきた。

竹ちゃんが僕を誘ったわけがわかった。


日曜日の午後、僕は席で、教会の帰りに本屋で買ってきたゼクシィ・インテリアに見入っていた。ケイとの二人暮らしを想像しながら、いろいろな家具の写真を見るのは楽しかった。ほかにも二冊のインテリアの本を買ってきた。

ゼクシィ・インテリアから目を上げると、幸ちゃんがホールに入ってきたのが見えた。僕は驚いた。幸ちゃんがとても大きな段ボール箱を抱えていたからだ。縦横は四十センチくらいだが、高さは人の背丈くらいある。僕は立ち上がって、部屋に向かう幸ちゃんのあとを追った。

「幸ちゃん、それは一体何なんだ」

「大型の飛行機だよ。五十嵐さんの注文なんだよ」

「たまたまナースがいなかったからいいようなものの、ナースに鉢合わせしたら、なんて言うつもりだったんだよ」

「何も考えてなかったよ」

この男には学習能力がないのか。全く。

「だいたい、そんなでっかいの、部屋に置いておいてもすぐに見つかっちゃうよ。幸ちゃん、五十嵐さんが、病院に届けてくれと言ったの？」

「そうは言ってないけど、直接渡した方が喜ぶと思ってね」

「喜ぶわけないだろう。五十嵐さん、とんだ迷惑だよ」

「そうかなあ」

幸ちゃんは段ボール箱を抱えて自分の部屋に入っていった。


四時前、外泊患者たちが次々と帰ってきた。ナースステーションの前に短い列ができている。博士の姿もあった。今日が試験だったと聞いている。

僕はケイの帰って来るのを待ちわびていた。ケイの席には、三冊のインテリアの本が置いてある。ケイの反応が楽しみだった。

ケイがホールに入ってきた。僕はヘッセ詩集に目を戻した。ドキドキしながら、文庫本を読むふりをして、ケイがやって来るのを待った。

ずいぶん経った。いっこうにケイは来なかった。手に持ったヘッセ詩集は、ケイが帰ってきてから、一ページもめくられていなかった。僕はふと、ホールの正面を見た。すると、テレビの下の「僕のもの置き場」に、三冊の本が並べてあった。ケイの席に置いておいた本だ。僕はその三冊を引き抜いて、席に戻った。そのとき、ちょうど、煙草の箱を手にしたケイが、僕の前を横切ろうとした。

「ケイ、俺の新居で必要なものを一緒に考えてくれないか」

ケイは立ち止まって、こちらを振り向いた。

「テレビ、冷蔵庫、洗濯機、布団、机、コップ、やかん、なべ、トイレットペーパー、調味料、洗剤」

それだけ言うと、ケイは喫煙室に入っていった。

25

「山口さん、あなたは充分落ち着いてきたように思われます。それに院内プログラムにも積極的に参加してこられたようですね。あなたは、もういつでも退院できます。どうなさいますか」

三崎先生は笑顔だった。ナースステーションの窓越しに見える青空には、一直線の飛行機雲が流れている。

僕は数秒間考えた。僕はここで多くのことを学んだ。ここで過ごした日々は、人生の中でも最高に有意義なものだった。だがこれ以上、ここに居続ける意味があるだろうか。

それからケイのことを考えた。ケイも退院を早めると言っていたな。ケイのいないホールは寂しいに違いない。

次に頭をよぎったのはインテリジェント工具だ。僕は一刻も早く製図に取りかかりたい。ほかの誰かが特許庁に出願してしまう前に。

「早期退院を希望します」

「それでは、十九日から二十三日までは連休ですから、二十四日の木曜日でいかがでしょう」

「はい、それで結構です」

「そうそう、あと、これをお返しします」

手渡されたレポート用紙を見ると、二か月前に僕が書いた「神の証明にあたって」の文章だった。こんなものを書いたなんて、すっかり忘れていた。

連休中の外出許可証をもらってからナースステーションを出た。

席に着いてから、レポート用紙を読み返してみた。とたんに、ものすごく恥ずかしくなった。これは「神が存在する」ことの証明ではない。「神が存在しているとしても矛盾がない」ことを証明しようとしているに過ぎない。しかも、それですら成しえていない。そもそもできるわけがない。書かれている文章や論理演算式は支離滅裂で、何の証明にもなっていない。

レポート用紙を破って捨てようかとも思ったが、まあ、気が狂った記念に取っておいてもいいやと思い直した。僕はそれをファイルフォルダーに挟んだ。

次に、電話ボックスに入り、ブレスコーポレーションに電話をかけ、四谷夫人を呼び出してもらった。

「もしもし。山口ですが」

「あら史郎ちゃん。ちょうど今、新しいアパートの図面を送ろうかと思っていたところよ」

「いや、僕は『メゾン・パークサイド』四〇一号室が気にいっているんです。それでね、退院の日が確定したんです。今月の二十四日です。だからすぐに契約していただきたいんです」

「まあ、史郎ちゃん、これを見てからでもいいんじゃないの。同じような間取りで、安い物件があるわよ。それに『パークサイド』はちゃんと押さえてあるから大丈夫よ」

「はあ。じゃあそれを送ってくださいますか。お手数かけます」

受話器を戻しながら不安を覚えた。大丈夫だろうか。


昼食後、中庭のベンチで、江もっちゃんと二人で煙草を吸っていた。風がないので煙がゆっくりと漂っている。ジョン・レノンの話をしていると、向こうからやって来る誰かが手を上げたのが見えた。驚いた。大将だった。大将は笑みを浮かべながら僕の前に立った。

「大将、久しぶりだねえ。元気にやってる？　仕事はどうした？　断酒してる？」

「仕事はアパレル関係だよ。断酒してるよ。山口さんも元気かい」

「うん、来週退院することになったんだ」

「それは良かったね。山口さん、すぐに働くんだろ」

「うん。で、大将、今日はどうしたの」

「どうしたのって、通院だよ」

「あ、そうか」

退院後、この病院に通院する人もいれば、別の病院に通院する人もいるし、どこにも通院しない人もいる。

「じゃあ山口さん、俺、診察だから」

大将は病棟に入っていった。僕は腕時計を見た。いけない。もう掃除の時間だ。

「江もっちゃん、俺も行くよ」

「ああ。俺はもう少しのんびりするよ」
そのあと起こる事件のことなど、考えもしなかった。

三人の酒歴発表が終わった。竹ちゃんと、市原さんと、ケイだった。三人とも、飲みだしたら止まらなかったこと、しのだ病院で多くを学んだこと、今後は一生酒を断つことをうたっていた。全員嘘つきだ。
僕は提出用のノートを開いた。

竹ちゃんへ
君にはとてもとても、お世話になった。僕は君に何かしてあげられただろうか。大丈夫。君は酒を絶つ。そしていろいろな現実的な問題を、君はハードル選手のように飛び越えていくだろう。そしてどうか、あの彼女、タフでクールな彼女と幸せになってくれ。遊びに行くよ。

市原さんへ
あなたの将棋は敵を木っ端みじんにする。そのＰｏｗｅｒを前面に掲げよ。そしてあなたの前に立ちはだかるものすべてを打ち砕け。

ケイへ

ケイ、そうか。そんなに若いときからか。ケイ、いろいろあったんだね。だけれどもケイ、今の君はとてつもないHappy&Hotのかたまりだ。バーストしたまま生きてゆけ。ジェットコースターのように。だとしたらケイ、他に何が要る？


僕はノートをカウンターの上に提出した。すると、さっきからナースステーションの脇に立っていた、ヘルパーの深田さんが僕のそばにやって来た。

「山口さん、江本さんに伝言を頼まれました。山口さんに大至急三階に来てほしいということです。病院の敷地内で事故に遭われたそうです」

二階の患者は三階に行けるが、三階の患者は二階に下りてこられない。だから僕に来いというのだろう。それにしても事故とは何だろう。僕は三階に上っていった。喫煙室で江もっちゃんが一人で煙草を吸っていた。

「やあ、山ちゃん、悪いねえ。でも緊急なんだよ」

「なにがあったの。大丈夫か」

「山ちゃん、昼過ぎに通院に来た、あのガタイのいい、背の高い男はなんていうの」

「矢部さんっていうんだけど。それが？」

「俺、あいつに車で轢《ひ》かれたんだよ」

「えっ、詳しく教えて」

「俺がコンビニに行こうと中庭を横切っていたらさあ、バックしてきた車のバンパーが、俺の膝にあたったんだよ。それでさあ、あいつ、車から降りもしないで、前を向いたまま片手をあげると、そのままいっちまいやがんの。俺、頭きちゃってね、一一〇番通報したよ」

「警察に連絡したの？　それは少々早まったね」

僕は考え込んだ。あの大将はそんないい加減な奴じゃない。大将がもし車で人を擦りでもしたら、いや、接触せずとも相手を驚かせたとしたら、大将は車から降りて、丁寧に詫びの言葉を口にするだろう。

「どんな車だったの」

「ライトブルーのセダンだよ。ナンバーを覚える暇なんかなかったし、車種もわからない。で、山ちゃん。あいつの連絡先教えてくれない？」

「知らないんだよ。電話番号も住所も。どんな車に乗っているのかも。嘘じゃないよ。知っているのは事務局とナースステーションだよ。でも絶対に教えてくれないと思うよ」

「そうか……明日警察の人が来るんだ。山ちゃんが立ち会ってくれるって、警察の人に言っちゃったよ。立ち会ってくれるだろう？」

「立ち会うも何も、俺、事故を目撃したわけでもないし……」

「いいじゃん。親友だろ」

いつから親友になったんだっけ。

「そんなことよりも、膝は何ともないのか」

「痛くはないね。でも念のため医者に診てもらうつもりだよ。その費用だけでも払ってもらわなきゃね」

結局僕は立ち会いを請け負って、二階に下りていった。自分の席に向かおうとすると、ナースステーションから出てきた科長に声をかけられた。

「山口さん、江本さんは事故についてなんとおっしゃっていましたか」

科長の耳にまで届いていたのか。あいつ、よほど大騒ぎしたんだな。僕は科長に、江もっちゃんとの会話を報告した。

「でも科長、矢部さんがそんな無責任な奴だとは僕には思えません。明日警察の人が見えても、病院は矢部さんのプライベート情報を提供すべきではないと思います」

「もちろん教えませんとも。では明日、立ち会いをよろしくお願いします。何時からですか」

「午後だという話でした」

席に戻ると、提出用のノートが戻ってきていた。ノートを開いてみた。最後のページに根島さんのサインとともに、メッセージが書き加えられていた。

「山口さんも、『人のふり見て……』ですね」

意味がわからなかった。ちょうどそのとき、根島さんが近くを通りかかった。

「根島さん、これ、難しすぎて意味がわかりません」

「意味深でしょう。でも山口さんならわかるはずよ」

「『人のふり見て我がふり直せ』というのは、人の欠点を見て自分の欠点を直せ、という意味だと解釈していますが」

「私はそんな悪い意味で書いたんじゃないわよ」

「ますます難しいなあ……あ、いや、わかった」

「わかったでしょう。そういうことよ」

根島さんは僕にこう告げているのだ。「試してみるべきではない」と。


次の日の昼下がり、僕が聖書の勉強をしていると、ヘルパーの目黒さんがやって来た。

「シスター、ちょうどよかった。どうしてもわからないところがあるんだよ。『ルカの福音書』なんだけどね……」

「それはあとでね、史郎ちゃん。一階の集団療養室に警察の方がお見えよ」

僕はエレベーターに向かった。ふと、近くの、幸ちゃんの部屋をのぞいてみた。昼寝をする幸ちゃんのベッドの脇には、例の大きな段ボール箱が立っている。五十嵐さんが、自分の部屋に持ち込むことを拒んだため、とりあえず幸ちゃんの部屋に置いておくことになったのだ。段ボールの上には幸ちゃんのジャケットがかぶせてある。もしかして、これで隠しているつもりなのだろうか。

僕はエレベーターのボタンを押した。

「それでは山口さんは、直接事故を目撃されたわけではないんですね」

交通課の桜田さんは、ゆっくりとそう言った。桜田さんの隣には、やはり交通課の木下さんが座っている。二人とも、お巡りさんの制服を着ていない。スーツ姿だ。

「ええ。僕は事故の三十分前に矢部さんと会話しただけです」

僕は江もっちゃんの方を向いた。

「江もっちゃん、改めて聞くけどさあ、車とぶつかってから、運転手の顔を見ていないんじゃないの」

「そういえばそうだなあ。俺が見たのは後ろ姿だけだ」

僕はため息をついた。

「それじゃあ、矢部さんが犯人だとは断定できないじゃないか」

すると桜田さんが言った。

「実は、こちらの病院の事務局に、その矢部さんとおっしゃる方の連絡先をお尋ねしたんですが、情報提供を拒否されたんです」

そりゃそうだろう。桜田さんは続けた。

「江本さん、加害者が特定できない場合、国から補償を得ることができますよ」

僕は江もっちゃんの肩に手を置いた。

「いいか、江もっちゃん。人生で一番貴重なのは時間だ。犯人探しにかまけて時間を無駄にするよりも、さっさと国からお金をもらって終わりにしたらどうだ」

「山ちゃんがそう言うなら、そうするよ」

桜田さんはうなずいた。それから僕に向き直った。

「ときに、参考までに山口さんのご職業は何ですか。差し支えなければ」

それは必要な情報なのだろうか。

「二級建築士です」

そのあと三十分くらい経ってから、話し合いはお開きとなった。


僕はベッドに横になって、酒害教室の終わるのを待った。話し合いが終わったら時間が中途半端だったので、サボったのだ。大分経ってからホールがにぎやかになった。僕は部屋を出て、ホールに入っていった。聖書の勉強の続きをしなければ。もうすぐ牧師さんが来る。

ナースの池上さんが、ホワイトボードの今日のスケジュールに、何やら付け足していた。なになに、三時から、内科の先生の講義？

冗談じゃない。そんな話、聞いてない。牧師さんが僕のために、わざわざやって来るのだ。院内プログラムのスケジュールは前日までに決めておいてもらわなくては困る。

だがしばらくすると、内科の先生がホールに入ってきた。牧師さんはまだ来ていないようだ。僕は仕方なく着席した。

内科の先生の講義は、非常にどうでもいいものだった。全くアルコールとリンクしていない。スケジュールを変更してまで強行すべき緊急性があるとは判断できなかった。

ただ、幸いなことに、先生は早めに講義を切り上げてくれた。

ヘルパーの小岩さんが僕のところに来た。

「山口さん、ミーティングルームで牧師さんがお待ちです」

僕は急いで勉強会の用意をした。


勉強会が終わって喫煙室に入ると、博士が僕の腕をつついた。

「池上さんって、セクシーだよね」

博士の視線をたどると、池上さんが、ホワイトボードに明日のスケジュールを書き込んでいた。

「確かに美人だよね」

「下の名前、なんていうのかなあ」

「あたしが聞いてきてあげようか」

煙草をもみ消しながらアキちゃんが言った。

「うん。聞いてきてよ」

博士は答えた。

喫煙室を出たアキちゃんが、さりげなく池上さんに話しかけるのが見えた。間もなくアキちゃんは戻ってきた。

「紀子っていうんだって」

「の・り・こ……」

博士の鼻はふくらんでいた。僕は煙草をもみ消すと席に戻り、テーブル越しに池上さんに話しかけた。

「紀子ちゃん、調子はどう?」

「悪くないわよ」

そう言いながら池上さんは僕を睨みつけた。アキちゃんが飛んで来た。小声で僕にささやく。

「なんてこと言っちゃってくれてんのよ。あたしが教えたってバレバレじゃん」

「それもそうだね。ゴメン」

アキちゃんは池上さんのところに謝りに行った。

今度は幸ちゃんが僕のところに来た。

「まいったよ。俺、三時過ぎに電話するアポイントがあったんだ。今電話したけど、出てくれないよ」

「わかった、幸ちゃん。任せてくれ」

僕は、メモ用紙を一枚ちぎった。

科長殿
本日、院内プログラムのスケジュールに乱れが発生しました。私たちはホワイトボードに書き込まれた次の日のスケジュールを確認することにより、それぞれ予定を立てることができます。なぜ本日最後のプログラムは延期される代わりに強行されたのでしょう。それほどの緊急性があったのでしょうか。
これにより、ある人は大切なビジネスの電話をかけ損ねたし、またある人は、忙しい牧師さんを一時間近く待たせました。このようなことが頻発することのないように願うものであります。

忘れてはいけません。あなたがたの扱っているのは、立派な社会人です。とくめい

僕はメモ用紙をカウンターの上に置いた。席に戻ると、また小岩さんが来た。手に何か持っている。

「山口さん、郵便です」

ブレスコーポレーションからだった。僕はハサミで封を切った。いくつかのマンションの間取り図が出てきた。

どの物件も、確かに家賃が安かった。だけれども部屋が小さい。僕は少々高くてもいいから、広い部屋に住みたかった。電話ボックスに向かった。

電話に出たのは四谷夫人だった。

「奥さん、やっぱり『パークサイド』にしてください。僕はあれが気にいっているんです」

「わかったわ。じゃあ、明日契約に行ってくるから。それはそうと史郎ちゃん、少しお金が要るんじゃないの。良かったらいくらか振り込もうか？」

「本当ですか。じゃあ、申し訳ないですけど、十万ばかり、振り込んでもらえますか」

「わかりました。じゃあ、今からパソコンで振り込んでおくね」

「助かります」

僕は口座番号を伝えた。

加藤さんがカードを配っていた。僕はメモ用紙に書いた内容をみんなに報告した。

「……それで、最後に匿名って書いておいたよ。まあ、字を見れば俺だとわかるだろうけどね」

するとと加藤さんが言った。

「いや、ワープロで打ってあっても史郎さんだってわかりますよ」

カードがみんなにいきわたった。みんなカードを手にした。しばらくして幸ちゃんが言った。

「高ちゃん、いい手が来たんだろう。高ちゃん興奮すると手がプルプルするから、すぐにわかっちゃうよ」

高ちゃんは小刻みに手を震わせながら黙っていた。

トランプをやりながら、僕はいろいろなことを考えていた。ふと、三階にいたときのことを思い出した。あの頃の僕は、手がつけられないくらいハイテンションだった。僕は竹ちゃんに話しかけた。

「竹ちゃん、竹ちゃんと初めて会った頃、俺は大体おかしかったか?」

「そうですね、大体おかしかったです」

するとまた、加藤さんが口を挟んだ。

「っていうか、俺と初めて会った時も、史郎さん、大体おかしかったですよ」

「つまり今かい。なんだか照れるなあ」

九時までトランプをやって、喫煙室で煙草を一本吸うと、三階で睡眠薬を飲み、部屋のベッドで横になった。いろいろあって疲れていた。じきに眠ってしまった。

病院のエントランスの前に、ざわざわとみんなが集まってきた。洋子ちゃんはみんなを見渡した。

「はい、じゃあ点呼を始めます」

今日のウォーキングは、病院から数キロ離れた薬師池公園が目的地だ。公園でお弁当を食べるということだ。楽しみだ。

ナースの古田さんがエントランスから出てきた。僕の方に来る。

「科長からの伝言です。ホールにある私物を今すぐ片づけてください、でなければ、こちらで撤去します、ということです」

昨日の匿名のメッセージの仕返しだな。でも今、上に上がって片づけていたのでは、遠足の出発に間に合わない。みんなを待たせたら迷惑がかかる。僕は答えた。

「あとでやりますとお伝えください」

しばらくして洋子ちゃんが大きな声をあげた。

「はあい、じゃあ出発します」

今日もいい天気だ。


大きな公園だった。大きな池があった。緑が豊かに広がっている。そこここで、様々な年齢の人たちが、にこやかな表情で、ゆっくり歩いていた。人が多すぎてうっとうしいほどではない。池の真ん中に二重橋がかかっている。

スズメたちが、そこいら中でチュンチュン鳴いている。池には鴨が群れをなしている。カメが泳いでいる。コイが泳いでいる。ほとりには、数羽の大きな灰色の鳥がいる。なんという鳥だろうか。向こうの木の緑の中に、きれいな青色が閃いた。オナガだ。僕はこの鳥が大好きだ。

僕はとりあえずセブンスターに火をつけた。洋子ちゃんが灰皿を用意している。煙草を吸い終わってから、みんなとあまり離れないように気をつけながら、ぶらぶらと歩きまわった。

短い散歩のあとでみんなのところに戻ると、お弁当が配られているところだった。僕もお弁当をもらうと、近くの岩に腰掛けた。お弁当はおいしかった。近くで数人が輪になって座っていた。アキちゃんが男たちの中で、楽しそうに笑っていた。

ケイはいなかった。運悪く、胃カメラの日だったのだ。秀美ちゃんも、体調不良を訴えて、病院に残っていた。だからアキちゃんは紅一点だった。

お弁当を食べ終わって一息ついていると、御老公が、池を一周しようと僕を誘った。僕は御老公につきあうことにした。御歳八十四の老人を、一人で歩かせるのは危険だと思ったからだ。起伏のあるところや、石段を上るところでは、さりげなく御老公の後ろにまわった。転んで頭を打ったら大変だ。

黄緑の絨毯《じゅうたん》のような蓮田を通り過ぎてしばらく歩くと、茅葺《かやぶき》屋根の古民家があった。江戸時代の古民家だということだ。僕たちはゆっくり見物した。

池を一周して戻ってくると、洋子ちゃんがみんなに集合をかけた。どうやら、みんなを待たせていたようだ。洋子ちゃんが大きな声をあげた。

「はあい、じゃあ帰りましょう」

病院に戻ってホールに入っていくと、なんとはなく違和感を覚えた。なんだか変だ。そのわけはすぐにわかった。「僕のもの置き場」から、「僕のもの」が、すっかりなくなっていたのだ。やられた。

僕はナースステーションの小窓を叩いた。すると科長がナースステーションから出てきた。

「山口さん、私、警告しましたよね」

口調は断固たるものだったが、口元に、ほんのかすかな笑みを浮かべている。勝者の笑みだ。

「はい。でもみんなの出発を遅らせてはいけないと思ったんで」

「中にお入りなさい。全部ここにあるから」

「すみません。お手数かけて。科長、あなたは確かに正しいことをなさいました」

僕は何往復もしながら、ナースステーションから自分の部屋に私物を運んだ。

その日の午後のプログラムはなかったが、今日のウォーキングの感想文を提出するようにということだった。


大きな池があった。橋がかかっていた。

大きな鳥がいた。鴨がいた。オナガがいた。

カメがいた。コイが泳いでいた。スズメたちが楽しそうに鳴いていた。


アキちゃんは、女の子一人なのに、野郎どもに溶け込んでいた。

宮浦さんは健脚だった。二人で池を一周した。古い家があった。

僕は煙草を吸いながら、みんなを見渡した。

そして、これに似た光景を、再び見ることがあるだろうかと考えた。

退院はもう少し先でもいいのにな、と思った。


ノートをカウンターの上に置いて席に戻ろうとすると、ヘルパーの東田さんが僕のところに来た。

「山口さん、四谷敦美さんとおっしゃる方からお電話がありました。至急連絡が欲しいとのことでした」

僕はナースステーションで携帯電話を出してもらうと、ブレスコーポレーションに電話した。四谷夫人が出た。夫人は僕が名乗るのを待たずに、慌てたような口調で喋りはじめた。

「史郎ちゃん、落ち着いて聞いてね。今日、不動産屋に行ってアパートの契約をしてきたんだけど、あのね、契約が終わってからリフォーム工事に取りかかることになっていたんだって。十日くらいかかるそうよ」

「え、まずいなあ。リフォーム工事なんか必要ないと言ってもらえませんか」

「それがダメみたいなのよ」

「でも退院の日は決まっちゃっているんですよ」

「なんとか退院を伸ばせないかしら」

だからさっさと、契約を済ませればよかったじゃないか。僕は文句を言いたくなったが我慢した。今から就職する会社の上司を怒ってみても仕方ない。

「わかりました。交渉してみます」

電話を切ってから、ナースステーションの小窓を叩いた。科長が顔をのぞかせた。僕は科長に事情を説明した。

「だから科長、僕をもう少し、置いておいてもらえませんか」

「私にはそれに対して返事をする権限がありませんね。三崎先生の許可が必要です」

「三崎先生は、今日はお見えではないんですか」

「昨日から、お休みをとられています。次に見えるのは連休明けの二十四日です」

「連絡はとれませんか」

「確か、ヴィクトリアの滝を観に行くとおっしゃっていました。とうてい連絡が取れるとは思えません」

「じゃあ科長、ベッドが埋まってしまうということは？」

「ああ、それはないですね。山口さん、十日間くらいホテル暮らしするぐらいのお金は持っていますか」

「それくらいの小銭だったらあります」

「ホテルの泊まり方がわからないというようなことは？」

「ヨーロッパのホテルでも、中国のホテルでも泊まれます」

「あらまあ、それはご立派」

どうやら、あれこれ考えてもしょうがないようだ。退院はもう少し先でもいいや、なんてノートに書いたら、十分も経たないうちに本当になってしまった。これも主のはからいだろうか。

僕は喫煙室に入って煙草に火をつけた。すると、エレベーターの方から博士が現れ、まっすぐに僕の方に歩いてきた。なんだか怒った顔をしている。博士は喫煙室に入ってきた。

「史郎さん、聞いてよ。僕ね、洗濯しようと思ってね、百円玉を作るために、千円札を持って三階に行ったんだよ。両替機は三階にしかないでしょ。

三階のドアの前のインターホンで、両替をしたいから開けてください、って言ったの。すると池上のやつがさあ、二階の人は外出できるんだからコンビニで両替してもらってください、って言うんだよ。史郎さん、どう思う？」

「そりゃないよね。コンビニで両替っていったって、何か買わないわけにはいかないよねえ。俺もいつも三階で両替するけど、断られたことなんて一度もないよ」

「そうでしょ。あいつ、ちょっと美人だからって、お高くとまりやがって」

博士の鼻は大きく広がっていて、両目はめらめらと燃えていた。


夕方、以前買っておいた町田市の大きな地図を、テーブルに広げてみた。今日のウォーキングのコースをたどってみようと思ったのだ。

はす向かいに座っていた竹ちゃんが立ち上がり、僕の横に立った。竹ちゃんは僕のシャープペンを取りあげ、地図に十か所くらい小さな丸を書いた。

「竹ちゃん、このしるしは何？」

「俺の別宅ですよ」

「わあ、竹ちゃん、一体、何人女がいるんだよ」

竹ちゃんは不敵な笑みを浮かべて自分の席に戻った。

しばらくして、人の気配を感じて後ろを振り返った。すぐ後ろに市原さんが立っていた。将棋の名人のおじいさんだ。市原さんはしばらく僕の地図を眺めてから話しかけてきた。

「史郎さんよう、そろそろ鍋が美味い時期だよねえ」

「そうだね。おでんなんか美味いだろうね」

「おう、そうだとも」

「でもって、おでん屋で、おでんだけ食って出てくる奴は馬鹿野郎だよね」

「そうともさ。とんでもない馬鹿野郎だよ」

市原さんは僕のノートを取りあげ、僕のシャープペンでノートの裏表紙に、何やら書き込んだ。見ると、へったくそな地図だった。

真ん中に「かんのさま」と書いてある。観音様のことだろうか。そういえばこのおじいさんは、漢字の読み書きができないのだった。それにしても、この地図で目的地にたどり着けたら、大したもんだ。

「これが浅草の観音様だよ。で、この辺に場外馬券場がある。俺は日曜日にはこの辺にいるからよう、遊びに来てくれよ。二人でおでん屋で一杯やろうぜ」

僕はこのおじいさんにも気にいられたようだ。

「うん。退院したらすぐに行くよ」

テキトーに答えたが、僕は退院後に酒を飲むつもりはなかった。この時点では。

市原さんは喫煙室に入っていった。次にやって来たのは博士だった。興奮しているようだ。

「史郎さん、これ見て」

渡されたのは、一枚のレポート用紙だった。どれどれ。

「大潮は月に二回、潮の干満は日に二回起きます。そのメカニズムを説明しなさい。説明できなかったら、あなたを馬鹿とみなします」

「博士、こんなの簡単だよ。俺を試すつもりか？」

「違うよ。史郎さんに出した問題じゃない。あの池上のやつにこれをつきつけてやるんだよ」

僕はため息をついた。

「博士、それは復讐のつもりか？　こんなものを池上さんに渡すのは、とってもナンセンスだよ」

「どうして？」

「いいか、博士。いつだったか、宇宙飛行士の野口聡一さんがＩＳＳにいたときの話だ。野口さんは当時の小泉首相と中継で会話した。そのとき、小泉首相は、なんて言ったと思う？」

「そのテレビは見てないなあ」

「こう言ったんだよ。地上四〇〇キロで、地球を一時間半で一周するなんて、そんなスピードで、よく無事でいられますねえ、と。いいか、一国のトップが、高校の物理の教科書に書いてあるようなことを知らないんだぜ。

つまりこういうことだ。人間誰しも、自分の専門分野以外には疎いものだよ。

博士、ナースが天体物理学に通じている必要はない」

博士は肩を落として自分の席に戻っていった。

夕食後、久しぶりに風呂に入った。気持ち良かった。風呂から上がると、もうトランプが始まっていた。

そういえばまだ科長に、警察とのやりとりについての報告をしていなかったな。僕はトランプを抜けることにした。報告をかねて、久しぶりに科長にレポートを提出しよう。

科長殿

①病院の敷地内で起きた人身事故について

結論を言えば、誰にとっても「忘れてもいい出来事」になりました。「彼」はあと一、二回、交通課の来訪を受けるでしょうが、それは「加害者の特定できない事故の被害者」に与えられる「国の補償金」の事務的手続きのためです。

②僕は忙しいということ

僕は今、大変忙しいです。病院のプログラムは大変ためになります。しかし、幸いなことにそれは、ちゃんと聞いてさえいれば理解して消化するのに労力を要しません。

忙しいのは例えば聖書の勉強です。僕のパーソナリティーは科学者です。先鋭物理学と聖書の御言葉の食い違いや、進化論の修正の必要性は、大変僕を困らせています。カソリックならよかったのだろうけど、たまたま訪れた教会は、プロテスタントでした。

それらの作業は後回しでいいと、牧師さんは言います。ただ、たくさん宿題が出ます。洗礼を受ける前に消化しなければならないプログラムだそうです。何しろ普通の人たちが一年くらいかかるプログラムを、僕は残り一週間くらいでやろうとしているのです。

アダムとイブはエデンで祝福を受けました。僕はこの病院でSecond Lifeの祝福を受けようとしています。つまり、ここが僕のエデンです。ですから、僕が洗礼を受けるのは、町田市にある、暑い夏の思い出がつまった、滝野聖書キリスト教会でなければなりません。足立区の教会ではだめなのです。

次に忙しいのは、退院後の生活と仕事の設計をすることです。院内において、すでに必要な人材の一部が発掘されました。例えば、工学博士や、システム・エンジニアです。

僕は就職してから、情報を収集しながら装置を設計し、いろいろなメーカーを訪れたりしなければなりません。長く会っていない高校時代の友人たちに電話して、メカトロニクスの専門家（必ずいます）を探したりしなければなりません。

僕がそうしたｗｏｒｋに必ず成功する、とはあえて言いません。ただ、僕のような人間の中の誰か、幸運な誰かがそれに成功するのだと思います。そしてどうやら、今のところ、主は僕の近くにいらっしゃるようです。

その次に忙しいのは、こういうことです。僕はこの病院で過ごす時間が残り少ないことに気づきました（おかげさまで、十日間くらい余分に時間ができましたが）。

今、自分がすべきことが何かを考えます。上に挙げた二つのやるべきことに続いて。僕はいろいろな論文を書くのをやめました（科長におかれましては、幸いなことだったのではないかと存じます）。詩や絵もやめました。退院してからでもできるからです。

また、以前はここで起こった出来事すべてを、ノートに記録していました。そうした出来事は、その瞬間に記録しておかないと、その生命を失ってしまうと思ったからです。でも今ではこう考えます。例えばパソコンに向かって、ある暑い夏の物語を執筆しながら、僕は難なく、すべて思い出すだろうと。

今僕がやるべき三番目のことは、少しでも多くの人たちと接して、そこから何かを得、また、相手に対して自分の意見を述べることです。

③僕が今懸念していること

僕がかつて「大将」と呼んでいた、リーダーシップに溢れた、立派な肉体を持つ尊敬すべき人物が退院してからずいぶん経ちますが、それとシンクロして、いろいろな人からいろいろな相談を受けるようになりました。僕は人と話すのが好きなので、困りはしませんが。

古い世代は当然にして、次々いなくなってしまいます。かくいう僕も、もうすぐ退院です。灰皿清掃は、みんなで（誰が当番であるにせよ）やっていましたが、これからは文字通り当番の仕事となるでしょう。

ラジオ体操の五分前に「成増さん、バンメシだよ、起きな」とか、「そんなに眠いのか、青年。しゃあねえ、サボっとけ」とか言いながら、全部の部屋をまわったりする人はいなくなります。みんなは、「ラジオ体操です」という、うるさいアナウンスで起こされることを望むでしょうか。「自治会」は存在するべきではありません。ここでは、誰かが誰かの上に立つべきではありません。ここは楽しくなければなりません。その楽しさが、とても苦しくて重い、その人の現実を少しでも軽減しうるものであるなら。ここでの思い出が、少しでも、永き人生の支えとなり得るのであれば。

忙しい科長は、さらに少しだけ忙しくなるでしょう。

26

土曜日の朝は雨だった。どこにも行く気がしなかった。でもちょうどいい。僕にはすべきことがあったのだ。

実家の両親に伝えなければならないときだ。僕が島根に帰れなくなったことを。

ブレスコーポレーションが入金してくれた。入院費の最後の支払いを親が拒絶したとしても、これでまかなえるだろう。それに僕は、建築業界の強力な保険に入っているので、退院しさえすれば、かなりのお金を手にできるのだ。

僕は便箋を用意した。

報告書

お父さん、お母さん、申し訳ありません。ひとつ約束が果たせなくなりました。

僕はこの病院で多くのことを学びました。プロテスタント教会でも多くのことを学びました（心配しないでください。お父さんやお母さんが、十字架の下に眠ることはありません。そのときは山口家のお寺に頼みます)。

最後にビールを飲んだのは三か月以上前。今、僕の頭は冴えわたっています。

本当に多くのことを僕は学びました。学んでしまった。今の僕は、頭の回転が速い。速くなりすぎてしまった。

必然的に、僕は自分の人生を再度修正する。

僕は島根に帰って何をするだろう。とりあえずアルバイトだろう。もし求人があればの話だ。

アルバイト先が見つかるまで、煙草代をねだっては小言を言われ、欲しくてたまらない本を買おうとして、お前は養われているんだから我慢して節約しろ、などと説教されるのはうんざりです。

とりあえずのアルバイト先が見つかったとしても、そのあとは? 不動産屋にいるかもしれない。月給十五万円くらいで。それとも工務店か。月給十七万円くらいで。

僕はいずれ誰かと結婚するかもしれない。僕は彼女を幸福にし得るか。子供に最高の教育を受けさせることができるか。

僕は決して若いとはいえませんが、かといって人生の終わりを待つ歳でもありません。僕の社会人生は、ちょうど半ばです。僕は僕の人生を、先の見えたものにしたくありませんでした。

僕はこの年齢にして、あえて頂点を目指します。島根に帰ってしまったのでは、それは困難を極めるでしょう。山上建設も残念ながら、僕の踏み台にはなり得ません。資金力がないからです。これから就職する会社は、僕のプロジェクトを実現しうるでしょう。
僕は東京都足立区のある会社に、就職を決めました。下に、その会社の連絡先を記しておきます。もしアドバイスがおありなら、大いに耳を傾け、参考にさせていただきます。しかるに本状は報告書であり、企画書ではありません。僕のプランに、微細な変更が加えられることがあっても、大筋が変わることはないでしょう。
島根に帰ってしまうと、逆に、お父さんやお母さんに、大した恩返しができないでしょう。山上建設にいたのでは、逆に山上建設に恩返しができないでしょう。数年後、山上建設と僕は、共倒れになるでしょう。

男女二人が、ボートに乗っていました。大波で、二人は海に転落します。男の取るべき行動は、どちらでしょうか。
①自ら溺れかけながら、しがみつく女性を、ボートに押し上げようとする。
②速やかに、まず自分がボートに這い上がり、速やかにボートを操り、女性のもとにつけ、ボートの上から、難なく彼女を引っ張り上げる。
僕は今、溺れそうになりながらも、ようやくボートの縁に、手がかかったところです。

度重なる親不孝をお許しください。

午後になって晴れ間がのぞいた。「報告書」の郵便を出しにコンビニに行って、ホールに戻ってきた。速達で出した。連休中だから速達でなければ、すぐには届かないのだ。

僕は部屋からスケッチブックと絵具を持ち出すと、ホールの一番端のテーブルの前に立った。このホールの絵を描いておかなければならない。僕のエデンだ。いろいろな思い出の詰まった、僕の聖地だ。

スケッチブックに鉛筆で下書きをしていると、廊下の方から、煙草の箱を手にしたケイが現れた。ケイは二十四日に退院だということだ。

「史郎ちゃん、また絵を描いてるの」

「そうだよ。この景色を保存しようと思ってね」

「あたしの見てない絵、ある?」

「ええと、ああ、これだね」

僕はスケッチブックをめくって、セキセイインコの絵をケイに見せた。

「わあ、上手。チュンチュン鳴いているのが聞こえてきそうね。あたし、その絵、好き」

「じゃあ、あげるよ」

僕はその絵をちぎって、ケイに渡した。

「どうもありがとう」

ケイは僕の絵を持って、自分の部屋に戻っていった。

しばらくして、また廊下の方から足音がした。目を上げると、松原さんだった。松原さんは僕のところに来た。

「史郎さん、今日は絵を描いているのかい」

「そうだよ。この景色を忘れないように取っておくんだ」

松原さんは、あれから精力的に絵に取り組み、今ではその作品は二十作くらいになっていた。僕は時々、松原さんと会話し、松原さんを励ましていた。

松原さんは僕の横に立つと、両手で何やら紙を持ち、読みあげ始めた。

「感謝状。感謝とは、深く重い言葉だ。軽く使われることが多いが、今回ほど重く感じたことはなかった。なんというタイミングであなたと出逢えただろう。あとわずかの時間だが、感謝のしようがない。本当にありがとうございます」

松原さんは、紙をひっくり返して、僕に差し出した。僕は両手でそれを受け取った。

「松原さん、俺は感謝されるようなことは何もしていないよ。あなたが、あなたの力で、ポジティブなエネルギーを手に入れたんだ。でもこれ、どうもありがとう」

松原さんは部屋に戻っていった。以前は憂鬱そうな老人だったのに、今では生き生きとしている。

僕は作業に戻った。

「山口さん」

ナースステーションの方を振り向くと、窓から科長が顔をのぞかせていた。

「これ、お返しします。ありがとうございました」

取りに行くと、昨晩提出したレポートだった。

「こちらこそ読んでいただいて、ありがとうございます。それはそうと科長、僕も少し怖くなってきました」

「何がでしょう」

「世間に出るのがです」

「それは、おめでとうございます」

「何がおめでたいんですか」

「バンザーイ、と叫んで出ていく人には、あまりいいことがないからです」

「そうですか」

端のテーブルに戻って、レポートの最後のページを見た。青いペンで、科長のコメントが書き込まれている。

「貴重な体験談&御意見をありがとうございます」


夕食後、竹ちゃんと二人で、喫煙室で煙草を吸っていた。

「竹ちゃん、俺、焦っているんだ。ケイには俺の携帯番号を伝えたのに、ケイは連絡先を教えてくれない。もう一度、俺の想いを伝えるべきだろうか」

「彼女にも考える時間が必要です。だいたい史郎さんは、自分が主人公なんですよ。相手のことも考えないと」

「そうか」

加藤さんが入ってきた。しばらくして加藤さんは僕に話しかけてきた。

「史郎さんは、退院しても飲まないんですか」

「二年間はね。アル中が断酒すると、最初の一年が一番きついとみんな言う。念のため二年間断酒して飲酒欲求が起こらなければ、俺はアル中ではないということになる。そのあと飲むかどうかは、そのとき考える。たぶん飲むだろうけどね」

「史郎さん。史郎さんは間違ってますよ。試してみるとしたら今です。退院後すぐに試してみるべきです。スリップは早い方がいいんですよ。中途半端に飲んでもだめです。これでもか、っていうくらい飲むんです。俺なんか、いまさら試してみなくても完全無欠なアル中だけどね」

なるほど。この男の言うことには一理ある。それについては、あとでゆっくり考えることにしよう。


日曜日は快晴だった。午後、僕とケイ、博士、加藤さん、五十嵐さん、楠田さんは、病院の近くの公園の中の野球場に来ていた。ここには一度来たことがある。ずっと前の、ウォーキングのときだ。

ケイがこちらに、黄色いテニスボールを投げた。ケイの球は低めだったので、僕は半ばかがみ込むようにして球をキャッチした。すぐに加藤さんに向かって投げる。

楠田さんに向かって球を投げながら、加藤さんが嘆いた。

「バットさえありゃあなあ。野球ができるのに」

すると博士が「ちょっと待ってて」と言って、山の斜面に向かっていった。やがて博士は、どこで見つけたのか、二メートルくらいの太い木の枝を持って帰ってきた。博士はベンチの、背もたれと座面の間に枝を差し込み、テコの原理を応用して枝を真っ二つにした。

「これでどうだい」

博士は得意そうだった。加藤さんが答えた。

「上出来だよ、博士」

僕たちは野球を始めた。僕の打順になった。僕はバッターボックスに入った。

僕の打った球は、けっこう遠くまで飛んだ。五十嵐さんが、バウンドする球を追う。僕は走りだし、一塁を守る博士の足元にスライディングした。

「わあ、史郎さん、ちょっとお」


月曜日、実家の母から手紙が来た。速達の赤いスタンプが押されている。こちらから手紙を出したのは土曜日だった。じゃあ、昨日の日曜日、手紙を受け取った母は、その日のうちにこれを投函したわけだな。僕はハサミで開封した。


ずいぶん涼しくなりましたね、元気ですか。

早速ですが報告書の件、実家に帰ってくるものとばかり思っていたので、また裏切られたなと、腹立たしさと同時に、寂しさをかみしめています。

一言の相談もされず、なんでも一方的に決められて裏切られ続けられている自分を、情けなく、また、あわれに思います……。

科長、報告です

実家の母親から手紙が届きました。およそ考え得るあらゆる小言が並んでいましたが、最後に「体に気をつけて頑張ってください」と書いてありました。

僕は自分の出した先の手紙の中に、ブレスコーポレーションの電話番号と、社長夫人の携帯電話番号を記しました。

社長夫人から電話がありました。アパートのリフォームは、今月二十七日に終わるそうです。思ったより早くて助かりました。

うちの両親から、夫人の携帯に、電話があったそうです。「うちの息子を、どうかよろしく」と言っていたとのことでした。

27

南向きの一面のガラスから、透き通った朝の光が差し込んでいた。みんなを前にしたナースの大野さんが言った。

「それでは山口さん、退院の挨拶をお願いします」

僕は立ち上がって、みんなを見渡した。ケイはもういない。

みんな、僕を見ている。僕は深く息を吸い込んだ。

「僕は時々、空を見上げながら、ここの窓ガラスの真っ青を思い出すでしょう。

僕は煙草を吸いながら、ここの喫煙室で、みんなで大はしゃぎしたことを思い出すでしょう。

ここでなされたすべての会話、ここで起こったすべての出来事は、僕の記憶中枢のハードウエアに直接書き込まれているので、永久に消去不能です。

この、床がボロボロの、壁もペンキを塗り替えた方がよさそうな、この場所こそが、まぎれもない、僕の第二の人生の出発点『エデン』だからです。

患者のみなさん、ナースのみなさん、ヘルパーのみなさん、僕は確かに、とてつもないものを受け取りました。

ありがとうございます」

僕はナースステーションに向かって、深く礼をした。目を上げたとき、科長が目じりを拭うのが見えた。割れんばかりの拍手の中で、僕は着席した。

「では、脈の測定と、検温にかかります」

古田さんが僕のところに来て、深々とお辞儀した。僕は右腕を差し出した。古田さんは、腕時計を見ながら僕の脈をとった。

「ええと、山口さん、一二〇」

面倒くさい、一連の手続きが終わって席に着いてから気がついた。東京足立病院への紹介状を、まだもらってない。僕は一階の事務局に下りていった。男性の事務局員は、首を傾げながら、パソコンに向かって紹介状をプリントアウトして封筒に入れ、封をしてから僕によこした。

二階に戻ると、僕の席に封筒が置いてあった。紹介状だった。誰が置いたのだろう。もらってきたばかりの封筒と見比べてみる。どう見ても同じものだ。ナースステーションに一通を返そうかと思ったが、やめておいた。別にじゃまになるものではないし。

三階に上がっていった。ナースステーションに入っていくと、ナースたちと談話していた科長が立ち上がった。僕は右手を差し出した。

「科長、握手です。大変お世話になりました」

「いいえ。こちらこそ」

僕の手を握る科長は、満面の笑みを浮かべていた。

「でも課長、僕たちはもう一度逢いますね」

「え？」

科長は不思議そうな眼で僕を見た。


午後、僕はバタバタと往復しながら、部屋の荷物を、ホールのテーブルの上に移していた。バレーボールが終わってから部屋を片づけたのでは、部屋を掃除するヘルパーさんたちに迷惑がかかる。ひと仕事終えてテーブルの上を見ると、自分でもびっくりするくらいの大量の荷物だった。時間になったのでバレーボール用のサポーターを装着していると、通りかかった古田さんが振り向いた。

「まあ、山口さん、やる気まんまんね。でも怪我をしても退院してもらいますよ」

「わかっています」

僕は一階に下り、コートに向かった。


洋子ちゃんの笛が鳴った。試合開始だ。

バレーボールに初めて参加する、前回まで見学だった高ちゃんのサーブするボールは、何回やり直しても、あさっての方向に飛んでいった。サーブミスは見逃すというルールだったが、これではいつまで経ってもゲームが始まらない。八回目かそこらで、やっとボールは相手側のコートに飛んでいった。

そのあとは激戦となった。途中で、何の戦力にもならない高ちゃんが真っ赤な顔をしてうろうろしているのを、ナースが引っ張り出した。強制退場だ。爆笑ものだった。

やがてゲームは終盤にさしかかった。二十四対二十三で、僕たちのリードだ。どちらのチームも粘る。

最後は、僕と加藤さんのクイックが炸裂し、僕たちの勝利に終わった。すると、相手チームの博士が大声をあげた。

「プログラムを最後の最後まで楽しんだ、史郎さんに拍手う」

拍手が起きた。


ホールに戻ると、お義母さんが、用意してきた段ボール箱に、次々と僕の荷物を詰め込んでいるところだった。僕は一緒になって荷造りを進めた。たくさんの段ボール箱が一杯になった。作業が終わるのを待たずに、みんなが集まってきた。

みんな一人一つずつ、段ボール箱を抱えた。御老公ですら、小さめの段ボール箱を抱えている。アキちゃんは「よいしょ」と言いながら、一番大きな段ボール箱を持ちあげた。

全員はエレベーターに乗れないので、二班に分かれた。一階に下りると、僕は先頭に立って山上建設の軽トラックに向かった。やがて第二班が来た。

全部の荷物を積み終わると、軽トラックは一杯になってしまった。お義母さんに、軽トラで来てください、と言っておいてよかった。

一人ひとりと握手を交わした。それぞれ短い挨拶を口にして。みんなの手のぬくもりを感じながら、目がしらが熱くなるのを覚えた。いけない。早く立ち去らなければ。僕とお義母さんは車に乗り込んだ。

お義母さんがキーを回した。おんぼろ軽トラのうるさいエンジン音が響き渡った。僕は助手席から身を乗り出し、みんなに敬礼した。

「戦線を諸君にゆだねる。諸君の成功を祈る」

坂を下り始めた軽トラに揺られながら、僕は後ろを振り返った。滲みだした景色の中で、病院の建物が小さくなっていった。

二〇〇九年、九月二十八日。僕はしのだ病院を退院した。

ステンドグラスから差し込んでくるのは、冬の初めに相応しくない、こぼれるような眩しい光だった。パイプオルガンの余韻の中で、僕は聖壇から信者の人たちを見渡した。心の中でアーメンと唱えると、僕は手にした原稿を持ち上げ、小さなマイクに向かって読みあげ始めた。

28

証し

二〇〇九年の六月、僕はどん底の地獄の中にいました。僕の心は、深い深い鬱病に蝕まれて荒《すさ》み果てていました。その暗闇の中から、なんとか這い上がろうと、酒を飲み続けました。酒は、わずかなひと時のその効力の果てに、さらに深い鬱をもたらします。そして僕は、遮光カーテンを閉め切った、薄暗い部屋のベッドから起き上がり、再びコンビニに酒を買いに行きます。

三十代前半まで僕は、全く幸せな人生を歩んできました。多くの良き友人たちに囲まれ、たくさんの幸運に恵まれ、お金に困ることもなく、何かにつまずくこともなく、自身の幸福を実感しながら、「人生ほど素晴らしいものはない」と、疑いなく信じていました。

ごく幼い頃から、神様のことを漠然とは信じてはいました。どんな神様かは知りません。大好きだったお祖父さんが、「神様はいらっしゃるんだよ」と言っていたからです。山でさんざん遊んで楽しかった夏の日には神様に感謝したし、可愛がっていたセキセイインコが死んでしまった夕方には、土を掘りながら神様にお祈りしました。そして学校を進むにつれ、僕は自分自身の信仰を理論的に裏打ちし始めました。

そもそも何の目的で、この世界は、存在するということを始めたのだろう。僕は考えました。宇宙物理学は、遥か遠い昔の、ある時点にこの世界が始まったことを特定しています。しかし「誰が何の目的でこの世界を創り上げたのか」という問いには答えを出していません。また、いわゆる「進化の法則」で、様々な生命の誕生が、単に数学的確率論に頼るのであれば、ひとつの高分子が人類の高みにまで到達するのに、宇宙の終わりまでかかっても間に合わないのではないかと思えます。すなわち、生命は決して副産物ではありません。被造物です。被造物であるならば、造物主が必要です。

三十代前半はまさに人生最良の日々でした。僕は結婚し、幸福は頂点を極めました。何もかも、これから先すべてのことがうまくいくとしか思えませんでした。そして僕は、この勢いに乗ろうと会社を立ち上げました。建築関係の会社です。それが失敗の始まりでした。僕はこれまでの人生で、多くの人に手を差し伸べてきましたが、それを上回るより多くの人々に、助けられてきました。

会社を立ち上げてからも、相変わらず僕はお人よしでした。結果、たくさんの人に騙されました。たくさんの人に裏切られました。たくさんの人に逃げられました。オフィスのＦＡＸから、身に覚えのない高額請求書がいくつも吐き出されるまで、会社の実印がなくなっていることにさえ気がつきませんでした。実は、その頃になると、僕は鬱病を抱え、昼間から酒に手が出るようになっていたのです。

結局、かなりの額の借金をなんとか払い、その会社を閉じました。それから妻の両親の経営する工務店に入社しました。一応は仕事をこなしましたが、鬱病と、酒は残りました。妻からプレゼントされた中古の乗用車を飲酒運転で廃車にしたのをきっかけに、妻は僕のもとを去っていきました。六月、僕は下痢と便秘を繰り返すようになって、総合病院を訪ねました。診察の結果は、アルコールの招いた劇症肝炎でした。即入院です。助かるか助からないかわからないと言われました。しかし幸いにも、次の日、スズメの声で目が覚めました。一日ごとに元気になっていきました。そして眠れなかったある朝、僕は神様と接触しました。見えたのではありません。聞こえたのでもありません。見えない光と、形容のしようのない安らぎの中に、僕は包み込まれていることを感じました。そして「生きよ」と神様はおっしゃいました。不眠による幻だと人は言うかもしれません。

でも僕はあえて信じます。

僕は永い過去を振り返ってみました。そして気がつきました。僕がどれだけ多くの危機に襲われてきたかということに。そしてその一方で、いつもぎりぎりのところで、辛うじて救われてきたかということに。

そして僕は気がつきました。僕は放蕩《ほうとう》の果てに、罰として時々試練を与えられたのだと。僕は、生きているのではなく、生かされているのだと。

病院で何日か過ごしました。気がつくと欝病はどこかにいってしまったようです。何となく幸せな気持ちが戻ってきました。酒が飲みたいという気持ちも全く起きませんでした。これからは酒など飲むべきではないと考えました。僕は退院のとき、アルコール科のある町田市の「しのだ病院」に紹介状を書いてもらいました。

「しのだ病院」で僕は考えました。僕は神様に感謝しなければいけない。僕は神様に、これから先僕が正しい道を歩んでいくように、お祈りを捧げなければならない。でも僕は、神様に祈る場所を知りません。祈る方法も知りません。気がついたら、ＮＴＴ一〇四をプッシュしていました。「町田市獅子町『しのだ病院』に一番近い教会を調べてください」と。

そして主の導きにより、今、僕は「滝野聖書キリスト教会」の礼拝堂に立ち、洗礼を受けようとしています。退院から一か月が過ぎていますが、僕は、今住んでいる足立区の教会への移籍を先延ばしして、ここで洗礼を受けることに決めました。

「しのだ病院」には、工学博士や、システム・エンジニアや、神主さんなど、実に様々な人たちがいました。年齢も、職業も、てんでばらばらです。僕はそうしたいろいろな人たちと、多くを語り合い、四六時中皆で大笑いしました。

一方で僕は、詩を書き、論文を書き、絵を描き、数学や物理の復習をし、考案した機械の設計図を引きました。そして日曜日には教会に通いました。アルコールの抜けた頭脳の、なんと澄み切って、なんと感性の豊かなことでしょう。三か月の間、僕は今までの人生で学んだに匹敵する多くを学びました。

牧師さんは、僕のために、安息日以外の日にも、わざわざ病院まで足を運び、勉強会を開いてくださいました。勉強会はときに非常に難しかったけれども、なんとか理解しました。

僕は、「しのだ病院」で、人生を一八〇度転換しました。

人は「エデン」で祝福を受けました。僕は「滝野聖書キリスト教会」で、第二の人生の祝福を受けます。この町田市が僕のエデンなのです。だから僕はここで洗礼を受けなければならないのです。


ヨハネの福音書の一章五節にあります。

「光は闇の中に輝いている。闇はこれに打ち勝たなかった」

僕は闇の中から這い上がってきたところです。闇はもうたくさんです。僕は神様の照らしたもう光の中で、この先の人生を歩んでいきたいと思います。

今、心から主イエスを求めます。

牧師さんと僕は大急ぎで別室に入ると、着ていた服を脱ぎ捨て、真っ白な衣装に着替えた。それから、あらかじめ敷かれた透明なビニールの通路の上を歩いて、聖壇をスライドさせたあとに現れた、大きなお風呂のような縦横二メートルくらいの水槽に向かった。

僕と牧師さんは、ぬるま湯で満たされた水槽の中に入っていった。牧師さんは、白いタオルで僕の鼻と口を覆い、僕の肩を支えながら、ゆっくりと僕を水中に沈めた。

すぐに抱え起こされた。僕は立ち上がって周りを見渡した。

聖堂の眺めは、なんだか今までと違って見えた。

十一月一日、僕はクリスチャンになった。

29

会社がひけてアパートに戻ると、スーツを脱いで壁のハンガーに掛けた。暖かい部屋着を着る。エアコンのスイッチを入れてから冷蔵庫を開けた。冷蔵庫の中には、たくさんのコカコーラのペットボトルが並んでいる。僕は一本を取り出して、机の上のグラスにコーラを注いだ。

椅子に座り、セブンスターに火をつけながら、ふと壁のカレンダーを見た。十二月四日、金曜日。しのだ病院を退院してから二か月になるな。科長やナースたちは元気にしているだろうか。手紙でも書いてみるか。明日は休みだし。僕はパソコンを起動させた。

お世話になった、みなさんへ

みなさん、お元気ですか？　早いもので、退院から二か月経ちます。僕は大変元気です。でも少し疲れ気味です。非常に忙しいです。みなさんも相変わらず、忙しく重労働をこなしていらっしゃるかと存じます。でも言わせていただけるなら、今の僕の忙しさには、太刀打ちできないのではないでしょうか。
残念ながら、「同窓会」には行けません。僕はその頃社長に同行して、上海の工場を視察しているでしょう（案内状は来ません。ちゃんと事務局に新住所を伝えたのに）。

僕の目から見て、建築上のメンテナンスにかまけている余裕もなく、ＭＲＩはおろかＣＴすらない、僕の聖地「しのだ病院」で働くみなさんの労働は、その報酬のためではなく、ひたすら奉仕と自己犠牲の精神によるのではないかと存じます。

「東京足立病院」は、何一つ僕の聖地を連想させてくれません。ピカピカの御影石のタイルの廊下の上を歩いていると、天井面に取り付けられたレールの下を、書類を積んだモノレールがかなりのスピードで行き交い、入院患者の食事を積んだ電動ワゴンが、脇を通り抜けます。

僕は僕のエデンが懐かしくてたまりません。科長や、三崎先生や、みなさんや、セキセイインコと交わした言葉の一つ一つが、僕の心の中で結晶と化しています。

目覚まし時計のうるさい音で、朝五時というナンセンスな時間に起き上がりながら、「なんで俺はこんなところにいるんだろう。なんで二〇五号室じゃないんだろう。寝直そうか。そうすれば、あの優しいナースが、『山口さん、朝ですよ』と、俺を揺さぶってくれるはずだ」と考えたりします。

オフィスでパソコンを打ちながら、「なんで俺は、あの日当たりのいい、居心地のいいホールで、論文を書いていないのだろう」と思ったりします。そして、けだるい日曜の午後の誰もいないホールで、七十二色の色鉛筆で絵を描いている僕に「へえ、山口さん、絵がじょうずね」と顔を出したあのナースの微妙な笑顔が忘れられません。

ここに電子辞書があります。意外なことに、これが最も強烈に、「しのだ」を思い出させます。考えれば当然です。普段の生活でパソコンさえあれば、電子辞書なんか使いません。でも八〇〇〇円くらいのこれは、三か月間ずいぶん働いてくれました。

プラスチックの白い、底の割れたコーヒーカップを、今オフィスで使っています。社長は、「お前のいないときに、そんな小汚いもん捨ててやるからな」と言いましたが「だめです、これはシンボルです」と僕は答えました。「山口」とマジックで書いてあります。僕は「しのだ」で、これを洗ったことはありませんが、一度、外から帰ってきたらピカピカの真っ白になっていたことがありました。僕の担当だった、あの穏やかな表情のナースの仕業でした。


みなさんに、謝らなければなりません。僕は酒歴発表を、こう締めくくりました。

「僕は自分に誓約書を書く。『一年間酒を飲まない』と。二年目、それは更新されるだろう。だが三年後、あるいは四年後、もしかしたら僕はサイコロを振るだろうか。……神のみぞ知るだ」

しかし酒歴発表の後も、僕の脳のディスクドライバは、目まぐるしく回転し続けていたのです。三年後、あるいは四年後、僕はどうなっているだろう。社内で相応の立場にあるだろう。社外にも多くの取引先を抱えているだろう。そんなときに「アル中が再発しました。三か月入院します」なんて言うべきだろうか。ナンセンスだ。ではいつだ、試してみるとしたら？　今だ。たった今だ。

今すぐだ。

三崎先生からの指示書に書いてありました。「断酒を続けること」と。また、辛辣だけれども人間味溢れる、あるナースからは、暗号めいてはいるけど明確な意味を持つメッセージをいただきました。「試してみるべきではない」と。


あなたは、ミステリー小説の最後の十ページで本を置きますか？　三崎先生は、僕がアルコール依存症ではない可能性を示唆されました。でもそれを証明することはできませんでした。また、飲むべきではないとおっしゃりながら「なぜなら、あなたはアルコール依存症だから」とも、断言なさいませんでした。

つまり僕は、「アルコール依存症かもしれないし、そうでないかもしれない」という概念を抱えたまま、先の人生を歩んでいかなければならないということになります。自分の身をもって試してみない限りは。

病院の事務局は、ミスをおかしました。僕が、事務局に「東京足立病院」への「紹介状」をもらいに行って二階に帰ってみると、誰が置いたのか、僕の席に、もう一通の「紹介状」がありました。どう見ても同じものです。東京足立病院に提出するには一通で足ります。もちろん僕は、「重複していますよ」などと、誰かに言ったりしません。一通を開封しました。「アルコール依存症の疑い」とありました。

退院の日の夜は、試してみるわけにはいきませんでした。朝、病院で抗酒剤を飲んでいたからです。次の日は、屋根のないトラックで引っ越しの予定でしたが、雨天のためとりやめました。つまり予定が空いたのです。

僕は早朝、コンビニでビールを三リットル分買い、小雨の中、近くの公園のベンチに座りました。そして手を膝の上に置いて、しばらくイエス様にお祈りしました。そして緊張しながら最初の五〇〇ミリリットルの缶のプルタブを引きました。

一口飲んで、僕はびっくりしました。恐ろしくマズかったのです。記憶しているビールの味と、全然違います。でも実験は、三リットルくらいは飲まなければ信憑性が薄いと思ったので、なんとか我慢して、その一本を飲み干しました。すごく嫌な気分になりました。そして二本目を飲み始めると、体中が悲鳴を上げ、僕はいきなり全部モドしてしまいました。僕は残りの四本を捨てて、山上建設に戻りました。

どうやら三か月の間に、僕の中に「拒絶系」が形成されたようです。

手持無沙汰になった僕は、会社のパソコンで「十八禁サイト」を見ながらマスターベーションしました（水曜日だったので、山上建設は定休日でした）。それはすごく硬く大きくなりました。こんなふうになるのは何年ぶりでしょう。それから会社の猫としばらく遊んで、僕も猫も眠くなったので、休憩室で二人で寝ました。起きたらなんと夜中でした。猫はどっかに行っちゃっていました。思った以上に「病院疲れ」が溜まっていたようです。

酒自体は、悪いものではありません。突拍子もないインスピレーションや、意表を突いたアイディアをもたらしてくれます。僕は、ほんの時たま、幸せすぎる夜に、レストランでステーキを頬張りながら、生ビールを一杯か、せいぜい二杯、飲んだりします。飲みすぎることはありません。体が受け付けないし、プロテスタント教会は、酔っぱらいを善しとしません。そして僕は、僕の聖地で得た、冴えわたった頭脳と、澄み切った感性を、もう一度アルコールで汚すつもりはありません。

三崎先生は僕にアドバイスしてくれませんでした。病院でみんなが言っていました。ドクターに、退院後はしばらく静養するように言われたと。三崎先生はそんなこと、僕には一言も言ってくださいませんでした。言い忘れられたのでしょうか。それとも僕のハイテンションが、それを乗り切るだろうと思われたのでしょうか。

だとしたら、一応正解です。確かに僕は、それを乗り切ったのですから。すごく苦しかったけれども。退院後、僕は速攻で引っ越しを済ませ、その次の日には入社しました。「㈱ブレスコーポレーション」は、リアルな会社です。ゆっくりとコーヒーを飲んでいるような人はどこにもいません。みな図面を拾ったり、計算をしたり、パソコンをはじいたりしています。電話の着信音が四六時中鳴り響き、社長のどなり声が聞こえてきます。裏にあるとても大きな倉庫の中では、数台のフォークリフトが絶えず動きまわり、大きなトラックが出入りしています。どうやら僕は、リハビリに最も遠いところに来てしまったようです。

困ったことに、社長も、他の誰も、僕に指示を出しません。慌ただしいオフィスの中で、僕は一人ぼうっとしていました。一週間くらい、僕は鬱になりました。

なんで俺は、こんなところにいるんだろう。島根の、広い自分の部屋で、ソファーに寝っ転がって本でも読んでいる代わりに。それとも、居心地のいい、確かに僕の居場所がある、「㈱山上建設」のデスクで煙草を吸いながら「あ、お義母さん、コーヒーは薄めがいいですね」なんて言いながら、図面を引いたりしている代わりに。

また、「何だって俺はクリスチャンになんかなってしまったんだろう」とも思いました。日曜日くらい家でゴロゴロしていたいと思いました。ハイテンションの中で自分の人生を設定してしまった自分自身を呪いました。

社長自身、僕に何をやらせればいいのかわからなかったのだと思います。でも、しばらくして、社長は僕に言いました。「とりあえず、うちのホームページのリニューアルをやってみろ、史郎。ゆっくりでいいからな、慌てなくていいからな」

そいつは確かに僕のｗｏｒｋです。僕以上の適任者はいないでしょう。僕は早速デザインに取りかかりました。夢中になりました。社長にいちいち何かを尋ねるのを避けて、営業の人や、物件管理の人たちの忙しい合間を見計らって、いろいろな質問をしては商品知識を得、どの商品を、どう、うたえばいいのかの見当をつけました。

知らない間に鬱は、どっかに行ってしまったようです。あるいは鬱ではなかったのかもしれません。本物の鬱は、来そうにありません。長年の鬱は、たぶんアルコール性の鬱だったのでしょう。

社長と僕は、古い間柄です。僕は大学時代、サークルの先輩から紹介されて、建築現場で「荷揚げ」のアルバイトをやっていました。一日八〇〇〇円くらいです。ある日、現場でカーペットの荷揚げをしていると、カーペットを貼っている職人から声をかけられました。

「そんなアルバイトよりも、俺んとこで手元をしねえか？　一万円払ってやるよ」

僕は、もちろん話に乗りました。僕はこれでも、けっこう手が器用です。重宝されて、しばらくして日当は一万五〇〇〇円になりました。僕はそのうち、親方を上回るくらいのプロになりました。

ある日、親方と一緒に仕事をしていると、元請けの「サンライズ株式会社」の四谷さんという人が来ました。僕より五つ年上の人です。一緒に昼食をとりました。「いつ卒業だ？」と四谷さんは聞いてきました。「遊び呆けるか、アルバイトかで、単位もろくに取れていなくて卒業の見込みはないし、経済学なんて、そもそも興味がない」と僕は答えました。「じゃあ、うちに就職しないか？」と四谷さんは言いました。

僕はサークルのみんなの卒業に合わせて、大学を「卒業」し、「サンライズ」に就職しました。死ぬほど働きました。若かったから、徹夜なんてへっちゃらでした。働くのは楽しかったです。

四谷さんは、東京支店長でした。名古屋にいる、四谷さんのお父さんが社長でした。二年後「サンライズ」は、破産してしまいました。ときに、バブル崩壊のさなかです。

僕以外の社員は、最後の給料をもらうまでには会社を辞めていきました。僕はただ一人残り、僕のできることをしました。四谷さんは、新しい会社を立ち上げました。㈱ブレスコーポレーション」という会社です。小さな会社でした。あくまでもその時点では。

四谷さんは僕に社員になってくれと言いましたが、僕は拒みました。

「僕は、あなたのためにできることはした。これから僕は、自分の人生を歩む。僕は職人になる」

僕は、いろいろな会社から仕事を受けるつもりでしたが、そうはいきませんでした。毎日まいにち「ブレスコーポレーション」から、仕事のＦＡＸが届きます。そして、他の職人がどんなに暇なときにも、僕は仕事が途絶えることはありませんでした。

「しのだ」で僕は、あるプロジェクトを、思いつきます。「インテリジェント工具」の開発です。当たれば大したものになるでしょう。ただ、開発資金をどうしたものか。

僕は病院の緑の電話機から、四谷さんに電話します。「俺を社員にしてください、四谷社長」

「おう、わかった。マンションを借りといてやるよ」


僕は今、ホームページの設計をしたり（まだ終わっていません）いろいろな見本帳の説明書きを考えたりしながら、営業もやっています。インテリジェント工具は、今はその時ではありません。僕はまず、「山口史郎は確かに使える男だ」と証明しなければなりません。そして会社に利益をもたらさなければなりません。インテリジェント工具の開発は、最初の一台を作り上げるのに相当額のコストを必要とし、少なくとも一年か二年は何の見返りも戻ってこないからです。

僕は社長に提案しました。

「俺は工務店にいました。例えば俺が、図面を持ってお客さんのところに行きます。俺はお客に、いろいろ提案します。『ここの間仕切りを取り払って、パブリックな空間にしましょう。トイレはこっち側にしましょう。フローリングは、飼ってらっしゃる猫が傷つけないよう、ブレスコーポレーションのタファルファにしましょう』。するとお客は、ほとんどの場合、こっちの言いなりになります。家という大きな買い物をするほどの信頼関係があるからです。社長、町の工務店は大きな市場です」

するど社長は、「おう、とりあえず足立区から始めろ」と言いました。僕は電話帳を開いて、二日がかりで足立区の工務店のデータベースを打ち込みました。これで地番ごとに、効率よく営業できます。

また、僕は社長に提案しました。

「俺は不動産屋にいました。なかなか借り手のつかない賃貸物件があります。2DKなのに、二間とも和室だったりするからです。山上建設では、大家さんに持ちかけて、和室を洋間にしたりしました。すると入居者が決まったりしたものです。

あと社長、入居者が出てから床を見ると、傷だらけで、水回りは表面が剥がれていて、日当たりのいいところはささくれていて、補修や部分貼り替えが大変です。困ったことに、全額敷金から引くわけにはいかないいんです。入居者のせいなのか、初めからなのか、自然にそうなったのか、特定できないからです。ウチにあるような半永久的フローリングを持ち込めば、不動産屋は喜ぶでしょう」

「おう、とりあえずこの辺の大手からいけ。営業の大沼と一緒にまわれ」

物件管理課の人たちと行動を共にしたこともあります。「納品」です。朝三時集合で、新潟市の大きなマンションに向かいました。十トン車二台が待っていました。みんな口々に言いました。「史郎さん、限界の十歩手前で、言ってくださいね」「史郎さん、そいつは重いから、手を出さなくていいです」「史郎さん、交代しましょう。それじゃ間に合わない」「史郎さん、どいてください、ジャマです」

会社に帰って解散のとき、物件管理課長は、僕に言いました。

「今日は史郎さんのおかげで、十五分くらい早く終わりましたよ。それにしても史郎さん、今夜のコカコーラは、とびきり旨いでしょうねえ」

そして、僕より五つ年下の彼は、すごくニッコリと笑いました。彼とはこの先、いい友人になれる予感がします。

洗礼をうけました。僕は退院後も、「滝野聖書キリスト教会」に通い続けていました。そして十一月一日に、バプテスマを受けました。緊張感はなかったです。何となく神々しい雰囲気の中に僕はいました。水が冷たかったか、温かかったか、それすら覚えていません。でも、確かに生まれ変わった気がしないでもありません。

僕は主イエスを信じる。それだけです。僕の生活の何が変わるわけでもありません。進化論や宇宙物理学について考えるのは、しばらくヤメにしました。考えて、聖書と折り合いをつけようとするのは、疲れるからです。また今度、暇なときに取り組みます。この先の人生に暇なんてあるかどうか、わかりませんが。

僕にはもう一つのｗｏｒｋがあります。夜、疲れて帰ってきて、煙草を吸いながらコカコーラを飲んでいると、主が降臨されて僕にささやかれます。まだ休むときではないと。僕は煙草をもみ消して、パソコンに向かいます。

僕は助かりました。僕は一生治らない、あの病気ではありませんでした。僕は、足のない人ではありませんでした。でも、僕自身が思います。これでは不公平だと。僕には何がしかの義務があるのではないかと。

例えば予備校に二、三年通って、医学部を受験し、脳外科の大学院に進むという、そういうことだろうか？　僕は何歳になってしまうでしょうか。神様はそんなナンセンスな要求をなさらないでしょう。

とりあえず僕は、別れた妻に、長い手紙を書きました。彼女は三十歳と若く、有名な大学病院の脳神経外科研究室で、バイオ技術者として働いています。彼女は、もしかしたら、お昼に高級料亭の仕出し弁当をつつきながら、ドクターに聞いてくれるかもしれません。三十項目に及ぶ、僕の質問状のいくつかの項目について。

僕にできることは何でしょう。かろうじて僕にできるのは、例えば、アルコール依存症の真実を、その恐ろしい辛さを、そしてそれを治す術がないということを、世間に知らしめ、社会を啓蒙することかもしれません。

少しずつ、執筆中です。ある暑い夏の物語を。

コカコーラの空のペットボトルが、出窓の下に、たくさん並んでいます。僕は衝動を抑えられないたちなのです。コーラが飲みたいと思った瞬間コーラを買いに行くし、ステーキを食べたいと思ったら財布の中に三〇〇〇円しかなくても、二八〇〇円のステーキを食べます。海を見たいと思った瞬間、車のキーを、手にしています。

だから、深い鬱にあった僕が、そこから逃れる酒を求めて「連続飲酒」さながらの「習慣飲酒」に走ったとしても、何ら不思議はありません。

「島根病院」で、ドクターに言われました。

「君は、子供の頃からずっと躁状態だったんだよ。十年前に鬱になるまでね」

なるほど、その通りだと僕は思いました。今までの人生を振り返るに、僕は面倒なことを遠ざけ、今自分が何をすべきかを考えることをせず、自分の衝動に決して逆らわず、何の計画性もなく、好きなことをして自由奔放に生きてきました。おかげでこのありさまです。

物理学者が夢でした。神様は、おそらく、ギリギリ何とかそれに足りるであろう脳みそと、合理精神を与えてくれました。でも神様は、余計なものまでつけてくれました。詩人にふさわしい、感性と、放浪癖です。

おかげで僕は物理学者になれなかったし、かといって、前者が邪魔をして詩人にもなれませんでした。

午前二時くらいのことです。僕は喫煙室の蛍光灯の近くのテーブルで論文を書いていました。するとあの、おっとりとしたナースが、階段を下りてきました。

「山口さん、こんな夜中に何をやってるの？　寝なさい」

「僕は四時間寝れば足ります」

「人間は六時間は寝なければダメよ」

「ナポレオン＝ボナパルトは三時間しか寝ませんでした」

「それは彼が天才だったからよ」

「僕も天才です」

「いいから、寝なさい」

どっちが正しかったたか、そのうち証明されるでしょう。


いろいろな人から連絡を受けます。何しろ僕は、病院中に自分のプライベートをばらまいてきたのです。人生相談がほとんどです。ある女性とはペンフレンドになりました。お互いに詩を贈るのです。また、ある将棋の名人のおじいさんからは、仕事の真っ最中に「早く浅草のおでん屋で、一杯やろう」という電話がかかってきて、どうしたものかと困っています。でも僕は、本当にみんなが大好きです。

けれども科長、エデンで作成した企画書と、ハードな現実世界の間には、若干の食い違いがありますね。少々修正が必要でしょう。いくらか時間が余計にかかるでしょう。

けれども科長、そんなことも、大したことじゃないと思えてきました。大切なのは、僕が、今、生きていて、とても楽しいということです。

ずいぶん寒くなりました。みなさん、お体にお気をつけて。お互い体がモトデです。またいずれ、お会いしましょう（しのだ病院二病棟でではなく）。

主よ

僕に奇跡をもたらした
その同じちからを以て
真にあなたを必要とする
僕の同胞たちを

救済したまえ

アーメン

30

ケイはリングベルで腰を叩きながら、マドンナを歌っていた。僕とケイは懐かしいカラオケ館に来ていた。ケイは相変わらず歌唱力抜群だ。

ケイから電話がかかってきたのはクリスマスイブだった。「だーれだっ」と彼女は言った。すぐにケイだとわかった。ケイの声を忘れるわけがない。僕は携帯電話を片手に、なんとかケイを口説き落とし、今日、十二月二十七日のデートにこぎつけたのだ。

さんざん歌って、生ビールを飲むだけ飲んでから腕時計を見ると、もう夕方だった。僕たちはカラオケ館を出て、タクシーで町田駅近くの居酒屋に移動した。

「あーんして」

ケイは僕に、焼き鳥の串を差し出した。僕は串の先っぽのツクネを頬張った。

「ねえ、本当に、あたしのことが好きなの」

「ああ。愛している」

「でも、あたしはあなたのこと、愛してないよ」

「今はだろ。そのうちきっと俺のことを好きになるさ」

「それはどうかしらね」

追加の生ビールが来ると、僕は一気にそれを飲み干した。僕がさらに生ビールを注文しようと店員を呼んだとき、ケイが言った。

「ねえ、史郎ちゃん。次の店行こうよ」

店の入り口で会計をしていると、ケイは扉を開けた。

「史郎ちゃん、あたし下で待ってるね」

「うん、わかった」

会計を終えて下に下りたら、ケイの姿はどこにもなかった。僕はそのあたりを一生懸命走りまわってケイを探したが、ケイは見つからなかった。

立ち止まり、テールランプをつけて走り過ぎていく車の列を見ながら、セブンスターに火をつけた。

どうやら僕はフラレたようだ。


十二月三十日。僕は解放された気持ちで、アパートの鍵を開けた。廊下を歩きながらスーツを脱ぎ捨て、リビングに入ってエアコンのスイッチを入れると、買ってきた缶ビールのうち五本を冷蔵庫に放り込み、椅子に座って最初の一本のプルタブを引いた。

休みだ。やっと正月休みだ。僕は右腕を椅子の背もたれにかけ、セブンスターに火をつけた。

ゆっくりと煙を吐き出しながら、仕事のことを考えた。工務店や不動産屋への営業は卒業していた。都内の建築設計事務所に商品を売り込んでまわるのが、今の僕の仕事になっていた。

一体いつになったら、インテリジェント工具の開発を許されるのだろう。もしかしたら、会社は僕に開発をさせるつもりはさらさらないのかもしれない。

ケイのことを考えた。あれきり連絡がない。ケイから初めて電話がかかってきたときの着信番号は彼女の実家のもので、その番号にはくれぐれも電話をかけないように、と念を押されていた。ケイはいまだに携帯電話を持っていないのだ。あきらめよう。僕はフラレたのだ。

一本目のビールを飲み干すと、冷蔵庫から次の一本を取り出してプルタブを引いた。

知らない間に新年を迎えていた。目を覚まし、左手につけたままの腕時計を見ると、日付は一月四日になっていた。僕は布団を放り上げて跳ね起きた。

立ち上がって部屋を見渡すと、おびただしい数の缶ビールの空き缶が、そこいら中に広がっていた。僕は携帯電話を探した。ずいぶん探してから、空き缶の下になった携帯電話が見つかった。

実家から、ものすごい回数の着信があった。僕は大晦日、飛行機で実家に帰省することになっていたのだ。

あたり一面の、銀色のビールの空き缶を見下ろしながら、昨日までのことを思い出そうと努めた。だめだ。思い出せない。

これは現実か？　だとすると、俺は、アル中ではないなどといえるだろうか。一人でここにいてはいけない。ここにいては危険だ。もう充分、夢を見た。ここらで正気に返ろう。そうだ、島根に帰ろう。

セブンスターを吸いながら、僕は考えた。まずインテリジェント工具。今の会社に居続けても、そのときは来ないだろう。会社に未練はなかった。

次に滝野聖書キリスト教会。僕の洗礼を心から喜んでくれた、温かい、優しい兄弟姉妹の人たちの顔が、そして牧師さんの顔が、頭に浮かんだ。やむを得ない。島根にもプロテスタント教会はあるだろう。

次にケイのことを考えた。……何を寝ぼけている。お前はフラレたんだ。

とりあえず、空き缶を片づけることにした。

31

暖房の効いた、広い自分の部屋のソファーに転がって、どうでもいいテレビ番組を見ていた。窓の外では雪が舞っている。何をする気にもなれない。引っ越しの後片づけで疲れていた。

携帯電話が鳴り始めた。公衆電話からだった。僕はいぶかしく思ったが、電話に出ることにした。

「はい、山口です」

「史郎ちゃん？　ケイだけど。今、新宿にいるの。今からそっちに行ってもいい？　クッキーを焼いてきたの」

まともに言葉が発せられるようになるまで三秒かかった。

「ケイ、よく聞いてくれ。今俺がいるのは足立区じゃない。島根県だ。わけがあって、島根に帰ってしまったんだ」

「えっ、なんで。どうしてあたしに何も言わないで帰っちゃったの？」

「だってケイ、君は俺から逃げていったじゃないか」

「あたしね、あたしずっと怖かったの。あなたのことを好きになるのが。十六も離れたあなたと恋に落ちるのがね。でもあたし、気がついたの。どうしようもないくらい、あなたのことが好きだって。

あたし、決心したのよ。あなたと生きていこうって。なのに、なんで田舎に帰っちゃうの？」

ケイはすすり泣き始めた。

「ケイ、仕方がなかったんだよ。仕方がなかったんだ」

僕は次の言葉を探したが、気のきいた文句は浮かんでこなかった。

「史郎ちゃん、じゃあ、一つだけ約束して。……あたしのこと、忘れないって」

「ケイ、忘れるわけないだろう。ケイ、君は最高だった」

「史郎ちゃん、あたし、あなたに押し花送ってあげる。でもあなたの住所を知らない。だからね、史郎ちゃん。あたしにお手紙ちょうだい」

「わかったよ、ケイ。君に手紙を書く」

すすり泣きながらケイは自分の住所を僕に告げた。僕はそれをメモした。

ケイが声をあげて泣きだす前に電話を切った。僕は立ち上がるとデスクに向かい、パソコンを起動してワードを開いた。


忘れるわけないだろ、ケイ、君のことを。

ケイ、覚えているか？　市営プールの帰り、手をつないで坂道を下っていったね。君は「お手てつないで」を小さく歌っていた。途中で竹内君のクラクションに驚いて、そのあともしばらく、方向が逆だということに気がつかなかったね。

あの夏の日、僕たちを取り巻く草木は銀色の命で満ち溢れていたし、古びたバス停すら白く燃えていた。揺らぐアスファルトを渡る熱い風が、時折僕たちに襲いかかった。

フルパワーの太陽の下で、張り詰めた大気がキラキラと輝いていた。

今でも目を閉じるだけで、あの日のあの場所にフラッシュバックできる。


二〇〇九年の夏、僕は人生で一番HOTな恋をした。十六歳も年下の、とても表情が豊かな女の子、笑うと周り中をバラ色の空気で包んでしまう女の子。それが君だよ、ケイ。

君のつかの間の頬笑みが僕をすごくHAPPYにしたし、君の口を衝いて出る無情な一言が僕をとてつもなくBLUEにもした。可愛らしいソプラノで笑う君を永久に自分のものにできたのなら、僕は代償を惜しまなかっただろう。

高く掲げた文庫本を読むふりをして、喫煙室でみんなとはしゃぐ君を盗み見した。

コーヒーを飲みながら、後ろの席の君の弾んだ話し声に聞き入っていた。

僕ほど君のことを好きになれる男がいるだろうか。


恋愛は、たぶん二つのものでできている。一つは「思い出」だ。二人で過ごした時間、二人で観た景色、二人で交わした会話、そのすべてだ。

もう一つは「予感」だ。この人とならジェットコースターのように、いくつもの季節を走り抜けていけるだろうという予感。この人となら人生退屈しないだろうという予感。

そしてケイ、君はまるで髪をなびかせるように、そうした「予感」を風になびかせていた。

ケイ。

君と、木漏れ日の散歩道を、手をつないで歩いてみたかった。

金色に輝く水平線からのぼる朝日を、二人目を細めて眺めたかった。

身を寄せ合って、満天の星空を仰いでみたかった。

君の肩を抱いて、真夜中の首都高をぶっ飛ばしたかった。

遥かな国へ向かう飛行機の中から、二人頬を寄せて、下界に広がる雲の海を眺めたかった。

思い切り君をハグしたかった。

痺れるような口づけを交わしたかった。

一度でいいから、身体と身体を重ねたかった。


僕は本当についてないな。すれ違いなんて。でもケイ、仕方がなかったんだ。僕には見えてしまったんだ。「一営業マン」として、残りの人生をやり過ごす自分の姿が。それにはちょっと耐えきれない。

ケイにいろいろな物をあげた。「セキセイインコ」の絵、『かもめのジョナサン』の原書、あと「バッハ」の楽譜。だからケイ、お返しに「押し花」を頼むよ。

ケイへの手紙をプリントアウトしながら、画面上をクリックし、「２００９　夏」というファイルを開いてみた。書きかけの私小説がそこにあった。まだいくらも進んでいない。こいつの続きを書かなければ。

ところで、こいつのタイトルは、何にしよう。

そうだ。こんなのはどうだろう。

『丘の上の夏』

決まりだ。

セブンスターに火をつけた。

あとがき

この物語は、僕自身の体験に基づいて書き下ろしたフィクションです。山口史郎は、僕の投影に他なりません。僕はリアルなアルコール依存症患者です。

僕の人生は、酒抜きに語れません。

高校、大学。夢のような青春時代を送りました。多くの素晴らしい友人たちに囲まれ、何人もの女の子と映画のような恋をしました。そして僕の手の中にはいつも、きらきらと光る缶ビールが握られていました。僕たちは琥珀色の魔法の中で、未来を熱く語り明かしました。

夢から覚めないまま大人になりました。大いに働きました。ビールを飲みながら。僕は結婚しました。幸せでした。一日一日が輝いていました。

そして夢が終わる時がやってきました。僕は事業に失敗し、深い鬱を抱えるようになりました。僕はそれまでの何倍ものビールを必要としました。朝から晩まで飲むようになりました。

朝起きて、今日は一日飲むまいと決心するけれども、そのうちイライラがつのり、いてもたってもいられなくなって、一時間もしないうちにビールを買いに出かけます。

缶ビール五〇〇ミリリットルを四本も飲めば、幸せな気分になって、今日はもうビールを飲まなくても済みそうだなと思います。ところが二時間くらい経つと、またビールが飲みたいという、強い欲求が湧いてきます。僕はまたビールを買いに出かけます。

もはやビールは美味しいものではありません。むしろマズいのです。口あたりを求めて飲むのではありません。「飲まなければいけない」と、脳が命令するのです。「飲めば気持ちが楽になる」ことを、脳が学習してしまっているのです。

肝臓がイカレて生死をさまよったとき、ようやく僕はアルコール依存をなんとかしなければならないと思いました。そして、この物語の舞台となっている病院への入院を決意したのです。アルコール依存症を治して、朝から晩まで飲む代わりに、日中はしらふで働いて、晩御飯で陽気に飲もう。よし、頑張るぞ。

しかし、アルコール依存症が不治の病であると学んだとき、目の前が真っ暗になりました。もうビールを飲めない？　辛いときも、最高に幸せなときも。そんなバカげた話があるか！　そんな人生ナンセンスだ！

アルコールの度を越えた摂取により、脳内に「報酬系」という回路が形成されます。これにより、わずかでもアルコールを口にしたら、脳が際限なくアルコールを要求するのです。一度アルコール依存症になってしまったら、二度とアルコールをコントロールする力を取り戻すことはできません。アルコール依存症患者が正常な人間として生きていく唯一の方法は、一生アルコールを口にしないことしかないのです。

例えば十年間断酒したとしましょう。もう大丈夫だと思って酒を一杯だけ飲んでみる。すると、それが引き金となって、また際限なく飲み始める。

アルコール依存症は、意志が弱いとか、人間としてだらしがないのだと思われがちですが、そうではありません。れっきとした病気、それも不治の病なのです。

あの病院での三か月は、確かに僕の人生の大きなターニングポイントでした。僕はそこで様々な人たちから様々なことを学び、残りの人生の設計をしました。なによりも、それまで科学絶対主義者だった僕は、イエス様を知りました。

いろいろあって、あの暑い夏から十二年も過ぎた今、ようやく出版の運びとなりました。僕はこのあと、遅くなりすぎたプロジェクトΩを起動させなければなりません。インテリジェント工具の開発です。

そのあとも、何をするかを決めています。大変忙しくなります。ビールを飲む暇はなくなるでしょう。

二〇二一年十月一日

碧　史郎

神様、どうか僕を用いてください。そして僕の同胞たちを救済してください。主イエスの御名によってお祈りします。

アーメン。

著者プロフィール
碧 史郎（あおい しろう）
昭和39年９月3日生まれ
鳥取県出身
中央大学経済学部中退
二級建築士　宅地建物取引主任者

丘の上の夏 Happy Days on the Hilltop

2021年12月15日　初版第１刷発行

著　者　碧 史郎
発行者　瓜谷 綱延
発行所　株式会社文芸社
〒160-0022　東京都新宿区新宿1－10－1
電話　03-5369-3060（代表）
03-5369-2299（販売）

印刷所　株式会社フクイン

ISBN978-4-286-23111-2　JASRAC 出2107341－101